读客科幻文库

跟着读客读科幻，经典科幻全看遍。

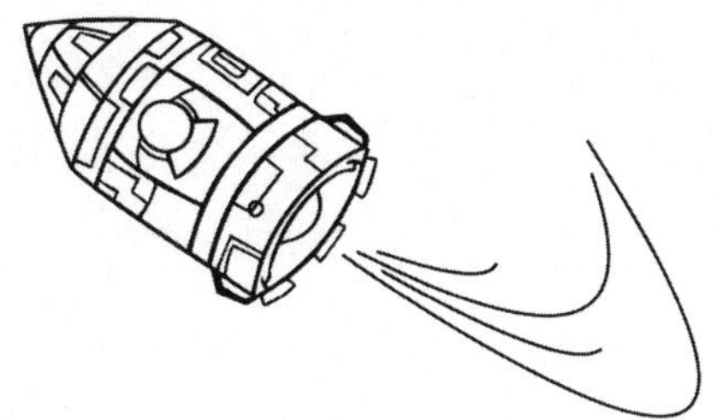

FOUNDATION AND EARTH

银河帝国

7 基地与地球

[美]艾萨克·阿西莫夫 著
叶李华 译

江苏凤凰文艺出版社
JIANGSU PHOENIX LITERATURE AND
ART PUBLISHING, LTD

目　录

"基地"背后的故事

1941年8月1日，我还是个二十一岁的小伙子，正在哥伦比亚大学化学研究所准备攻读博士，同时已经正式当了三年的科幻作家。那天，我赶着去见《惊奇故事》的主编约翰·坎贝尔，当时该刊已经登过我的五篇小说。我急着见他，是因为我有了一个崭新的科幻点子。

这个点子，是撰写一部发生于未来的历史小说，描述银河帝国衰落的始末。想必我的兴奋有感染力，因为坎贝尔很快变得和我一样兴奋。他告诉我，别把这个题材写成短篇，应该写成系列故事，把第一银河帝国衰亡和第二银河帝国兴起之间的一千年动荡期，作一个概括性的完整叙述。坎贝尔还和我共同发明出"心理史学"这门虚构的科学，作为这段黑暗时期唯一的明灯。

这个系列的第一个故事，发表于《惊奇故事》1942年5月号，第二个故事则于次月刊出，立刻变得很受欢迎。于是在坎贝尔的监督鼓励之下，我在1940年代总共为这个系列写了八个故事。而且故事愈写愈长，第一篇只有一万二千（英文）字，倒数第三篇以及最后一篇则各有五万字。

到了1950年代，我对这个系列逐渐厌倦，于是将它搁下来，开始创作其他的题材。然而，就在那个时候，许多出版社不约而同开始出版精装本的科幻小说。其中，一家小型且业余色彩颇浓的"格言出版社"（Gnome Press）以三本书的方式，出版了上述的基地系列，分别是《基地》（1951年）、《基地与帝国》（1952年）以及《第二基地》（1953年）。后来，这三本书便合称为“基地三部曲”。

这套书并未卖得太好，因为格言出版社欠缺宣传和行销的资金，所以我从未拿到任何版税或对账单。

后来，由于我和“双日出版社”合作愉快，1961年初，双日的编辑提摩太·谢德斯告诉我，国外有一家出版社，找他们接洽基地系列的翻译授权。但是这套书并不属于双日出版社所有，所以他将那封信转给我。我耸了耸肩，答道：“我没兴趣，这套书从没为我赚过任何版税。”

谢德斯吓坏了，马上着手向（当时已经奄奄一息的）格言出版社购买这套书的版权。同年八月份，基地三部曲（加上《我，机器人》）就变成了双日出版社的财产。

从那时候开始，基地系列才终于扬眉吐气，为我带来愈来愈多的版税。双日出版社将这套三部曲合订成一大册，透过“科幻书俱乐部”这个管道销售。这样一来，基地系列很快就变得家喻户晓。

1966年，一年一度的“世界科幻大会”于克利夫兰举行。会中，科幻迷要投票选出“历年最佳系列小说”，当作雨果奖的奖项之一。那是雨果奖有史以来第一次（也是至今最后一次）包含这样一个奖项。最后，基地三部曲赢得这项殊荣，使它的知名度更加锦上添花。

过去许多年来，有愈来愈多的书迷要求我续写这个系列，但是我都婉拒了。话说回来，我仍然十分高兴知道，那些比基地系列年龄还小的读者，竟然也会迷上这套书。

然而，面对这些声浪，双日出版社的态度远比我严肃得多。虽然有整整二十年的时间，双日一直尊重我的意愿，可是随着千呼万唤与日俱增，他们终于丧失了耐心。1981年，双日直截了当告诉我，无论如何要再写出一部基地小说。为了让这个要求更具吸引力，合约上所注明的预付金，十倍于我通常的价码。

我提心吊胆地答应下来。当时，距离我完成上一个基地故事，已经过了三十二个年头。而我这次奉命要写十四万字，两倍于三部曲的任何一部——即使其中最长的单篇故事，字数也只有这本书的三分之一。于是，我重读了一遍基地三部曲，深深吸了一口气，便一头钻进这个写作计划里。

1982年10月，基地系列的第四本书《基地边缘》终于出版，随即发生一件非常奇怪的事，它立刻登上《纽约时报》畅销书排行榜。事实上，这本书在该排行榜停留了二十五周，令我万分惊讶。在此之前，这种事从未发生在我身上。

双日出版社立即找我再签下几本小说的合约，不久，我就为另一个系列（机器人长篇）再多写了两本书。然后，是该重回基地怀抱的时候了。

因此，我写成了你手中这本《基地与地球》，它的故事紧接着《基地边缘》。读者诸君若能先复习一下《基地边缘》，对于阅读本书或许有些帮助，但其实也大可不必，因为《基地与地球》是个独立的故事。最后我要说，希望你会喜欢这本书。

艾萨克·阿西莫夫

1986年于纽约市

第一篇

盖 娅

第一章
寻找开始

01

“我为什么这样做？”葛兰·崔维兹喃喃自问。

这是个老问题了，自从来到盖娅后，他就时常这样问自己。在凉爽的夜晚，他有时会从甜美的睡梦中惊醒，感到这个问题像个小鼓似的，在他心中无声地敲着：我为什么这样做？我为什么这样做？

不过直到现在，他才终于下定决心来问杜姆——盖娅上的一位老者。

杜姆很清楚崔维兹的焦虑，因为他能感知这位议员的心灵结构。但他未曾作出任何回应，因为盖娅绝对不能触碰崔维兹的心灵，而抵抗这个诱惑最好的办法，就是狠下心来漠视自己所感知的一切。

“你指的是什么，崔？”杜姆问道。他在交谈时很难不用简称，不过没关系，反正崔维兹也逐渐习惯了。

“我所作的那个决定，”崔维兹答道，“选择盖娅当作未来的蓝图。”

“你这么做是正确的。”杜姆坐在那里，一面说一面抬起头来，一双深陷的老眼凝视着这位站在面前的基地客人。

“你是说我做对了？”崔维兹不耐烦地说。

“我／们／盖娅知道你不会犯错，这正是我们重视你的原因。你具有一项特殊的本领，能在资料不全的情况下作出正确决定，而你也已经作出决定，选择了盖娅！你否决了植基于第一基地科技的银河帝国，也否决了以第二基地的精神力学所建立的银河帝国，因为两者皆无异于无政府状态，你判断它们无法长治久安，所以你选择了盖娅。”

“没错，”崔维兹说，“正是如此！我选择了盖娅，一个超级生命体，整个行星共享同一个心灵以及共同的个性，所以必须发明‘我／们／盖娅’这种代名词，来表达一种根本无法表达的概念。”他一面说，一面不停地来回踱步，“而最后它会发展成盖娅星系，一个涵盖整个银河的超特级生命体。”

他突然停下脚步，近乎无礼地猛然转向杜姆，继续说道：“我跟你一样，也觉得自己是对的。但你是一心盼望盖娅星系的来临，所以对这个决定十分满意。然而，我并非全心全意欢迎它，因此无法轻易相信这是个正确决定。我想知道自己为何作出这个抉择，想要好好衡量和鉴定一下它的正确性，然后我才会满意。对我而言，光凭感觉认定是不够的。我又怎么知道自己是对的？究竟是什么机制使我作出正确的选择？”

“我／们／盖娅也不了解你是如何作出正确决定的。既然已经有了决定，难道一定要知道原因吗？”

“你代表整个行星发言吗？你代表了每一滴露珠、每一颗小石子，甚至这颗行星的液态核心所构成的共同意识？”

“没错。而且不仅是我，在这颗行星上，凡是共同意识够强的部分，都能像我这样做。”

“那么，是否整个共同意识都乐意把我当黑盒子？只要这个黑盒子能起作用，就不需要再去细究内部？我可不接受这一套，我绝不喜欢当黑盒子。我想知道这里面有何玄机，想知道自己究竟是如何以及为何选择盖娅和盖娅星系当作人类的发展方向，唯有这样我才能心安理得。”

“可是你为何这么不喜欢，或者说不信赖自己所作的决定呢？”

崔维兹深深吸了一口气，以低沉有力的声音缓缓说道：“因为这个超级生命体为了整体的利益，随时可能将我抛弃，我不想变成这样可有可无的一分子。”

杜姆若有所思地望着崔维兹。“那么，你想改变自己的决定吗，崔？你知道的，你可以这么做。”

“我十分希望能改变这个决定，但我不能仅凭个人好恶行事。在有所行动之前，我必须知道这个决定是对是错，单凭感觉判断是不够的。”

“如果你觉得正确，那就错不了。”杜姆缓慢而温和的声音一直没有任何变化，与崔维兹内心的激动恰成强烈对比，令崔维兹更加心乱如麻。

在直觉与理智间摆荡多时之后，崔维兹终于挣脱这个无解的困局，以微弱的声音说：“我一定要找到地球。”

“因为它和你迫切想要知道的答案有关？”

“因为它是另一个令我寝食难安的问题，而且我觉得两者之间一定有关联。我不是一个黑盒子吗？既然我觉得这两者有关，难道还不足以说服你接受这个事实？”

“或许吧。”杜姆以平静的口吻说。

“就算已经有数千年——甚至可能长达两万年——银河中不再有人关心地球，但我们怎么可能完全忘却这颗起源行星呢？”

“两万年的时间太久了，不是你所能理解的。关于帝国早期，我们所知极其有限，很多几乎可以肯定是虚构的传说，我们却一而再、再而三地传诵，甚至完全采信，因为实在找不到其他资料。而地球的历史要比帝国更为久远。”

“可是一定有些记录流传下来。我的好友裴洛拉特专门搜集有关早期地球的神话传说，任何可能的资料来源都不放过。那是他的工作，更是他的兴趣。不过有关地球的资料，却也只有神话和传说流传下来，如今已找不到任何确实的记载或文献。”

“两万年前的文献？任何东西都会由于保存不当或是战祸，因而腐朽、变坏和损毁。”

“可是总该有些相关的记录，例如副本、副本的誊本、副本的誊本的拷贝，这类资料没有那么陈旧，但一样有用，却也全都被清光了。川陀的银河图书馆理应保有地球的相关文献，事实上，这些文献在其他可考的史料里也曾提及，可是在银河图书馆中却找不到了。提到这些文献的资料也许还在，但所有的引文全部失踪。”

“你应该还记得，川陀在几世纪前经历过一次浩劫。”

“银河图书馆却安然无恙，第二基地人员将它保护得很好。不久以前，正是第二基地的成员发现地球的相关资料不翼而飞，那些资料是最近才被刻意移走的。为什么呢？”崔维兹停下脚步，目不转睛地瞪着杜姆。“如果我能找到地球，就能找出它在隐藏什么——”

“隐藏？”

“隐藏也好，被隐藏也罢。我有一种感觉，一旦让我解开这个谜，我就能知道当初为何舍弃个体的独立性，选择盖娅和盖娅星系。届时，我想，我会真正明白自己的抉择为何正确，不再只是感觉而已。而如果我是对的——”他无奈地耸起肩膀，“就让它继续吧。”

“如果你真有这种感觉，”杜姆说，“而且觉得必须寻觅地球，那么，我们当然会尽全力帮助你。不过，我们能提供的协助实在有限。譬如说，我／们／盖娅并不知道，在由数不清的世界所构成的浩渺银河中，地球到底位于哪个角落。”

“纵使如此，”崔维兹说，“我也一定要去寻找——就算无尽的星辰令我的探寻希望渺茫，就算我必须单枪匹马。”

02

崔维兹置身盖娅宜人的环境中。这里的温度总是令人感到舒畅，快活流动的空气清爽而无寒意。天空飘浮着几朵云彩，偶尔会将阳光遮蔽一下。如果户外某处的水汽密度下降太多，立刻会有一场及时雨来适时补充。

此地树木生长得十分整齐，好像一座果树园，而整个盖娅想必都是如此。无论陆地上或海洋里的动植物，都维持着适当的数量与种类，以保持良好的生态平衡。当然，各类生物的数量只会在“最适度”附近小幅摆荡，甚至人类的繁衍也不例外。

崔维兹目力所及，唯一显得与周遭物件无法协调的，就是他那艘名为远星号的太空艇。

盖娅的数名人类成员已将远星号清理得干干净净，并完成了各项保养，工作做得又快又好。太空艇添置了充足的食物与饮料，该换的陈设一律更新，机件的功能也重新检验过，崔维兹还亲自将电脑仔细检查了一遍。

这艘太空艇是基地少数几艘重力驱动的航具之一，它从银河各处的重力场抽取能源，因此不必添加任何燃料。银河重力场蕴含的能量简直无穷无尽，即使所有的舰队全靠它驱动，直到人类不再存在的那一天，重力场的强度也几乎不会减少。

三个月前，崔维兹还是端点星的议员。换句话说，他曾经是基地立法机构的一员，就职权而论，可算是银河中一位重要人物。这只是三个月前的事吗？他感觉好像是十六年前，也就是他半辈子之前的经历。那时，他唯一关心的就是伟大的“谢顿计划”是否真有其事；是否真有个预先规划好的蓝图，可以让基地从一个星球村，慢慢攀升为银河中最大的势力。

就某些方面而言，变化其实不算大。他仍旧具有议员的身份，原来的地位与特权依然不变。不过他相信，自己绝不会再回到端点星，去重拾往日的地位与特权。虽然他与盖娅的小规模秩序格格不入，但同样无法适应基地庞大的混乱局面。银河虽大，却没有他立足之处，不论走到哪里，他都像个孤儿。

崔维兹紧缩下颚，愤怒地将手指插进一头黑发中。现在不是长吁短叹的时候，当务之急是要找到地球。假如寻找有了结果之后，自己尚能全身而退，还有的是时间坐下来慢慢哭泣。或许，那时会有更好的理由这样做。

毅然硬起了心肠后，他的思绪开始飘回过去——

三个月前，他与那位博学而天真的学者詹诺夫·裴洛拉特从端点星出发。裴洛拉特受到满腔怀古幽情的驱使，一心一意想要发掘失落已久的地球遗址。崔维兹则利用裴洛拉特的探索当作掩饰，以便寻找自己心中的目标。结果他们并未找到地球，却意外地发现了盖娅，崔维兹还懵懵懂懂地被迫作出一个重大决定。

现在，情况有了一百八十度的改变——换成崔维兹决心要寻找地球。

至于裴洛拉特，他也有意外收获。他遇到了宝绮思，一位黑头发、黑眼珠的年轻女子。宝绮思就是盖娅，其实杜姆也是——甚至身边的一粒沙、一根草，也全都等同于盖娅。即将迈入晚年的裴洛拉特，怀着这个年纪所特有的激情，和年纪小他一半有余的宝绮思坠入情网。说来也真奇怪，宝绮思这个年轻女郎，对年龄的差距似乎毫不在意。

奇怪归奇怪，但裴洛拉特的确很快乐，令崔维兹不得不承认，每个人有每个人找寻快乐的方式，这也正是独立个体的特点之一。但在崔维兹所选择的银河中，个体的独立性（若干时日之后）将遭到摒弃。

想到这里，莫名的痛楚再度浮现。当初自己出于无奈所作的抉择，无时无刻不是心头的重担，而且……

“葛兰！”

一声叫唤闯入崔维兹的思绪，他抬起头，朝着阳光射来的方向望去，眼睛不停眨动。

“啊，詹诺夫。”他用热诚的声音答道——热诚得有些过分，因为他不想让裴洛拉特猜到自己的苦闷，甚至还努力装出高兴的样子。“看得出你费了好大的劲，才勉强离开了宝绮思。”

裴洛拉特摇了摇头，摇乱了他那头丝一般的白发，而他那又长又严肃的面容，或许再也没有比现在更长、更严肃的时候了。“事实上，老弟，是她建议我来找你的……来……来讨论一件我想讨论的事情。当然，这并不代表我自己不想找你，而是她似乎比我先想到这件事。”

崔维兹微微一笑。“没关系，詹诺夫。我想，你是来跟我道别的。”

“喔，不，并不尽然。事实上，几乎可说刚好相反。葛兰，当我们，你和我，刚离开端点星的时候，我的目的是要寻找地球。我成年之后，几乎把所有的时间都花在这个工作上。”

“我会继续的，詹诺夫，这个工作现在是我的了。”

“没错，但也是我的，仍然还是我的工作。”

“可是——”崔维兹举起手臂比了比，好像指着周遭的一切。

裴洛拉特猛然吸了一口气。“我要跟你一道去。”

崔维兹着实吓了一跳。“你这话不可能当真吧，詹诺夫，你现在已拥有盖娅。”

“将来我还会回到盖娅的怀抱，可是我不能让你一个人去。”

“当然可以，我能照顾自己。”

“你别生气，葛兰，但是你知道得不够多。而我却知道很多神话和传说，我可以指导你。”

“你要离开宝绮思？别开玩笑了。”

裴洛拉特突然双颊泛红。“我并不想那样做，老弟，可是她说……”

崔维兹皱起了眉头。“是不是她想甩掉你，詹诺夫？她答应过我……”

“不是，你不了解，请听我说下去，葛兰。你实在有个坏毛病，事情没弄清楚就急着下结论。我知道，这是你的特长，而我又好像总是无法把自己的意思表达清楚。可是……”

“好吧，”崔维兹的口气缓和下来，“请告诉我宝绮思她心里究竟想些什么，随便你用什么方式说，我保证会非常有耐心。”

“谢谢你，只要你有耐心，我想我马上就能讲清楚。你可知道，宝绮思也要去。”

“宝绮思也要去？”崔维兹说，“不行，我又要爆发了。好，我不发作，告诉我，詹诺夫，为什么宝绮思想要一起去？我是用很冷静的口气在问你。”

“她没说，只说她想跟你谈谈。”

“那她为什么没来，啊？”

裴洛拉特答道：“我想，我是说我猜想，她多少有点认为你不喜欢她，葛兰，所以有些不愿接近你。老友，我已经尽力向她保证，说你对她完全没有敌意。我相信任何人见到她，都只会对她产生无比的好感。然而，这么说吧，她还是要我来跟你提这档子事。我能不能告诉她，说你愿意见她，葛兰？”

“当然可以，我现在马上去见她。”

“你会讲理吧？你是知道的，老友，她多少有点紧张。她说这件事很要紧，她一定要跟你去。”

“她没有告诉你原因吗？”

“没有，但如果她认为非去不可，盖娅也一定非去不可。”

“这就代表我无法拒绝，对不对，詹诺夫？”

“没错，我想你无法拒绝，葛兰。”

03

在崔维兹暂住盖娅的短暂时日中，这是他第一次造访宝绮思的住处——现在这里也是裴洛拉特的窝。

崔维兹四处浏览了一下。在盖娅上，房舍的结构都显得很简单。既然几乎没有任何不良气候，既然这个特殊纬度的气温常年适中，既然连地壳板块在必须滑动时，也都晓得平稳地慢慢滑，因此并没有必要给房舍添加过多的保护功能，也不必刻意营造一个舒适的环境，将不舒适的大环境隔绝在外。换句话说，整个行星就像一幢大屋子，容纳着其上所有的居民。

在这座星球屋中，宝绮思的房子是一栋不起眼的小建筑，窗户上只有纱窗而没有玻璃，家具也相当少，但优雅而实用。四周墙上挂着一些全息像，有不少都是裴洛拉特的，其中一张表情显得既惊愕又害羞。崔维兹看了忍不住咧开嘴，但他尽量不让笑意显现，索性低下头来仔细调整宽腰带。

宝绮思凝视着他。她不像平常那样面带微笑，而是显得有些严肃，一双美丽的眼睛张得很大，微鬈的黑发披在肩上，像是一道黑色的波浪。只有涂着淡淡口红的丰唇，为她的脸庞带来一丝血色。

“谢谢你来见我，崔。”

“詹诺夫显得很着急，宝绮思奴比雅蕊拉。”

宝绮思浅浅一笑。“答得妙。如果你愿意叫我宝绮思，这是个很不错的简称，那么我也愿意试着以全名称呼你，崔维兹。”最后两个字她说得有点结巴，但几乎听不出来。

崔维兹举起右手。“这是个好主意。我知道盖娅人平常在交换讯息时，习惯用简称来称呼对方，所以你如果偶尔称呼我‘崔’，我并不会介意。不过，我更喜欢你尽可能试着叫我崔维兹，而我会称呼你宝绮思。”

如同以往每次碰面一样，崔维兹又仔细打量她。就个体而言，她是个二十出头的妙龄女郎，然而身为盖娅的一部分，她已经有好几千岁。这点从外表虽然看不出来，但有时她说话的方式，以及环绕在她身边的气氛，还是多少会显现出差异。他希望一切众生都变成这样吗？不，当然不！可是——

宝绮思说：“让我开门见山，你曾强调想要找到地球——”

“我只跟杜姆提过。”崔维兹决定为自己的观点力争到底，绝不轻易向盖娅让步。

“我知道，但是你跟杜姆说话的时候，同时也在跟盖娅以及其中每一部分说话，譬如说，就等于在跟我说话。”

“我说的话你都听到了？”

“没有，因为我并未仔细倾听。不过事后我如果集中注意力，有办法记起你说的每句话。请你相信这点，以便我们回到原来的话题——你曾强调想要找到地球，并且坚持这件事极为重要。虽然我看不出其中的重要性，可是既然你天赋异禀，能够作出正确判断，我／们／盖娅就必须接受你的说法。如果这项任务和你选择盖娅有着重大关联，那么盖娅也会认为它是件极重要的任务，因此盖娅必须跟你一道去，即使只是为了试图保护你。”

“你说盖娅必须跟我一道去，意思就是你自己必须跟我去，我说得对不对？”

“我就是盖娅。”宝绮思干脆地答道。

“在这颗行星上的一切，每样东西都是盖娅，那么为何是你呢？为何不是盖娅的其他部分？”

“因为裴希望跟你去，如果他去了，他不会喜欢盖娅的其他部分同行，只有我跟去，他才会开心。”

裴洛拉特原本一言不发坐在角落的椅子上（崔维兹注意到，他刚好背对着墙上自己的相片），此时他轻声说道：“这是实话，葛兰，我的盖娅就是宝绮思。”

宝绮思突然露出微笑。“你这么想可真令我兴奋。当然，这种说法相当新奇。”

“嗯，让我想一想。”崔维兹双手放在后脑勺，将椅子向后倾，细瘦的椅腿随即嘎嘎作响。他立刻发觉这张椅子没那么坚固，不能让他玩这种游戏，赶紧让四只椅腿回复原位。“如果你离开盖娅，你还会不会是它的一部分？”

“不一定需要。举例来说，假如我有受重伤的危险，或是有其他特殊理由，我可以把自己孤立起来，这样一来，我受到的伤害就不会连累盖娅。但这仅限于紧急状况，通常我都是盖娅的一部分。”

“即使在我们进行超空间跃迁的时候？”

“即使是那时候，只不过情形比较复杂。”

“我总觉得有点不太对劲。”

“为什么？”

崔维兹皱起鼻子，仿佛闻到什么怪味。“这就代表说，在太空艇中的一言一行，只要给你听到看到，就等于被所有的盖娅听到看到。”

“我就是盖娅，因此我所看到、听到、感觉到的一切，盖娅都看得到、听得到、感觉得到。”

“一点也没错，连那道墙也看得到、听得到、感觉得到。”

宝绮思望了望他所指的那堵墙，耸了耸肩。“对，那道墙也可以。它只具有极微小的意识，所以只有极微小的感觉和理解力。可是我想，比如我们现在说的这些话，也会导致它产生某种次原子尺度的移位，让它更能和盖娅融为一体，而更加造福这个大我。”

“可是如果我希望保有隐私呢？我也许不想让这道墙知晓我在说什么或做什么。”

宝绮思显得很恼火，裴洛拉特赶紧插嘴道：“你知道的，葛兰，我本来不想多嘴，因为我对盖娅的了解显然有限。不过，这阵子我都和宝绮思在一起，多少能作些推断。这么说吧，如果你走在端点星的人群中，你会看到和听到很多事情，也会记得其中一部分。事后，在适当的大脑刺激下，你甚至可能全部记起来，可是这些事你大多不会注意，会随看随忘。即使某个感性的场面吸引了你的目光，即使你觉得有趣，然而如果素昧平生，如果事不关己，你会看过就算，你会很快忘掉。盖娅的情形也一定如此，即使整个盖娅都对你的举动了若指掌，却不代表盖娅一定在乎——这样说对不对，宝绮思吾爱？”

“我从未这样想过，裴，但你的说法的确有些道理。然而，崔——我是说崔维兹——所说的隐私，在我们眼中一点价值也没有。事实上，我／们／盖娅感到难以理解——不想成为整体的一部分，不让自己的声音被人听到，不让自己的行动曝光，不让自己的思想被他人感知——”宝绮思使劲摇了摇头，“我刚才说，在紧急状况下，我们可以让自己和盖娅隔绝，可是谁会想要那样活着，哪怕只有一个钟头？”

“我就想要，”崔维兹说，“这就是我必须找到地球的原因。

我想知道究竟是什么特殊理由——如果真有的话——促使我为人类的未来选择了这么可怕的命运。”

“这并不是可怕的命运，不过我们别再争论这个问题了。我跟你一起去，不是要去监视你，而是以朋友的身份帮助你；盖娅跟你同行，也不是要监视你，而是以朋友的身份帮助你。”

崔维兹以阴郁的口吻说：“盖娅如果想帮我，最好的办法就是领我到地球去。”

宝绮思缓缓摇了摇头。“盖娅并不知道地球的位置，这点杜姆已经告诉过你。”

“这点我可不大相信。无论如何，你们一定有些记录，但我来到盖娅之后，为什么从未看到任何记录？即使盖娅真的不知道地球的位置，我也有可能从那些记录中，找到一些蛛丝马迹。我对银河相当熟悉，绝对要比盖娅在这方面的知识更丰富，我可能有办法从你们的记录中，解读出或许连盖娅也不完全了解的线索。”

“你指的是什么样的记录，崔维兹？”

“任何记录，书籍、影片、录音、全息相片、工艺制品等等，只要你们有的都好。自从来到盖娅，直到目前为止，我还没发现什么可称之为记录的东西——你呢，詹诺夫？”

“没有，”裴洛拉特以迟疑的口气说，“但我并未认真找过。”

“我找过了，暗地里找的。”崔维兹说，“而我什么都没看到，什么都没有！我唯一能想到的答案，是有人故意将那些记录藏了起来。我很纳闷，这是为什么呢？你能不能告诉我？”

宝绮思皱起细嫩光滑的前额，显出很讶异的样子。“你以前怎么不问呢？我／们／盖娅不会隐藏什么，我们也从来不说谎。一个孤立体——孤立的个体——可能会说谎，因为他是有限的，所以他会感到恐惧。然而，盖娅是个具有强大心灵力量的行星级生命体，根本就没什么好怕的，因此盖娅完全不需要说谎，或是杜撰一些与事实不符的陈述。”

崔维兹嗤之以鼻。“那么为何刻意不让我见到任何记录？给我一个说得通的理由。”

“当然可以，”她伸出双手并摊开手掌，“因为我们根本没有任何记录。”

04

裴洛拉特首先回过神来，他似乎没有崔维兹那么吃惊。

“亲爱的，”他温柔地说，“这实在不大可能，任何像样的文明都不会没有任何记录。”

宝绮思扬起一对柳眉。“这点我了解，我只是说我们没有崔——崔维兹所说的或想找的那些记录。我／们／盖娅没有任何种类的手稿、印刷品、影片或电脑资料库，完全没有。我们甚至没有石刻文物。既然这些东西通通不存在，崔维兹自然什么也找不到。”

崔维兹问道：“如果你们没有任何我所谓的记录，请问你们到底有些什么？”

宝绮思一个字一个字说得很仔细，仿佛跟小孩子说话一样。“我／们／盖娅有一组记忆，我都记得。”

“你都记得些什么？”崔维兹问。

“每一件事。”

“你记得所有的参考资料？”

“当然。”

“前后多长时间？能延伸到多少年前？”

“能延伸到无限久远。”

“你是说包括了历史、传记、地理以及科学的资料？甚至地方上的里巷之谈？”

“包括任何资料。”

“通通装在这个小脑袋里？”崔维兹以嘲讽的动作，指着宝绮思右侧的太阳穴。

“并不尽然，”她答道，“盖娅的记忆并不仅限于我头颅中的成分。听着——”此时她的神情变得十分庄重，甚至有些严肃；现在的她不只是宝绮思，同时也是盖娅其他单位的混合体，“在有历史记载之前，人类一定有过一段原始时期，当时的人类虽然也有记忆，可是根本不会说话。后来人类发明了语言，作为表达记忆的工具，记忆才能在人与人之间流传。为了记录各种记忆，并将它们一代一代传下去，文字终于应运而生。从此以后，科技发展都是为了创造更多传递和储存记忆的空间，并且尽量简化取得某项资料的手续。然而，当所有的个体都融合成盖娅之后，那些发展就全部过时了。我们可以重新回归最原始的记忆，也就是最基本的记录保存系统，你明白了吗？”

崔维兹说：“你的意思是，盖娅上所有头脑的总和，能比单一头脑记得更多的资料？”

“当然。”

“假如盖娅把所有的记录散布在行星级记忆中，这对身为盖娅一部分的你，又有什么好处呢？”

“好处应有尽有。我想知道的任何资料，都一定储存在某人或某些人心灵中。如果是非常基本的资料，例如‘椅子’这两个字的意思，那么每个心灵中都会有。但即使是一些十分奥秘的事物，仅存在于盖娅心灵中某个小小角落，如果我有需要，也随时可以叫出来，只不过会比取得普通的记忆多花一点时间。听好，崔维兹，如果你要查一项原本不知道的资料，你会去查阅相关的影视书，或是查询电脑资料库，而我的做法则是扫描盖娅的全心灵。”

崔维兹说：“你怎样防止大量资讯涌入你的心灵，以免把你的颅腔撑爆？”

“你讽刺成瘾了吗，崔维兹？”

裴洛拉特赶紧说：“拜托，葛兰，别讨人厌。”

崔维兹轮流瞪视他们两人，显然在一番努力之后，才终于放松了脸上绷紧的肌肉。“很抱歉。我被一个强行加在身上的重担压得喘不过气，又不知道该如何解脱。或许由于这个缘故，我的口气听来不大好，但这绝非我的本意。宝绮思，我真的很想知道答案。你如何能取用他人脑中的记忆，却不会很快塞满自己的脑袋？”

宝绮思回答说：“我也不知道，崔维兹，正如你不了解自己头脑运作的细节。我想，你应该知道你们的太阳和最近一颗恒星的距离，可是你未必一直放在心上。你把这个数字储存在某处，不论何时被人问起，你随时都能想起来。如果你没有机会用到，久而久之也许就会忘记，但你总能在某个电脑资料库中查到。你可将盖娅的头脑视为一座大型电脑资料库，我随时能使用它，却不需要刻意记住曾经用过的资料。用完某一项资料或记忆之后，我就可以让它从自己的记忆中消失，换句话说，可以专程把它放回原处。”

“盖娅上有多少人，宝绮思？有多少人类？”

“大约有十亿，你要知道目前确实的数字吗？”

崔维兹露出一抹苦笑。“我很明白，只要你愿意，就能把正确的数字叫出来，但我知道大概数目就够了。”

“事实上，”宝绮思接着说，“人口数目一直很稳定，总是在比十亿多一点的地方上下起伏。我可以延伸我的意识——嗯——到达盖娅的边缘，查出目前人口数比平均值多了或少了多少。对于没有类似经验的人，我实在无法解释得更清楚。”

“可是我以为，十亿人口的心灵，其中还有不少是儿童，当然容纳不下一个复杂社会所需要的一切资料。”

“可是人类并非盖娅上唯一的生物，崔。”

“你的意思是动物也能记忆？”

“动物脑部储存记忆的密度没有人脑那么高，而且不论人脑或其他动物的头脑，大部分空间都用来储存个体的记忆，那些记忆对行星级意识几乎没什么用处。尽管如此，仍有许多高等资料可储存在动物大脑、植物组织以及矿物结构中，事实上也的确如此。”

“矿物结构？你是指岩石和山脉？”

“还有几类资料储存于海洋和大气层，它们通通都是盖娅。”

“无生物系统能容纳些什么呢？”

“太多了。比如说，岩石的记忆能力虽然低，但是由于体积庞大，所以盖娅的全记忆有一大部分存在那里。由于岩石记忆的存取时间较长，所以最适合储存一些‘死资料’，也就是平常极少用到的资料。”

“假设一个脑部存有十分重要资料的人死了，那又会怎么样？”

“里面的资料并不会遗失。人死了之后，随着大脑组织解体，资料会慢慢挤出脑部，这些记忆有充分的时间分散到盖娅其他部分。每个新生儿都有一个新的大脑，这些大脑随着年龄逐渐发育，不但会发展出个体的记忆和思想，还会从其他来源吸收适当的知识。你们所谓的教育，对我／们／盖娅而言，完全是自动自发的过程。”

裴洛拉特说：“坦白讲，葛兰，我觉得这种活生生的世界，是个具有许多优点的概念。”

崔维兹瞟了这位基地同胞一眼。“这点我也同意，詹诺夫，可是我不怎么感兴趣。这颗行星不论多大，不论如何多样化，仍然等于只有一个头脑，只有一个！新生的头脑个个都和整体融合为一，怎么会有反对意见出现的机会？如果回顾人类的历史，你将会发现，某些人的想法虽然一时无法见容于社会，却能赢得最后的胜利，进而改变整个世界。可是在盖娅上，有什么机会出现创造历史的伟大叛逆？”

“盖娅也会有内部冲突。”宝绮思说，“并非盖娅每一部分都会接受共同的观点。”

“但是一定有限。”崔维兹说，“在单一生物体内，不可能容许过多的骚动，否则就无法正常运作。在这种情况下，整体的进步和发展纵使没有完全停滞，步调也一定相当缓慢。我们能冒险将这种情形强行加诸整个银河吗？加在全体人类身上吗？”

宝绮思毫不动容地答道：“你是在质疑自己的决定吗？难道你已经改变主意，认为盖娅不适合做人类未来的典范？”

崔维兹紧抿着嘴唇，迟疑了一下，然后缓缓说道：“我很想这样做，不过，还不到时候。我所作的决定是有根据的——某种潜意识的根据——除非我找出它的真面目，我还不能决定要不要变卦。所以说，我们还是回到地球这个题目吧。”

“你觉得在地球上，能领悟到促使你作出那个决定的根据，对不对，崔维兹？”

“我的感觉正是这样。杜姆说盖娅不知道地球的位置，我相信你一定同意他的说法。”

“我当然同意，我和他同是盖娅。”

“你有没有什么事瞒着我？我是指刻意瞒着我？”

“当然没有。即使盖娅能说谎，也不会对你这么做。无论如何，我们得仰赖你所作的决断，而我们希望它正确无误，这就需要一切皆以事实为基础。”

“既然如此，”崔维兹说，“咱们来利用你们的世界级记忆吧。往前回溯，告诉我你能记得多久以前的事。”

宝绮思茫然地望着崔维兹，迟疑了好一会儿，仿佛处于一种精神恍惚的境界。然后她说：“一万五千年。”

“你为什么犹豫了一下？”

“这需要些时间。陈旧的记忆，尤其是那些实在陈旧的，几乎都藏在群山根部，要花点时间才能挖出来。”

“一万五千年前？是不是盖娅刚创建的时候？”

“不，据我们所知，那还要再往前回溯约三千年。”

“你为什么不能肯定？你，或者盖娅，难道不记得吗？”

宝绮思说：“当时盖娅尚未发展出全球性记忆。”

“可是在你们仰赖集体记忆之前，盖娅一定保有些记录，宝绮思。一般性的记录，录下来的、写下来的、拍下来的等等。”

“我想应该有吧，可是过了那么久，这些东西不可能还存在。”

“也许会有副本，或者，当全球性记忆发展成功之后，它们就被转移到那里去，果真如此就更好了。”

宝绮思皱了一下眉头，接下来又是一阵犹豫，这次持续的时间更久。“你说的那些早期记录，我找不到任何踪迹。”

“怎么会这样？”

“我也不知道，崔维兹，我猜是因为它们看起来不太重要。我想，当这些早期的非记忆性记录开始腐坏时，就被认定已经过时和没有用了。”

“但你并不知道，你只是猜测和想象罢了。你不知道，盖娅也不知道。”

宝绮思垂下眼睑。“一定就是这样。”

“一定是这样？我可不是盖娅的一部分，因此我不需要同意盖娅的看法。这是个很好的例子，让你知道独立性有多重要。我，身为一个孤立体，我有不同的看法。”

“你的看法如何？”

“首先，有一点我相当肯定，一个现存的文明不太可能毁掉早期的记录。他们非但不会判定那些资料陈旧无用，还很有可能珍重过了头，因而努力设法保存。如果盖娅在全球性记忆出现之前的记录被毁坏殆尽，宝绮思，那不太可能是自发性的行为。”

“那么你要如何解释呢？”

“在川陀那座图书馆中，有关地球的参考资料全被移走，主事者不知是何方神圣，反正不是川陀的第二基地分子。所以说，盖娅上有关地球的参考资料，会不会也是被外力清除的？”

“你又怎么知道早期记录提到了地球？”

“根据你的说法，盖娅至少是在一万八千年前建立的。那是银河帝国尚未兴起的时代，当时人类正在大举殖民银河，而殖民者的主要来源正是地球。裴洛拉特可以证实这一点。”

突然听到被人点名，裴洛拉特有点惊讶，赶紧清了清喉咙。“根据传说的确如此，亲爱的。我对这些传说相当认真，而且我和葛兰·崔维兹都认为，人类这个物种原本局限在一颗行星上，那颗行星就是地球。最初的殖民者全部来自地球。”

“因此，”崔维兹接口道，“盖娅若是在超空间旅行初期建立的，就非常可能是地球人的殖民世界；即使那些殖民者不是地球人，也该来自某个由地球人所建立的新兴世界。因此，盖娅的开拓史，以及其后数千年的记录，一定提到了有关地球和地球人的史实，可是这些记录通通不见了。似乎有什么神秘力量，不让地球在银河的任何记录中曝光。果真如此，其中一定有重大的隐情。”

宝绮思气呼呼地说：“这只是臆测罢了，崔维兹，你没有任何证据。”

“可是盖娅坚称我有特殊的天分，在证据不足的情况下，我也能作出正确的结论。所以，在我作出一个确切的结论之后，请别再说我缺乏证据。”

宝绮思沉默不语。

崔维兹继续说道：“正因为如此，我们更应该找到地球。我打算在远星号准备就绪后马上出发，你们两位还是要去吗？”

“要去。”宝绮思不假思索立刻回答。

“要去。”裴洛拉特也这么说。

第二章
首途康普隆

05

现在正下着细雨，崔维兹抬头一看，天空是浓密的灰白一片。

他戴的那顶雨帽不但能阻止雨水落到身上，还能将雨滴向四面八方弹开老远。裴洛拉特站在崔维兹雨滴飞溅的范围外，并未穿戴任何防雨装备。

崔维兹说:“我不懂你为何要让自己淋湿，詹诺夫。”

“我一点也不在意，我亲爱的兄弟。”裴洛拉特的神情如往常般肃穆，“雨势很小，而且相当温暖，又完全没有风。此外，套句古老谚语：在安纳克里昂行，如安纳克里昂人。”他指了指站在远星号附近默默围观的几个盖娅人。他们分散得很均匀，仿佛是盖娅树丛中的几株树木，没有任何一人戴着雨帽。

“我想，”崔维兹说，“他们不怕被淋湿，是因为盖娅其他部分都湿了。所有的树木——青草——泥土——现在都是湿答答的，而盖娅的其他成员也一样，当然包括所有的盖娅人。”

“我想这话有理。”裴洛拉特说，“太阳马上会出来，到时每样东西都将很快被晒干。衣物不会起皱或缩水，不会让人觉得寒冷，而此地又没有不必要的病原性微生物，不必担心会伤风、感冒或染上肺炎。所以说，一点点潮湿又有什么关系？”

崔维兹当然明白这个道理，可是他不愿就此罢休，于是又说：“尽管如此，也没必要专挑我们离开时下雨。毕竟雨水是随意降下的，盖娅若不想要，就一定不会有雨。它现在下这场雨，简直像是故意表示对我们的轻蔑。”

“或许，”裴洛拉特微微抿了一下嘴唇，“是盖娅舍不得我们离开，正在伤心哭泣呢。”

崔维兹说：“也许吧，但我可没有这种感觉。”

“事实上，”裴洛拉特继续说：“我想可能是因为这一带的泥土过于干燥，需要雨水滋润，而这个因素比你盼望见到阳光更重要。”

崔维兹微微一笑。“我怀疑你真的爱上这个世界了，对不对？我的意思是，即使不为了宝绮思。”

“是的，的确如此。”裴洛拉特带着一点自我辩护的味道说，“过去许多年来，我一向过着平静而规律的生活，你应该想象得到，我多么适应这个地方——整个世界都在努力维护生活的平静和规律。无论如何，葛兰，我们建造一栋房子，或是那艘太空艇，目的正是希望有个理想的栖身之所。我们在里面装配了所需的一切，并且设法控制和调节内部各种环境因素，例如温度、空气品质、照明采光等等，让我们能在这个栖身之所住得舒舒服服。盖娅则是将这种对于舒适和安全的追求，延伸到了整个行星，这又有什么不对呢？”

“问题是，”崔维兹说，“我的房子或太空艇，是为了符合我的需求而设计建造的，我不必去适应它们。倘若我成了盖娅的一部分，不论这颗行星设计得多么理想、多么符合我的需要，我也还得设法适应它，这个事实令我极为不安。”

裴洛拉特撅了撅嘴。“我们可以这样说，每个社会都会根据自己的需求塑造它的成员。所谓的风俗习惯，就是社会为了自身需要所发展出来的塑造工具，因此唯有在那个社会中合情合理的风俗习惯，才有机会自然而然发展出来。”

“在我所知的众多社会中，成员也可以反其道而行，因此总会有些怪人，甚至是罪犯。”

“你希望有怪人和罪犯吗？”

“有何不可？事实上你我就是怪人，我们当然不能算是端点星的典型居民。至于罪犯嘛，定义其实见仁见智。假如罪犯是产生叛逆、异端和天才所必须付出的代价，我也愿意接受，我坚持一定要付这个代价。”

“难道罪犯是唯一可能的代价吗？我们为何不能只要天才，而不要罪犯呢？”

“如果没有一群异于凡夫俗子的人，就不可能出现天才和圣者，而我不信异于常人的人都集中在好的一端，我认为一定有某种对称存在。总之，盖娅光是一个行星级的舒适住宅还不够，我还要一个更好的理由，来解释我为何选择盖娅当作人类未来的典范。”

“喔，我亲爱的伙伴，我不是在试图说服你接受自己的抉择。我只是提出我的观……”

说到这里他突然打住，因为宝绮思正朝他们大步走来。她一头黑发全淋湿了，外袍紧紧贴在身上，凸显出相当丰满的臀部。她一面走，一面向他们点头打招呼。

“很抱歉耽误你们的时间。”她有点气喘吁吁，“我没料到和杜姆讨论要这么久。”

“当然会，”崔维兹说，“他知道的事你全都知道。”

“但我们对事情的诠释往往各有不同，我们毕竟不是相同的个体，所以必须经常沟通。听我说，”她的语气变得有点不客气，“你有两只手，每一只都是你的一部分，除了互为镜像，它们没有任何不同。可是你不会对两只手一视同仁，对不对？有些事你大多用右手做，有些事则惯用左手，这也可以说是不同的诠释。”

“她让你无话可说。”裴洛拉特显然十分满意。

崔维兹点了点头。“这是个很生动的类比，至于是否真正贴切，我可不敢肯定。闲话少说，我们现在是否可以登上太空艇了？正在下雨呢。”

“可以，可以。我们的工作人员都离开了，远星号一切已准备就绪。”然后，她突然好奇地望着崔维兹。“你全身都是干的，雨点没有淋到你身上。”

“的确没错，”崔维兹说，“我故意不让自己淋湿。”

“偶尔淋湿一下的感觉不是很好吗？”

“这话完全正确，可是得由我来选择时机，而不是让雨点决定。”

宝绮思耸了耸肩。“好吧，随你的便。我们的行李都装载好了，我们也上去吧。”

于是三人便向远星号走去。此时雨势变得更小，不过草地已经相当潮湿。崔维兹小心翼翼地一步步走着，宝绮思却踢掉凉鞋拎在手上，光着双脚大剌剌地踏过草地。

“感觉真过瘾。”她这么说，算是回应崔维兹投向她脚下的目光。

“很好。”他随口应道，然后又有点不高兴地说，“其他那些盖娅人，他们站在那里，到底在干什么？”

宝绮思答道：“他们在记录这件事，因为盖娅认为这是个重大事件。你对我们十分重要，崔维兹。想想看，万一这趟探索的结果，竟是使你改变初衷，转而决定否决我们，我们就永远无法发展成盖娅星系，甚至连盖娅本身也保不住。”

“如此说来，我掌握着盖娅整个世界的生死。”

“我们相信就是这样。”

这时蓝天在乌云的隙缝中出现，崔维兹突然停步，伸手摘掉雨帽，然后说：“可是此时此刻我仍然支持你们，如果你们当下杀了我，我就再也无法变卦。”

“葛兰，”裴洛拉特吓了一大跳，低声道，“这么说实在太可怕了。”

“这是孤立体的典型想法。”宝绮思以平静的口吻说，“你必须了解，崔维兹，我们所重视的，并非你这个人或是你的支持，而是真理和事实。你的重要性在于能引导我们寻获真理，而你的支持就是真理的指标，这才是我们需要你的真正原因。如果为了防止你变卦而杀死你，那我们只是自欺罢了。”

“如果我告诉你盖娅并非真理，你们是否全都会欣然就义？”

“或许不是绝对欣然，但最后并没有什么两样。”

崔维兹摇了摇头。“如果有一天，我终于认定盖娅是个可怕的怪物，不该存在于世上，很可能就是你这番陈述带给我的启示。”说到这里，他的目光又回到那些耐心围观（想必也在耐心倾听）的盖娅人，“他们为何这样散开来？为何需要这么多人？即使只有一个人旁观，然后储存在他的记忆中，这颗行星上的每一个人不也都能取用吗？只要你们喜欢的话，不是可以把它储存在百万个不同的地方吗？”

宝绮思答道：“他们从不同的角度来观察这件事，将它储存在各人不尽相同的大脑中。如果仔细研究这些观察记录，不难发现众人观察所得的综合结果，要比单一的观察结果更为详实易懂。”

“换句话说，整体大于部分的总和。”

“完全正确，你领悟了盖娅之所以存在的基本理由。你，一个人类个体，大约是由五十兆个细胞所组成，但是身为一个多细胞个体，你要比这五十兆个细胞的总和更为重要，这点你当然应该同意。”

“没错，”崔维兹说，“这点我同意。”

他走进太空艇，又回头看了盖娅一眼。短暂的阵雨带给大气一股清新的气息，眼前呈现的是一个葱绿、丰饶、静谧且祥和的世界；仿佛是一座与世无争的公园，坐落在纷扰不堪的银河中。

——崔维兹却衷心期望永远不要再见到它。

06

气闸在他们身后关上的时候，崔维兹感到挡住的不仅是一场恶梦，更是某个恐怖至极、令他连呼吸也无法顺畅的异形怪胎。

他心中很明白，这个怪物的一部分化身为宝绮思，仍然紧跟在自己身边。不论她到何处，盖娅也等于到了那里——但他也深信她是不可或缺的一员。这又是黑盒子在起作用，崔维兹却诚心希望自己别再对黑盒子太有信心。

他四处浏览了一下，感觉一切都太好了。当初，是基地的赫拉·布拉诺市长强迫他登上太空艇，将他送到银河群星之间——当一根活生生的避雷针，以吸引她心目中的敌人所放出的电花。如今这项任务已告一段落，但太空艇仍旧属于他，他也根本没有打算归还。

他拥有这艘太空艇不过几个月，已经对它有了一种家的感觉。至于端点星上那个家，他却只剩下一些模糊的记忆。

端点星！这个位于银河边陲的基地中枢。根据谢顿计划，基地注定要在未来五世纪内，形成另一个更伟大的帝国。然而他，崔维兹，竟让这个计划出了轨。根据自己的抉择，他将基地的角色完全否定，取而代之的是一种新型社会，一个新的生命宏图，一场惊天动地的革命。自从多细胞生命出现后，再也没有任何演化能与之媲美。

此刻，他即将踏上一个关键性的旅程，准备向自己证明（或反证）当初的抉择正确无误。

崔维兹发现自己想得出了神，已经呆立良久，遂满肚子不高兴地甩了甩头。然后他快步走到驾驶舱，见到他的电脑仍在原处。

电脑闪闪发光，驾驶舱各处都闪闪发光，一看就知道经过极仔细的清拭。他随手按下几个开关，反应都是完美无缺，而且显然比以前更得心应手。通风系统一点噪音也没有，他不得不将手掌放在通风口旁，以确定气流的确顺畅无阻。

电脑上的光圈发出动人的灿烂光芒，崔维兹碰了一下，光线立刻扩散，洒遍整个桌面，上面现出左右两只手的轮廓。他深深吸了一口气，才发现自己已屏息了一会儿。盖娅人对基地科技完全不懂，很有可能出于无心之失弄坏这台电脑。还好直到目前为止，尚未发现损坏的迹象，两个手掌轮廓还在那里。

接下来，应该是进行关键的测试，也就是将自己的双手摆上去。不过他迟疑了一下，因为若有任何问题，他几乎立刻就能发觉——可是万一真有什么问题，他又该怎么办？若想要修理，就必须返回端点星，而如果回去了，他相信布拉诺市长一定不会再让他走。但如果不回去……

他可以感到心脏怦怦乱跳，没道理再让这种不安的情绪持续下去。

他猛然伸出双手，一左一右按在桌面的轮廓上。在同一瞬间，他感到像是有另一双手抓住自己。他的感官开始向外延伸，已经能从各个方向观看盖娅。外面依然是一片葱绿与湿润，那些盖娅人还在原地围观。他动念令自己向上望，见到了覆盖着大片云层的天空；他继续驱动意念，云层立时消失无踪，呈现出万里无云的蔚蓝晴空，以及又大又圆的盖娅之阳。

他再次运用意志力，蓝天随即碎裂，群星显现眼前。

拨开群星之后，他又动了一个念头，就见到了整个银河，形状像是望远镜中看到的纸风车。他测试电脑化的影像，调整相对方位，并且改变时间的速度，让风车开始缓缓旋转，不久再转向反方向。他找到了赛协尔的太阳，那是距离盖娅最近的一颗重要恒星。接着，他又依序找到端点星的太阳，以及川陀的太阳。从一颗恒星跳到另一颗，他在电脑内部的地图中畅游整个银河。

然后他缩回手来，再度置身现实世界，这才发觉自己一直站着，在电脑前半弯着腰，双手按在桌面上。他觉得全身僵硬，必须舒展一下背部肌肉才能坐下来。

他凝视着电脑，有如释重负之感。电脑一切运作正常，若硬要说有何不同，就是它的反应变得更灵敏。崔维兹对它的感觉，只有“爱”这个字可以形容。毕竟，当他握着它的双手时（其实他早已认定那是“她”的双手，只是坚决不肯承认），感觉彼此已经成了浑然一体；他的意志指挥、控制、体验，并且参与着一个更大的自我。刚才，他与它必定体会到一种小规模的“盖娅感”（他突然有了这种令自己不安的想法）。

他摇了摇头。不对！电脑与他的融合，是由他——崔维兹——完全掌控，电脑只是个绝对驯服的器具。

他起身走出驾驶舱，来到了狭窄的厨舱与用餐区。那里满是各式各样的食物，还有合宜的冷藏库与简便加热设备。他刚才已经注意到，自己舱房里的影视书都有条不紊，而且他相当肯定——不，应该说完全肯定——裴洛拉特的个人藏书也保存得很妥当，否则一定早就听到他的抱怨。

裴洛拉特！他好像突然想到什么，立刻走到裴洛拉特的舱房。“宝绮思在这里挤得下吗，詹诺夫？”

“喔，当然没问题。”

“我可以把公用舱改装成她的寝舱。”

宝绮思抬起头来，双眼睁得老大。“我不想要一间单独的寝舱，我很喜欢跟裴住在一起。不过我想，有必要的时候，我会借用其他舱房，譬如健身舱。”

“当然可以，只有我的舱房例外。”

“很好。如果由我决定，我也会作这样的安排。不用说，你也不能踏进我们的舱房。”

“不在话下。”崔维兹说完，低头一看，发现自己的鞋子已经越界。他赶紧退后半步，正色道：“这可不是蜜月套房，宝绮思。”

“照这间舱房的拥挤程度，我看就算盖娅将它的宽度扩增一半，它仍是个十足的蜜月套房。”

崔维兹努力克制住笑意。“你们彼此得非常和睦才行。”

“我们的确如此，”裴洛拉特显然对这个话题感到很不自在，

“不过说真的，老弟，你就让我们自己安排一切吧。”

“恐怕不行。”崔维兹缓缓说道，“我还是要把话说清楚，这艘太空艇可不是蜜月旅行的交通工具。你们双方同意做的事，我绝不会反对，可是你们必须明白，你们无法享有隐私。我希望你了解这一点，宝绮思。”

“这个舱房有道门，”宝绮思说，“门一旦锁起来，我想你就一定不会打扰我们——除非有什么紧急状况。”

“我当然不会，然而，这里并没有隔音设备。”

“崔维兹，我想你的意思是说，”宝绮思道，“我们之间的任何谈话，以及从事性行为时发出的任何声音，你都会听得一清二楚。”

“没错，我正是这个意思。既然你明白这点，我希望你能自我约束一下。这样也许会让你感到不方便，但我只能说声抱歉，因为情况就是如此。”

裴洛拉特清了清喉咙，温和地说：“事实上，葛兰，我自己早就必须面对这种问题。你该了解，我和宝绮思在一起的时候，无论她有任何感觉，整个盖娅都体验得到。”

“这点我想到过，詹诺夫。”崔维兹像是压抑着不以为然的表情，“我原本无意提起，只是怕你们自己没想到。”

“只怕你多虑了。”裴洛拉特说。

宝绮思又说：“别小题大做，崔维兹。在盖娅上，随时都可能有数千人在享受性爱，有数百万人在吃喝玩乐，这些活动合成一片愉悦的氛围，盖娅每一部分都能感同身受。而较低等的动物，以及植物和矿物，同样能产生一些比较轻度的欢乐，这些情绪也会加入整体的喜悦意识。盖娅所有的部分总是能分享这个意识，这样的经验在其他世界是感受不到的。”

“我们有我们自己的喜悦，”崔维兹说，“如果我们愿意，也能以某种形式和他人分享；如果不愿意，则大可独自品尝。”

“如果你能感受到我们的喜悦，你将明白在这方面，你们孤立体有多么贫乏。”

“你怎能知道我们的感受？”

“我虽然不知道你们的感受，仍然能作出合理的推论：一个全体同乐的世界，感受到的乐趣一定比孤立个体更为强烈。”

“大概是吧，可是，即使我的乐趣贫乏得可怜，我仍希望保有个人的悲喜。虽然这些感觉那么薄弱，我却心满意足。我宁可保持孤立，也不愿和身旁的岩石称兄道弟。”

“别嘲笑我们。”宝绮思说，“你身上的骨骼和牙齿，里面每个矿物晶体所具备的意识，虽然并未超过相同大小的普通岩石晶体，你仍然非常珍惜这些矿物，不想让它们受到任何伤害。”

“你说得很对，”崔维兹不大情愿地说，“可是好像有点离题了。我不介意盖娅全体分享你们的喜悦，宝绮思，但我自己可不想加入。我们的舱房相距很近，我不希望被迫参与你们的活动，哪怕只是间接参与。”

裴洛拉特说：“这实在是无谓的争论，我亲爱的兄弟。我同样不希望侵犯到你的隐私，同理，我也不想丧失自己的隐私权。宝绮思和我会很谨慎，对不对，宝绮思？”

“一定会让你满意，裴。”

“毕竟，”裴洛拉特说，“想必我们待在各个行星上的时间，会比在太空中多得多。而在行星上，拥有真正隐私的机会……”

“我不管你们在行星上做些什么，”崔维兹打断他的话，“可是在这艘太空艇上，凡事都得由我做主。”

“那当然。”裴洛拉特说。

“既然这件事已经说清楚，该是升空的时候了。”

“等一等，”裴洛拉特伸手拉住崔维兹的袖子，“要飞到哪里去？你不晓得地球在哪里，我和宝绮思也不清楚，甚至你的电脑也不知道。我记得很久以前，你曾经告诉我，电脑没有任何有关地球的资料。那么，你究竟打算怎么做？总不能在太空中胡乱游荡吧，我亲爱的兄弟。”

崔维兹的反应只是微微一笑，好像很开心的样子。自从落入盖娅掌握之后，他首度感到又能为自己的命运做主。

“我向你保证，”他说，“我无意在太空中游荡，詹诺夫，我万分清楚该到哪里去。”

07

裴洛拉特轻轻敲了敲门，在门外等了许久，却一直没有听到任何回应。他终于悄悄走进驾驶舱，这才发现崔维兹正盯着星像场出神。

裴洛拉特唤了一声：“葛兰——”便静静等着他的回答。

崔维兹抬起头来。“詹诺夫！请坐。宝绮思呢？”

“在睡觉——原来我们已经进入太空了。”

“完全正确。”对于裴洛拉特轻微的诧异，崔维兹一点也不觉得奇怪。身处这种新型重力太空艇中，根本无法察觉起飞的过程。从头到尾，没有惯性效应，没有加速推力，没有任何噪音，也没有一点震动。

远星号能将外界的重力场全部隔绝，或隔绝任意比例，因此当它从行星表面升空时，仿佛漂浮在宇宙之洋中。在此期间，说来也真奇怪，太空艇内的重力效应却始终维持正常。

太空艇尚未脱离大气层之际，自然没必要加速，因此并没有气流急速通过所引起的呼啸与振动。然而，在离开大气层后，太空艇便能迅速加速，同样不会令乘客有任何感觉。

这已经是舒适的极限，崔维兹无法想象还有什么能改进的地方。除非将来人类发现某种方法，能让人直接在超空间中倏忽来去，无需借助任何航具，也不必担心附近的重力场可能太强。而如今，远星号必须花上几天的时间，尽快驶离盖娅之阳，直到重力强度减低到适当的程度，才能开始进行超空间跃迁。

“葛兰，我亲爱的伙伴，”裴洛拉特说，“我可不可以跟你说一会儿话？你不会很忙吧？”

“根本不忙，我一旦下达了正确指令，电脑就能处理一切。有些时候，它似乎能预先猜到我的指令，几乎在我未曾好好想一遍之前，它就抢先完成了。”崔维兹爱怜地轻拂着电脑桌面。

于是裴洛拉特说：“葛兰，我们认识没有多久，就成了非常要好的朋友。虽然我必须承认，我觉得这段时间可不算短，其间发生了太多的事情。说来真是难以置信，当我静下心来，回顾我这不算短的一生，竟然发现我一辈子的经历，有一半都集中在过去几个月，或说好像是这样子。我几乎可以认定……”

崔维兹举起一只手。“詹诺夫，我确定你是愈扯愈远了。你原来说的，是我们在很短的时间内成为非常要好的朋友，没错，的确如此，现在也没有任何改变。话说回来，你认识宝绮思的时间更短，而你们现在却更亲密。”

“这当然是两回事。”裴洛拉特清了清喉咙，显得有点尴尬。

“当然，”崔维兹说，“可是从我们不久却弥坚的友谊，你要引申出什么来？”

“我亲爱的伙伴，倘若正如你刚才所说，我们依旧是朋友，我就必须将话题转到宝绮思身上。而也正如你刚才所说，我对她特别珍爱。”

“我了解，所以呢？”

“我知道，葛兰，你不喜欢宝绮思。可是，看在我的份上，我希望……”

崔维兹又举起手来。“慢着，詹诺夫。我虽然没有拜倒在宝绮思裙下，却也不憎恨她。事实上，我对她并没有任何敌意。她是个迷人的年轻女性，就算不是，看在你的份上，我也愿意认为她很迷人。我不喜欢的是盖娅。”

“但宝绮思就是盖娅。”

“我知道，詹诺夫，这就是事情变得复杂的原因。只要我把宝绮思当普通人，一切都没问题，但我若是把她想成盖娅，问题马上就来了。”

“可是你并没有给盖娅任何机会，葛兰。听着，老弟，我要向你坦白一件事。宝绮思和我亲热的时候，有时会让我分享她的心灵，时间顶多一分钟，不能再久了，因为她说我的年纪太大，已经无法适应——喔，别咧嘴，葛兰，你同样早就超龄了。如果一个孤立体，譬如你或我，和盖娅融合的时间超过一两分钟，就有可能导致脑部的损伤；如果长达五到十分钟，则会造成无法复原的伤害。我希望你有机会体验一下，葛兰。”

“体验什么？无法复原的脑部伤害？不，谢了。”

“葛兰，你故意曲解我的话，我指的是短暂的结合。你不晓得自己错过了什么，那简直无法形容，宝绮思说那是一种愉悦的快感。就像你快要渴死的时候，终于喝到一点水的那种感觉，我甚至不知道该怎样向你描述。想想看，你能分享十亿人所有的喜乐。那并不是一成不变的快感，否则你很快就会麻木。它不断在颤动，在闪烁，具有一种奇特的脉动节奏，紧紧抓住你不放。它比你单独所能体验的快乐更多——不，不是更多，而是更美好。当她关上心扉的时候，我几乎要哭出来……”

崔维兹摇了摇头。“你的口才实在惊人，好朋友，但你很像是在形容‘假脑内啡’的毒瘾，或是其他迷幻药的瘾头。你可以从它们那里得到短暂的快感，代价却是长久活在痛苦的深渊。我可不愿意！我绝不要出卖我的独立性，以换取某种短暂的快感。”

“我还是拥有我的独立性啊，葛兰。”

“如果继续耽溺下去，你还能坚持多久，詹诺夫？你对剂量的要求会愈来愈高，直到大脑损坏为止。詹诺夫，你不能让宝绮思对你这样做——也许我该跟她谈谈。”

“不！别去！你自己也知道，你说话不够婉转，我不愿让她受到伤害。我向你保证，在这方面她对我的保护超乎你的想象，她比我更担心脑部受损的危险，这点你大可放心。”

“好吧，那么我跟你说就好了。詹诺夫，千万别再这样做。在你五十二年的生命中，你的大脑一向承受惯有的快乐和喜悦，别再染上新奇的不良嗜好，否则你一定得付出代价。即使不是近在眼前，最后还是逃不掉的。”

“好吧，葛兰。”裴洛拉特一面低声回答，一面低头望着自己的鞋尖。然后他又说：“也许你可以这么想，假如你是个单细胞生物……”

“我知道你要说什么，詹诺夫。算了吧，宝绮思和我已经谈论过这个类比。”

“我知道，可是值得再想一想。让我们假设一群单细胞生物，它们拥有人类般的意识，以及思考判断的能力，再假设它们遇到难得的机会，可以组成一个多细胞生物。这些单细胞会不会惋惜丧失了独立性，会不会因为将被迫组成单一生物体而感到厌恶？它们这样做有没有错？单细胞能够想象人脑的威力吗？”

崔维兹猛力摇了摇头。“不对，詹诺夫，这是个错误类比。单细胞生物并没有意识和思考能力——即使有，也极其微小，根本可以忽略。对这种生物而言，组合之后虽然会失去独立性，其实等于毫无损失。然而，人类却有意识，也的确具有思考能力，人类将丧失的是真正的意识和独立的心智，所以你的类比并不成立。”

两人好一会儿不再说话，这种沉默几乎令人窒息。最后裴洛拉特决定改变话题，于是说：“你为什么盯着显像屏幕？”

“习惯成自然。”崔维兹带着苦笑答道，“电脑告诉我，并未发现盖娅的太空船跟踪我们，也没有赛协尔的舰队等在前面，但我仍然不安地盯着屏幕。唯有我自己的眼睛看不见任何船舰，我才能真正放心，虽说电脑感测器比我的肉眼更敏锐、更有力数百倍。此外，电脑能够非常灵敏地侦测出太空的许多性质，那些都是我自己的感官无论如何察觉不到的——虽然这些我都明白，我却仍盯着它。”

裴洛拉特说：“葛兰，如果我们真是朋友……”

“我答应你，不会做出任何让宝绮思为难的事，至少在我能力范围之内。”

“我现在讲的是另一件事。你还没把你的目的地告诉我，好像不信任我似的。我们到底要去哪里？你认为自己知道地球在何处吗？”

崔维兹抬起头，同时扬起了眉毛。“抱歉，我一直紧抱着这个秘密不放，对不对？”

“对，可是为什么呢？”

崔维兹说：“是啊，老友，我也在想，是不是因为宝绮思的关系。”

“宝绮思？你不想让她知道吗？真的，老伙伴，你可以完全信任她。”

“并不是这个问题，我不信任她又有什么用？如果她真想知道，我猜她能从我心中揪出任何秘密来。我想，我自己有个更幼稚的理由，我觉得你现在的注意力都摆在她身上，好像我这个人不存在了。”

裴洛拉特看来吓了一大跳。“可是这并非事实，葛兰。”

“我知道，我只是试图分析自己的感受。你来找我，是担心我们的友谊生变，现在我想想，感到自己好像也有同样的疑惧。我尚未真正对自己承认，但我想我自认为被宝绮思取代了。也许我故意赌气瞒着你一些事，想要以此作为‘报复’。我想，这真是幼稚。”

“葛兰！”

“我说这实在幼稚，对不对？可是谁不曾偶尔做些孩子气的事？不过，既然我们仍是朋友，这点我们已经达成共识，我不会再玩这种游戏了。我们要去康普隆。”

“康普隆？”一时之间，裴洛拉特想不起来有这么一个地方。

“你一定还记得我的朋友，那个出卖我的曼恩·李·康普，我们曾在赛协尔碰到他。”

裴洛拉特露出恍然大悟的表情。“我当然记得，康普隆是他祖先的母星。”

“或许是，我并不完全相信康普说的话。但康普隆是个众所周知的世界，而康普说过其上居民知道地球的下落。嗯，所以嘛，我们要去那里调查一下。这样做也许根本徒劳无功，却是我们目前唯一的起点。”

裴洛拉特又清了清喉咙，显得半信半疑。“喔，我亲爱的伙伴，你能肯定吗？”

“这件事无所谓肯不肯定。我们只有这一个起点，不论机会多么渺茫，我们都没有其他选择。”

“没错，但我们若要根据康普的说法行动，或许就该把他说的每一点都纳入考量。我好像记得他告诉过我们，而且是以相当肯定的口气说，地球不再是个活生生的行星，它的表面充满放射性，上面完全失去生机。果真如此的话，我们去康普隆注定只是白忙一场。”

08

他们三人正在用餐区吃午餐，几乎将小小的空间塞满了。

“真好吃，”裴洛拉特的口气听来相当满意，“这是我们从端点星带来的食物吗？”

“不，全都不是，”崔维兹说，“那些早就吃完了。这是我们航向盖娅之前，在赛协尔采购的食物。很特别，是不是？这是一种海鲜，不过挺脆的。至于这个，我当初买的时候以为是甘蓝菜，现在吃起来却觉得根本不像。”

宝绮思静静听着，但什么话也没说，只是仔细地在餐盘中挑挑拣拣。

裴洛拉特柔声道：“你必须吃一点，亲爱的。”

“我知道，裴，我正在吃呢。”

崔维兹说：“我们也有盖娅食物，宝绮思。”他的口气透着些许不耐烦，但他实在无法完全掩饰。

“我知道，”宝绮思说，“但我宁愿把它先留下来。我们不知道要在太空待多久，我终究还是得适应孤立体的食物。”

“这些东西难以下咽吗？还是盖娅非吃盖娅不可？”

宝绮思叹了一口气。“事实上，我们有句谚语：‘盖娅食盖娅，无失亦无得。’只不过是意识在不同层级上下移动而已。在盖娅上，我吃的东西都属于盖娅，当食物经过消化吸收，大多变成我的一部分之后，它们仍然属于盖娅。事实上，通过我进食的过程，食物的某些部分才有机会参与较高级的意识。当然，其他部分则变成各式各样的废物，因此在意识层级中下降不少。”

她坚决地咬下一口食物，用力嚼了一会儿才吞下去，又说：“这算是个巨大的循环，植物长成之后被动物吃掉，而动物既是猎食者也是猎物。任何生物死亡之后，都会变成霉菌细胞或细菌细胞的一部分——依旧属于盖娅。在这个巨大的意识循环里，甚至无机物质也参与其中，而组成循环的每个成分，都有机会周期性地参与较高级的意识。”

“你说的这些，”崔维兹道，“可以适用于任何世界。我身上每个原子都有一段久远的历史，它过去或许曾是许多生物的一部分，当然也包括人类；它也可能曾有很长一段时间身为海洋的一员，或者曾经构成一团煤炭、一块岩石，乃至吹拂到我们身上的风。”

“然而在盖娅上，”宝绮思答道，“所有的原子也始终属于一个更高的行星级意识，而你对这个意识一无所知。”

“嗯，这么说的话，”崔维兹道，“你现在吃的这些赛协尔蔬菜会起什么变化呢？它们会变成盖娅的一部分吗？”

“会的，只是过程相当缓慢。而从我身上排泄出去的废物，则会慢慢脱离盖娅。由于我具有高层级的意识，所以能和盖娅维持比较间接的超空间接触，但是任何东西一旦离开我，就会和盖娅完全失去联系。这种超空间接触，可以——慢慢地——将我吃下的非盖娅食物转变成盖娅的一部分。”

“我们储藏的盖娅食物又会有什么变化？会不会慢慢变成非盖娅物质？若是这样，你最好趁早吃掉。”

“这倒不必担心。”宝绮思说，“我们的盖娅食物都经过特殊处理，可以长时间保持为盖娅的一部分。”

裴洛拉特突然说：“但我们倘若食用盖娅食物，那又会怎么样？还有，我们在盖娅时吃了不少盖娅食物，本身究竟发生了什么变化？我们自己也会慢慢转变成盖娅吗？”

宝绮思摇了摇头，脸上掠过一丝莫名的愁容。“不会的，你们吃下的食物是我们的损失。至少，经过消化吸收后，成为你们身体组织的那部分，我们永远要不回来了。不过，你们的排泄物仍然属于盖娅，会慢慢变成盖娅的一部分，因此最后又会回到平衡点。但是无论如何，你们的造访仍使众多的原子脱离盖娅。”

“为什么会这样呢？”崔维兹好奇地问道。

“因为你们无法承受转换的过程，甚至极小部分也受不了。你们是我们的客人，可说是被迫来到我们的世界，所以我们必须保护你们，即使损失盖娅的一小部分也在所不惜。这是我们愿意付出的代价，虽然不能算是欣然付出。”

“这点我们很遗憾。”崔维兹说，“反之，你确定每一种非盖娅食物都对你无害吗？”

“是的，”宝绮思说，“你们能吃的食物，我全都能吃。只不过我多了一道麻烦，除了要将这些食物消化吸收，成为我的身体组织，还得将它们转换成盖娅。这就形成一种心理上的障碍，让我多少有些倒胃口，所以我才吃得这么慢，但我会慢慢克服的。”

“传染病呢？”裴洛拉特问道，高亢的声音充满了惊慌，“我怎么一直没想到这个问题，宝绮思！我们要降落的每个地方，都可能有许多微生物，而你对它们毫无抵抗力，随便一种轻微的传染病就会要你的命。崔维兹，我们必须掉头回去。”

“别慌，亲爱的裴。”宝绮思带着微笑说，“当微生物通过食物，或是其他任何方式进入我体内，也会全部同化为盖娅。如果它们有伤害我的倾向，同化的速度就会更快。一旦成为盖娅的一部分，它们就不会再伤害我了。”

此时正餐已经用完，裴洛拉特正呷着一杯温热的调味综合果汁。“亲爱的，”他一面说，一面舔着嘴唇，“我想现在又该换个话题了。我实在有种感觉，我在这艘太空艇上，唯一的工作就是改变话题。为什么会这样呢？”

崔维兹以严肃的口吻说：“因为我和宝绮思总是抓着一个话题不放，至死方休。我们得仰仗你，詹诺夫，帮助我们保持清醒。你想换个什么话题，老朋友？”

“我查遍了有关康普隆的参考资料，康普隆所在的那个星区，每个世界都拥有许多古老的传说。根据这些传说，那些世界都是很久以前建立的，是在超空间旅行出现后的第一个仟年。在康普隆的传说中，甚至还提到一位名叫班伯利的缔造者，不过并未提到他来自何处。他们流传着一种说法，康普隆这颗行星原来叫做‘班伯利世界’。”

“詹诺夫，依你看，这些记载有多少真实性？”

“也许只有核心部分吧，可是谁猜得出核心在哪里呢。”

“在正史记载中，我从来没见过班伯利这个名字。你呢？”

“我也没听说过。不过你该知道，在帝政末期，帝国之前的历史曾经遭到刻意打压。帝国的最后数个世纪，时局始终纷扰不安，皇帝们都忙着压制本土意识，因为他们有充分的理由，相信本土意识是导致分裂的原因。因此，几乎银河中每个星区的正史，包括完整的记录和确切的年表，都变成从川陀兴起的年代开始写起，当时那些星区不是已和帝国结盟，就是已经被帝国并吞。”

“我很难相信历史会如此轻易就被销毁。”崔维兹说。

“很多方面并非如此，”裴洛拉特答道，“但是一个有决心的强势政府，却能大大削弱历史的影响力。这样一来，早期历史就只剩下零散的资料，很容易沦为民间传说。这类民间传说一律充满夸大不实的记述，多半将自己的星区说得比实际上更古老、更强盛。可是不论某个传说多么愚蠢，或者多么不切实际，仍会成为本土意识的一部分，该区居民一定全部深信不疑。我可以证明，银河各个角落都有一些传说，提到最早的星际殖民是从地球开始的，虽然他们对这颗母星可能有不同的称呼。”

“还有什么别的称呼？”

“名称可多了，有时管它叫‘独一世界’，有时称之为‘最古世界’。也有人用‘有卫的世界’，根据某些权威的解释，这个名称源自地球有个巨大的卫星。可是也有人坚持它的意思是‘失落的世界’，而‘有卫’则是‘久违’的转音，那是个流行于银河标准语之前的词汇，意思是‘失落’或‘不见踪影’。”

崔维兹温和地插嘴道：“詹诺夫，暂停！你的权威和反权威理论会说个没完没了。这种传说到处都有，你是这个意思吗？”

“喔，是的，我亲爱的伙伴，几乎俯拾即是。你得通通看过之后，才能体会人类这种共通的习性——一旦有了某个事实当种子，便会在上面加上一层又一层美丽的谎言，就像芮普拉星牡蛎那样，可以由一粒沙慢慢生成一颗珍珠。这个极佳的比喻是我在……”

“詹诺夫！别再说啦！告诉我，在康普隆的传说中，有没有跟其他世界不同之处？”

“喔！”裴洛拉特木然地凝视着崔维兹，一会儿之后才说，“不同？嗯，他们声称地球就在附近，这点颇不寻常。其他的世界如果提到地球，不管选用哪个名称，大多都有一种倾向，就是将它的位置讲得暧昧不明——不是说不知道有多远，就是说位于虚无缥缈之处。”

崔维兹说：“是呀，就像在赛协尔上，有人告诉我们盖娅位于超空间中。”

宝绮思突然哈哈大笑。

崔维兹立刻瞥了她一眼。“这是真的，我们亲耳听到的。”

“我不是不相信，只是觉得很有意思。当然啦，这正是我们希望他们相信的事。如今我们只希望不被打扰，难道还有比超空间更安全、更隐密的地方吗？如果大家都以为我们在那里，即使事实并非如此，也跟我们藏在超空间中没有两样。”

“没错，”崔维兹冷冷地说，“同理，大家会相信地球不存在，或者位于很远的地方，或者它的地壳具有放射性，也一定是有原因的。”

“只不过，”裴洛拉特说，“康普隆人相信地球和他们相距不远。”

“却说它的地壳有放射性。凡是拥有地球传说的民族，不论说法如何，都一致认为地球无法接近。”

“差不多就是这样。”裴洛拉特说。

崔维兹又说：“赛协尔上有许多人相信盖娅就在附近，有些人甚至还能正确指出它的恒星，偏偏一致公认盖娅是个去不得的地方。而在康普隆上，或许有人能指认出地球的恒星，虽然他们会坚持地球具有放射性，而且早已失去生机。即使他们这样说，我们仍然要向地球进发，我们要拿当初进军盖娅的行动做榜样。”

宝绮思说：“当初是盖娅愿意接纳你，崔维兹。你在我们的掌握中一筹莫展，但我们根本无意伤害你。如果地球也是一样威力强大，却对我们并不友善，那该怎么办？”

“我不计一切后果，无论如何都要试图接近它。然而，这是我个人的任务，等我找出地球的下落，准备前进时，你们再离开仍不算太迟。我会把你们留在最近的基地世界，如果你们坚持的话，我也可以带你们回盖娅去。然后，我再一个人前往地球。”

“我亲爱的兄弟，”裴洛拉特显然很难过，“别说这种话，我做梦也不会想丢下你。”

“而我做梦也不会想丢下裴。”宝绮思一面说，一面伸出手来摸摸裴洛拉特的脸颊。

“那就太好了。我们很快就能进行跃迁，直奔康普隆，然后嘛，希望下一站——就是地球。”

第二篇

康普隆

第三章
入境太空站

09

宝绮思一面走进舱房，一面说道:“崔维兹有没有跟你说，我们随时可能跃迁到超空间?”

正埋首盯着显像盘的裴洛拉特抬起头来说:“事实上，他刚才顺便来打个招呼，告诉我说‘半小时之内’。”

“我不喜欢想到这种事，裴。我向来不喜欢跃迁，它让我有一种内脏要跑出来的古怪感觉。”

裴洛拉特显得有些惊讶。“我从来没想到你也经常旅游太空，宝绮思吾爱。”

“我并非这方面的专才，我也不是专指我个人的这一部分。盖娅本身并没有机会经常作太空旅行，基于我/们/盖娅的天性，我/们/盖娅并不从事探索、贸易或太空游历。话说回来，还是需要有人驻守入境太空站……”

“所以我们才有幸遇到你。”

“是呀，裴。”她对他投以深情的一笑，“基于种种理由，我们也需要派人到赛协尔或其他星域探访——通常都是在暗中进行。但不论是明是暗，总是需要经历跃迁。当然，不论盖娅哪一部分进行跃迁，所有的盖娅都感觉得到。”

“那实在很糟。”裴洛拉特说。

“还有更糟的事。因为盖娅绝大部分并未经历跃迁，所以效应被大量稀释，可是，我好像比大部分的盖娅感觉更为强烈。这正是我一直试图告诉崔维兹的事，虽然所有的盖娅都是盖娅，各个成分却并非完全相同，我们彼此也有个体差异。由于某种原因，我的身体构造对跃迁特别敏感。”

“等一等！”裴洛拉特好像突然想到什么，“崔维兹跟我解释过，只有在普通船舰中，你才会有那种糟透了的感觉。普通船舰进入超空间之际，一定会离开银河重力场，而在重返普通空间时，又会重新回到重力场中，那种感觉便是一去一来所产生的。但远星号却是一艘重力太空艇，它丝毫不受重力场的作用，在进行跃迁时，并未真正离开和重返重力场。因此，我们不会有任何感觉，亲爱的，这点我能以个人经验向你保证。”

“那实在太好了，我真希望早就想到跟你讨论这件事，那样我就不必穷操心了。”

“此外还有个好处。”难得有机会担任太空航行解说员，裴洛拉特感到精神大振，“一般的船舰必须在普通空间中远离巨大物体，例如恒星，然后才能进行跃迁。原因之一，愈接近恒星重力场愈强，跃迁引起的感觉就愈剧烈。此外，重力场愈强，想要进行一次安全的跃迁，抵达预期的普通空间目的地，需要解的方程式就愈复杂。

“然而，在重力太空艇中，根本不会引起‘跃迁感’。况且，这艘太空艇有一台新型电脑，比普通的电脑先进许多倍，能以非凡的功能和速度处理复杂的方程式。所以说，远星号不必为了找一个安全舒适的跃迁地点，花上几周的时间来避开一颗恒星，它只需要飞两三天就够了。尤其是我们不受制于重力场，也就不受惯性效应的影响，这个优势就更为明显——我承认自己并不了解这些理论，但这些都是崔维兹告诉我的。”

宝绮思说：“很好啊，这都要归功于崔有办法驾驭这艘非凡的太空艇。”

裴洛拉特微微皱了一下眉头。“拜托，宝绮思，请说‘崔维兹’。”

“我会的，我会的。不过当他不在的时候，我想轻松一下。”

“别这样，你丝毫不该纵容这种习惯，亲爱的，他对这点相当敏感。”

“他敏感的不是这个，他是对我敏感，他不喜欢我。”

“不是这样的。”裴洛拉特一本正经地说，“我跟他讨论过这件事——哎，哎，别皱眉头，我讲得万分委婉，小宝贝。他向我保证，他不是不喜欢你，而是对盖娅仍有疑虑。他不得不选择盖娅作为人类未来的蓝图，这点令他闷闷不乐，我们一定要体谅他。等他慢慢了解到盖娅的优点，他就会没事了。”

“我也希望这样，但问题不只是盖娅。不论他跟你说什么，裴——记住，他对你很有好感，不希望让你伤心——但他就是不喜欢我这个人。”

“不，宝绮思，这是不可能的。”

“不能因为你喜欢我，就得人人都喜欢我，裴。让我解释给你听，崔——好吧，崔维兹——认为我是个机器人。”

一向面无表情的裴洛拉特，此时脸上布满讶异之色。他说：“他绝不可能认为你是个人造人。”

“这有什么好大惊小怪的？盖娅就是靠机器人协助而创建的，这是众所皆知的事实。”

“机器人或许有些帮助，就像机械装置一样，但是创建盖娅的是人类，是来自地球的人类。崔维兹的想法是这样的，我知道他是这样想的。”

“我告诉过你和崔维兹，盖娅的记忆并未包含任何有关地球的资料。不过，机器人的确存在于我们最古老的记忆中，即使在盖娅建立了三千年之后，机器人仍旧存在，它们的工作是将盖娅转变成适宜住人的世界。与此同时，我们也致力发展盖娅的行星级意识，这项工作花了很长时间，亲爱的裴。我们的早期记忆之所以模糊不清，这是原因之一，也许并非如崔维兹所想象的，是来自地球的力量将它们抹除……”

“好的，宝绮思，”裴洛拉特以焦急的口吻说，“可是那些机器人呢？”

“嗯，盖娅形成之后，机器人就全部离开了。我们不希望盖娅之中包含机器人，因为我们始终深信，不论是孤立体的社会或行星级生命体，只要含有机器人这种成分，终究会对人类有害。我不知道我们是如何得到这种结论的，有可能是根据银河早期历史中的一些事件，因此盖娅的记忆无法延伸到那里。”

“既然机器人离开了……”

“没错，可是假如有些留下来了呢？假如我就是其中之一，也许我已经有一万五千岁，崔维兹就是怀疑这一点。”

裴洛拉特缓缓摇了摇头。“但你不是啊。”

“你确定自己真的相信吗？”

“我当然相信，你绝不是机器人。”

“你怎么知道？”

“宝绮思，我知道，你身上没有一处是人工的。要是连我都不知道，就没有人知道了。”

“有没有可能是我的设计太过精妙，因此不论哪一方面，从最大到最小，我都和自然生成的一模一样？果真如此的话，你如何能看出我和真人的差别？”

裴洛拉特说：“我不相信你会是个设计精妙的假人。”

“暂且不管你怎么想，万一真有这个可能呢？”

“我就是不相信。”

“那么，让我们把它当作一个假设的案例。假设我是个几可乱真的机器人，你会作何感想？”

“这个，我……我……”

“说得具体一点，你对于跟一个机器人做爱有什么感想？”

裴洛拉特突然右手拇指与中指相扣，发出清脆的一声响。“你可知道，银河中流传着一些女性爱上男性人造人，或是男性爱上女性人造人的传说。我一直认为那只能算寓言，从未想到它们会是千真万确的事实。当然啦，在我们降落赛协尔之前，我和葛兰从来没听说过机器人，可是我现在想想，那些男女人造人一定就是机器人。在银河历史早期，这种机器人显然曾经存在，这就表示必须重新考量那些传说……”

裴洛拉特陷入沉思，宝绮思等了一会儿，突然用力拍了拍手，吓得他跳了起来。

“亲爱的裴，”宝绮思说，“你在用你搜集的神话来回避问题。我的问题是：你对于跟一个机器人做爱有什么感想？”

他不安地凝视着她。“一个完全足以乱真的机器人？一个和真人无法区分的机器人？”

“是的。”

“我认为，和真人无法区分的机器人就是人类。如果你是这样一个机器人，对我而言，你就是不折不扣的人类。”

“我想听的正是这句话，裴。”

裴洛拉特顿了一下，然后说：“嗯，既然你听到了我的回答，亲爱的，现在你是不是该告诉我，你是自然的人类，好让我不必再跟假设的情境奋战？”

“不，我不会那样做。你将自然的人类，定义成具有一切自然人类特质的物件，而你如果认为我具备所有这些特质，那我们的讨论可以就此结束。我们已经得到一个操作性定义，不需要再加油添醋。毕竟，我又怎么知道你并不是一个以假乱真的机器人？”

“因为我跟你说我不是。”

“啊，但如果你是个足以乱真的机器人，也许你本身的设计，会让你跟我说你是个自然人类，你甚至可能被设定成相信自己是个真人。操作性定义是我们仅有的依据，我们也只能推论出这样的定义。”

她将手臂揽在裴洛拉特脖子上，开始亲吻他。她愈吻愈热情，几乎欲罢不能，裴洛拉特好不容易才挤出一点声音，像是被蒙住嘴巴似的说：“可是我们答应过崔维兹，不会把这艘太空艇变成蜜月小屋，以免令他尴尬。”

宝绮思哄诱他说：“让我们达到忘我的境界，就不会有时间去想什么承诺。”

裴洛拉特感到很为难。“可是我做不到，亲爱的。我知道这一定会让你不高兴，宝绮思，但我无时无刻不在思考，我天生不愿意让自己被感情冲昏头。这是我一辈子的习惯，也许会让别人感到非常讨厌。凡是曾经和我共同生活的女人，迟早会对这点表示不满。我的第一任妻子——不过我想现在不适合讨论这……”

“是的，的确不太适合，不过没有那么严重，你也不是我的第一个爱人。”

“喔！”裴洛拉特有点不知所措，但随即注意到宝绮思浅浅的笑意，连忙道，“我的意思是，这理所当然，我从来就没有奢望自己是。总之，我的第一任妻子不喜欢我这个习惯。”

“可是我喜欢，我觉得你不断陷入沉思的习惯很迷人。”

“我真不敢相信，但我的确有了另一个想法。我们已经同意，机器人和真人没有什么差别，然而，我是个孤立体，这点你是知道的，我并不是盖娅的一部分。我们在亲热的时候，即使你让我偶尔参与盖娅，你仍是在分享盖娅之外的情感，而这种情感的强度，也许比不上盖娅和盖娅的爱情。”

宝绮思说：“爱上你，裴，自有一种特别的喜悦，我已心满意足。”

“但这不仅仅是你爱上我这么简单，你不只是你个人而已。假如盖娅认为这是一种堕落呢？”

“如果它那么想，我一定会知道，因为我就是盖娅。既然我能从你这里得到快乐，盖娅一样可以。当我们做爱时，所有的盖娅多少都会分享到快感。当我说我爱你，就等于说盖娅爱你，虽然只是由我这部分担任直接的角色——你好像很困惑。”

“身为一个孤立体，宝绮思，我真的不太了解。”

“我们总是可以拿孤立体的身体来作类比。当你吹口哨的时候，是你整个身体，你这个生物，想要吹出一个调子，可是直接担任这项工作的，却只有你的嘴唇、舌头和肺部，你的右脚拇指什么也没做。”

“它也许会打拍子。”

“但那并非吹口哨的必要动作，用大脚趾打拍子不是动作的本身，而是对动作的回应。事实上，盖娅每一部分多少都会对我的情感产生些反应，正如我对其他成员的情感也会有所回应一样。”

裴洛拉特说：“我想，实在没有必要对这种事感到脸红。”

“完全不必。”

“可是这为我带来一种古怪的责任感。当我努力使你快乐的时候，我觉得必须尽力使盖娅所有的生物都感到快乐。”

“应该说所有的原子——但你做到了。我让你短暂分享的那个共有喜悦，你的确对它作出了贡献。我想由于你的贡献太小，所以很难察觉，但是贡献的确存在，而你知道了它的存在，就会使你更加快乐。”

裴洛拉特说：“我希望能够确定葛兰正忙着驾驶太空艇穿越超空间，有好一阵子无法离开驾驶舱。”

“你想度蜜月吗？”

“是的。”

“那么拿一张纸来，写上‘蜜月小屋’，然后贴在门外。如果他硬要进来，就是他自己的问题。”

裴洛拉特依言照做。在他们接下来的云雨之欢中，远星号终于进行了跃迁。裴洛拉特与宝绮思都未曾察觉，即使两人特别留意，也不可能会有任何感觉。

10

其实，裴洛拉特遇见崔维兹，以及离开端点星，进行生平首度的星际之旅，只不过是几个月前的事情。在此之前，他的大半生完全在端点星上度过，前后已超过半个世纪（根据银河标准时间）。

在他心目中，自己在这几个月间已成了太空老兵。他曾经从外太空看过三颗行星：端点星、赛协尔以及盖娅。如今，他又从显像屏幕上看到另外一颗，不过这回是借着电脑控制的望远装置，而这颗行星就是康普隆。

然而，这是他第四度感到莫名的失望。不知道什么原因，他始终认为从太空俯瞰一个适宜住人的世界，应该可以看到镶在海洋中的大陆轮廓，而若是一个干燥的世界，也该看得到镶在陆地中的众多湖泊。

可是他从来没有看到过。

倘若一个世界适宜住人，就该同时拥有大气层与水圈；既然又有空气又有水分，表面一定会有云气；而只要有云，外表看起来便相当朦胧。这次也不例外，裴洛拉特发现底下又是无数白色漩涡，偶尔还能瞥见一些苍蓝或锈褐色的斑点。

他闷闷不乐地想到，如果某颗距离遥远的行星，比方说位于三十万公里之外，它的影像投射到屏幕后，是否有人能分辨出它是哪个世界？谁又能分辨两团涡状云的异同？

宝绮思以关怀的眼神望着裴洛拉特。“怎么啦，裴？你似乎不大高兴。”

“我发现所有的行星从太空看来都差不多。”

崔维兹说：“那又怎样，詹诺夫？假如你在端点星的海洋中航行，那么出现在地平线的每道海岸线，也都是大同小异。除非你知道要找的是什么——一座特别的山峰，或是一个形状特殊的离岛。”

“我想这话没错，”裴洛拉特说，但他显然并不满意，“可是在一大片移动的云朵中，你又想找些什么呢？即使你试着去找，在你确定之前，可能已经进入行星的暗面了。”

“再看仔细点，詹诺夫。假如你好好观察云朵的形态，将会发现它们都趋向同一个模式，那就是以某一点为中心，环绕着行星打转，而那个中心差不多就是南极或北极。”

“是哪一极呢？”宝绮思显得很感兴趣。

“相对于我们而言，这颗行星以顺时针方向旋转，因此根据定义，我们俯瞰的这端是南极。由于这个中心和昼夜界线，也就是行星的阴影线，距离大约十五度，而行星自转轴和公转轴的夹角是二十一度，所以现在的季节应该是仲春或仲夏，至于何者正确，要看南极目前正在远离还是接近昼夜界线。电脑可以计算出这颗行星的轨道，如果我问它，就能立刻得到答案。这个世界的首府在赤道北边，因此那里的季节是仲秋或仲冬。”

裴洛拉特皱起眉头。“这些你全都能看出来？”他望着云层，仿佛认为它现在会（或者应该）开口跟他说话，但这当然是不可能的。

“还不只这些呢，”崔维兹说，“如果你仔细观察两极地区，将会发现那里的云层没有裂缝，这点跟其他地区很不一样。事实上裂缝还是有的，不过裂缝下面都是冰层，所以你看到的是白茫茫一片。”

“啊，”裴洛拉特说，“我想两极的确应该有这种现象。”

“任何适宜住人的行星当然都有。至于毫无生机的行星，上面也许根本没有空气或水分，或者，有可能具有某些征状，显示其上的云气并非‘水云’，或是冰层并非‘水冰’。这颗行星完全没有那些征状，因此我们可以知道，眼前的确是水云和水冰。

“接下来，我们应该注意日面这一大片白昼区，有经验的人一看就知道，它的面积大于平均值。此外，你可以从反射光中，观察到一种相当昏暗的橙色光芒。这表示康普隆之阳比端点星之阳温度低，虽然相较于端点星，康普隆和它的太阳距离较近，但由于这颗恒星温度偏低，因此就适宜住人的世界而言，康普隆算是寒冷的世界。”

“你像是在阅读影视书 样，老弟。”裴洛拉特以敬佩的口吻说。

“别太崇拜我。”崔维兹露出诚挚的笑容，“电脑将有关这个世界的统计资料都给了我，包括它稍微偏低的平均温度。既然知道了结果，就不难反过来找些理由推论一番。事实上，康普隆正濒临冰河期，若非陆地形态的条件不合，它早已进入冰河期。”

宝绮思咬了咬下唇。“我不喜欢寒冷的世界。”

“我们有保暖的衣物。”崔维兹说。

“话不是这么说，人类天生就不适应寒冷的气候，我们没有厚实的毛皮或羽毛，也没有足以御寒的皮下脂肪。一个具有寒冷气候的世界，似乎多少有些漠视各个成员的福祉。”

崔维兹说：“盖娅是不是处处气候都很温和？”

“大部分区域都是，我们也提供一些寒带地区给寒带动植物，以及一些热带地区给热带动植物。不过大多数地区都保留给其他生物，当然包括人类在内，所以一律四季如春，从来不会太冷或太热。”

“当然包括人类在内。就这方面而言，盖娅所有的部分一律平等，不过有些成员，例如人类，显然比其他成员更加平等。”

“别作不智的挖苦。”宝绮思显得有点恼怒，“意识的层级和程度是很重要的因素，一个人类成员和同样重量的岩石相比，自然是人类对盖娅比较有用。整体而言，盖娅的性质和功能必须以人类为标准来衡量——然而，并不像孤立体世界那般看重人类。此外有些时候，盖娅这个大我如有需要，也会以其他标准自我衡量，甚至也许每隔很长一段时间，需要以岩石内部的标准来衡量。这点也绝对不可忽视，否则盖娅每一部分都会受连累。我们可不希望来一场没有必要的火山爆发，对不对？”

“当然不希望，”崔维兹说，“如果没有必要的话。”

“你不以为然，是吗？”

“听我说，”崔维兹道，“我们有气温低于或高于平均值的世界，有热带森林占了很大面积的世界，还有遍布大草原的世界。没有哪两个世界一模一样，对适应某个世界的生物而言，那个世界就是家园。我个人习惯端点星相当温和的气候——事实上，我们将它控制得几乎和盖娅一样适中——可是我也喜欢到别处去，至少暂时换个环境。相较之下，宝绮思，盖娅欠缺的是变化。倘若盖娅扩展成盖娅星系，每个世界是否都会被迫接受改造？这种千篇一律的单调将令人无法忍受。”

宝绮思说：“如果真的无法忍受，如果真的希望有些变化，仍然可以保留多样性。”

“这算是中央委员会的赏赐吗？”崔维兹讽刺道，“在它能容忍的范围内，拨出一点点的自由？我宁可留给大自然来决定。”

“但你们并未真正留给大自然来决定，银河中每个适宜住人的世界，全都受到过改造。那些世界刚被发现的时候，自然环境都无法让人类舒适地生活，因此每个世界都被尽可能改造得宜人。如果眼前这个世界过于寒冷，我确定是因为它的居民无法做得更好。即使如此，他们真正居住的地方，也一定用人工方法加热到适宜的温度。所以你不必自命清高，说什么留给大自然来决定。”

崔维兹说：“我想，你是在替盖娅发言吧。”

“我总是替盖娅发言，我就是盖娅。”

“如果盖娅对自己的优越性那么有信心，你们为什么还需要我的决定？为什么不自己向前冲呢？”

宝绮思顿了一下，仿佛在集中思绪。然后她说：“因为太过自信是不智的。我们对于本身的优点，自然看得比缺点更清楚。我们渴望做正确的事，它不一定是我们自认为正确的，但是必须具有客观正确性——如果所谓的客观正确性真正存在。我们经过多方的找寻，发现你似乎是通向客观正确性的最佳捷径，所以我们请你来当我们的向导。”

“好一个客观正确性，”崔维兹悲伤地说，“我甚至不了解自己所作的决定，因而必须千方百计寻求佐证。”

“你会找到的。”宝绮思说。

“我也这么希望。”崔维兹应道。

“说句老实话，老弟，”裴洛拉特道，“我觉得这次的对话，宝绮思轻而易举占了上风。你怎么还看不出来，她的论证已经足以说明，你决定以盖娅作为人类未来的蓝图是正确的？”

“因为，”崔维兹厉声道，“我在作决定的时候，还没有听到这些论证，当时我对盖娅这些细节一概不知。是另一个因素影响了我，至少是潜意识的影响。那是个和盖娅的细节并无关联的因素，可是一定更为基本，我必须找出的正是这个因素。”

裴洛拉特伸出手来拍拍崔维兹，安慰他说：“别生气，葛兰。”

“我不是生气，只是觉得压力大得几乎无法承受，我不想成为全银河的焦点。”

宝绮思说：“这点我不怪你，崔维兹。由于你天赋异禀，才不得不接受这个角色，我实在感到抱歉。我们什么时候登陆康普隆？”

“三天以后，”崔维兹说，“我们得在轨道上某个入境站先停一下。”

裴洛拉特说：“应该没什么问题吧？”

崔维兹耸了耸肩。“这要由许多因素来决定，包括前来这个世界的太空船有多少、入境站有多少，还有更重要的一点，就是核准或拒绝入境的特殊法规，这种法规随时都有可能改变。”

裴洛拉特愤慨地说：“你说拒绝入境是什么意思？他们怎么可以拒绝基地公民入境？康普隆难道不是基地领域的一部分？”

“嗯，可以说是，也可以说不是，这是个微妙的法政问题，我不确定康普隆会如何诠释。我想，我们有可能被拒绝，但我相信可能性并不太大。”

“如果遭到拒绝，我们该怎么办？”

“我也不知道。”崔维兹说，“让我们静观其变，别把精神耗在假想的状况上。”

11

现在他们已经相当接近康普隆，即使不借助望远设备，呈现眼前的也是个可观的球状天体。如果经由望远镜放大，那就连入境太空站都看得见了。这些入境站比轨道上大多数的人造天体更深入太空，而且个个灯火通明。

远星号由南极这端慢慢接近这颗行星，能看到行星表面的一半始终沐浴在阳光下。位于夜面的入境站是一个个的光点，自然显得特别清楚，全都均匀排列在一个弧圈上。有六个入境站清晰可见（在日面上无疑还有六个），全部以相同的固定速度环绕着这颗行星。

裴洛拉特面对这个景象，敬畏之情油然而生。他说："那些距离行星较近的灯光，都是些什么东西？"

崔维兹说："我对这颗行星不太了解，所以答不上来。有些可能是轨道上的工厂、实验室或观测站，甚至是住人的太空城镇。有些行星喜欢让人造天体外表看起来一片漆黑，只有入境站例外，例如端点星就是如此。就这点而言，康普隆显然比较开放。"

"我们要去哪个入境站，葛兰？"

"这得由他们决定，我已经送出登陆康普隆的请求，早晚会收到回复，指示我们该向哪个入境站飞去，以及何时该去报到。这主要取决于目前有多少太空船等候入境，如果每个入境站都有成打的太空船排队，我们除了耐心等待，根本没有其他选择。"

宝绮思说："在此之前，我只有两次超空间旅行的经验，两次都是去赛协尔或附近的星空，我从来没到过这么远的地方。"

崔维兹以锐利的目光盯着她。"这有关系吗？你依然是盖娅，对不对？"

宝绮思一时之间显得有些恼怒，但不久就软化为带点尴尬的笑声。"我必须承认这次被你抓到语病，崔维兹。'盖娅'这个名称有双重含意，它可以代表太空中一个球状的固体、一颗具有实体的行星，也可以代表包括这颗行星在内的生命体。严格说来，对于这两种不同的概念，我们应该使用两个不同的名词，不过盖娅人总能从上下文的意思，了解对方指的是哪一个。我承认，孤立体有时可能会被搞糊涂。"

"好吧，那么，"崔维兹说，"目前你距离盖娅这颗星球有数千秒差距，你仍是盖娅这个生命体的一部分吗？"

"就生命体的定义而言，我仍是盖娅。"

"没有任何衰减？"

"本质上并没有。我确定自己曾经告诉你，跨越超空间而想继续身为盖娅，的确有些困难存在，但我做到了。"

崔维兹说："你是否想到过，可将盖娅视为一个银河级的魁肯——传说中充满触须的怪兽，那些触须无孔不入。你们只要派几个盖娅人到每个住人世界，就等于建立了盖娅星系。事实上，你们也许已经这样做了。那些盖娅人都在哪里？我想至少有一个在端点星上，也至少有一个在川陀。这项行动进行到什么程度了？"

宝绮思看来相当不高兴。"我说过我不会对你说谎，崔维兹，但并不表示我有义务告诉你全部真相。有些事情你不需要知道，盖娅独立成员的位置和身份便是其中之一。"

"就算我不需要知道他们的下落，宝绮思，我是否有必要知道这些触须存在的原因？”

“盖娅认为你也不需要知道。”

“不过，我想我可以猜猜，你们相信自己是银河的守护者。”

“我们渴望有个安全、稳固、和平且繁荣的银河，而谢顿计划，至少是哈里·谢顿当年拟定的那个计划，则是准备发展出比第一银河帝国更稳定、更可行的第二帝国。后来，谢顿计划经过第二基地的不断修正和改良，直到目前为止，似乎都进行得很顺利。”

“盖娅却不希望谢顿计划中的第二帝国付诸实现，对不对？你们期盼的是盖娅星系——一个活生生的银河系。”

“既然已经得到你的准许，我们便希望盖娅星系终能出现。假使你不准，我们便会努力经营谢顿的第二帝国，尽可能使它变得安全稳固。”

“可是第二帝国到底……”

崔维兹耳际突然响起一阵轻柔的隆隆声，于是他说：“电脑对我发出讯号，我想它收到了有关入境站的指示，我去去就来。”

他走进驾驶舱，将双手放在桌面的手掌轮廓上，便得到了该前往哪个入境站的指示——包括那个入境站相对于康普隆自转轴（从中心指向北极）的坐标，以及指定的前进航线。

崔维兹发出同意的讯号，然后仰靠在椅子上休息了一会儿。

谢顿计划！他已经很久没想到了。第一银河帝国早已土崩瓦解，而基地起初与帝国争霸，后来在帝国的废墟中崛起，至今已有五百年——一切都在按照谢顿计划进行。

其间也曾经由于“骡乱”而中断，骡一度对谢顿计划形成致命威胁，差一点粉碎了整个计划，但基地终究渡过了难关。或许是一直隐身幕后的第二基地伸出援手，不过援手也可能来自行踪更为隐密的盖娅。

如今谢顿计划所受到的威胁，却远比骡乱更为严重。原定浴火重生的帝国遭到淘汰，取而代之的是一种史无前例的组织——盖娅星系。而他自己，竟然同意了这样做！

可是为什么呢？是谢顿计划有什么瑕疵？有根本的缺陷吗？

一刹那间，崔维兹似乎觉得缺陷的确存在，也知晓这个缺陷究竟是什么，而且当初在作出决定之际，他就已经明白了一切。可是这个乍现的灵光……如果的确是真的……却来得急去得快，没有在他心中留下任何印象。

也许当初作出决定的那一刻，以及刚才的灵光一闪，两次顿悟都只是一种幻觉。毕竟，除了心理史学所倚仗的基本假设之外，他对谢顿计划一窍不通。此外，对于其中的细节，尤其是数学理论，他根本没有丝毫概念。

他闭起眼睛，开始沉思……

结果是一片空白。

他是不是需要电脑提供额外的力量？他将双手放在桌面上，立时感到被电脑的温暖双手紧紧握住。他阖上双眼，再度凝神沉思……

依旧是一片空白。

12

登上远星号的康普隆海关人员，佩戴着一张全息识别卡，上面映出他圆圆胖胖、留着稀疏胡须的脸孔，看来简直维妙维肖。全息像下面则是他的名字：艾·肯德瑞。

他个子不高，身材和脸孔一样浑圆，表情与态度都显得既随和又有精神。此时，他正带着明显的讶异神情，打量着这艘太空艇。

他说："你们怎么来得这么快？我们以为至少要等两个钟头。"

"这是新型的太空艇。"崔维兹以不亢不卑的口气回答。

不过，肯德瑞显然没有看起来那么嫩，他刚走进驾驶舱，立刻问道："重力驱动的？"

崔维兹认为没必要否认那么明显的事实，于是以平淡的口吻答道："是的。"

"真有意思，我们听说过，可是从来没见过。发动机在艇体中吗？"

"没错。"

肯德瑞看了电脑一眼。"电脑线路也一样？"

"没错，至少就我所知是这样，我自己从来没看过。"

"好吧。我需要的是这艘太空艇的相关文件，包括引擎编号、制造地点、识别码，以及一切相关资料。我确定这些都在电脑中，它也许只要半秒钟，就能吐出一份正式资料卡。"

资料果然很快就印出来，肯德瑞又四处张望了一下。“太空艇上只有你们三个人吗？”

崔维兹答道：“是的。”

“有没有活的动物？植物呢？你们健康状况如何？”

“没有动物、没有植物、健康状况良好。”崔维兹答得很干脆。

“嗯！”肯德瑞一面做着笔记，一面说，“可不可以请你将手放进这里？只是例行检查——请伸出右手。”

崔维兹向那个仪器随便瞥了一眼。这种检查仪器愈来愈普遍，而且很快就改良得愈来愈精巧。只要看看一个世界使用的“微侦器”多么落后，几乎就能知道那个世界本身的落后程度。然而，如今不论多么落后的世界，也鲜有完全不用这种仪器的。微侦器是随着帝国崩溃而出现的产物，由于银河中分崩离析的各个世界，变得愈来愈惧怕其他世界的疾病与异种微生物，因此无不全力加强防范。

“这是什么？”宝绮思低声问，似乎很感兴趣。然后她伸长脖子，看了看仪器的左右两侧。

裴洛拉特说：“微侦器，我相信他们是这么叫的。”

崔维兹补充道：“并不是什么神奇的东西。这种仪器可以自动检查你身体的某一部分，从里到外，看看有没有会传染疾病的微生物。”

“这台还能将微生物分类呢，”肯德瑞以稍嫌夸大的骄傲口气说，“是康普隆本地研发出来的——对不起，你还没把右手伸出来。”

崔维兹将右手插进去，看到一串小红点沿着一组水平线不停舞动。肯德瑞按下一个开关，彩色画面立刻转到一张纸上。“请在这上面签名，先生。”他说。

崔维兹签了名，接着问道：“我的健康情况多糟？我不会有什么大危险吧？”

肯德瑞说：“我不是医生，所以无法说明细节，不过这些症状都没什么大不了，不至于让你被赶回去或隔离起来。我关心的只是这点。”

“我多么幸运啊。”崔维兹一面自嘲，一面甩了甩右手，想要甩掉轻微的刺痛感。

“换你了，先生。”肯德瑞说。

裴洛拉特带着几分犹豫，将手伸进仪器中。检验完毕后，他也在彩色报表上签了名。

“接下来是你，女士。”

过了一会儿，肯德瑞看着检查报告说：“我从来没见过像这样的结果。”他抬起头来望着宝绮思，脸上露出敬畏的表情，“你没有任何症状，完全没有。”

宝绮思露出迷人的笑容。“真好。”

“是啊，女士，我真羡慕你。”他又翻回第一张报表，“你的身份证件，崔维兹先生。”

崔维兹掏出证件，肯德瑞看了一眼，又露出惊讶的表情，抬起头来说：“端点星的议员？”

“没错。”

“基地的高级官员？”

崔维兹以淡淡的口气说：“完全正确。所以请让我们尽快通关，好吗？”

“您是船长？”

“是的。”

“来访的目的？”

“有关基地安全事宜，这就是我能告诉你的一切，明白了吗？”

“明白了，阁下。你们预计停留多久？”

“我不知道，大概一个星期吧。”

“没问题，阁下。这位先生呢？”

“他是詹诺夫·裴洛拉特博士。”崔维兹说，“你已经有了他的签名，我可以替他担保。他是端点星的学者，我这次的访问任务，由他担任我的助理。”

“我了解，阁下，但我必须查看他的身份证件。规定就是规定，我只能这么说。希望您能谅解，阁下。”

于是裴洛拉特掏出他的证件。

肯德瑞点了点头。“你的呢，小姐？”

崔维兹冷静地说：“没有必要麻烦这位小姐，我也替她担保。”

“我知道，阁下，但我还是要看她的身份证件。”

宝绮思说：“只怕我身边没有任何证件，先生。”

肯德瑞皱起眉头。“请问你说什么？”

崔维兹说：“这位小姐没带任何证件。她是一时疏忽，不过一点也没关系，我可以负完全责任。”

肯德瑞说：“我希望能让您负责，可是我爱莫能助，要负责任的人是我。这种情况没什么大不了，取得一份副本应该不难。这位年轻女士，我想也是来自端点星吧。”

“不，她不是。”

“那么，是从基地领域的某个世界来的？”

“其实也不是。”

肯德瑞以锐利的目光望了望宝绮思，又望了望崔维兹。“这就有些麻烦了，议员先生。要从非基地的世界取得证件副本，可能就得多花点时间。由于你不是基地公民，宝绮思小姐，我需要知道你出生的世界，以及你是哪个世界的公民。然后，你得等证件副本来了再说。”

崔维兹又说：“听着，肯德瑞先生，我看不出有任何理由浪费这个时间。我是基地政府的高级官员，我来此地执行一项重大任务，绝不能让一些无聊的手续耽误我的行程。”

“我无权决定，议员先生。如果我能做主，现在就会让你们降落康普隆，可是我有一本厚厚的规章手册，规范了我的每一项行动。我必须依照规章办事，否则规章会反过来办我——当然，我想此刻一定有康普隆的政府官员在等候您，如果您能告诉我他是谁，我马上跟他联络，如果他命令我让您通关，那我一定照办。”

崔维兹犹豫了一会儿，然后说：“这样做不太高明，肯德瑞先生。我可不可以跟你的顶头上司谈谈？”

“当然可以，可是您不能说见他就见他……”

“只要他知道想见他的是一名基地官员，我确定他立刻会来……”

“老实说，”肯德瑞道，“这话别传出去，但那样只会把事情愈弄愈糟。我们并非基地的直辖领域，这您是知道的。我们是所谓的‘联合势力’，这点我们十分在意。民众绝不希望政府表现得像基地的傀儡——我只是在说明大众的意见，希望您能了解——因此，他们会竭尽全力展示独立的地位。如果我的上司拒绝一名基地官员的要求，他很可能因此获得特殊的嘉奖。”

崔维兹的表情转趋阴郁。“你也会吗？”

肯德瑞摇了摇头。“我的工作和政治还沾不上边，阁下。不论我做了什么，都不会有人给我嘉奖，他们只要肯付我薪水，我就谢天谢地了。我非但得不到任何嘉奖，而且动辄得咎，很容易受到各种处分，我可不希望因此受到连累。”

“以我的地位，你该知道，我可以照顾你。”

“不行的，阁下。对不起，这样说或许很失礼，但我可不认为您有办法。此外，阁下，这句话很难出口，但请您千万别送什么贵重东西给我。最近抓得很紧，接受这些东西的官员会被他们拿来杀一儆百，而且他们抓贿很有一套。”

“我不是想贿赂你。我只是在想，如果你耽误了我的任务，端点市长能怎样对付你。”

“议员先生，只要我拿规章手册当挡箭牌，我就百分之百安全。万一康普隆主席团的成员受到基地责难，那是他们的事，跟我可没关系。但如果有必要的话，阁下，我可以让您和裴洛拉特博士通关，驾着你们的太空艇先行着陆。只要您将宝绮思小姐留在入境站，我们会负责收容她，等到她的证件副本送来之后，我们立刻送她下去。倘若由于特殊原因，无法取得她的证件，我们会以商用交通工具送她回到她的世界。不过这样一来，只怕有人就得支付她的交通费用。”

崔维兹注意到裴洛拉特的表情变化，于是说：“肯德瑞先生，我们能不能到驾驶舱私下谈谈？”

“当然可以，但我不能在这里停留太久，否则会令人起疑。”

“不会太久的。”崔维兹说。

进了驾驶舱后，崔维兹故意把舱门紧紧关上，然后低声道：“我到过很多地方，肯德瑞先生，却从来没见过像你们这样，如此刻板地强调各种琐碎的入境法规，尤其是面对基地公民和基地官员的时候。”

“但那个年轻女子不是基地来的。”

“即使这样也不应该。”

肯德瑞说：“这种事情时松时紧，前些时候发生了一些丑闻，所以目前凡事都很严格。如果你们明年再来，也许根本不会有任何麻烦，可是现在我一点办法也没有。”

“试试看，肯德瑞先生。”崔维兹的语气愈来愈柔和，“我全仰赖你开恩了，我把你当成哥儿们来拜托。裴洛拉特和我从事这项任务已有一段日子，他和我，就只有他和我两个人。我们是好朋友没错，可是旅途中仍旧难免寂寞，相信你懂得我的意思。不久前，裴洛拉特遇到这个小姑娘，我不必告诉你事情的经过，反正我们最后决定带她一块上路。偶尔用用她，可以让我们保持身心健康。

“问题是裴洛拉特在端点星已有家室。我自己无所谓，这你应该了解，但裴洛拉特年纪比我大，他已经到了那种有点——不顾一切的年龄。这种年纪的男人，都会想尽办法重拾青春，所以他无法放弃她。然而，如果她出现在正式文件中，等到老裴洛拉特回到端点星，就要吃不了兜着走，可有受不完的罪了。

“我们没有做什么坏事，你应该了解。宝绮思小姐——她说那就是她的名字，想想她是干哪行的，这个名字实在贴切——她不算个精明的孩子，我们也不需要她多精明。你非登记她不可吗？能不能说太空艇上只有我和裴洛拉特？我们离开端点星的时候，记录上只有我们两人。其实根本不必登记这个女子，反正她完全不带任何疾病，这点你自己也注意到了。”

肯德瑞露出一副愁眉苦脸。“我真不想为难你们。我了解这种情况，而且请您相信，我也十分同情。听我说，如果你们认为在入境站一次值班好几个月，是一件很有意思的事，那就大错特错了。而且入境站中没有任何女性，康普隆不允许这种事情。”他摇了摇头，“我也有老婆，所以我能了解。可是，请听我说，即使我让你们通关，一旦他们发现那个——呃——小姐没有证件，她马上会入狱；您和裴洛拉特先生也将惹上大麻烦，消息很快就会传回端点星。而我自己，则注定会丢掉这份差事。”

“肯德瑞先生，”崔维兹说，“请相信我，我只要踏上康普隆就安全了。我可以向适当人士透露我的任务，等我讲清楚后，就不会再有任何麻烦。对于现在这件事，万一有人追究，我会负完全责任——但我想这不大可能。更重要的一点，是我会举荐你升官，而且一定能成功，因为若是有人迟疑，我保证会让端点星对他全力施压。至于裴洛拉特，你就放他一马吧。”

肯德瑞犹豫了一下，然后说：“好吧，我让你们通关。可是我得警告你们，为了预防事迹败露，我这就要开始设法自保，而我绝不会为你们着想。更何况我很了解康普隆处理这种案子的方式，你们却完全没有概念。不守规矩的人，在康普隆是没有好日子过的。”

“谢谢你，肯德瑞先生。”崔维兹说，“不会有任何麻烦的，我向你保证。”

第四章
康普隆

13

崔维兹一行三人终于通关。回头望去，入境站正迅速缩成黯淡的小光点。再过几个小时，他们便要穿越云层。

像远星号这样的重力太空航具，不必借着逐渐缩小的螺旋路径慢慢减速，却也不能高速俯冲而下。虽然它丝毫不受重力影响，并不代表空气阻力对它也没有作用。即使能以直线下降，仍然必须相当谨慎，降落的速度绝不能太快。

“我们准备去哪里？”裴洛拉特满脸困惑地问道。“在重重云层中，我根本分不清这里和那里，老伙伴。”

“我一样不知道，”崔维兹说，“但我们有一份康普隆官方发行的全息地图，其中录有每个陆块的形状，还特别突显陆地的高度和海洋的深度，此外还包括政治领域的划分。地图就在电脑里面，电脑会自动处理，能将行星表面的海陆结构和地图资料对比，借此将太空艇正确定位，然后循着一条‘摆线’的路径将我们带到首府。”

裴洛拉特说：“我们若到首府去，会一头栽进政治漩涡中心。如果正如那个海关人员暗示的，这是个反基地的世界，那我们就是自找麻烦。”

“但另一方面，首府也必定是这颗行星的学术中心，假如我们要找的资料果真存在，就一定会在那里。至于反基地的心态，我不信他们会表现得太明目张胆。市长对我也许没什么好感，却也不能坐视一名议员受辱，她绝不会允许这种先例出现。”

此时宝绮思从厕所走出来，刚洗完的双手还湿淋淋的。她一面旁若无人地整理内衣，一面说：“对了，我相信排泄物完全被回收了。”

“没有其他选择。”崔维兹说，“若不回收排泄物，你想我们的清水能维持多久？我们除了冷藏的主食之外，还能吃到风味独特的酵母蛋糕，你以为是用什么培养出来的？我希望这样说不会令你倒胃口，效率至上的宝绮思。”

“怎么会呢？你以为盖娅、端点星，还有下面这个世界的食物和清水是怎么来的？”

“在盖娅上，”崔维兹说，“排泄物想必和你一样是活生生的。”

“不是活生生，而是具有意识，这两者是有差别的。不过，排泄物的意识层级自然很低。”

崔维兹轻蔑地哼了一声，不过没有搭腔。他只是说：“我要到驾驶舱去陪陪电脑，虽然它现在并不需要我。”

裴洛拉特说：“我们能不能跟你一块去陪它？我还是很难接受让电脑处理一切，包括自动控制太空艇降落、感测其他船舰或风暴，或是别的什么东西。”

崔维兹露出灿烂的微笑。“你一定得想办法适应，拜托。将这艘太空艇交给电脑控制，比由我控制要安全得多。不过当然欢迎，来吧，看看这些过程对你只有好处。”

此时他们正在日照面上方，因为正如崔维兹所说，在日光下将电脑地图与实景进行比对，要比在黑暗中来得简单。

“这个道理显而易见。”裴洛拉特说。

“并非全然显而易见，即使在黑暗中，电脑也能借着地表所辐射的红外线，进行同样迅速的判读。然而，波长较长的红外线无法像可见光那样，提供电脑充分的解析度。也就是说，在红外线之下，电脑无法看得那么清晰细腻。除非有必要，我希望尽量让电脑处理最简单的状况。”

“假如首府在黑夜那边呢？”

“机会是一半一半，”崔维兹说，“就算真是那样，一旦在白昼区完成地图比对，虽然首府在黑夜中，我们仍能准确无误地飞去那里。在距离首府还很远的时候，我们就会截收到许多微波波束，还会收到那里发出的讯息，引导我们到最合适的太空航站。根本没什么好担心的。”

“你确定吗？”宝绮思说，“你们将带我一起下去，但我没有任何证件，也说不出一个他们晓得的星籍——而且我已下定决心，无论如何不会对他们提到盖娅。所以说，我们降落之后，万一有人要查我的证件，我们该怎么办？”

崔维兹说：“这种事不太可能发生，谁都会以为在入境站已经检查过了。”

“但如果他们真的问起呢？”

“那么，等事到临头的时候，我们再来面对问题。此时此刻，我们不要凭空制造问题。”

“等到我们面对问题的时候，很可能就来不及解决了。”

“我会用我的智慧及时解决，不会来不及的。”

“提到智慧，你是怎么让我们顺利通关的？”

崔维兹望着宝绮思，嘴角慢慢扯出一个笑容，看起来像个顽皮的少年。“只是用点头脑罢了。”

裴洛拉特说：“你到底是怎么做的，老友？”

崔维兹说：“只不过找到了求他帮忙的正确法门罢了。我先试着用威胁和不着痕迹的利诱，然后又诉诸他的理智，以及他对基地的忠诚，结果都没有成功。所以我不得不使出最后一招，说你对你的妻子不忠，裴洛拉特。”

“我的妻子？可是，我亲爱的伙伴，我目前并没有妻子啊。”

“这点我知道，但是他不晓得。”

宝绮思说：“我猜你们所谓的‘妻子’，是指男性的固定女性伴侣。”

崔维兹说：“要比你说的还复杂些，宝绮思。应该说是法定的女性伴侣，由于这种伴侣关系，对方依法获得了某些权利。”

裴洛拉特紧张兮兮地说：“宝绮思，我现在没有妻子，过去有些时候有过，不过都是很久以前的事。如果你希望举行一个法定的仪式……”

“喔，裴，”宝绮思装模作样地挥了挥手，“我何必在意这种事？我拥有数不清的亲密伴侣，亲密的程度有如你的左臂和右臂。只有充满疏离感的孤立体，因为找不到真正的伴侣，才必须以人为方式约定一个薄弱的代用品。”

“但我就是个孤立体，宝绮思吾爱。”

“你迟早会变得不那么孤立，裴。你或许无法成为真正的盖娅，可是不会再像以前那么孤立，而且将会拥有许许多多的伴侣。”

“我只要你，宝绮思。”裴洛拉特说。

“那是因为你根本不了解，你慢慢就能体会了。”

这段对话进行的同时，崔维兹一直紧盯着显像屏幕，尽量不流露出不耐烦的神情。云层早已近在眼前，不久之后，四面八方全是灰蒙蒙的雾气。

微波影像，他动念一想，电脑立刻开始侦测雷达回波。层层云雾随即消失不见，屏幕上出现了经过电脑着色的康普隆地表，不同结构的地形彼此的分界有点模糊不清且摇摆不定。

“是不是一直都会像这样子？”宝绮思问，声音中带着几分惊讶。

“等飘到云层下方就不会了，到时会再换回可见光。”他还没说完，阳光已经重新出现，正常的能见度也恢复了。

“我懂了。”宝绮思道。然后她转身面对崔维兹，又说：“但我不懂的是，裴有没有欺骗他的妻子，对那个入境站的海关人员来说，又有什么差别呢？”

“我跟那个叫肯德瑞的家伙说，如果他将你扣下，消息可能就会传回端点星，然后再传到裴洛拉特妻子的耳朵，那么裴洛拉特就有麻烦了。我没说他会有哪种麻烦，但我故意说得好像会很糟。男人彼此之间，都有一种同舟共济的默契，”崔维兹咧嘴笑了笑，“男人不会出卖朋友，如果受人之托，还会拔刀相助。我想其中的道理，是因为助人者人恒助之。我猜想——”他以较严肃的口吻补充道，“女性之间应该也有这种默契，但我不是女性，所以从来没机会仔细观察。”

宝绮思的脸孔立刻浮现一重阴霾。“这是个笑话吗？”她追问。

“不，我是说真的。”崔维兹答道，“我没说肯德瑞那家伙之所以放我们走，只是因为想要帮詹诺夫的忙，以免他的妻子生气。我对他说的其他理由都起了作用，男性默契只不过是最后一股推波助澜的力量。”

“但是这太可怕了。社会需要靠法规来维系，才能结合成一个整体。为了微不足道的原因，竟然就能漠视法规，这难道不算严重吗？”

“这个嘛，”崔维兹立刻自我辩护，“有些法规本身就是小题大作。在和平而经济繁荣的时代，例如现在——这都要归功于基地——没有几个世界会对进出太空规定得太严。而康普隆由于某种原因，却跟不上时代，也许是因为内政方面有外人不得而知的问题。我们又何必蒙受其害呢？”

“话不能这么说。如果我们只遵循自己认为公正合理的法规，就不会有任何法规还能成立，因为不论哪条法规，都会有人认为是不公正或不合理的。假如我们想要追求个人心目中的利益，对于那些碍事的法规，我们永远有办法找到理由，认定它们不公正和不合理。这原本可能只是精明的投机伎俩，结果却会导致失序和灾难。即使是那些精明的投机分子，也不会得到任何好处，因为一旦社会崩溃，是没有任何人能幸存的。”

崔维兹说：“任何一个社会都不会轻易崩溃。你是以盖娅的身份说话，而盖娅不可能了解自由个体的结合方式。建立在公理和正义之上的法规，随着环境的变迁，虽然已经不再适用，但是由于社会的惯性，却很可能继续存在。这时候，我们借着打破这些法规来宣告它们已经过时——甚至实际上是有害的，要算是一种既正确又有用的作为。”

“这么说的话，每个窃贼和杀人犯都可以辩称是为人类服务。”

“你太走极端了。在盖娅这个超级生命体中，对于社会准则有一种自发的共识，因此没有任何成员想要违背。其实我们还不如说，盖娅是一滩陈腐僵化的死水。在自由个体结合而成的社会中，不可否认存在着脱序的因素，但若想要诱发创新和变化，这却是不可避免的代价——就整体而言，这是个合理的代价。”

宝绮思将音量提高一成：“如果你认为盖娅陈腐僵化，那就是大错特错。我们的一举一动、我们的行事方法、我们的各种观点，都在不断接受自我检验。它们绝不会仅仅由于惯性而流传下来。盖娅借着经验和思考来学习，因此在有需要的时候，便会进行调适和改变。”

“尽管你说的都对，自我检验和学习的过程却一定很慢，因为盖娅上除了盖娅还是盖娅。然而，在自由社会中，即使大多数成员同意某件事，一定还会有少数人反对。某些情况下，那些少数也许才是对的，而只要他们够聪明、够积极，而且观点真的够正确，就会获得最后胜利，而被后人奉为英雄。例如使心理史学臻于完美境界的哈里·谢顿，他有勇气以自己的学说对抗整个银河帝国，结果最后的胜利果然属于他。”

“他的胜利到此为止，崔维兹。他所计划的第二帝国不会实现，盖娅星系将取而代之。”

“会吗？”崔维兹绷着脸说。

“这是你自己的决定。不论你在跟我辩论时多么偏袒孤立体，甚至赞成他们有做蠢事和犯罪的自由，可是在你内心深处某个暗角，仍然隐藏着一点灵光，驱使你在作抉择的时候，同意我／们／盖娅的看法。”

“我内心深处所隐藏的，”崔维兹的脸色更加难看，“正是我要寻找的东西。而那里，就是我的第一站。”他指着显像屏幕，上面映着展开在地平线上的一座大城市。在一群低矮的建筑物中，偶尔有一两栋较为高耸，四周则环绕着点缀有薄霜的褐色田野。

裴洛拉特摇了摇头。“太糟了，我本想在降落时欣赏一下风景，结果只顾听你们的争论。”

崔维兹说：“不要紧，詹诺夫。我们离开的时候，你还有一次机会。我答应你到时一定闭上嘴巴，只要你能说服宝绮思也别张嘴。”

接着远星号便缓缓下降，循着导航微波束，降落在某个太空航站中。

14

当肯德瑞回到入境站，目送远星号离去的时候，他的表情相当凝重。直到快要交班时，他显然还十分沮丧。

此时他坐在餐桌前，正在吃今天的最后一餐。一位同事在他身边坐下，那人身材瘦长，两眼生得很开，稀疏的头发颜色相当淡，金色的眉毛不仔细看根本看不出来。

“肯，有什么不对劲？”那位同事问。

肯德瑞撅了撅嘴，然后说：“盖堤思，刚刚通过的是一艘重力太空艇。”

“样子古怪，零放射性的那艘？”

“那正是它没有放射性的原因，根本不用燃料，全靠重力推动。”

盖堤思点了点头。“就是我们奉命注意的那艘，是吗？”

“是的。”

“结果给你碰到了，让你成为那个幸运儿。”

“没那么幸运。上面有个女的没带身份证件，我却没告发她。”

“什么？喂，千万别跟我讲，我可不要知道，一个字也不要再听。你或许是个好兄弟，但我可不想在事后成为共犯。”

“我并不担心这一点，并不十分担心，因为我必须将那艘太空艇送下去。他们想要那艘重力太空艇，或者任何一艘重力航具，这你是知道的。”

“当然，但你至少可以告发那个女的。”

“我不想这么做。她没结婚，她只是被拿来——拿来用用而已。”

“上面有多少男的？”

“两个。”

“而他们只拿她一个来——来做那件事，他们一定是端点星来的。”

“没错。”

“端点星的人，行为都不检点。”

“没错。”

“真恶心，他们竟然还安然无事。”

“其中一个已经结婚，他不想让他老婆知道。如果我告发她，他老婆就会发现这件事。”

“他老婆不是在端点星吗？”

“当然啦，可是她总有办法知道。”

“如果让他老婆发现了，那是他活该。”

“我同意，可是我不愿做那个恶人。”

“你没告发这件事，他们一定会好好修理你。不想给一个家伙惹麻烦，不是什么正当理由。”

“换成你，你会告发吗？”

“我想，我必须这么做。”

“不，你也不会。政府希望得到那艘太空艇，假如我坚持要告发那个女的，那两个男的便会改变着陆计划，直接飞往其他行星，政府不会希望看到这种结果。”

“可是他们会相信你吗？”

“我想应该会。她还是个很可爱的女人，想想看，像这样一个女人，竟然愿意陪两个男人同行，而已婚男人又有胆量利用这种机会。你可知道，这实在很诱惑人。”

“我想你不会希望尊夫人听到你这番话，甚至只是知道你有这种想法。”

肯德瑞气冲冲地说：“谁会去告诉她？你？”

“得了吧，你自己心里明白。”盖堤思的愤慨很快就消退，他又说，“这样做对那些家伙没有好处，我是说，你就这样让他们通关。”

“我知道。”

“下面的人很快便会发现，就算你侥幸不受处罚，他们可不会那么幸运。”

“我知道，”肯德瑞说，“我替他们感到遗憾。不管那个女的会带给他们多少麻烦，跟那艘太空艇比起来都不算什么了。那个船长还说了些……”

肯德瑞突然住口，盖堤思急忙问道：“说了些什么？”

“算了。”肯德瑞说，“如果传出去，倒霉的是我。”

“我不会告诉任何人。”

“我也不会。不过，我还是替那两位端点星来的感到遗憾。”

15

任何一个经历过太空旅行，体验过那种单调的人，都知道太空飞行真正令人兴奋的时刻，就是即将降落另一颗行星之前。此时向下望去，地表景观迅疾后退，可以不时瞥见陆地、湖海，以及像是几何图形的田野与道路。这个时候，肉眼已能分辨各种色彩，包括绿色的植物、灰色的混凝土、褐色的旷野、白色的积雪等等。而最令人感到兴奋的，莫过于看到人群聚集之处。在每个世界上，各个城镇都各有各的几何构图与建筑特色。

假如乘坐的是普通太空船，还能体会到着陆以及在跑道上滑行的兴奋。远星号的情况则不同，它缓缓飘浮在空中，很技巧地平衡了重力与空气阻力，最后静止在太空航站正上方。由于此刻风速很高，使得着陆因而更加困难。如果将远星号的“重力响应”调得很低，不单它的重量会减到不可思议的程度，连质量亦将同时变小。倘若质量太接近零，它很快会被强风吹跑，因此现在必须增加重力响应，并且巧妙地利用喷射推进器，以抵抗行星的引力与强风的推力，而后者需要密切配合风力强度的变化。若是没有一台称职的电脑，绝不可能顺利做到这一点。

远星号不断往下降，其间难免需要小幅修正方向，最后终于落在航站标示出的指定地点。

当远星号降落时，天空是一片苍蓝，还掺杂着些许惨白的色彩。即使已到达地面，风速丝毫不减，虽然不再有飞航安全的威胁，强风带来的寒意仍令崔维兹退避三舍。他立刻明白，他们的备用衣物完全不适于康普隆的气候。

反之，裴洛拉特却在四处观望，露出一副十分欣赏的神情，还津津有味地深深吸了一口气，好像陶醉在刺骨寒风中，至少暂时如此。他甚至故意拉开大衣，让风吹进他的胸膛。他知道，不久就得再把大衣拉起来，并将围巾裹紧，不过现在他要感受大气的存在，这是在太空艇中所无法体验的。

宝绮思用大衣紧紧裹住自己，还用带着手套的双手把帽子拉低，盖住两只耳朵。她的五官皱成一团，显出一副可怜相，眼泪似乎都快要掉下来。

她喃喃抱怨道："这是个邪恶的世界，它憎恨并虐待我们。"

"并不尽然，宝绮思吾爱。"裴洛拉特态度认真地答道，"我确定此地居民都喜欢这个世界，而这个世界——呃，如果照你的说法来说——也喜欢他们。我们很快就要进入室内，里面一定很暖和。"

他突然想起该怎么做，赶紧敞开大衣将她围住，她则依偎在他胸前。

崔维兹尽量不理会寒冷的温度。他从航站管理局取得一张磁卡，并用口袋型电脑检查了一下资料是否齐备——包括停泊处的位址、太空艇番号与引擎号码等等。他再一次四下查看，以确定太空艇绝对安全，然后买了最高额的意外险（其实并没有必要，因为就康普隆的科技水准而言，看来还无法对远星号构成威胁。万一并非如此，那么即使再多的赔偿也无法弥补了）。

崔维兹在预期的地点找到了计程车站。（一般说来，太空航站的许多设施，不论是位置、外观或使用方法，都已经全部标准化。由于旅客来自各个世界，这当然是有必要的。）

他送出召唤计程车的讯号，但只按下“市区”作为目的地。

一辆计程车借着反磁滑板滑到他们面前，车身被风吹得轻微飘荡，同时还不停发颤，那是被声音不小的引擎所带动的。这辆计程车外表是深灰色，后门贴着白色的计程车徽，司机穿着深色外套，头上戴着一顶白色毛皮帽。

裴洛拉特若有所感，轻声道：“这行星似乎偏爱黑白两色。”

崔维兹说：“到了市区，也许就会比较多彩多姿。”

司机对着一个小型麦克风讲话，可能是为了省去开关车窗的麻烦。“三位，到市区去吗？”

他讲的银河方言音韵平板，但相当动听，而且不难懂。在一个陌生的世界，这总是能令人松一口气。

崔维兹答道：“是的。”后车门便立刻滑开。

宝绮思先坐进去，接着是裴洛拉特，最后才是崔维兹。车门关上之后，一股暖气向上涌来。

宝绮思搓了搓手，长长吁了一口气。

车子慢慢开出航站，司机问道：“你们驾驶的是重力太空艇，对吗？”

崔维兹冷冷地说：“照它降落的方式看来，你还会怀疑吗？”

司机说：“那么，它是端点星出厂的喽？”

崔维兹说：“你还知道哪个世界会造这种太空艇吗？”

司机一面将计程车加速，一面似乎在咀嚼对方的回答。然后他说：“你总是用问句来回答问题吗？”

崔维兹忍不住说：“有何不可？”

“这样的话，假如我问你，你的名字是不是葛兰·崔维兹，你会怎么回答？”

“我会回答：你为何要问？”

计程车在航站外停了下来，那司机说：“好奇！我再问一遍：你是不是葛兰·崔维兹？”

“关你什么事？”崔维兹的声音变得严厉且充满敌意。

“朋友，”司机说，“我们就停在这里，直到你回答这个问题为止。如果你在两秒钟内，不肯明确地回答是或不是，我便将乘客隔间的暖气关掉，我们就这样一直耗下去。我再问一遍，你是不是葛兰·崔维兹，端点星的议员？假如你的回答是否定的，你必须拿出身份证件让我看看。”

崔维兹说：“没错，我是葛兰·崔维兹。身为基地的议员，我希望受到和这个身份相符的礼遇。你不这么做，将会吃不了兜着走，老兄，怎么说？”

“现在我们可以带着比较轻松的心情上路。”计程车继续向前开去，“我很仔细地选择乘客，我该接的只有两位男士，没料到竟然还有个女的，所以我有可能弄错了。不过也无妨，只要我接到你，等我们到达目的地之后，就由你负责把这个女的交代清楚。”

“你不知道我的目的地。”

“我恰巧知道，你要去运输部。”

“我不是要去那里。”

“这丝毫不重要，议员先生。假如我真是计程车司机，自然会载你到你要去的地方；既然我不是，我就要载你到我要你去的地方。”

“对不起，”裴洛拉特俯身向前，“你当然应该是计程车司机，你开的是计程车。”

“谁都可能开计程车，但不是每个人都有执照，也不是每辆看起来像计程车的都是计程车。”

崔维兹说：“别再玩游戏了。你是谁？你到底在做什么？别忘了你的所作所为都得向基地负责。”

“我不必负什么责，”那司机说，“但我的上级或许吧。我是康普隆安全局的人，奉上级的命令，以完全合乎你身份地位的方式接待你，但是你必须跟我走。请你凡事三思而后行，因为这辆车备有武装，而我奉命遇到攻击必须自卫。”

16

计程车加速到巡航速度之后，车身变得绝对平稳而安静。崔维兹坐在那里一动不动，似乎全身都僵住了。他虽然没有望着裴洛拉特，也晓得他不时瞥向自己，脸上带着不安的表情，仿佛在说：“我们现在该怎么办？请告诉我。”

至于宝绮思，崔维兹只是很快瞄了一眼，就知道她冷静地端坐着，显然根本不在乎。当然，她本身就是整个世界，虽然与盖娅有着天文数字的距离，整个盖娅仍然裹在她的皮囊中。在真正紧急的情况下，她还有一个稳当的靠山。

可是，到底发生了什么事？

显然，入境站的那个海关人员循例将报告送了下来，只不过没提到宝绮思。这份报告引起安全人员的兴趣，甚至连运输部也插上一脚。但是为什么呢？

现在是承平时期，据他所知，康普隆与基地之间并没有特殊的紧张关系。而自己又是基地的重要官员……

慢着，他曾经告诉那个海关人员肯德瑞，自己有重要公事要与康普隆政府交涉。为了顺利通关，他特别强调这一点。肯德瑞的报告中一定也提到这件事，这当然会引起各方面的注意。

他未曾预料到会有这个结果，他早该想到的。

那么，他那所谓正确无比的判断力呢？难道他也开始相信自己是个黑盒子，就像盖娅所认为（或声称所认为）的那样。是否由于建立在迷信上的过度自信不断膨胀，使自己陷入泥沼而无法自拔？

他怎么会突然变得那么蠢？他一生之中难道没犯过错吗？他能预知明日的天气吗？他在赌运气的游戏中大赢过吗？答案都是否定的，否定的，否定的。

那么，是否只有尚在酝酿中的大事，他的想法才会永远正确？他又怎能分辨呢？

算了吧！反正当初他只不过提到，自己身负重要的公务——不，他用的字眼是"基地安全事宜"……

那么，光是他为基地安全事宜而来这一点——而且是秘密行动，事先未曾知会对方——就足以引起他们的注意。可是，他们在弄清楚究竟之前，行动一定会万分谨慎，应该对自己相当礼遇，将自己奉为上宾。他们不该使用绑架的手法，也不该对自己威胁恫吓。

但他们正是这样做的，为什么呢？

是什么因素，让他们感到已有足够强大的力量，胆敢采取这种方式对待端点星的议员？

会不会是地球？会不会是那个将起源世界成功隐藏起来的力量？甚至第二基地那些伟大的精神学家，都不是那个力量的对手。如今，是不是他刚踏上寻找地球的第一站，那个力量就先发制人？地球难道无所不知、无所不能吗？

崔维兹摇了摇头，这样会导致妄想的。难道要将每件事都记到地球账上？难道他遇到的每一个古怪行动、每一条歧路、每一项情势的逆转，都是地球秘密策划的结果？一旦开始有这样的想法，他就已经不战而败了。

这时，他觉得车子开始减速，思绪一下子被拉回现实。

他突然想到，在通过市区的时候，他连一眼也没有向外望去。现在他才匆匆四下望了望，发现建筑物都相当矮。但这是一颗寒冷的行星，想必建筑结构大部分在地底。

他看不到任何一丝色彩，这似乎跟人类的天性不合。

他偶尔才会看到一个行人，一律全身紧紧裹着。不过，人群或许也跟建筑物一样，大多数都在地底。

计程车在一座低矮、宽阔、位于洼地的建筑物前停下，崔维兹看不到那建筑物的底层。过了一阵子，车子仍旧停在该处，司机自己也纹风不动，他的高筒白帽几乎碰到车顶。

崔维兹突然冒出一个疑问，这司机要怎样进出车子，才不会将帽子碰掉？然后他说："好啦，司机，现在怎么样？"他压抑着怒气，和任何一位受辱的高傲官员无异。

康普隆人用来隔开司机与乘客的力场隔板绝不落后，声波完全能够通过这个闪烁的无形力场。不过崔维兹相当肯定，有形物质若非带有巨大能量，是绝对不可能穿透的。

司机说："有人会上来接你们，现在好好坐着，放轻松点。"

他的话还没说完，就有三个人头从建筑物所在的洼地缓缓且稳稳地冒出来。接着，三人身体的其他部分才逐一出现，显然他们是乘坐类似自动扶梯的装置上来的。不过从崔维兹现在的位置，还无法看清楚那个装置。

当那三个人走近时，计程车的客用车门打了开，大量的冷空气立刻刮进去。

崔维兹走出来，顺手将大衣一路拉到领口。另外两人也跟着他下了车，宝绮思显得很不情愿。

那三个康普隆人完全看不出身材，因为他们穿的衣服像气球般鼓胀，里面或许还有电暖设备。崔维兹对这种服装很不以为然，它们在端点星几乎派不上用场。有一年冬天，他从邻近的安纳克里昂借来一件电暖大衣，结果发现它会一直慢慢加温，当他觉得太热的时候，已经出了一身大汗，令他浑身不舒服。

三名康普隆人走近时，崔维兹注意到他们都带着武器，心中不禁十分恼怒。他们非但无意掩饰，而且恰恰相反，每个人的外衣都大剌剌挂着一个皮套，里面装着一支惹眼的手铳。

其中一名康普隆人走到崔维兹面前，粗声道："失礼了，议员先生。"随即以粗鲁的动作拉开他的大衣，双手伸进去，很快将崔维兹的上下左右、前胸后背，以及两条大腿都摸索了一遍。接着，他还将崔维兹的大衣甩了甩、摸了摸。崔维兹被这突如其来的举动吓得不知所措，直到一切完毕，才明白已被迅速又有效率地搜了身。

裴洛拉特则扭曲著脸孔，任由另一个康普隆人对他进行类似的羞辱。

第三个康普隆人正走向宝绮思，但她早有心理准备，不等对方伸出手来，便将大衣猛然褪下，身上只剩一层单薄的衣裳，就这样站在呼啸的寒风中。

她说："你看得出来我没有任何武装。"她冰冷的声音恰似四周的低温。

的确，任何人都看得出来。那个康普隆人抖了抖她的大衣，仿佛从它的重量就能判断是否藏有武器（或许他真有这个本事），然后退了开来。

宝绮思匆匆将大衣裹在身上，一时之间，崔维兹对她的行动不禁肃然起敬。他知道她有多怕冷，但她刚才穿着宽松而单薄的上衣长裤站在那里，却一点也没有发抖或打战。（但他又不禁怀疑，是否在紧急情况下，她能从盖娅的其他部分吸取一些温暖。）

其中一个康普隆人做了个手势，三位外星人士便尾随着他，另外两个康普隆人则走在他们后面。此时街上有一两个行人，根本懒得向这里多望一眼。也许他们对这种事司空见惯，更可能是因为他们心中只有一个念头，那就是尽快走到室内某个目的地。

崔维兹现在终于知道，那二个康普隆人刚才是用滑动坡道上来的，此时他们一行六人则顺着坡道下滑。不久，他们通过一道闸门——看来简直跟太空船的闸门一样复杂，不过显然并非为了锁住空气，而是避免热量外逸。

然后，他们立刻置身一座巨大的建筑物中。

第五章
太空艇争夺战

17

崔维兹的第一个观感，是身处于一个超波戏剧的场景，尤其像是以帝国为时代背景的历史传奇剧。那种戏剧有个特定的场景，几乎千篇一律，没有什么变化（据他所知，或许每个超波戏剧制作人都是沿用同一个布景）。那个场景模拟的是全盛时期的川陀，一个伟大的环球大都会。

场景中有庞大的空间，有来去匆匆的行人，还有些小型交通工具，沿着它们的专用道路急驰而去。

崔维兹抬起头来，几乎以为会看到计程飞车爬升到幽暗的穹顶洞口，但至少这点只是他的想象。事实上，他惊魂甫定之后，注意到这座建筑显然比川陀上的小得多。这只是一座单一建筑物，并非向四面八方绵延数千英里的建筑群。

此外，色调也完全不同。在超波戏剧中，川陀的绚丽色彩被夸张到不可能的程度，而人物的服饰若认真考究起来，则完全不实际又不实用。不过，那些五颜六色与褶边穗带都只具有象征性意义，是用来影射帝国——尤其是川陀这座城市——的颓废与堕落（如今，这种观点有绝对的必要）。

然而，这样说来，康普隆与颓废堕落可说完全背道而驰。裴洛拉特在太空航站对色调所作的评语，在此地可以找到充分佐证。

墙壁几乎是一片灰色，天花板则是白色的，人们身上的衣服也只有黑、灰、白三色。偶尔可以看到一套全黑的服装，全灰的则更常见，不过崔维兹一直没看到全白的。然而衣服的式样却各有不同，仿佛人们虽然被剥夺了色彩，仍坚持要设法塑造个人的风格。

每个人不是面无表情，便是紧绷着一张脸。女性一律留短发，男性的头发则比较长，不过都往后梳成短辫。路人擦肩而过时，彼此都不会多望一眼。此地见不到悠然或茫然的人，仿佛人人心中都有正事，找不到空位装别的事情。男女的穿着没什么不同，唯一的分别在于头发的长度、胸部的轻微隆起以及臀部的宽度。

他们三人被带进一座电梯，一口气下了五层。从电梯出来后，又被带到一扇门前，灰色的门上有一行不显眼的白色小字，写的是“运长：蜜特札・李札乐”。

带头的康普隆人在那行字上按了一下，不久之后整行字都亮起来。房门随即打开，一行人便鱼贯而入。

那是个很大的房间，而且相当空荡，没有什么陈设。如此设计或许是故意的，用来突显空间使用的奢侈程度，以展现主人的权威与气派。

远处的墙边站着两名警卫，他们脸上毫无表情，眼睛紧盯着进来的每一个人。房间中央摆着一张大办公桌，位置比正中仅略偏后方。坐在办公桌后面的，想必就是蜜特札・李札乐。此人身材壮硕，黑眼珠，脸上毫无皱纹，强有力的双手放在桌上，手指很长，指尖接近正方形。

这位运长（崔维兹假定应该是指“运输部长”）一身暗灰色的服装，只有外套的翻领是显眼的白色，并有两道白色线条从翻领向下延伸，在胸前正中交叉，然后继续向下走。崔维兹看得出来，虽然这套服装的剪裁刻意淡化女性胸部曲线，那个白色交叉却具有凸显的作用。

这位部长无疑是女性。即使从她的胸部看不出来，她的短发也是明显的标志；她脸上虽然没有化妆，五官也足以显出她的性别。

她的声音也是不折不扣的女性化，仿佛是浑厚的女低音。

她说：“午安，我们难得有这个荣幸，接待来自基地的男性访客，再加上一位报告中未曾提到的女子。”她的目光扫过每一个人，最后停在崔维兹身上。崔维兹则眉头深锁，僵直地站在那里。“其中一位男性还是议员。”她补充道。

“是基地的议员。”崔维兹试图使自己的声音听来很有派头，“葛兰・崔维兹议员，正在执行基地的任务。”

“执行任务？”部长扬起眉毛。

“执行任务。”崔维兹重复了一遍，“所以，为何把我们当成重犯一样对待？我们为何会被武装人员逮捕，然后像犯人一样被带到这里？我希望你能了解，基地议会绝不会喜欢听到这种事。”

“姑且不论这些，”宝绮思说，她的声音跟那位较成熟的女性比起来，似乎尖锐了一点，“我们得永远这样站着吗？”

部长神态自若地盯着宝绮思，好一会儿之后，才举起一只手臂。“三张椅子！快！”

一道门打开来，出现了三名穿着康普隆典型朴素服装的男子，动作敏捷地搬来三张椅子，原本站在办公桌前的三个人立即坐下。

“好，”部长带着冰冷的笑容说，“大家舒服些了吗？”

崔维兹可不那么想，这些椅子都没有衬垫，坐起来冷冰冰的，而且椅面与椅背都是平面，完全没有考虑到人体曲线。他说：“我们为什么会在这里？”

部长看了看摆在桌上的文件。“我会解释的，但我首先要确定一下，你的太空艇是端点星出厂的远星号。这点是否正确，议员先生？”

“正确。”

部长抬起头来。“议员先生，我对你说话都加上了头衔。为了礼貌起见，你也能这样做吗？”

“部长阁下成不成？或是有别的尊称？”

“没有别的尊称，阁下，而且你不必多费唇舌，‘部长’就足够了。如果你不喜欢一直重复，偶尔用‘阁下’也行。”

“那么对于你的问题，我的回答是：正确，部长。”

“这艘太空艇的艇长是葛兰·崔维兹，基地的公民，端点星议会的一员——事实上，还是新科议员——而你就是崔维兹。我说的这些是否完全正确，议员先生？”

“你说的都没错，部长。既然我是基地的公民……”

“我还没说完，议员先生，等我说完你再抗议不迟。与你同行的是詹诺夫·裴洛拉特，学者，历史学家，也是基地的公民。那就是你，对不对，裴洛拉特博士？”

当部长锐利的目光转向他时，裴洛拉特不禁有点吃惊。“是的，没错，我亲……”他突然住口，又重说一遍，“是的，没错，部长。”

部长生硬地拍了一下手。“送到我这里来的报告，并未提到有一名女子。这女子是太空艇的固定成员吗？”

“是的，部长。”崔维兹说。

“那么我自己跟这名女子谈谈，你的名字是？”

“大家都叫我宝绮思，”宝绮思坐得笔直，以冷静而清晰的口吻说，“不过我的全名很长，阁下，你需要全知道吗？”

“我暂时不需要。你是基地的公民吗，宝绮思？”

“我不是，阁下。”

“你是哪个世界的公民，宝绮思？”

“我没有任何文件，能证明我是哪个世界的公民，阁下。”

“没有证件，宝绮思？”她在面前的文件上做了一个注记，“这点我记下了。你在这艘太空艇上做什么？”

“我是一名乘客，阁下。”

“你登上太空艇之前，崔维兹议员或裴洛拉特博士有没有要求查阅你的证件，宝绮思？”

“没有，阁下。”

“你曾经主动告诉他们，你没有身份证件吗，宝绮思？”

“没有，阁下。”

“你在太空艇上的职务是什么，宝绮思？你的名字和你的职务相符吗？”

宝绮思以傲然的口气说：“我只是乘客，没有其他的职务。”

崔维兹插嘴道：“你为什么要为难这女子，部长？她触犯了哪条法律？”

李札乐部长将目光从宝绮思转到崔维兹身上。“你是一位外星人士，议员先生，你不清楚我们的法律。然而，如果你决定来我们的世界访问，就得接受这些法律的管辖。你不能随身带着你们的法律，我相信这是银河法的通则。”

“这点我同意，部长。可是光这么说，我还是不知道她犯了你们哪条法律。”

“议员先生，银河中有一条通则，任何人造访另一个世界，只要这个世界和他的母星属于不同政治领域，他就必须随身携带身份证件。许多世界在这方面睁一只眼闭一只眼，也许是因为重视观光业，或者根本就是漠视法律规章。我们康普隆则不同，我们是个法治的世界，而且严格执行各项法令。她是个没有星籍的人，这就违反了我们的法律。”

崔维兹说：“这件事她根本没有选择。太空艇由我驾驶，我把太空艇降落到康普隆，她只好跟我们一起来。部长，难道你认为她该请求我将她抛到太空中吗？”

“这只表示你也触犯了我们的法律，议员先生。”

“不，事实并非如此，部长。我可不是外星人士，我是基地的公民，而康普隆和它的藩属世界都是基地的联合势力。身为基地公民，我可以在此地自由旅行。”

“当然可以，议员先生，只要你有证明文件，证明你的确是基地的公民。”

“我的确有，部长。”

“但即使身为基地公民，你也没有权利触犯我们的法律，而你带着一名无星籍人士同行，便已经触犯我们的法律。”

崔维兹迟疑了一下。显然那位海关人员肯德瑞并未信守承诺，所以自己也没有必要再保护他。于是崔维兹说：“我们在入境站没被拦下来，我认为，这就等于默许我可以带这名女子同行，部长。”

“你们的确没遭到拦阻，议员先生。入境当局的确未将这名女子报上来，反而让她一起通关。然而据我猜想，入境站的官员判断——相当正确地判断——让你的太空艇登陆，要比追究一个无星籍人士更重要。严格说来，他们这样做是违法的，这件事我们自然会作适当处置。但我可以肯定，他们的违法行为将获判无罪。我们是个绝对法治的世界，议员先生，但并未严苛到不讲理的程度。”

崔维兹立即接口：“那么，我现在要以子之矛攻子之盾，部长。如果你真的没有从入境站得到太空艇上有个无星籍人士的消息，那么当我们降落时，你还不知道我们是否触犯了任何法律。但很明显的是，在我们降落的那一刻，你已经准备逮捕我们，事实上，你也的确这么做了。在不可能知道我们犯法的情况下，你为什么会采取这种行动？”

部长微微一笑。“我能了解你的疑惑，议员先生。我可以向你保证，你们遭到逮捕这件事，和我们当初知不知道你的乘客没有星籍无关。我们如今是在替基地办事，正如你指出的，我们是基地的联合势力。”

崔维兹瞪着她说：“但这是不可能的事，部长。简直比不可能更糟，根本就是荒谬。”

部长发出咯咯的笑声，听起来好像一串缓缓流动的蜜汁。“我觉得你这种说法真有意思——比不可能更糟，根本就是荒谬。议员先生，我同意这个说法。然而不幸的是，这两者对你都不适用。你为什么会这样想呢？”

“因为我是基地政府的官员，正在为基地执行任务。他们绝不可能想逮捕我，他们也根本没这个权力，因为我拥有立法者豁免权。”

“啊，你漏掉了我的头衔，但你实在太激动了，也许情有可原。话说回来，我受托之事并非直接将你逮捕，我这样做只是为了完成我的真正任务，议员先生。”

“什么任务，部长？”崔维兹说。面对这个难缠的女人，他努力控制着自己的情绪。

“就是扣押你的太空艇，议员先生，然后把它送还基地。”

“什么？”

“你又漏掉了我的头衔，议员先生。你实在太过懒散，这样对你自己没好处。我想，这艘太空艇并不是你私人的。难道它是你设计的，你建造的？还是你自己出钱买的？”

“当然都不是，部长，它是基地政府拨给我使用的。”

“那么，基地政府想必有权将它收回，议员先生。我猜，这是一艘很有价值的太空艇。”

崔维兹没有回答。

部长又说：“这是一艘重力太空艇，议员先生。这种太空艇不可能太多，即使基地也只拥有少数几艘，他们一定后悔拨了一艘给你。也许你能说服他们，拨给你另一艘不那么珍贵的，但仍足以应付你的任务需要。不过，我们必须将你驾来的这艘扣下。”

“不行，部长，我不能放弃这艘太空艇，我也不相信基地要求你这么做。”

部长微微一笑。“不是专门要求我，议员先生，也不是特别找上康普隆。我们有理由相信，在基地管辖范围内，以及跟基地结为联合势力的各个世界和星域，全都收到了这项请托。从这一点，我可以推论基地不知道你的行踪，正在气急败坏地到处找你。我还可以更进一步推论，你来到康普隆，根本不是来执行基地的任务——那样的话，他们就应该知道你在哪里，直接找我们帮忙即可。总而言之，议员先生，你一直在对我说谎。”

崔维兹有些心虚地说：“我想看看基地政府给你的那份公函，部长。我想，我应该有这个权利。”

“如果一切诉诸法律，当然可以。我们对于法律程序极端重视，议员先生，你的权益能够获得完全的保障，我向你保证。然而，如果我们能在这里达成一项协议，不必对外张扬，不让法律行动耽误时间，那将会更理想、更简单。我们比较喜欢这样做，我确信基地也是一样，它绝不愿让全银河都知道有个立法者逃亡，否则基地将处于‘荒谬’的难堪情境，据你我的估计，那要比‘不可能’更糟。”

崔维兹再度保持沉默。

部长等了一下，又继续以一贯的沉着口气说：“好啦，议员先生，不管走哪条路，非正式的协议或是法律行动，反正那艘太空艇我们要定了。你带来一个没有星籍的乘客，这究竟会使你受到什么惩罚，将取决于我们所采取的途径。若是诉诸法律，她将使你罪加一等，你们都会被判最重的徒刑。我向你保证，刑罚绝对不轻。假如能达成一项协议，我们将以商用太空船，送这位女乘客到她想去的任何目的地，如果你们希望的话，你们两位也可以跟她一起去。或者，假如基地同意，我们可以提供一艘我们自己的太空船给你，绝对足敷你的需要。当然，前提是基地必须偿还我们一艘同型号的太空船。此外，如果由于任何原因，你不希望回到基地控制的疆域，我们或许会愿意提供你政治庇护，最后你还有可能成为康普隆公民。你看，倘若你和我们达成一项友善的协议，将会有很多有利的选择；假使坚持自己的合法权益，你将落得一无所有。”

崔维兹说：“部长，你太过热心了，你答应了一些自己无法做到的事。基地既然要求你们将我遣返，你就不能为我提供政治庇护。”

部长说：“议员先生，我从来不做无法实现的承诺。基地的要求只是收回那艘太空艇，并未提到要你这个人，或是其上任何人，他们唯一想要的只有那艘航具。”

崔维兹很快瞥了宝绮思一眼，又说：“部长，能否请你允许我跟裴洛拉特博士，以及宝绮思小姐商量一下？”

“当然可以，议员先生，你们有十五分钟时间。”

“私下商量，部长。”

“议员先生，会有人带你们到另一个房间，十五分钟之后，再将你们带回来。在那个房间里，不会有人打扰你们，我们也不会监听你们的谈话。我可以对你们作出承诺，而我一向信守诺言。然而，外面会有足够严密的警卫，所以请别愚蠢得妄想逃走。”

“我们了解，部长。”

“而当你们回来的时候，我们希望你能主动同意放弃那艘太空艇。否则，法律程序将随即展开，那样你们的下场会很惨。议员先生，明白了吗？”

“明白了，部长。”崔维兹极力控制住怒火，因为此时表露怒意对他根本没有好处。

18

这是个小房间，但光线很充足。里面有一张长椅，外加两把椅子，还能听见通风扇的轻微声响。整体而言，比起那个又大又空的部长办公室，这里显然使人觉得更为舒适自在。

他们由一名警卫带领，来到这个房间。那名警卫身材高大，表情严肃，一只手始终摆在铳柄附近。三个人走进房间后，警卫并未跟进来，他站在门口，以严肃的声音说：“你们有十五分钟。”

他的话还没说完，房门就“砰”的一声拉上了。

崔维兹说：“我只能希望他们不至于窃听我们的谈话。”

裴洛拉特说：“她的确对我们作过承诺，葛兰。”

“你总是以自己的标准判断别人，詹诺夫。她所谓的‘承诺’并不算什么，只要她高兴，她会毫不犹豫地变卦。”

“没关系，”宝绮思说，“我可以把这个地方屏蔽起来。”

“你身上有屏蔽装置？”裴洛拉特问。

宝绮思微微一笑，雪白的牙齿一闪即逝。“盖娅的心灵就是一种屏蔽装置，裴，那可是个硕大的心灵。”

“我们会落到这个地步，”崔维兹气呼呼地说，“就是因为那个硕大的心灵有先天性限制。”

“你是什么意思？”宝绮思说。

“三边聚会结束之后，你们将关于我的记忆，从市长和第二基地的坚迪柏两人心中抽除。他们再也不会特别想起我，顶多有些模糊而毫不重要的印象，我应该可以从此无忧无虑。”

“我们必须这么做，”宝绮思说，“你是我们最重要的资源。”

“是啊，我是永远正确的葛兰·崔维兹。但你们并未从他们的记忆中，将我的太空艇也除掉，对不对？布拉诺市长没有要我这个人，她对我一点兴趣也没有，可是她却想把太空艇要回去，她没有忘记那艘太空艇。”

宝绮思皱起眉头。

崔维兹说：“你想想看，盖娅理所当然假设太空艇是我的一部分，我们两者是一体的，只要布拉诺不再想起我，她就不会想到太空艇。问题是盖娅不了解什么叫个体性，它把太空艇和我想成了一个单一生命体，这却是一种错误的想法。”

宝绮思柔声说："这的确有可能。"

"好了，所以说，"崔维兹断然道，"现在应该由你来纠正这个错误。我一定要保有我的太空艇，还有那台电脑，没有任何东西能取代它们。因此，宝绮思，请确保我不会失去太空艇，反正你可以控制心灵。"

"没错，崔维兹，可是我们不会轻易控制任何人。为了促成三边聚会，我们的确动用了这种力量，但你可知道那次聚会花了多少时间筹划、计算、衡量吗？花了许多年，这绝不夸张。我不能为了提供某人方便，就这样走到一个女人面前，开始调整她的心灵。"

"现在难道不是……"

宝绮思继续有力地说："一旦开始这样的行动，我要做到什么程度为止？当初在入境站，我就可以影响那人的心灵，那我们便能立即通关；困在计程车里的时候，我也可以影响那人的心灵，那么他就会让我们离去。"

"嗯，既然你提起这件事，当时你为什么没那样做？"

"因为我们不知道会导致什么结果，也不知道会有什么后遗症，情况很可能会变得更糟。如果我现在调整那个部长的心灵，将会影响到她今后待人处事的方式。由于她是政府的高级官员，这就有可能影响到星际关系。除非把这些问题完全厘清，否则我们根本不敢碰触她的心灵。"

"那你为什么还要跟着我们？"

"因为你的生命可能遭到威胁，我必须不计一切代价保护你，甚至牺牲我的裴或我自己也在所不惜。在入境站，你的生命并未受到威胁，而现在也没有。你必须自己设法解决问题，至少，在盖娅估量出某种行动的后果，并真正采取行动之前，你一切都要靠自己。"

崔维兹陷入沉思好一阵子，然后说：“这样的话，我必须作些尝试，但也许不会成功。”

此时房门突然打开，“啪”的一声滑进门槽，声音和刚才关门时一样响。

那警卫说了一句：“出来。”

他们走出来的时候，裴洛拉特悄声问道：“你准备怎么做，葛兰？”

崔维兹摇了摇头，也悄声答道：“我还不完全确定，必须见机行事。”

19

他们回到部长办公室，李札乐部长仍坐在办公桌后面。看到他们走进来，她脸上立刻现出狞笑。

她说：“我相信，崔维兹议员，你现在准备告诉我，你已经决定放弃这艘基地太空艇。”

“部长，”崔维兹冷静地说，“我是来跟你谈条件的。”

“没什么条件可谈，议员先生。如果你坚持，我们很快就能安排一场审判，还能更快地审理终结。我向你保证，即使在一场绝对公正的审判中，你也一定会被定罪，因为你带了一位无星籍的人士入境，这点证据确凿，毫无辩白的余地。将你定罪后，我们就能合法扣押那艘太空艇，而你们三人将受到严厉的惩处。不要只为了拖延一天的时间，而将重刑揽到自己身上。”

“然而，部长，还是有些条件可谈，因为不论你多快将我们定罪，也无法未经我的同意就扣押那艘太空艇。没有我的帮助，无论你用什么方法强行进入，都会令太空艇炸毁，而太空航站和其中每一个人也会跟着陪葬。如此一来必将激怒基地，这是你没有胆量做的事情。要是你为了强迫我打开太空艇，而以威胁或凌虐的手法对付我们，当然就违反了你们的法律。但如果你不顾一切，不惜违法也要让我们受酷刑，甚至将我们关进最不人道的黑牢中，那么基地一定会发现这件事，而且会更加气愤。不管他们多么想把太空艇要回去，也绝不会容许虐待基地公民的先例出现。我们是不是能谈谈条件了？”

“真是一派胡言，”部长的脸色变得很阴沉，“如果有必要，我们会向基地求援，他们一定知道如何打开自家制造的太空艇，不然他们也会逼你打开。”

崔维兹说：“你漏掉了我的头衔，部长，但你的情绪实在太激动了，所以也许情有可原。你自己明明知道，向基地求援是你最不愿做的一件事，因为你根本不想将太空艇交还他们。”

部长脸上的笑容消失了。“你在胡说八道什么，议员先生？”

“我的胡说八道，部长，也许不宜让第三者听到。请把我的朋友和这位小姐送到一间舒适的套房，他们需要好好休息一下。让你的警卫也离开，他们可以留在门外，你还可以让他们留下一柄手铳。你不是个娇小女子，再握着一柄手铳，你就根本不用怕我，我并未携带任何武器。”

部长隔着办公桌倾身面对崔维兹。“不论在任何情况下，我都不会怕你。”

她头也不回，就向一名警卫做了个手势。那名警卫立刻趋前，在她身边“啪”的一声站定。她说：“警卫，把那个人，还有那个人，带到五号套房，让他们待在那里，好好招待并严加看管。如果他们受到任何不良待遇，或者安全上有什么闪失，你要负全责。”

接着她便站了起来。崔维兹虽然决心保持绝对镇定，仍免不了感到有点胆怯。她个子相当高，至少和一米八五的崔维兹一样高，或许还高出一厘米左右。不过她的腰肢很细，交叉在胸前的两道白条向下延伸，在她的腰际围了一圈，使得原本的纤腰看起来更细。虽然她如此高大，举止却另有一种优雅。崔维兹沮丧地想到，她刚才说根本不怕他，看来八成没错，假如两人扭打起来，他想，她一定能毫不费力地将自己按倒在地。

她说：“跟我来吧，议员先生。如果你准备胡说八道一番，那么为了你的面子着想，愈少人听到愈好。”

她以轻快的步伐走在前面带路，崔维兹跟在她后面。她的巨大身影带来一种无形压迫感，令他感到整个人缩小一号，以前他跟任何女性在一起，都从来没有这种感觉。

他们走进一座电梯，当电梯门关上的时候，她说：“现在只剩下我们两个人，议员先生。但如果你有个错觉，以为用武力对付我，就能达到某种幻想中的目的，请赶快打消这个念头。”她又用愈来愈平板的声调，以及明显的调侃语气说，“看来你是个相当强壮的人种，但我向你保证，若有必要，我轻而易举便能折断你的手臂，或是你的脊背。我身上有武器，但我根本不必动用。”

崔维兹搔着脸颊，目光忽下忽上打量着她。“部长，在摔跤比赛中，我不会输给同量级的任何男人。但我已经决定放弃这一战，因为我明知打不过你。”

“很好。”部长说。她看起来十分高兴。

崔维兹说：“我们要到哪儿去，部长？”

“下面！很下面！不过你不必惊慌。我想，在超波戏剧中，这是把你带去地牢的第一步。但我们康普隆并没有地牢，只有合乎人道的监狱。我们要去我的私人寓所，虽然比不上帝国黑暗时期的地牢那么刺激，但想必较为舒适。”

当电梯门向一侧滑开，两人踏出电梯的时候，崔维兹估计他们至少距离行星表面五十米。

20

崔维兹四下打量这间寓所，显然相当惊讶。

部长绷着脸说：“你对我的住处不以为然吗，议员先生？”

“不，我没理由那么想，部长，我只是感到讶异，实在出乎我意料之外。自从我来到你们的世界，根据眼见耳闻所得到的一点点印象，我以为它是个——是个很有节制的世界，戒除了一切无谓的奢侈。”

“的确如此，议员先生。我们的资源有限，因此生活必定和此地气候一样不理想。”

“部长，可是这些。”崔维兹伸出双手，仿佛要拥抱整个房间。自从来到这个世界，他现在才真正见到了色彩。这里的长椅铺着厚实的衬垫，墙壁发出柔和的壁光，地板则铺着力场毯，走在上面既有弹性又安静无声。“这些无疑是奢侈的享受。”

“正如你刚才所说，议员先生，我们戒除无谓的奢侈、浮夸的奢侈、过度浪费的奢侈。然而这些，则是私人的奢侈，而且自有用处。我的工作繁忙，责任又重，我需要一个地方，能让我暂时忘掉工作上的烦恼。”

崔维兹说：“在他人背后，是不是所有的康普隆人都过着这样的生活，部长？”

“这取决于工作的性质和责任的轻重。这种生活很少有人过得起，或是有资格享受，但多亏我们的伦理规范，也很少有人会有这种欲望。”

“可是你，部长，却过得起、有这个资格，而且想要过这种生活。”

部长说：“随着地位而来的，除了责任还有特权。现在请坐下，议员先生，然后告诉我，你到底有什么疯狂的想法。”她已经坐在一张长椅上，衬垫承受着她扎实的重量，缓缓沉了下去。她指着不远处一张同样柔软的椅子，示意崔维兹坐在那里，以便他能面对着她。

崔维兹坐了下来。“疯狂，部长？”

部长显然放松许多，将右手肘倚在一个枕头上。“私下谈话时，我们无需太过拘泥正式晤谈的规范。你可以叫我李札乐，而我叫你崔维兹。告诉我，崔维兹，你到底在打什么主意，我们一起来研究一下。”

崔维兹双腿交叉，往椅背上一靠。“听我说，李札乐，你给我两个选择，一是自愿放弃那艘太空艇，二是接受一场正式审判，两者都会使你得到那艘太空艇。但你又想尽办法说服我接受第一种选择，还愿意拿另一艘太空船来交换，让我和朋友们得以继续我们的旅程。如果我们愿意，甚至能留在康普隆，并归化为公民。而在一些小事上，你愿意给我十五分钟的时间，让我和我的朋友商量对策。你甚至愿意把我带到你的私人寓所，而我的朋友，此刻想必正在舒适的套房中休息。总而言之，李札乐，你拼命想收买我，希望我会自动将太空艇交给你，而不必动用审判。”

“得了吧，崔维兹，难道你一点也不觉得我是基于人道？”

“绝不。”

“或是我认为让你主动屈服，会比一场审判更迅速、更方便？”

“不！我认为另有原因。”

“什么原因？”

“审判有个很大的缺点，它是个公开事件。你曾经好几次提到，这个世界拥有严格的司法体系，所以我猜想，你很难安排一场不留记录的审判。而只要有记录，基地就会知道这件事，一旦审判结束，你就必须将太空艇交还基地。”

“当然如此，”李札乐面无表情地说，“太空艇是属于基地的。”

“可是，”崔维兹说，“如果和我私下达成协议，就不必在正式记录中提到这件事。你可以从我手中接过那艘太空艇，而由于基地根本不知情——甚至不知道我们在这个世界——康普隆就能将太空艇留下。我很肯定，这才是你们真正的意图。”

“我们为什么要这样做？”她脸上依然没有任何表情，“难道我们不是基地邦联的一部分？”

“不完全是，你们的身份是联合势力。在银河地图中，基地的成员世界如果以红色表示，康普隆和它的藩属世界则是一片淡粉红色。”

“即使如此，身为联合势力，我们当然会跟基地合作。”

“你们会吗？康普隆难道不曾梦想完全独立的地位，甚至领导权？你们是个古老的世界，几乎所有的世界都故意拉长自己的历史，但康普隆的确是个古老的世界。”

李札乐部长脸上闪过一丝冷笑。“甚至是最古老的，若是我们相信某些狂热分子的主张。”

“有没有可能曾有一段时期，康普隆的确是一小群世界的领导者？你们难道不会梦想重拾失落的权柄吗？”

“你认为我们有这么不切实际的梦想吗？在我知道你的想法之前，我将你的怀疑称为疯狂；现在我知道了，证明我的说法一点都没错。”

“梦想或许不可能实现，却仍然有人怀抱着梦想。端点星坐落于银河极外缘，仅仅拥有五个世纪的历史，比任何世界的历史都要短，如今却统领整个银河。康普隆难道没有这种梦想吗？嗯？”崔维兹露出微笑。

李札乐仍然保持严肃的神情。“据我们了解，端点星能达到今天的地位，是哈里·谢顿的计划付诸实现的结果。”

“那是一种心理支柱，让大家相信端点星是无敌的。它恐怕只存在于人们的信仰中，而康普隆政府可能就不相信。话说回来，端点星还拥有一根科技支柱，它能称霸银河，无疑是靠先进的科技做后盾——你们急于得到的重力太空艇，就是个很好的例子。除了端点星，没有任何世界会制造重力太空艇，康普隆若能得到一艘，并从中学到详尽的运作原理，你们的科技一定会向前跨出一大步。我并不相信这就足以使你们赶上端点星，但你们的政府可能就是这么想。”

李札乐说：“你这话是在说笑。既然基地希望收回那艘太空艇，任何政府若想保有它，都注定会触怒基地。而历史告诉我们，触怒基地绝对不是好玩的事。”

崔维兹说：“除非基地发现了值得发怒的事，否则怎么可能被触怒呢？”

“这样的话，崔维兹——让我们假设，你对这个状况的分析并非全然疯狂——如果你将太空艇交给我们，趁机敲我们一笔竹杠，不是对你很有利吗？根据你的论点，若有可能神不知鬼不觉地得到太空艇，我们会愿意付出极高的代价。”

“你们指望我在事后不会向基地报告？”

“当然。假如你要报告，自己也会受牵连。”

“我可以辩称当时受到威胁。”

“是啊，不过你的常识告诉你，你们的市长绝不会相信你的说法。来吧，咱们做个交易。”

崔维兹摇了摇头。“我不要，李札乐部长，那艘太空艇是我的，我绝不会让给别人。我已经跟你讲过，如果你们试图硬闯进去，会引发威力强大的爆炸。我向你保证我说的是实话，别指望这只是虚声恫吓。”

“可以由你将它打开，重新设定电脑。”

“这点毋庸置疑，但我不会那样做。”

李札乐深深吸了一口气。“你知道的，我们有办法令你改变心意。如果不是直接对付你，也能对你的朋友裴洛拉特博士，或是那个年轻女子下手。”

“严刑拷打吗，部长？这就是你们的法律？”

“不，议员先生。但我们也许不必那么残酷，心灵探测器总是屡试不爽。”

进了部长的寓所之后，崔维兹首度感到一阵心寒。

“你同样不能那么做。将心灵探测器用在非医疗用途上，不论在银河哪个角落，都是一种非法行为。”

“但我们如果逼不得已——”

“我愿意赌一赌，”崔维兹冷静地说，“因为那样做对你们没好处。我的护艇决心如此坚定，在心灵探测器扭转我的意志之前，我的大脑就会受到严重损伤。”这只是在唬人，他想，同时内心的寒意更甚，“即使你们技术高超，能够令我回心转意，而不伤及我的大脑，我又真的打开了太空艇，并解除它的武装，将它双手奉上，你们仍然得不到任何好处。那上面的电脑甚至比太空艇本身更先进，它设计得——我也不知道如何做到的——唯有跟我配合才能充分发挥潜能，它是我所谓的‘私人电脑’。”

“那么，假如让你保有那艘太空艇，由你继续担任驾驶员，你愿考虑为我们驾驶吗？你将成为康普隆的荣誉公民，领取巨额薪资，享受极豪奢的生活，而你的朋友也一样。”

“不行。”

“那么你有什么建议？我们就这样看着你和你的朋友驾驶太空艇升空，飞回银河中？我要警告你，在被迫放弃之前，我们也许会索性通知基地，说你和你的太空艇都在这里，将一切交给他们处理。”

“让你们自己也得不到？”

“如果一定得不到，或许我们宁愿将它交还基地，也不愿让一个傲慢无耻的外星人士捡便宜。”

“那么我来建议一个我自己的折中方案。”

“折中方案？好，我洗耳恭听，说吧。”

于是崔维兹谨慎地说：“我正在执行一项重要任务，这项任务最初由基地资助。如今资助似乎暂时中止，但任务的重要性并未消失。希望康普隆能继续资助我，我若顺利完成任务，康普隆将因此受惠。”

李札乐现出半信半疑的表情。“事后你不打算把太空艇还给基地？”

“我从未计划那样做。假如基地认为我还有可能想到归还这件事，就不会那么拼命寻找这艘太空艇。”

“但这并不表示你会把太空艇交给我们。”

“一旦我完成任务，太空艇可能对我就没用了。在那种情况下，我不会反对由康普隆接收。”

两人默默对望了好一阵子。

然后李札乐说：“你用的是条件句，太空艇‘可能’怎样怎样，这种话对我们没什么意义。”

“我大可信口开河，但那样做对你们又有什么意义？我的承诺既谨慎又有限，至少显示我是诚心诚意的。”

“真聪明，”李札乐点了点头，“我喜欢你这番话。好吧，说说你的任务是什么，又如何能使康普隆受惠？”

崔维兹说：“不，不，该轮到你表态了。我若能证明这项任务对康普隆很重要，你可愿意支持我？”

李札乐部长从长椅中站起来，又变成一个气势迫人的高大身躯。“我饿了，崔维兹议员，空着肚子我没法再谈下去。我要招待你一些吃的喝的，但不会太丰盛。吃完之后，我们再来谈出个结果。”

此时，崔维兹觉得她脸上露出一种饥渴的期待，因此他紧闭嘴巴，心里多少有点不自在。

21

这一餐或许相当营养，但并不怎么可口。主菜包括一客炖牛肉，上面浇着芥末酱，下面铺了一层青叶蔬菜。崔维兹认不出那是什么蔬菜，也不喜欢那种又苦又咸的味道，后来他才弄明白，原来那是一种海草。

主菜之后是一道水果，吃起来像是带点桃子味的苹果（味道还真不错），此外还有一杯深色的热饮，但由于实在太苦了，崔维兹只喝了一半，就询问能否换杯冷开水。每样食物的分量都很少，不过此时此刻，崔维兹也不会在意。

这一餐完全自理，没有任何仆佣服务，部长亲自下厨，亲自上菜，饭后还亲自将碗盘刀叉收拾干净。

“我希望你吃得愉快。”他们离开餐厅时，李札乐这么说。

“相当愉快。”崔维兹并不热络地答道。

部长又在长椅上坐下来。“我们回到原先的话题吧，”她说，“你刚才提到，康普隆可能憎恶基地在科技上的领导地位，以及在银河中的政治霸权。就某方面而言，这的确是事实，可是相较之下，只有少数热衷星际政治的人，才对这方面的问题感兴趣。更贴切的说法是，一般康普隆人对基地的道德沦丧相当反感。虽然许多世界都有道德沦丧的情形，但端点星似乎最为恶名昭彰。我敢说，这个世界的反端点星敌意即根源于此，而不是那些更抽象的问题。”

“道德沦丧？”崔维兹不解地问道，“不管基地有什么缺失，你都必须承认，在它管辖的那一部分银河，行政相当有效率，财政也很清廉。一般说来，民权普遍受到尊重，而且……”

“崔维兹议员，我是指两性间的道德。”

“这样的话，我就更不了解你的意思了。就这方面而言，我们是个绝对道德的社会，不论在社会哪个层面，都有许多女性成员。我们的市长就是女性，而且议会里将近半数……”

部长脸上闪过一丝怒容。“议员先生，你在逗我吗？你当然知道两性间的道德是指什么，在端点星上，婚姻究竟算不算一件神圣的事？”

“你所谓的神圣是什么意思？”

“有没有正式的结婚仪式，将一男一女结合在一起？”

“当然有，只要当事人希望这样做。这种仪式有助于简化税务和继承的问题。”

“但离婚也是允许的？”

“当然可以。如果硬要将两个人永远绑在一起，那才是不道德呢。当夫妻两人……”

“难道没有宗教上的约束吗？”

“宗教？的确有人根据古代祭仪创出一套哲学，可是这和婚姻又有什么关系？”

“议员先生，在康普隆上，凡是和性有关的事物，都会受到严格控制。非但绝对不能有婚外性行为，即使夫妻之间，性的体现也受到重重限制。我们感到极其震惊，有些世界——尤其是端点星——似乎把性当作无伤大雅的单纯社交娱乐，不论什么时间、什么方式、什么对象，只要高兴即可放纵一番，一点也不顾及宗教上的意义。”

崔维兹耸了耸肩。“我很遗憾，但我无法着手改造银河，甚至对端点星也无能为力。可是，这又和我的太空艇有何相干？”

“我是在讲公众对太空艇这个事件的意见，以及舆论如何限制了我的妥协程度。假如康普隆民众发现，你在太空艇上藏了一个年轻迷人的女子，用来供你和你的伙伴发泄性欲，将会引起他们强烈的反感。我考虑到你们三人的安全，才力劝你接受和平的妥协方案，以免受到公开审判。”

崔维兹说：“我想你是利用刚才的用餐时间，想出这个新的威胁劝诱方式。我现在是不是应该害怕暴民对我动用私刑？”

“我只是指出潜在的危险。难道你能否认，那名同行的女子并非专供发泄性欲之用？”

“我当然否认。宝绮思是我的朋友裴洛拉特博士的伴侣，没有别人跟他分享。你也许不会将他们的关系定义为婚姻，但我相信在裴洛拉特心目中，以及在那女子心目中，他俩的确有着婚姻关系。”

“你是在告诉我，你自己没有介入其中？”

“当然没有，”崔维兹说，“你把我当成什么了？”

“我无法判断，我不了解你的道德观。”

“那么让我来解释一下，我的道德观告诉我，自己不该觊觎朋友的财产，或是玩弄他的伴侣。”

“你甚至不受诱惑？”

“我无法控制诱惑的浮现，可是想要我屈服，却绝无可能。”

“绝无可能？或许是你对女人没兴趣。”

“你可别那么想，我当然有兴趣。”

“距离你上次跟女人发生性关系，已经多久了？”

“几个月吧，我离开端点星之后，就从来没有过。”

“你一定不喜欢这样。”

“当然不喜欢，”崔维兹的情绪十分激动，“可是情非得已，我毫无选择余地。”

“你的朋友裴洛拉特看到你这么苦，一定愿意把他的女人和你分享。”

“我没有在他面前表现出来，但我即使让他知道，他也不会愿意和我分享宝绮思。我想那女子也不会同意，况且我对她并没有吸引力。”

“你这么说，是因为你曾经尝试过？”

“我没有尝试过，我觉得不需要尝试就能下这个判断。总之，我并不特别喜欢她。”

“真是难以置信！男人应该公认她是迷人的女性。”

“就肉体而言，她确实迷人，然而她并不合我的口味。原因之一是她太年轻，有些地方太孩子气。”

“那么，你比较喜欢成熟的女人？”

崔维兹顿了一下，这是个陷阱吗？他小心翼翼地答道：“我的年纪够大了，足以欣赏一些成熟的女人。这跟我的太空艇又有什么关系？”

李札乐说：“暂且忘掉你的太空艇。我今年四十六岁，一直单身；我太忙了，始终没有时间结婚。”

“这样说来，照你们的社会规范，你必定一直过着禁欲的生活。你问我多久没有性生活了，难道就是这个原因吗？你是不是要我提供这方面的意见？如果真是这样，我会说这种事不像饮食，没有性生活的确令人不舒服，但是不会活不下去。”

部长微微一笑，再度露出饥渴的眼神。“别误会我，崔维兹。地位自然会带来特权，而且我可以小心行事，所以我并非全然的禁欲者。然而，康普隆的男性无法令我满足。我承认道德是绝对的美德，但它确实令这个世界的男性产生了罪恶感。他们失去了冒险犯难、勇往直前的精神，来得慢，去得快，而且普遍缺乏技巧。”

崔维兹非常谨慎地说：“这点我也帮不上任何忙。”

“你在暗示这可能是我的错？我无法挑起他们的欲望？”

崔维兹举起一只手。“我完全没有这个意思。”

“这样说来，如果给你机会，你将如何反应？你，一个来自荒淫世界的男人，一定有过各式各样的性经验。而且你已经被迫禁欲好几个月，却有个年轻迷人的女子不断出现在你面前。面对着一个像我这样的女人，她正是你自称喜欢的那种成熟典型，你会有什么样的反应？”

崔维兹说：“我会循规蹈矩，对你敬爱有加，这才配得上你的地位和尊贵。”

“别傻了！”部长说。她一只手挪到右侧腰际，解开了束腰的白色带子，再将那条带子从胸前与颈部扯下，这时，她的黑色上装明显地松开了。

崔维兹僵坐在那里。她这个念头，是从——什么时候开始的？或者，这是她在各种威胁都失败之后，另一种收买自己的手段？

她的上装已经连同坚硬的束胸一起落下。这位部长就这样坐着，腰部以上完全赤裸，脸上带着骄傲无比的神情。她的胸部可说是她本人的缩影——硕大，坚挺，散发出令人无法抗拒的魅力。

“怎么样？”她说。

崔维兹老老实实地答道：“太壮观了！”

“那你打算怎么做？”

“根据康普隆的道德观，我该怎么做，李札乐女士？”

“那对端点星的男人有什么意义？你们的道德观又会叫你怎么做？开始吧，我的胸部很冷，渴望得到温暖。”

崔维兹站起来，随即开始宽衣。

第六章
地球的真面目

22

崔维兹觉得像是吃了迷幻药，不知道时间过了多久。

他身旁躺着运输部长蜜特札·李札乐。她趴在床上，头转向一侧，张着嘴巴，不时发出清晰的鼾声。知道她睡着了，崔维兹才放心一点。他希望她醒来之后，清清楚楚记得自己曾经睡了一觉。

崔维兹其实也困极欲眠，但他感到自己必须保持清醒，不能让她醒来的时候，发现他正在呼呼大睡。这点相当重要，必须让她了解，当她筋疲力尽、不省人事之际，他仍然精神饱满。她会希望“基地浪子”一直保持生龙活虎的状态，而此时此刻，最好不要令她失望。

就某方面而言，他做得很好。他猜对了，虽然李札乐魁梧强健、拥有极大权力、轻视她碰到过的所有康普隆男性，并且对于有关基地浪子性技巧的传说（她从哪里听来的？崔维兹感到纳闷）交杂着恐惧与神往，不过，她却乐于被男人征服。这甚至可能是她长久以来的愿望，只是她一直没机会表达这种欲望与期待。

崔维兹的行动便是以这个猜测为指导原则，结果很幸运，他发现自己猜对了（永远正确的崔维兹，他自嘲地想）。如此不但取悦了这个女人，也让崔维兹取得了主导权，将她的精力完全榨干，自己却没有花太多气力。

不过这也不容易，她拥有令人赞叹的胴体（她说自己四十六岁，却丝毫不比二十五岁的运动员逊色），以及无穷无尽的精力——只有她那狂野的欲望才能将它挥霍殆尽。

事实上，若能将她驯服，教她懂得如何节制，并且在不断的练习中（可是他撑得过来吗？）让她对自己的能力更有自知之明，而更重要的是，对他的能力也更加了解，那么，这也许会是一件愉快……

鼾声突然停止，她微微动了一下。他将右手放在她肩膀上轻轻抚摩，她的眼睛就张开了。崔维兹用手肘撑着身子，尽量使自己看起来毫无倦容且精力充沛。

"我很高兴你睡着了，亲爱的。"他说，"你实在需要休息。"

她睡眼惺忪地对他微微一笑，崔维兹突然有点不安，以为她会提议再来云雨一番。但她只是努力翻了个身，变得仰躺在床上，然后用柔和而满足的口吻说："我一开始就没看错，你的确是个性爱高手。"

崔维兹尽量表现出谦逊的态度。"我应该更节制一点。"

"胡说，你做得恰到好处。我本来还在担心，怕你一直保有性生活，精力都给那个年轻女子耗尽了。但你的表现使我相信事实并非如此，你说的都是实话，对不对？"

"我刚开始就表现得像个半饱的样子吗？"

"不，你一点都不像。"说完她就爆笑出来。

"你还想要用心灵探测器吗？"

她又哈哈大笑。"你疯啦？我现在还愿意失去你吗？"

"但你最好能暂时失去一下。"

"什么？！"她皱起眉头。

"如果我永远待在这里，亲……亲爱的，是不是要不了多久，就会有人窃窃私语，指指点点？然而，如果我能离去，继续执行我的任务，我自然会经常回来向你报到，而我们自然会关起门来叙旧一番——况且我的任务极为重要。"

她一面考虑，一面随手搔了搔右臀。然后她说："我想你说得对，我不喜欢这个提议，但是——我想你说得对。"

"你不用担心我不会回来。"崔维兹说，"我不会那么傻，忘记这里有什么在等我。"

她对他笑了笑，轻轻碰了碰他的脸颊，又望着他的眼眸说："你觉得快乐吗，吾爱？"

"快乐得难以形容，亲爱的。"

"但你是基地人，你正处于人生的黄金岁月，又刚好来自端点星，你一定惯于和具有各种技巧的各种女人……"

"我从未遇到任何一个——任何一个——有一分像你的女人。"崔维兹毫不费力就说得理直气壮，毕竟这是百分之百的实话。

李札乐以得意的口吻道："好吧，既然你这么说。话说回来，你知道的，有道是积习难改，我想我不能没有任何保证就轻易相信一个男人。你和你的朋友裴洛拉特，在我了解并批准你们的任务后，应该就能上路，继续执行这项任务，但我要将那年轻女子留在这里。她会受到很好的款待，你不用怕，但我相信裴洛拉特博士会想念她，所以他一定会要你经常返回康普隆，即使你对这项任务的狂热，可能让你想在外面逗留很久。”

“可是，李札乐，这是不可能的。”

“是吗？”她的双眼立刻透出怀疑的目光，“为什么不可能？你需要那个女的做什么？”

“我跟你讲过，不是为了性，而我讲的都是实话。她是裴洛拉特的，我对她没兴趣。何况，如果她想学你刚才得意洋洋地摆出的那些招式，我确定她会立刻断成两截。”

李札乐差点笑起来，但她克制住笑意，以严厉的口吻说：“那么，如果她留在康普隆，对你又有什么影响？”

“因为她对我们的任务极为重要，这就是我们必须要她同行的原因。”

“好吧，那么，你们的任务到底是什么？现在是你告诉我的时候了。”

崔维兹只迟疑了非常短的时间。如今必须实话实说，他根本编不出那么有说服力的谎言。

“听我说，”他道，“康普隆也许是个古老的世界，甚至是最古老的世界之一，但它绝不可能是最最古老的。人类这种生物并非发源此地，最早在这里生存的人类，是从别的世界迁徙来的；但人类可能也不是从那里发源，而是来自另一个更古老的世界。不过，这种回溯的过程终究有个尽头，我们一定会回溯到最初的世界，也就是人类的发祥地。我要寻找的正是地球。”

蜜特札·李札乐突如其来的强烈反应令他吓了一大跳。

躺在床上的她，双眼睁得老大，呼吸突然变得急促，身上每条肌肉似乎全都僵住，两只手臂硬邦邦地向上举起，双手食、中两指交叉在一起。

“你说出了它的名字。”她嘶哑地悄声道。

23

她没有再说什么，也没有再望他一眼。她的双臂慢慢垂下，两腿移到床沿，然后背对着他坐起来。崔维兹仍旧躺在那里，一动也不动。

曼恩·李·康普所说的一番话，此时在他脑际响起，当时，他们是在那个空洞的赛协尔旅游中心里面。他现在还记得很清楚，当康普提到自己的祖星，也就是崔维兹如今立足之处，他是这么说的："他们对地球有着迷信式的恐惧，每当提到这个名字，他们都会举起双手，食指和中指交叉，借此祛除霉运。"

事后才想起这些话有什么用！

"我应该怎么说呢，蜜特札？"他喃喃问道。

她轻轻摇了摇头，站起身来，朝一扇门大步走过去。她穿过之后，那扇门随即关上，不一会儿，便有水声从里面传出来。

现在的他全身赤裸，模样狼狈，除了等待别无良策。他也想到是否应该跟她一起淋浴，却很肯定最好别这样做。但由于他觉得似乎被排拒在浴室之外，想洗澡的冲动反而立刻剧涨。

她终于走出来，开始默默挑选衣服。

他说："你介不介意我——"

她什么也没说，崔维兹便将沉默解释为默许。他本想昂首阔步走进浴室，表现得像个健壮的男子汉，却又觉得很别扭，就好像小时候，他不守规矩惹母亲生了气，母亲并不处罚他，只是不再跟他说话，令他感到极为难过而沮丧。

进了那间四壁光滑的小浴室之后，他四下望了望，发现里面空空如也，什么东西都没有。他又更加仔细地检查了一遍，仍旧什么也找不到。

他把门打开，伸出头来说："我问你，怎样才能开启淋浴？"

她把体香剂（至少，崔维兹猜想它具有类似功效）放在一旁，大步走进浴室，依旧看也不看他一眼，只是举起手来指了指。崔维兹的目光顺着她的手指望去，这才看到墙上有个淡粉红色的圆点，颜色极浅，仿佛设计师不愿为了标示一个小小的功能，而破坏那种纯白的美感。

崔维兹轻轻耸了耸肩，向那面墙凑过去，伸手碰触那个圆点。想必那就是他该做的动作，因为下一瞬间，大蓬细碎的水花便从四面八方袭来。他大口喘着气，赶紧再碰一下那个圆点，水花立即停止。

他又打开门，知道自己看起来一定更加狼狈，因为他全身抖得十分厉害，几乎连话都说不清楚。他以嘶哑的声音问道："热水怎么开？"

现在她终于正眼瞧他，他滑稽的模样显然使她忘了愤怒（或是恐惧，或是任何困扰着她的情绪），因为她先是吃吃窃笑，随即又毫无预警地冲着他哈哈大笑。

"什么热水？"她说，"你以为我们会把能源浪费在洗澡水上？你刚才开的是暖和的温水，已经除掉了寒气，你还想要什么？你这个温室养大的端点星人！给我进去洗！"

崔维兹犹豫了一下子，不过只是一下子而已，因为他显然没有其他选择。

他心不甘情不愿地又碰了一下那个粉红圆点，这次他已有心理准备，咬紧牙关忍受着冰冷的水花。温水？他发现身上开始冒起肥皂泡沫，判断现在是“洗涤周期”，想必不会持续太久，于是赶紧这里搓搓，那里搓搓，全身上下到处都搓了搓。

接下来是“冲洗周期”，啊，真暖和！嗯，也许并非真正暖和，只不过没有先前那么冷，但是对完全冻僵的身体而言，当然要算相当暖和。不久水花突然停了，当时他正想将水关掉，并纳闷李札乐刚才如何全身干爽地走出来，因为这里绝对没有毛巾或其他代用品。此时，突然出现一阵急速的气流，若非各个方向风力相当，他一定马上被吹得东倒西歪。

这是一股热气，几乎可说太热了。崔维兹想，那是因为与热水比较之下，加热空气所消耗的能源要少得多。热气很快将他身上的水珠蒸干，几分钟后，他已经能干爽地走出浴室，就像一辈子从未碰过水一样。

李札乐似乎完全恢复了。“你觉得还好吗？”

“相当好。”事实上，崔维兹觉得全身舒畅异常，“我唯一要做的就是洗冷水的心理准备，你没告诉我……”

“温室里的花朵。”李札乐略带轻蔑地说。

他借用了她的体香剂，然后开始穿衣服，这才发觉只有她有干净的内衣可换，自己却没有。他说：“我应该怎样称呼——那个世界？”

她说：“我们管它叫‘最古世界’。”

他说：“我又怎么知道刚才说的那个名字是禁忌？你告诉过我吗？”

“你问过吗？”

“我怎么知道该问？”

“你现在知道了。”

“我一定会忘记。”

“你最好别忘。”

“这有什么差别呢？”崔维兹觉得火气来了，“只是一个名字，一些声音罢了。”

李札乐以阴郁的语气说：“有些字眼是不能随便说的，你会随时随地说出你知道的每个字眼吗？”

“有些字眼的确很粗俗，有些不适于说出口，有些在特殊场合会伤人。我刚才用的那个字眼，属于哪一类？”

李札乐答道：“它是个可悲的字眼，是个严肃的字眼。它代表我们的祖先世界，而这个世界已不复存在。它很悲壮，我们感觉得到，因为它距离我们很近。我们尽量不谈到它，如果不得不提及，也不会提到它的名字。”

“手指交叉对着我又是什么意思呢？这样怎能抚慰痛苦和悲伤？”

李札乐涨红了脸。“那是一种反射动作，我是给你逼的。有些人相信那个字眼会带来不幸，甚至光是想想都会倒霉，他们就是用那个动作祛除霉运。”

“你是否也相信交叉手指真能祛除霉运？”

“不相信——嗯，也可以说相信。我要是不那么做，心中就会感到不安。”她在说话的时候，目光一直避开他。然后，她仿佛急于改变话题，马上又说：“你们那位黑发姑娘，对于你们寻找——你所说的那个世界，究竟有什么重要性？”

“说最古世界吧，或是你连这个称呼都不愿意用？”

“我宁可完全不讨论这件事，但还是请你回答我的问题。”

“我相信，她的祖先就是从最古世界移民到现在那颗行星的。”

"跟我们一样。"李札乐骄傲地说。

"可是她的族人拥有一些口传历史，她说那是了解最古世界的关键线索。但我们必须先找到它，才能利用那个线索，研究上面的记录。"

"她在说谎。"

"或许吧，但是我们必须查清楚。"

"既然你有了这个女子，以及她那些不可靠的知识，你又已经准备和她一起去寻找最古世界，为什么还要来康普隆呢？"

"因为想要找出最古世界的位置。我以前有个朋友，他跟我一样是基地人，不过他的祖先来自康普隆。他曾经肯定地告诉我，许多有关最古世界的历史在康普隆是家喻户晓的。"

"他真这么说？他有没有告诉你任何有关它的历史？"

"有的。"崔维兹再次实话实说，"他说最古世界已经死了，上面充满放射性。他也不清楚为什么，但他认为可能是核爆的结果，也许是在一场战争中发生的。"

"不对！"李札乐高声吼道。

"不对？是不曾有战争，还是最古世界没有放射性？"

"它有放射性，但并非由于战争的缘故。"

"那么它是如何变得具有放射性呢？它不可能一开始就有放射性，否则根本不会有任何生命存在，但人类这种生物正是起源于最古世界。"

李札乐似乎在犹豫，她站得笔直，呼吸沉重，几乎是在喘气。她说："那是一种惩罚。它是使用机器人的世界之一，你知道什么是机器人吗？"

"知道。"

"他们使用机器人，因此受到惩罚。每个拥有机器人的世界都受到了惩罚，全都不存在了。”

“李札乐，是谁惩罚他们？”

“是‘惩罚者’，是历史的力量，我也不确定。”她的目光又避开他，眼神有些不安。然后，她压低声音说：“去问别人吧。”

“我愿意问别人，但我该找谁问呢？康普隆上有人研究过太古历史吗？”

“有的，他们不受我们欢迎，我是指不受一般康普隆人的欢迎。可是基地，你们的基地，却坚持他们所谓的学术自由。”

“我认为这个坚持很好。”崔维兹说。

“凡是被外力强迫的，都是不好的。”李札乐回嘴道。

崔维兹耸了耸肩。辩论这种题目好像没有任何意义，于是他说：“我的朋友裴洛拉特博士，可以算是一位太古历史学家。我相信他一定希望见见康普隆的同道，你能帮忙安排吗，李札乐？”

她点了点头。“有个名叫瓦希尔·丹尼亚多的历史学家，寄身在本市的大学里。他没有开课，不过你们想知道的事，他也许都能告诉你们。”

“他为什么没开课？”

“不是政府不准，只是学生都不选他的课。”

“我想，”崔维兹尽量避免透出讥讽的口气，“是政府鼓励学生不去选他的课。”

“学生怎么会想上他的课？他是个怀疑论者，到处都有这样的人，你知道的。总有些人喜欢跟一般的思想模式唱反调，而且这种人都十分高傲自大，以为只有自己的看法才正确，其他大多数人都是错的。”

“难道许多时候不正是这样吗？”

“从来没有！”李札乐怒吼道，她的语气万分坚定，表示显然没有必要就这个问题再讨论下去，“纵然他死守着他的怀疑论，他告诉你的答案，也注定和任何康普隆人说的一模一样。”

“什么答案？”

“如果要寻找最古世界，你一定会无功而返。”

24

在指定给他们的套房里，裴洛拉特仔细听完崔维兹的叙述，又长又严肃的面容始终毫无表情。然后他说：“瓦希尔·丹尼亚多？我不记得听过这个名字，但若是在太空艇上，我或许能从我的图书馆中找到他的论文。”

“你确定没听过这个人？好好想一想！”崔维兹说。

“此时此刻，我实在想不起来听过这个名字。”裴洛拉特十分谨慎地说，“但无论如何，我亲爱的兄弟，银河中稍有名望的学者，我没听说过或记不起来的，少说也有好几百个。”

“话说回来，他不可能是第一流的学者，否则你一定听过。”

“研究地球……”

“练习说最古世界，詹诺夫，否则会让事情变得更复杂。”

“研究最古世界，”裴洛拉特又说，“在学术界并不吃香，因此第一流的学者，即使是钻研太古历史的一流学者，都不愿意涉足其间。或者，让我们换个说法，那些已经钻入这个领域的学者，不可能借着一个大家都没兴趣的世界，使自己在学术界扬名立万，成为公认的一流学者，即使他们当之无愧。比方说，就没有任何人认为我是一流的，这点我相当肯定。”

宝绮思温柔地说：“在我心目中就是，裴。”

“对啊，在你心目中当然不一样，亲爱的，”裴洛拉特淡淡一笑，“但你的评断并非根据我的学术成就。”

根据钟表所指的时间，现在几乎入夜了。崔维兹又开始感到有点不耐烦，每当宝绮思与裴洛拉特打情骂俏之际，他总会有这种感觉。

他说：“我会试着安排明天一起去见这位丹尼亚多，但如果他知道的和那位部长一样少，我们就等于白跑一趟。”

裴洛拉特说：“他也许能带我们去找对我们更有帮助的人。”

“我可不信。这个世界对地球的态度——但我最好也练习改用拐弯抹角的称呼——这个世界对最古世界的态度是愚昧且迷信的。”他背过脸去，又说，“不过这实在是辛苦的一天，我们应该准备吃晚餐了——只要我们能够接受他们那种平平的烹饪术——然后再准备睡上一觉。你们两位学会怎样用淋浴了吗？”

“我亲爱的伙伴，”裴洛拉特说，“我们受到非常殷勤的款待，学到了所有设备的使用方法，大部分我们都用不着。”

宝绮思说：“我问你，崔维兹，太空艇的事怎么样了？”

“什么怎么样？”

“康普隆政府要没收它吗？”

“不，我想他们不会。”

“啊，真令人高兴。他们为什么不会？”

“因为我说服了部长改变心意。”

裴洛拉特说：“真是难以置信，我认为她不像是特别容易被说服的人。”

宝绮思说：“这点我不清楚，不过从她的心灵纹理看来，她显然被崔维兹吸引了。”

崔维兹突然气呼呼地瞪着宝绮思。“你那么做了吗，宝绮思？”

“你这话什么意思，崔维兹？”

“我是说影响她的……”

“我并没有影响她。不过，当我注意到她被你吸引的时候，我忍不住扯断她一两道心灵禁制。这是微不足道的一件小事，那些禁制自己也可能挣断，然而确保她对你充满善意，则似乎是件很重要的事。”

“善意？不只如此而已！没错，她的确软化了，却是在我们上床之后。”

裴洛拉特说：“你显然是在开玩笑，老友……”

“我为什么开玩笑？”崔维兹气冲冲地说，“她也许不再年轻，但她精通此道。我向你保证，她可不是生手。我不会装出一副道貌岸然的样子，也不会为她掩饰什么。那是她的主意——这都要感谢宝绮思拉断了她的心灵禁制——在那种情况下我根本无法拒绝，即使想到应该拒绝，我也不会那么做，何况我并没有拒绝的念头。得了吧，詹诺夫，别表现得像个清教徒，我已经好几个月没这种机会了，而你却有——”他朝宝绮思的方向随手挥了挥。

“相信我，葛兰，”裴洛拉特尴尬地说，“如果你将我的表情解释为清教徒的反应，那就是误会我了，我一点都不反对。”

宝绮思说：“她却是个标准的清教徒。我本来只想让她对你热络点，并没有想要利用性冲动。”

崔维兹说：“但你引发的正是这种结果，爱管闲事的小宝绮思。在公开场合，那位部长也许必须扮演清教徒，但这样一来，似乎只会使她的欲火更炽烈。”

“而你只要搔到她的痒处，她就会背叛基地……”

“她无论如何都会那么做，她想要那艘太空艇……”崔维兹突然住口，又压低声音说，“我们有没有被窃听？”

宝绮思说：“没有！”

“你确定吗？”

“确定。以任何未经允许的方式侵入盖娅的心灵，都不可能不让盖娅发觉。”

“这样就好。康普隆自己想要这艘珍贵的太空艇，用以充实他们的舰队。”

“基地一定不会允许的。”

“康普隆不打算让基地知道。”

宝绮思叹了一口气。“这又是你们孤立体演出的闹剧。部长为了康普隆，本来准备背叛基地，结果为了回报一场鱼水之欢，立刻又准备背叛康普隆。至于崔维兹嘛，他很乐意出卖自己的肉体，来引诱部长叛国。你们的银河简直处于无政府状态，根本就是一团混沌。”

崔维兹冷冷地说：“你错了，小姐……”

“我刚才说话的时候，可不是什么小姐，我是盖娅，我是所有的盖娅。”

“那么你错了，盖娅。我并没有出卖肉体，而是心甘情愿地付出，我乐在其中，没有伤害到任何人。至于结果，就我的观点而言，其实是圆满收场，我愿意接受这一切。康普隆若是出于私心而想要那艘太空艇，这又能说是谁对谁错呢？它虽然是一艘基地的太空艇，可是基地已经拨给我，作为寻找地球之用，在我完成这项任务之前，它都是属于我的，我想基地没有权利违背这项协议。至于康普隆，它不喜欢受基地支配，因此梦想着独立。站在它的立场，追求独立和欺骗基地都是正当的，因为这并非叛变的行动，而是爱国的表现。谁能说得清呢？”

“正是如此，谁能说得清呢？在一个无政府状态的银河中，该如何分辨合理和不合理的行为？该如何判断是与非、善与恶、正义与不法、有用与无用？部长背叛她自己的政府，让你保留太空艇，这个行动你要如何解释？难道是因为她对这个令人窒息的世界不满，而渴望个人的独立？她究竟是个叛徒，还是个忠于自己、追求自主的女人？”

“老实说，”崔维兹道，“她愿意让我保有太空艇，我不敢说只是为了感谢我带给她的快乐。我相信，是在我提到正在寻找最古世界之后，她才作出这个决定的。对她而言，那是个充满恶兆的世界，而我们三人，以及载运我们的太空艇，由于从事这项探索，也都变成了恶兆。我有一种想法，她认为夺取那艘太空艇的行动，已经为她自己以及她的世界招来噩运，现在她心中可能充满恐惧。或许她感到，如果让我们和太空艇一起离开，继续执行我们的任务，就能使噩运远离康普隆，而这可算是一桩爱国之举。”

“虽然我很怀疑，崔维兹，但如果真如你所说的，那么迷信就成了行动的原动力。你认为这是好现象吗？”

“我既不称赞也不谴责这种事。在知识不足的情况下，迷信总是会指导人们的行动。基地上上下下都相信谢顿计划，虽然我们之中没有谁能了解它、没有谁能解释它的细节，或是能用它来进行预测。我们出于无知和信念，盲目奉行这个计划，难道不也是一种迷信吗？”

“没错，可能就是。”

“而盖娅也一样，你们相信我作了正确的抉择：盖娅应该将整个银河并成一个超大型生命体，但你们不知道我的选择为何正确，以及遵循我的决定有多保险。你们甘愿在无知和信念上展开行动，而我试图寻找证据，想帮助你们突破这个窘境，你们竟然还不高兴。这难道不也是迷信吗？”

“我认为这回他把你驳倒了，宝绮思。”裴洛拉特说。

宝绮思说：“没有。这次的寻找只会有两个结果，不是一无所获，便是找到足以支持他那个决定的佐证。”

崔维兹又说：“而你这个信心，也只是靠无知和信念来支持。换句话说，就是迷信！”

25

瓦希尔·丹尼亚多是个小个子，又生得一副小鼻子小眼睛，但他看人的时候并不抬头，只是将眼珠向上翻转。这副尊容，再加上他脸上经常闪现的短暂笑容，使他看来像是一直在默默嘲笑这个世界。

他的研究室相当狭长，里面堆满磁带，看来凌乱不堪。倒不是因为真有多乱，而是由于磁带在架子上排列很不整齐，像是好几排参差不齐的牙齿。他请三位访客坐的椅子并不属于一套，而且看得出最近才掸过灰，却没有清理得很干净。

他说：“詹诺夫·裴洛拉特，葛兰·崔维兹，以及宝绮思。我还不知道你的姓氏，女士。”

她答道：“通常大家就叫我宝绮思。”说完便坐下来。

“反正这样也够了，”丹尼亚多一面说，一面对她眨眼睛，

“你这么迷人，即使根本没有名字，也不会有人见怪。”

大家坐定之后，丹尼亚多又说：“虽然我们从来没通过信，但我久仰你的大名，裴洛拉特博士。你是基地人，对不对？从端点星来的？”

“是的，丹尼亚多博士。”

“而你，崔维兹议员，我好像听说你最近被议会除名，并且遭到放逐，但我一直不了解究竟是为什么。”

“我没有被除名，博士，我仍是议会的一员，虽然我不知道何时会再重拾权责。我也不算真的遭到放逐，而是接受了一项任务。我们希望向你请教的问题，就和这项任务有关。”

“乐于提供协助。”丹尼亚多说，“这位引人绮思的小姐呢？她也是从端点星来的吗？”

崔维兹立刻插嘴道：“她是从别处来的，博士。”

“啊，这个‘别处’，真是个奇怪的世界，最不平凡的人类都是那里土生土长的。不过，既然你们两位来自基地的首都端点星，这位又是个年轻迷人的女郎，而蜜特札·李札乐对这两种人向来没有好感，她怎么会如此热心地把我推荐给你们呢？”

“我想，”崔维兹说，“是为了要摆脱我们。你愈快协助我们，你该知道，我们就会愈快离开康普隆。”

丹尼亚多看了崔维兹一眼，显得很感兴趣（又露出一闪即逝的微笑），然后说：“当然啦，像你这样生龙活虎的年轻人，不论是打哪儿来的，都很容易吸引住她。她把冷冰冰的圣女这个角色演得不赖，可是并非十全十美。”

“这点我完全不清楚。”崔维兹硬邦邦地说。

“你最好别清楚，至少在公开场合。但我是个怀疑论者，我的职业病使我不会轻易相信表面的事物。说吧，议员先生，你的任务是什么？我来看看自己是否帮得上忙。”

崔维兹说：“这方面，裴洛拉特博士是我们的发言人。”

“我没有任何异议。”丹尼亚多说，“裴洛拉特博士？”

裴洛拉特开口道：“用最简单的方式来说，亲爱的博士，我把成年后的所有岁月，全部花在钻研一个特殊的世界上，试图洞视一切相关知识的基本核心，而这个世界就是人类这个物种的发源地。后来我和我的好友葛兰·崔维兹一同被送到太空，不过实际上，我原来根本不认识他。我们的任务是要寻找，尽可能寻找那个——呃——最古世界，我相信你们是这么叫的。”

“最古世界？”丹尼亚多说，“我想你的意思是指地球。”

裴洛拉特突然张口结舌，然后有点结巴地说：“在我的印象中……我是说，有人告诉我说，你们都不……”

他望向崔维兹，显然不知如何是好。

于是崔维兹接口道：“李札乐部长曾经告诉我，那个名字在康普隆不能使用。”

“你是说她这样做？”丹尼亚多嘴角下垂，鼻子皱成一团，然后使劲向前伸出双臂，双手的食中两指互相交叉。

“对，”崔维兹说，“我正是那个意思。”

丹尼亚多收回双手，大笑了几声。“愚不可及，两位先生。我们做这个动作只是一种习惯，偏远地区的人也许很认真，但一般人都不把它当一回事。康普隆人在生气或受惊的时候，都会随口喊上一声‘地球’，我还从来没见过一个例外，那是我们这里最普通的一句粗话。”

“粗话？”裴洛拉特细声道。

“或者说感叹词，随你喜欢。”

“然而，”崔维兹说，“当我使用这个字眼时，部长似乎相当慌乱。”

“喔，对了，她是个山地女人。”

“那是什么意思，博士？”

“就是字面的意思。蜜特札·李札乐来自中央山脉，那里的孩子是由所谓优良旧式传统培养出来的。也就是说，不论他们后来接受多好的教育，也永远无法戒除交叉手指的习惯。”

“那么‘地球’两字对你完全不会造成困扰，是吗，博士？”宝绮思问。

“完全不会，亲爱的小姐，我是个怀疑论者。”

崔维兹说：“我知道‘怀疑论者’在银河标准语中的意思，但你们是怎么个用法？”

“跟你们的用法一模一样，议员先生。除非有合理可靠的证据使我不得不接受，否则我不轻易接受任何观念，但我仍然保持存疑，以等待更进一步的证据。这种态度使我们不受欢迎。”

“为什么？”崔维兹说。

“我们在任何地方都不会受欢迎。哪个世界的人不喜欢轻轻松松、平易近人又老掉牙的信仰——不论多么不合逻辑——反倒偏爱令人心寒的不确定感呢？想想看，你们又是如何相信缺乏证据的谢顿计划。”

“没错。”崔维兹一面说，一面审视自己的指尖，“我昨天也举过这个例子。”

裴洛拉特说：“我可不可以回到原来的题目，老兄？有关地球的种种说法，哪些是一名怀疑论者可以接受的？”

丹尼亚多说：“非常少。我们可以假设，人类这个物种的确发源于单一行星。若说这些相近到了能够偶配的物种，竟然发源自数个世界，那是极端不可能的。人类甚至不会是在两颗行星上独立发展的，我们可以姑且将这个起源世界称为地球。在我们这里，一般人都相信地球就在附近的星空，因为这里的世界都特别古老，而最初的殖民世界想必都比较接近地球。”

“地球除了是起源行星之外，还有没有其他独一无二的特色？”裴洛拉特急切地问道。

“你心里有什么特定的答案吗？”丹尼亚多说，脸上掠过一闪即逝的笑容。

“我想到了地球的卫星，有些人称之为月球。它应该颇不寻常，对不对？”

“这是个诱导性的问题，裴洛拉特博士，你可能正在将一些想法灌输给我。”

“我没说月球哪方面不寻常。”

“当然是它的大小，我说对了吗？没错，我想我说对了。所有关于地球的传说，都提到它拥有一大堆物种，以及一颗巨大的卫星，直径约在三千到三千五百公里之间。一大堆的生命形态不难理解，因为生物的演化自然会导致这种结果，除非我们所了解的演化过程并不正确。一颗巨大的卫星却较难令人接受，银河中其他住人世界都没有这样的卫星，大型卫星总是环绕着不可住人也无人居住的气态巨星。因此，身为一名怀疑论者，我不愿接受月球的存在。”

裴洛拉特说：“如果拥有几百万种物种，是地球独一无二的特色，它为何不能也是唯一拥有巨大卫星的可住人行星呢？一个唯一性有可能导致另一个唯一性。”

丹尼亚多微微一笑。“地球上的数百万物种，如何能够无中生有地创造一颗巨大的卫星，这我可真不明白。”

“但是将因果颠倒过来就有可能，也许一颗巨大的卫星有助于创造几百万种物种。”

“我也看不出有这个可能。”

崔维兹说:“有关地球具有放射性的故事，又是怎么一回事？”

“那是个普遍的说法，大家也都普遍相信。”

“可是，”崔维兹说，“地球生养万物已有数十亿年的历史，当初它不可能有那么强的放射性，否则根本不会有生命出现。它是如何变得带有放射性的？一场核战吗？”

“那是最常见的解释，崔维兹议员。”

“从你说这句话的态度，我猜你自己并不相信。”

“没有证据显示发生过这样的战争。常见的说法，甚至普遍为人接受的说法，本身并不等于证据。”

“还有可能发生什么其他变故吗？”

“没有证据显示发生过任何事，放射性也许和巨大的卫星一样，纯粹只是杜撰出来的传说。”

裴洛拉特说:“有关地球的历史，哪些故事是一般人所接受的？在我的职业生涯中，我搜集了大量有关人类起源的传说，其中许多都提到一个叫做地球的世界，或者是非常接近的名称。但我没有搜集到康普隆上的传说，只发现有些资料中，模糊地提到班伯利这个名字。不过，即使康普隆许多传说中都有这号人物，他仍有可能是凭空杜撰的。”

“这没什么好奇怪的。我们通常并不对外宣扬我们的传说，你能找到有关班伯利的参考资料，已经令我十分惊讶——这也是一种迷信。”

“可是你不迷信，谈一谈应该没什么顾忌吧？”

“说得对。”这位矮小的历史学家将眼珠向上扬，看了裴洛拉特一眼，“我要是这么做，一定会使我讨人厌的程度暴增，甚至可能带来危险。不过你们三人很快就会离开康普隆，而我相信你们绝不会指名道姓引用我的话。”

“我们以人格向你担保。”裴洛拉特立刻说。

“那么以下就是整个历史的摘要，其中超自然理论和教化的成分皆已剔除——过去曾有一段无限久远的时间，地球是唯一拥有人类的世界，然后，大约在两万到两万五千年前，人类发明了超空间跃迁，进而发展出星际旅行，开始向其他行星殖民。

“那些行星上的殖民者大量使用机器人。早在超空间旅行出现之前，地球上就发明了机器人，而……对了，你们知不知道机器人是什么？”

“知道。”崔维兹说，“我们被问过不只一次，我们知道机器人是什么。”

“在完全机器人化的社会中，那些殖民者发展出高等科技和超凡的寿命，因而开始鄙视他们的祖星。根据更戏剧性的说法，他们开始支配并压迫地球。

“最后，地球送出另一批殖民者，这些人都将机器人视为禁忌。康普隆是这些新殖民者最早建立的世界之一，此地的爱国分子坚持它是最早建立的世界，却找不到任何足以说服怀疑论者的证据。后来，第一批殖民者灭绝了，接着……”

崔维兹插嘴道：“第一批殖民者为什么会灭绝呢，丹尼亚多博士？”

“为什么？在我们的浪漫主义者想象之中，通常都认为由于他们罪孽深重，因而遭到惩罚者的惩罚。至于他为何等那么久才出手，则无人追究。但我们不必求助于这些神话，也很容易解释这件事。一个完全倚赖机器人的社会，由于极度单调无趣，或者说得更玄一点，由于失去了生存的意志，终究会变得孱弱、衰颓、没落且奄奄一息。

“而舍弃机器人的第二波殖民者，则渐渐站稳脚跟，进而接掌整个银河。可是地球却变得带有放射性，因此渐渐退出银河舞台。对于这一点，通常的解释是地球上也有机器人，因为第一波星际殖民促进了机器人的发展。”

宝绮思听到这里，显得有点不耐烦了。“好吧，丹尼亚多博士，不论地球有没有放射性，也不论有过多少波星际殖民，关键问题其实很简单：地球究竟在哪里？它的坐标是什么？”

丹尼亚多说：“这个问题的答案是——我不知道。不过嘛，该吃中饭了，我可以叫人将午餐送来这里，我们就能一面用餐，一面讨论地球，随便你们想讨论多久都行。”

“你不知道？”崔维兹说，他的声调与音量同时提高。

“事实上，据我所知，没有任何人知道。”

“但那是不可能的事。”

“议员先生，”丹尼亚多轻叹了一声，“如果你硬要说事实是不可能的，那是你的权利，可是这样对你毫无帮助。”

第七章
告别康普隆

26

叫来的午餐是许多松软的丸子，有很多种不同颜色，面皮里面包着各式各样的馅。

丹尼亚多首先拿起一样东西，摊开之后原来是一双透明的薄手套。他戴上手套，客人们也都有样学样。

宝绮思说："请问这里面包了些什么？"

丹尼亚多说："粉红色的里面包着辛辣鱼浆，那可是康普隆的一大美食；这些黄色的，里面的馅是清淡的干酪；绿色的则是什锦蔬菜。你们一定要趁热吃，待会儿还有热杏仁派以及饮料，我推荐你们喝热苹果汁。这里气候寒冷，我们习惯将食物加热，甚至甜点也不例外。"

"你吃得不错嘛。"裴洛拉特说。

"并不尽然，"丹尼亚多答道，"现在我是在招待客人。我自己一个人的时候，吃得非常简单。我身上没有多少肉需要养，你们也许已经注意到了。”

崔维兹咬了一口粉红色丸子，发觉的确有很重的鱼腥味，鱼浆外面包的佐料也相当可口。不过他也想到，这个味道再加上鱼腥味，将会整天挥之不去，或许还得带着这些味道入梦。

咬了一口之后，他发现面皮立即合上，把里面的馅重新包起来，不会有任何汁液溅漏。他突然起了一个疑问，不知道那副手套有什么作用。即使不戴手套，也不必担心双手会弄湿或变粘，因此他断定那是一种卫生习惯。在不方便洗手的时候，可以用手套代替，演变到现在，即使已经洗过手，或许习惯上还是必须戴上手套。（昨天，他与李札乐一同进餐时，她并未使用这种手套，可能由于她是山地女人的缘故。）

他说：“午餐时间谈正事会不会不礼貌？”

“依照康普隆的规范，的确不礼貌，议员先生。但你们是客人，我们就遵循你们的规范吧。如果你们想谈正经事，而不认为或不介意会破坏你们的食欲，那就请便吧，我愿意奉陪。”

崔维兹说：“谢谢你。李札乐部长曾经暗示——不，她很不客气地明说——怀疑论者在这个世界并不受欢迎，这是真的吗？”

丹尼亚多的好心情似乎更上一层楼。“当然啦，如果不是这样，我们不知会多伤心呢。你瞧，康普隆是个充满挫折感的世界。尽管过去的历史谁也不清楚，一般人却有一种空幻的信仰，认为在许多仟年以前，当住人银河的规模还很小的时候，康普隆曾经是领袖群伦的世界，这点我们一直念念不忘。但在可考的历史中，我们却从未居于领导地位，这个事实令我们很不舒服，让我们——我是说一般民众——心中有一种愤愤不平的感觉。

“可是我们能怎么办？政府曾经被迫效忠帝国的皇帝，如今则是基地的忠诚附庸。我们愈是明了自己的次等地位，就愈相信传说中那段伟大的岁月。

“那么，康普隆人能做些什么呢？过去他们无法和帝国抗争，如今又不能公开向基地挑衅。于是他们攻击我们、憎恨我们，用这种方式来寻求慰藉，因为我们不相信那些传说，并且对那些迷信嗤之以鼻。

“然而，我们不必担心受到更大的迫害。我们控制了科技，而在大学担任教职的也是我们这些人。其中有些人特别敢说话，因而难以公开授课。比如说，我自己就有这个麻烦，不过我还是有学生，我们定期在校外悄悄聚会。但是，如果真的禁止我们公开活动，那么科技便要停摆，每一所大学都会失去全银河的认可。事实上，这种学术自杀的严重后果，也许还无法令他们收敛仇恨的心态，想必这就是人类的愚昧，幸好还有基地支持我们。所以说，虽然我们不断受到谩骂、讥嘲和公开抨击，却仍旧能安然无事。”

崔维兹说：“是不是由于大众的反对，使你不愿告诉我们地球在哪里？虽然你刚才那么说，但你是否害怕如果做得太过分，反怀疑论者的情绪会升高到危险的程度？”

丹尼亚多摇了摇头。“不是这样，地球的位置的确无人知晓。我并非由于恐惧，或是其他任何原因，而对你们有所隐瞒。”

“可是你听我说，”崔维兹急切道，“在银河这个星区中，自然条件适宜住人的行星数量有限，而且，大多数的可住人行星必定都已有人居住，因此你们应该相当熟悉。想要在这个星区寻找一颗特殊的行星，它除了带有放射性，具有其他一切适宜住人的条件，这究竟有多么困难呢？此外，你还有另一个线索，就是那颗行星有一颗巨大的卫星相伴。既然有了放射性和巨大卫星两个特征，地球绝不会被误认，甚至随便找一找，也应该找得到。或许需要花点时间，但那却是唯一的麻烦。”

丹尼亚多说：“就怀疑论者的观点而言，地球的放射性和旁边那颗巨大卫星，当然都只是传说而已。如果我们去寻找这些特征，就跟寻找麻雀奶和兔子羽毛一样荒唐。”

“或许吧，可是那还不至于使康普隆人完全放弃。如果他们能找到一个充满放射性的世界，大小刚好适宜住人，旁边还有一颗巨大的卫星，那么康普隆民间传说的可信度不知会提高多少。”

丹尼亚多大笑几声。“也许正是由于这个原因，康普隆从未进行这类探索。假如我们失败，或是找到一个跟传说显然不符的地球，便会产生适得其反的效果。康普隆的民间传说马上会垮台，变成大家的笑柄。康普隆不会冒这个险。”

崔维兹顿了一下，再用非常认真的口气说：“好吧，即使我们不强调放射性和巨大卫星这两个‘唯一点’——姑且假设银河标准语有这种说法——根据定义，一定还有第三个唯一点，它和任何传说都毫无瓜葛。那就是如今在地球上，即使没有众多生机盎然、多彩多姿的生命形态，也总会有一些留存下来，不然至少也该保有化石记录。”

丹尼亚多说：“议员先生，虽然康普隆未曾有组织地找寻过地球，我们有时还是得作些太空旅行。偶尔会有船舰由于种种原因而迷途，它们照例要将经过作成报告。跃迁并非每次都完美无缺，这点或许你也知道。然而，在所有的报告中，从未出现跟传说中的地球性质相似的世界，或是挤满各种生命形态的行星。船舰又不可能只为了搜集化石，而在一颗看似无人居住的行星登陆。如果说，过去数千年来，从来没有疑似地球的报告出现，我就绝对愿意相信找寻地球是不可能的事，因为地球根本不在这里，又怎么找得到呢？”

崔维兹以充满挫折感的语调说:“可是地球一定在某个地方。在银河某个角落，存在着一颗行星，人类以及人类熟悉的其他生命形态，都是从那里演化出来的。如果地球不在银河这一区，就一定在其他星区。”

“或许如此吧，”丹尼亚多冷冷地说，“但是直到目前为止，它还没在任何一处出现过。”

“大家未曾真正仔细找过。”

“嗯，显然你们就会。我祝你们好运，但我绝不会赌你们成功。”

崔维兹说:“有没有人试图以间接的方法，就是除了直接寻找之外的其他方法，来判定地球可能的位置?”

“有!”两个声音同时响起。丹尼亚多是其中之一，他对裴洛拉特说:“你是否想到了亚瑞夫计划?”

“是的。”裴洛拉特答道。

“那么可否请你跟议员先生解释一下?我想他比较容易相信你。”

于是裴洛拉特说:“你可知道，葛兰，在帝国末期，所谓的‘起源寻找’曾经风靡一时，许多人把它当作一种消遣，也许是为了逃避令人不快的现实。当时帝国已渐渐土崩瓦解，这你是知道的。

“李维星的一位历史学家韩波·亚瑞夫，就想到了一个间接的方法。他的依据是，不论起源行星是哪一颗，一定会先在附近的行星建立殖民世界。一般说来，一个世界距离那个原点愈远，殖民者抵达的时间就愈晚。

“那么，假使将银河所有住人行星的创建日期整理出来，然后以仟年为单位，把历史同样久远的行星连成网络。比如说，具有一万年历史的行星构成一个网络，具有一万两千年历史的行星构成另一个网络，具有一万五千年历史的行星又构成另一个网络。理论上来说，每个网络都会近似一个球面，而且差不多是同心球。较古老的行星所构成的网络，半径应该小于较年轻的行星网络。如果把每个网络的球心都找出来，它们在太空中的分布范围应该相当小，而那个范围就应该包含起源行星——地球。”

裴洛拉特用握成杯状的双手画出一个个球面，脸上的表情非常认真。“你明白我的意思吗，葛兰？”

崔维兹点了点头。“明白，但我猜没有成功。”

“理论上应该办得到，老伙伴。麻烦的是创建年代都不正确，每个世界多少都会将本身的历史夸大拉长，可是除了传说，又没有其他简单的方法能够断定历史的长短。”

宝绮思说：“古老树木中的碳十四衰变。”

“当然可以，亲爱的，”裴洛拉特说，“但你必须得到那些世界的合作才行。事实上从来没有人愿意那么做，每个世界都不希望夸大的历史遭到推翻。帝国当时又不能为了这么小的事，强行压制各地的反对声浪，它有更重要的事需要操心。

“因此亚瑞夫所能做的，只是善加利用那些顶多只有两千年历史，而且创建过程拥有详实可靠记录的世界。那些世界为数不多，虽然它们的分布大致符合球对称，球心却相当接近川陀，也就是昔日帝国的首都。因为那些并不算多的新世界，最初的殖民者全部来自川陀。

“那当然是另一个问题。地球并非星际殖民的唯一起点，一段时日之后，较古老的殖民世界便会送出自己的殖民队伍，而在帝国全盛时期，川陀成了殖民者的主要出产地。说来真不公平，亚瑞夫因此成为众人的笑柄，他的学术声誉也因而断送。”

崔维兹说：“来龙去脉我听懂了，詹诺夫。丹尼亚多博士，这样说来，你甚至连一丝渺茫的希望都不能给我？请问在其他世界上，有没有可能找到关于地球的线索呢？”

丹尼亚多陷入迟疑的沉思，好一会儿之后才终于开口。“嗯——嗯，”他先发出一声犹豫的感叹，接着才说，“身为一名怀疑论者，我必须告诉你，我不确定地球如今是否存在，或者是否曾经存在过。然而——”他再度沉默不语。

最后终于由宝绮思接口：“我猜，博士，你想到一件可能很重要的事。”

“重要吗？我很怀疑。”丹尼亚多轻声说，“不过也许很有意思。地球不是唯一行踪成谜的行星，第一波殖民者——在我们的传说中，称他们为‘太空族’——他们的世界如今也不知所踪。有些人管那些世界叫‘太空世界’，也有人称之为‘禁忌世界’，后者现在较为通用。

“传说是这么说的，在他们的黄金时代，太空族使寿命延长到数个世纪，并且拒绝让我们的短寿命祖先登陆他们的世界。在我们击败他们之后，情势有了一百八十度的逆转，我们不屑和他们来往，禁止我们的船舰和行商跟他们接触，要让他们自生自灭。因此那些行星变成了禁忌世界。根据传说的记述，我们确定根本无需插手，惩罚者便会毁灭他们，而他显然做到了。至少，据我们所知，已经有许多仟年，不曾见到太空族在银河出现。”

“你认为太空族会知道地球的下落吗？”崔维兹问。

“想必如此，他们的世界比我们任何一个世界都要古老。但前提是必须还有太空族存在，而这是极端不可能的事。”

“即使他们早就不存在了，他们的世界总该还在，或许会保有一些记录。”

“前提是你能找到这些世界。”

崔维兹看来冒火了。“你的意思是，想要寻找下落不明的地球，应该能在太空世界上找到线索，可是那些世界同样下落不明？”

丹尼亚多耸了耸肩。“我们已经有两万年未跟它们来往，连想都没有想到它们。而它们也像地球一样，隐藏到了历史的迷雾中。”

“太空族分布在多少个世界上？”

“传说中有五十个这样的世界——一个可疑的整数，实际上可能少得多。”

“你却不知道其中任何一个的位置？”

“嗯，这个，我想——”

“你想些什么？”

丹尼亚多说：“由于太古历史是我的业余嗜好，我和裴洛拉特博士一样，有时会翻查些古老的文件，找找看有没有任何提到太古时期的记载，我是指比传说更可靠的记载。去年，我发现了藏在一艘古代太空船中的记录，那些记录几乎已经无法解读。它的年代非常久远，当时我们的世界还不叫康普隆，而是使用‘贝莱世界’这个名称。我认为，我们传说中的‘班伯利世界’，可能就是从那个名字演变而来的。”

裴洛拉特兴奋地问：“你发表了吗？”

“没有。”丹尼亚多说，“正如一句古老格言所云：在我确定泳池有水没水之前，我可不愿往下跳。你可知道，那个记录中提到一件事，那艘太空船的船长造访过某个太空世界，还带了一名太空族女子离去。”

宝绮思道：“可是你刚才说，太空族不允许他人造访。”

“没错，这正是我未将记录发表的原因，它听来实在难以置信。有些暧昧不明的传说事迹，可以解释为太空族的故事，包括他们和我们的祖先‘银河殖民者’之间的冲突。这类传说事迹并不是康普隆的特产，许多世界上都有大同小异的故事，但有一点完全一致——太空族和银河殖民者绝不会在一起，双方没有社交接触，更别提两性间的接触。可是那个记录中的殖民者船长和太空族女子，却显然因爱情而结合，这实在太不可思议。我不相信这个故事有可能被人接受，顶多只会被视为一篇浪漫的历史小说。”

崔维兹显得很失望。“就这样吗？”

“不只这样，议员先生，还有另外一件事。我在太空船残存的航行日志中，发现了一些数据，可能代表几组空间坐标，但也可能不是。假如真是的话——我再重复一遍，怀疑论者的荣誉心使我必须这样说，也有可能并不是——那么，内在证据使我得到一个结论，它们是三个太空世界的空间坐标。其中一个，或许就是那名船长曾经登陆的世界，他就是从那个世界带走了他的太空族爱人。”

崔维兹说：“就算这个故事纯属杜撰，有没有可能坐标仍是真实的？”

“有这个可能。”丹尼亚多说，“我会把那些数字给你，你喜欢怎样利用都可以，不过你可能一无所获——但我有个很有趣的想法。”他又展现了短暂的笑容。

“什么想法？”崔维兹问。

“万一其中一组坐标代表地球的位置呢？”

27

康普隆的太阳射出纯正的橙色光芒，看来比端点星的太阳还要大，但由于它相当接近地平线，只能送来微弱的热量。好在风并不强，不过吹在崔维兹脸颊上，仍然令他感到冰冷刺痛。

他的身子瑟缩在电暖大衣里发抖，那件衣服是蜜特札·李札乐送给他的，她现在就站在他身旁。他说："总该有暖和的时候吧，蜜特札。"

她很快瞥了太阳一眼。站在这个空旷的太空航站里，她并未显出任何不适。高大的她身上穿的大衣比崔维兹的还薄，即使她并非一点也不怕冷，至少表现得毫不在乎。

她说："我们有个美丽的夏季，虽然为时不长，但农作物都能适应。作物品种全部经过精挑细选，能在阳光下迅速生长，而且不容易受霜害。本地的动物都生有厚实的毛皮，举世公认全银河最佳的羊毛即产自康普隆。此外，康普隆的轨道上还有许多太空农场，上面种植各种热带水果，我们还外销风味绝佳的凤梨罐头。大多数的人都不知道这些，只知道我们是个寒冷的世界。"

崔维兹说："我很感谢你来为我们送行，蜜特札，并感谢你愿意跟我们合作，让我们能继续完成任务。然而，为了让我自己心安理得，我必须问一句，你会不会为自己惹上大麻烦？"

"不会！"她骄傲地摇了摇头，"不会有任何麻烦。首先，不会有人来质问我，一切运输系统皆由我控制，也就是说，这座太空航站和其他航站的法规，以及有关入境站、船舰来去的所有法规，通通由我一个人制定。我全权处理这些事情，总理乐得不必为任何细节烦心。就算我受到诘问，也只要据实相告即可。政府一定会称赞我未将太空艇交给基地，如果不妨让民众也知道，他们的反应想必也一样。而基地根本不会晓得这件事。”

崔维兹说：“政府或许愿意见到基地未能如愿，但是你放走了我们，他们会赞成你的决定吗？”

李札乐微微一笑。“你是个高尚的君子，崔维兹。你为了保住太空艇，不屈不挠奋战到底，现在你成功了，又开始为我的安危操心。”

她试着向他靠近，仿佛忍不住想做个亲昵的动作。不过，显然在经过一番挣扎后，她终于克制住这个冲动。

她又恢复了率直的口气，说道：“即使他们质疑我的决定，我只消告诉他们，你一直都在寻找最古世界，他们就一定会说我做得对，的确应该尽快摆脱你们，连太空艇一块赶走。然后他们会进行一些赎罪仪式，以弥补当初准许你登陆的错误，虽然我们原先无法猜到你在做什么。”

“你当真担心由于我的出现，而为你自己和这个世界带来不幸吗？”

“的确如此。”李札乐生硬地答道，再改用较缓和的语气说，“你已经为我带来不幸，我认识你之后，康普隆的男人会显得更加索然无味。我的渴求从此再也无法满足，惩罚者已经决定让我万劫不复。”

崔维兹迟疑了一下，然后说：“我并非希望你改变自己的想法，但我也不希望你被无谓的忧虑困扰。你必须知道，所谓我会带来不幸这种说法，只不过是迷信罢了。”

“我想，是那个怀疑论者告诉你的。”

“他不必告诉我，我也一样知道。”

李札乐伸手抹了抹脸，因为她突出的双眉上积了一道细霜。“我知道有些人认为这是迷信，可是最古世界会带来噩运，却是千真万确的事。过去已经有许多实例，不管怀疑论者如何巧言善辩，也无法否定既有的事实。”

她突然伸出右手。“再会了，葛兰。进太空艇跟你的伙伴会合吧，免得你那娇弱的端点星身子，在我们寒冷的和风里冻僵了。”

“告辞了，蜜特札，希望我回来的时候能再见到你。”

“是啊，你答应过会回来，我也试着让自己相信。我甚至告诉自己，到时我将飞到太空，在你的太空艇中和你相会，这样噩运就只会降临在我身上，不至于殃及我的世界——可是你不会再回来了。”

“不！我会回来！你曾带给我这样的快乐，我不会那么轻易放弃。”此时此刻，崔维兹坚决相信自己是认真的。

“我不怀疑你的浪漫冲动，可爱的基地人，可是那些冒险寻找最古世界的人，全都永远回不来了——回不到任何地方，我自己心里很清楚。”

崔维兹尽力不让牙齿打战，虽然只是因为天气寒冷，他的牙齿才不受控制，但他不愿让她以为那是由于自己胆怯。他说：“那也是迷信。”

“不过，”她说，“那也是事实。”

28

回到远星号驾驶舱的感觉真好。它或许只是无尽星空中的一个小囚笼，当成房间实在太挤了些，然而，它却令人感到那么熟悉、那么友善而温暖。

宝绮思说："我很高兴你终于上来了，我正在想，不知道你还要跟那位部长厮磨多久。"

"没有多久，"崔维兹说，"天气冷得很。"

"我有一种感觉，"宝绮思说，"你曾经考虑留下来陪她，而将寻找地球的行程延后。我不愿探触你的心灵，哪怕只是轻轻一碰，可是我关心你，而你受到的诱惑似乎传到我身上了。"

崔维兹说："你说得相当正确，至少有那么片刻，我的确感受到了诱惑。部长是个不同凡响的女人，我从未遇到过第二个。你加强了我的抵抗力吗，宝绮思？"

她答道："我告诉你多少次了，我不能也不会以任何方式影响你的心灵，崔维兹。我猜，你是借着强烈的责任感，自己战胜了这个诱惑。"

"不，我倒不那么想。"他苦笑了一下，"不可能那么崇高、那么戏剧性。我的抵抗力的确被强化了，一来是由于天气太冷，二来是我有个不祥的预感，假如我继续跟她在一起，不出几回合就会要我的命，我永远无法跟上她的步调。"

裴洛拉特道："嗯，不管怎么说，你毕竟安全返回太空艇了。下一步我们要做什么？"

"眼前要做的，是以轻快的速度离开这个行星系，直到距离康普隆的太阳够远了，我们再来进行跃迁。"

"你想我们会被拦截或跟踪吗？"

"不，我真心相信部长渴望我们尽快离去，而且永远不会回来，以免惩罚者的报复降临这颗行星。其实——"

"什么？"

"她相信报复一定会降在我们身上，她坚决相信我们再也不会回来。我得说明一下，并不是她料到我可能会背信，她没有机会估量我的信用。她的意思是，地球是个可怕的不祥之物，任何人试图寻找它，都一定会死在半途。"

宝绮思说："康普隆有多少人寻找过地球，才使得她这么肯定？"

"我怀疑没有任何康普隆人尝试过。我曾告诉她，她的恐惧只不过是迷信。"

"你确定自己相信这一点吗，还是你也被她动摇了？"

"我知道她所表现的恐惧纯属迷信，但是她的恐惧仍然可能有根有据。"

"你的意思是说，如果我们试图登陆地球，放射性会要我们的命？"

"我不相信地球具有放射性，但我的确相信地球会保护自己。还记得吗，川陀那座图书馆中有关地球的资料全被移走了。此外，盖娅虽然拥有惊人的记忆，行星的每个部分都参与其中，甚至包括地表的岩层和地心的熔融金属，却也无法回溯到够远的过去，以致不能告诉我们任何有关地球的事。

“显然，假如地球果真那么有力量，或许也能调整人类的心灵，迫使大家都相信它具有放射性，这样便能吓阻任何寻找它的念头。可能是因为康普隆和地球极为接近，对地球形成特别的威胁，所以又被加上一重诡异的茫然。丹尼亚多是个怀疑论者，也是一位科学家，他百分之百相信寻找地球是白费力气，认为地球不可能找得到——这就是部长的迷信也许有根据的原因。地球这么希望隐藏自己，难道不会将我们杀害，或是将我们引入歧途，而会任由我们找到它吗？”

宝绮思皱着眉头说：“盖娅……”

崔维兹立刻打断她的话。“别说盖娅会保护我们，既然地球有办法消除盖娅最早的记忆，那么在双方的任何冲突中，地球显然都会是赢家。”

宝绮思冷冷地说：“你怎么知道那些记忆是被消除的？也许只是因为盖娅需要一段时间来发展行星级记忆，才无法回溯到那个记忆尚未完成的时代。不过，即使在此之前的记忆的确遭到外力消除，你又怎能确定是地球干的？”

崔维兹说：“我不知道，我只是提出我的臆测罢了。”

裴洛拉特突然插嘴，怯生生地说：“假如地球那么有力量，又如此坚持保留隐私——姑且这么说——我们的努力又有什么用？你似乎认为地球不会让我们找到，而且若有必要，它还会将我们全部杀害。在这种情况下，难道我们不该放弃整个计划吗？”

“我们似乎应该放弃，这点我承认，但我如此强烈地坚信地球存在，就一定要也一定会把它找到。盖娅不断在提醒我，当我有这么强烈的信念时，我的想法总是正确的。”

“可是我们发现地球之后，如何才能全身而退，老弟？”

“有一个可能，”崔维兹尽力以轻松的口吻说，“由于我具有这种非比寻常的正确判断力，地球或许也会体认到我的价值，而不会对我下手。可是——这就是我想要指出的——我无法确定你们两位是否也能生还，而我担心的正是这件事。我一直有个念头，如今这个念头更强了，那就是我应该带你们两位回到盖娅，然后由我自己继续进行探索。首先断定我必须寻找地球的人，是我而不是你们；看出其中重要性的人，也是我而不是你们；不得不这么做的人，更是我自己而不是你们。所以说，让我来冒这个险吧，你们没有这个必要。让我一个人继续好吗，詹诺夫？”

裴洛拉特将下巴埋在颈际，使他的长脸显得更长。“我不否认自己感到嫉妒，葛兰，可是如果弃你不顾，我会万分羞愧，会无地自容。”

“宝绮思？”

“盖娅绝不会弃你不顾，崔维兹，不论你做什么都一样。假如地球真是个危险的地方，盖娅会尽全力保护你。而扮演宝绮思这个角色的我，无论如何也不能舍弃裴，如果他决定紧跟着你，那我当然要紧跟着他。”

崔维兹绷着脸说：“很好，我已经给过你们机会了，让我们一起上路吧。”

“一起走。”宝绮思说。

裴洛拉特轻轻一笑，伸手抓住崔维兹的肩头。“永远走在一起。”

29

宝绮思说："你看这里，裴。"

她刚才以手动方式操纵着太空艇的望远镜，但是并没有什么特定目标，只不过想换换脑筋，以免终日沉溺在裴洛拉特的地球传说图书馆中。

裴洛拉特走过来，一只手臂搭在她的肩膀，双眼则向显像屏幕望去。康普隆行星系的气态巨星之一已经出现，经过多次放大后，画面看来就像实物一般庞大。

在彩色的显像中，它的表面呈淡橙色，并带有一些较暗的条纹。由于这颗行星比远星号距离太阳更远，又是从行星轨道面上向它望去，因此看来几乎是个完美的光圈。

"真美丽。"裴洛拉特说。

"中央的条纹延伸到了行星之外，裴。"

裴洛拉特紧皱着眉头说："你知道吗，宝绮思，我相信真是这样。"

"你想这是一种'光幻视'吗？"

裴洛拉特说："我不敢肯定，宝绮思，我跟你一样是太空新兵——葛兰！"

崔维兹对这声叫唤的回应是一句相当微弱的"什么事？"他随着这声回答走进驾驶舱，衣服显得有点皱，好像刚才在床上和衣打过盹——事实也正是如此。

他带着几分不悦说："拜托！别动那些装置。"

"只不过是望远镜罢了。"裴洛拉特说，"你看那个。"

崔维兹依言看了一眼。"那是一颗气态巨星，根据我获得的资料，他们管它叫葛里亚。"

"只是这样看看，你怎么知道就是那颗？"

"理由之一，"崔维兹说，"根据我们现在和太阳的距离，再考虑各行星的大小以及它们在轨道上的位置——拟定航道时，我已经把这些资料研究得很透彻——此时此刻，它是你唯一能放大到这种程度的行星。另一个理由，是它有个行星环。"

"行星环？"宝绮思困惑不已。

"你们现在能看到的，只是个又细又暗的条纹，因为我们几乎是从正侧面取景。我们可以急速拉升，离开行星轨道面，让你们有个较佳的视野。你们想不想这么做？"

裴洛拉特说："我不想让你重新计算位置和航道，葛兰。"

"喔，放心，电脑会帮我处理，不怎么麻烦。"他一面说，一面坐到电脑前，将双手放在那两个手掌轮廓上。接下来，与他的心灵精密调谐的电脑，便开始负责所有的操作。

没有燃料问题也毫无惯性效应的远星号立即加速。对于作出如此回应的电脑与太空艇，崔维兹再度感到一股强烈的爱意。仿佛他的思想化成了动力与指令，又仿佛它就是自己意志的延伸，不但强而有力，而且温驯服从。

难怪基地想把它要回去，也难怪康普隆想将它据为己有。唯一令人讶异的事，是迷信的力量竟然如此之大，令康普隆自动放弃了这个野心。

若有适当的武装，远星号能追击或打败银河中任何一艘船舰，甚至任何一支舰队，只要别碰到另一艘同型号太空艇就好。

当然，它现在没有任何武装。布拉诺市长将太空艇拨给他的时候，至少还有足够的警觉性，没让它配备任何武器。

裴洛拉特与宝绮思注视着显像屏幕，葛里亚星正缓缓地、缓缓地朝他们倾斜。上方的那一极（姑且不论是南极或北极）已经出现，周围有一大圈湍流，下方那一极则被球体的鼓胀部分所遮掩。

在行星顶端，暗面不断侵入橙色部分，使这个美丽的圆盘变得愈来愈不对称。

但更令人兴奋的，或许是中央那道暗纹不再是直线，而渐渐变成一个弧形，就像其他偏北或偏南的条纹一样，只是弧度更为显著。

现在能够看得非常清楚了，中央暗纹的确延伸出行星的边缘，在两侧形成狭窄的弧形。这绝对不是幻象，其本质十分明显。那是由物质所构成的环状天体，沿着行星周围绕一圈，另一侧则隐藏在行星背后。

“我想，这便足以给你们一个概念。”崔维兹说，“假如我们飞到这颗行星的正上方，你们将会看到一个圆形的环，它和这颗行星是同心圆，不过两者完全没有接触。你们还有可能发现，它其实并非单一的环，而是由数个同心环组成。”

“我认为简直不可能，”裴洛拉特愣愣地说，“是什么让它停留在太空的？”

“跟卫星能停留在太空的道理相同。”崔维兹说，“行星环由许多细微的粒子组成，每个粒子都环绕着行星运转。由于这些环距离行星太近，‘潮汐效应’使它们无法聚结成一个球体。”

裴洛拉特摇了摇头。“想想实在太令人难过了，老友。我当了一辈子学者，怎么可能对天文学知道得那么少？”

“而我则对人类的传奇一无所知，没有人能够拥抱所有的知识。事实上，这些行星环没什么稀奇，几乎每颗气态巨星都有，即使有时只是一圈稀薄的尘埃。端点星的太阳所领导的行星家族，碰巧没有真正的气态巨星，因此端点星上的居民，除非是个星际旅行者，或者在大学里修过天文学课程，否则很可能不知道行星环是什么。如果行星环十分宽广，因而明亮且显眼，像现在这个这样，那才是不寻常的现象。它实在壮丽，一定至少有几百公里宽。”

此时，裴洛拉特突然弹响一下手指。“正是这个意思。”

宝绮思吓了一跳。“什么意思，裴？”

裴洛拉特说：“我曾经读过某一首诗的片段，那是一首非常古老的诗，用一种古体的银河标准语写成，很不容易读懂，正好证明它的年代十分久远。不过，我不该抱怨古文体难懂，老弟。由于工作的关系，我精通好几种古银河语文，即使在工作领域之外对我没什么用处，仍然让我很有成就感——我刚才说什么来着？”

宝绮思说：“一首古诗的片段，亲爱的裴。”

“谢谢你，宝绮思。”然后，裴洛拉特又对崔维兹说，“她总是很注意我在说什么，以便我一旦离题——这是常有的事——她随时能把我拉回来。”

“这是你的魅力之一，裴。”宝绮思微笑着说。

“总之，那个片段主要是在描述地球所在的行星系，至于为何要做这个描述，我并不清楚，因为完整的诗句已经散佚，至少我从来没办法找到。流传下来的只有这一部分，或许是由于其中的天文学内容。总之，它提到第六颗行星拥有光辉灿烂的三重行星环。‘既宽且大，与之相较，世界相形见绌。’你看，我现在还能吟诵呢。以前我不明了行星环是什么东西，我记得曾经设想，也许该行星的一侧有三个圆圈排成一列，但这似乎十分无稽，所以我懒得收在我的图书馆中。我当初没有追根究底，现在想来十分遗憾。”他摇了摇头，又说，“在今日银河中，神话学家是个很孤独的行业，使人忘了追根究底的好处。”

崔维兹安慰他说：“你当初没理会它，也许是正确的态度，詹诺夫，对诗意的文字不可过分认真。”

“但那正是它的意思，”裴洛拉特指着显像屏幕说，“那首诗所提到的景象，正是三个宽阔的同心环，宽度超过了行星本身。”

崔维兹说：“我从来没听过这种事，我认为行星环不可能那么宽，相较于它们所环绕的行星，行星环总是非常狭长。”

裴洛拉特说：“我们也从未听说哪个可住人行星拥有一颗巨大的卫星，或是它的地壳具有放射性，现在这个则是它的第三项唯一性。我们若能找到一颗除了放射性之外，具有一切适宜住人条件的行星，它拥有一颗巨大的卫星，而且在那个行星系中，另一颗行星拥有宽阔的行星环，那就毫无疑问，代表我们发现地球了。”

崔维兹微微一笑。“我同意，詹诺夫，假如我们找到这三项特征，我们就一定找到了地球。”

“假如！”宝绮思叹了一口气。

30

他们已经飞越这个行星系各主要世界，此刻正在最远的两颗行星之间继续往外冲，因此在十五亿公里内，并没有任何稍具规模的天体。前方只有一大团彗星云，不会产生多大的重力效应。

远星号已加速到光速的十分之一。崔维兹很清楚，理论上来说，这艘太空艇可加速到接近光速，不过他也明白，实际上，十分之一光速已是合理的极限。

以这个速度飞行，能够避开任何稍具质量的物体，却无法闪避太空中无数的尘埃粒子，而为数更多的原子与分子更不在话下。在极高速航行时，即使那么微小的物体也会磨损或刮伤艇体，造成十分严重的损害。假如以接近光速的速度飞行，每个撞向艇体的原子都具有宇宙线的性质。而曝露在无孔不入的宇宙线辐射下，太空艇中每一个人都无法幸免。

在显像屏幕上，远方的恒星看不出任何动静。虽然太空艇以每秒三万公里的速度运动，各方面看起来，它都显得像是静止在太空中。

电脑正在进行长距离扫描，以侦测任何可能与太空艇相撞的物体，它们即使体积有限，仍会构成严重的威胁。在可能性极低的必要情况下，太空艇会稍微转向闪避。但由于可能来袭的物体都很小，相对速度也不太大，而且太空艇改变航向时又不会产生惯性效应，因此根本无法知道是否出现过堪称“千钧一发”的状况。

因此崔维兹一点都不担心这种事，甚至连想都不想。他把所有的注意力，全都集中在丹尼亚多交给他的三组坐标上，而他特别注意的，则是与目前位置最接近的那组坐标。

“坐标有什么问题吗？”裴洛拉特紧张兮兮地问。

“我现在还不能确定。”崔维兹说，“坐标本身并没有用，你还得知道零点在哪里，以及设定坐标的规约——比如说订定距离所依据的方向，用什么当作本初子午线等等。”

“你怎么找得出这些东西？”裴洛拉特茫然问道。

“我取得了端点星以及其他几个已知点相对于康普隆的坐标，只要我将它们输进电脑，电脑便会算出究竟该用哪种规约，这些坐标才能对应端点星以及其他几个点的正确位置。我只是想将这些事在脑中整理一下，这样我就能对电脑发出适当的指令。一旦确定了规约，我们手中的三组禁忌世界坐标值就可能有意义了。”

“只是可能而已？”宝绮思问。

“恐怕只是可能而已。”崔维兹说，“那些毕竟是相当古老的坐标，想必用的是康普隆规约，但无法绝对肯定。万一它们是根据其他规约呢？”

“万一真是这样呢？”

“万一真是这样，我们得到的就只是一堆毫无意义的数字。可是，我们好歹也要确定一下。”

他双手在微微发亮的按键上轻快滑动，将必要的资料输进电脑，然后将双手放在桌面的手掌轮廓上，静待电脑确定这些已知坐标所用的规约。答案出来之后，他顿了一下，随即命令电脑使用相同的规约，算出最近一个禁忌世界的位置，最后终于在电脑记忆库的银河地图中，找出了这组坐标对应的地点。

屏幕上出现一个星像场，并且自动迅速移动，在达到停滞状态后又开始不断扩大，将周围各个方向的星辰都挤出屏幕，直到几乎所剩无几。肉眼完全跟不上这种迅疾的变化，以致画面看来只是一团模糊的斑点。最后硕果仅存的，只有边长十分之一秒差距的一个正方范围（根据屏幕下方标示的数值）。然后就一直没有进一步的变化，在漆黑的屏幕上，只剩下六个黯淡的光芒点缀其间。

“哪个才是禁忌世界？”裴洛拉特轻声问道。

“全都不是。”崔维兹说，“其中四颗是红矮星，一颗是准红矮星，另一颗是白矮星。在这些恒星的轨道上，都不可能有可住人世界。”

“单凭这样看一眼，你怎么就知道那些是红矮星？”

崔维兹说：“我们现在看到的并不是真实的恒星，而是电脑记忆库中银河地图的一小部分，其中每颗恒星都标有简介，只不过你无法看到，通常我同样也看不到。可是一旦我的双手和电脑进行接触，像现在这样，那么当我注视某颗恒星时，我就能知道不少的相关资料。”

裴洛拉特以悲伤的语调说：“那么，这些坐标毫无用处了。”

崔维兹抬起头望着他。“不，詹诺夫，我的话还没说完。我们还要考虑时间因素，这组坐标是两万年前的，在这段时间中，那个禁忌世界和康普隆都绕着银河中心公转，两者的公转速度、轨道倾角和离心率都很可能并不相同。因此，随着时光的流逝，这两个世界不是渐渐接近，就是愈来愈远。过了两万年之后，那个禁忌世界如今的位置，和坐标值的偏差可能在半个到五个秒差距之间，当然不会在这个边长十分之一秒差距的方格内。”

“那么，我们该怎么办？”

“我们以康普隆为原点，让电脑将银河的时间往前推两万年。”

“它能这样做吗？”宝绮思的声音听来有点肃然起敬。

“嗯，它无法使银河本身回到过去，但能让记忆库中的地图时光倒流。”

宝绮思说：“我们能看到任何变化吗？”

“看！”崔维兹说。

屏幕上原有的六颗恒星开始缓缓挪动，此外另有一颗恒星出现在屏幕左侧，并且渐渐向中央漂移。裴洛拉特兴奋地指着它说：“来了！来了！”

崔维兹说：“抱歉，又是一颗红矮星。它们非常普遍，银河中的恒星至少有四分之三是红矮星。”

屏幕上的画面停下来，不再继续移动。

“然后呢？”宝绮思说。

崔维兹答道：“这就是了，这就是银河那一小部分在两万年前的样子。如果那个禁忌世界以平均速度进行星移，就应该出现在屏幕正中央。”

“应该出现，可是没有啊。”宝绮思尖声道。

“的确没有。”崔维兹表示同意，声音几乎不带任何情绪。

裴洛拉特长长叹了一口气。“啊，太糟了，葛兰。”

崔维兹说：“且慢，不要绝望，我原本就并未指望看到那颗恒星。”

“并未指望？”裴洛拉特显得极为讶异。

“是的。我跟你说过，这并不是真实的银河，而是电脑中的银河地图。某颗恒星若没收录在地图中，我们就看不到。如果一颗行星被称为‘禁忌’，而且这个名称沿用了两万年，它就八成不会被收在地图里。事实上果真如此，因为我们看不到它。”

宝绮思说：“或许因为它不存在，所以我们才看不到。康普隆的传说可能是杜撰的，也可能这些坐标并不正确。”

“说得很对。不过，电脑既然找出了那个世界在两万年前的可能位置，就能估计出它如今的坐标。根据做过时间修正的坐标——唯有利用星图我才能作出这个修正——现在我们可以切换到真实的银河星像场。”

宝绮思说：“但你只是假设禁忌世界一直以平均速度进行星移，万一它的速度有异于平均速度呢？这样的话，你得到的坐标就不正确了。”

“说得没错，但是相较于未作时间修正的结果，我们几乎可以肯定，根据平均速度的假设作了修正之后，得到的结果将更接近真实的位置。”

“你想得真美！”宝绮思以怀疑的口吻说。

“我正是这么想。”崔维兹说，“但愿不出我所料，现在就让我们看看真实的银河。”

两位旁观者聚精会神地盯着屏幕，崔维兹则以轻松的语调慢慢解释（或许是为了缓和自己的紧张情绪，并且延后揭晓谜底的时刻），好像在发表一场演讲。

“观测真实的银河比较困难。”他说，“电脑中的地图是人工产物，不相干的东西都能除去。比如说，如果有个星云遮蔽视线，我可以将它消除；如果视角和我的预期不合，我可以调整到更方便的角度。然而观测真实银河的时候，我必须照单全收，毫无选择的余地。假使我想有所改变，必须在太空中实际变换位置，花的时间会比调整地图多得多。”

当他说到这里的时候，屏幕上出现了一团恒星云，里面挤满一颗又一颗的星辰，看来像是一堆散乱的粉末。

崔维兹说：“那是银河某个区段的大角度画面，当然，我想要的是前景。如果我把前景扩大，相较之下背景就会变得朦胧。这个坐标点和康普隆足够接近，所以我应该能将它扩大到和地图中的画面一致。我只消输入必要的指令，但愿我的清醒能撑得足够久。开始！”

星像场陡然扩大，成千上万的恒星被急速推出屏幕。三个人突然觉得向屏幕冲过去，由于感觉过于逼真，他们都不由自主向后一仰，仿佛是对一股推力所产生的自然反应。

先前的画面又出现了，虽然不似地图那般暗，但是六颗恒星都在原先的位置上。此外，在接近中央的部分，还出现了另一颗恒星，它的光芒比其他恒星都明亮许多。

“它在那里。”裴洛拉特悄声道，声音中充满了敬畏。

“可能就是它，我会让电脑摄取它的光谱，然后详加分析。”沉默相当一段时间之后，崔维兹又说：“光谱型为G4，因此它比端点星的太阳小一点并且暗一点，不过要比康普隆的太阳明亮些。电脑的银河地图不该漏掉任何G型恒星，既然这颗遭到遗漏，很可能表示它就是那个禁忌世界所环绕的太阳。”

宝绮思说：“有没有可能到头来却发现，这颗恒星周围根本没有可住人行星？”

“我想，有这个可能。倘若真是那样，我们再设法寻找另外两个禁忌世界。”

宝绮思固执地说：“万一另外两个世界也是空欢喜一场呢？”

“那我们再尝试别的办法。”

“比如说？”

“但愿我知道。”崔维兹绷着脸说。

第三篇

奥罗拉

第八章
禁忌世界

31

“葛兰，”裴洛拉特说，“我在一旁看看，会不会打扰你？”

“一点都不会，詹诺夫。”崔维兹说。

“如果问些问题呢？”

“问吧。”

于是裴洛拉特问道：“你到底在做什么？”

崔维兹将视线从显像屏幕移开。“凡是屏幕上看起来很接近那个禁忌世界的恒星，每一颗的距离我都得测量出来，这样才能断定它们真正有多近。我必须知道它们的重力场，而这就需要质量和距离的数据。如果缺乏这些资料，便无法保证一次成功的跃迁。”

“你怎么做呢？”

“嗯，我看到的每一颗恒星，电脑记忆库中都有它的坐标，不难转换成康普隆的坐标系统。接下来，根据远星号在太空中相对于康普隆之阳的位置，作小幅度的修正，就能得到每颗恒星和我们的距离。屏幕上看来，那些红矮星都很接近那个禁忌世界，但事实上有些可能更近，有些其实更远。我们需要知道它们的三维位置，你懂了吧。”

裴洛拉特点了点头。“你已经有了那个禁忌世界的坐标……”

“没错，但那还不够，我还需要知道其他恒星的距离，误差可在百分之一左右。在那个禁忌世界附近，那些恒星的重力场一律很弱，些许误差不会造成明显的差别。而那个禁忌世界所环绕的太阳，在禁忌世界附近产生的重力场则很强，我必须知道它的精确距离，精确度至少是其他恒星的一千倍，单有坐标无法做到这一点。”

“那你怎么办呢？”

“我测量出那个禁忌世界——或者应该说它的恒星——和附近三颗恒星的视距离。那三颗恒星都很暗，需要放大许多倍才看得清楚，因此，它们的距离想必非常非常远。然后，我们将其中一颗摆在屏幕中央，再向一侧跃迁十分之一秒差距，跃迁的方向垂直于我们对禁忌世界的视线。由于附近没有其他恒星，即使我们不知道远方星体的距离，这样的跃迁仍然很安全。

“跃迁之后，位于中央的那颗参考恒星仍会留在原处。如果三颗恒星距离我们真的都非常远，其他两颗暗星的位置也不会有什么变化。然而，那个禁忌世界的恒星由于距离较近，因此会有视差移位。从移位的大小，便能决定它和我们之间的距离。假如我想做个验证，可以另选三颗恒星，重新再试一遍。”

裴洛拉特说：“总共要花多久时间？”

“不会太久，繁重的工作都由电脑负责，我只要发号施令就行了。真正花时间的工作，是我必须研究测量的结果，确定它们都没问题，还有我的指令也没有任何失误。如果我是那种蛮勇之徒，对自己和电脑具有完全的信心，那么几分钟内就能完成。”

裴洛拉特说：“真是太奇妙了，想想电脑能帮我们做多少事。”

“这点我一向心里有数。”

“假如没有电脑，你要怎么办？”

“假如没有重力太空艇，我要怎么办？假如我未曾受过太空航行训练，我要怎么办？假如没有两万年的超空间科技做我的后盾，我又要怎么办？事实上我就是此时此地这个我。倘若我们想象自己身处两万年后的未来，我们又将赞叹什么样的科技奇迹？或者有没有可能，两万年后人类早已不复存在？”

“几乎不可能，”裴洛拉特说，“不可能不复存在。即使我们没有成为盖娅星系的一部分，我们仍有心理史学指导我们。”

崔维兹双手松开电脑，在椅子上转过身来。“让它计算距离吧，”他说，“让它重复检查几遍，反正我们不急。”

他用怪异的目光望着裴洛拉特，又说：“心理史学！你知道的，詹诺夫，在康普隆上，这个话题出现了两次，每次都被斥为迷信。我自己说过一次，后来丹尼亚多也提到了。毕竟，除了说它是基地的迷信，你又能怎样定义心理史学？它难道不是一种没有证明和证据的信仰吗？你怎么想，詹诺夫？这个问题应该比较接近你的领域。”

裴洛拉特说：“你为什么要说没有证据呢，葛兰？哈里·谢顿的拟像曾在时光穹窿中出现许多次，每当有重大事件发生，他就会针对时势侃侃而谈。当年，他若无法利用心理史学作出预测，就不可能知道未来才会发生的事件。”

崔维兹点了点头。“听起来的确不简单，他虽然没有预测到骡，即便如此还是很不简单。话说回来，它还是令人感到邪门，有点像魔术，任何术士都会玩这种把戏。”

“没有任何术士能预测几世纪后的事。”

“也没有任何术士能创造奇迹，他们只是让你信以为真罢了。”

“拜托，葛兰，我想不出有什么伎俩，能让我预测五世纪后会发生什么事。”

“你也无法想象有什么伎俩，能让一个术士读取藏在无人卫星中的讯息。然而，我曾目睹一个术士做到这一点。你有没有想到过，定时信囊以及哈里·谢顿的拟像，或许都是政府自导自演的？”

裴洛拉特对这种说法显得相当反感。“他们不会那么做。”

崔维兹发出一下轻蔑的嘘声。

裴洛拉特说：“假如他们企图那么做，一定会被逮到的。”

“这点我不敢肯定。不过，问题是我们不知道心理史学如何运作。”

“我也不知道那台电脑如何运作，可是我知道它的确有用。”

“那是因为还有别人知道它如何运作，如果没有任何人知道，又会是什么样的情况？那样的话，要是它由于某种原因停摆，我们都会一筹莫展。如果心理史学突然失灵……”

“第二基地分子知道心理史学的运作方式。”

“你又怎么晓得，詹诺夫？”

“大家都这么说。”

“大家什么事都可以说——啊，那个禁忌世界的恒星和我们之间的距离算出来了，我希望算得非常精确。我们来推敲一下这组数字。”

他盯着那组数字良久，嘴唇还不时嚅动，仿佛在心中进行一些概略的计算。最后，他终于开口，不过眼睛并未扬起来。“宝绮思在做什么？”

“在睡觉，老弟。”然后，裴洛拉特又为她辩护道，“她很需要睡眠，葛兰。跨越超空间而维持身为盖娅的一部分，是很消耗精力的一件事。”

“我也这么想。”崔维兹说完，又转身面对电脑。他将双手放在桌面上，喃喃说道：“我要让它分成几次来跃迁，每次都要重新检查。”然后他将双手又收回来，“我是说真的，詹诺夫，你对心理史学知道多少？”

裴洛拉特好像有点意外。“一窍不通。身为历史学家，例如我自己，和身为心理史学家简直有天壤之别。当然啦，我知道心理史学的两大基石，但是每个人也都知道。”

“连我都知道。第一个条件是涉及的人口数目必须足够庞大，才能使用统计方式处理。可是多大才算‘足够庞大’呢？”

裴洛拉特说：“银河人口的最新估计值是一万兆左右，也许还低估了。当然啦，这绝对够大了。”

“你怎么知道？”

“因为心理史学的确有效，葛兰。不论你如何强词夺理，它的确有效啊。”

“而第二个条件，”崔维兹又说，“是人类并不知晓心理史学，否则他们的反应就会产生偏差——可是大家都晓得有心理史学啊。”

“只是知道它的存在罢了，老弟，那不能算数。第二个条件其实是说，人类并不知晓心理史学所作的预测，这点大家的确不知道。唯有第二基地分子才应该晓得，但他们是特例。”

“仅仅以这两个条件为基础，就能建立起心理史学这门科学，实在令人难以置信。”

“并非仅仅根据这两个条件，”裴洛拉特说，“其中还牵涉到高等数学和精密的统计方法。据说——如果你想听听口述历史——哈里·谢顿当初开创心理史学，是以气体运动论为蓝本。气体中的每个原子或分子都在做随机运动，因此我们无法知道其中任何一个的位置或速度。然而，利用统计学，我们能导出描述它们整体行为的精确规律。根据这个原则，谢顿企图解出人类社会的整体行为，虽然他的解不适用于人类个体。”

“或许如此，但人类并不是原子。”

“没错。”裴洛拉特说，“人类具有意识，行为复杂到足以显现自由意志。谢顿究竟如何处理这个问题，我完全没概念，即使有懂得的人设法向我解释，我也确定自己无法了解。可是无论如何，他的确成功了。”

崔维兹说:“因此这个理论想要成立，必须有为数众多而且不明就里的一群人。你难道不觉得，这么巨大的一个数学架构，是建立在松软的基础上吗？如果这两个条件无法真正满足，那么一切都会垮台。”

“可是既然谢顿计划没垮……”

“或者，假如这两个条件并非完全不合或不足，只是弱了一点，心理史学或许也能有效运作好几世纪，然后，在遇到某个特殊危机时，便会在一夕之间垮掉——就像当初骡出现时，它暂时垮掉那样。此外，如果还应该有第三个条件呢？”

“什么第三个条件？”裴洛拉特微微皱起眉头。

“我也不知道。”崔维兹说，“一个论述也许表面上完全合乎逻辑，而且绝妙无比，却隐含了某些未曾言明的假设。或许这第三个条件，是大家视为理所当然的假设，所以从来没有人想到过。”

“如果一个假设被视为这么理所当然，通常都相当正确，否则，就不可能被视为这么理所当然。”

崔维兹嗤之以鼻。“如果你对科学史和你对传说历史一样了解，詹诺夫，你就会知道这种说法错得有多严重。不过我想，我们已经来到那个禁忌世界的太阳附近。”

的确，屏幕正中央出现了一颗明亮的恒星。由于太过明亮，屏幕自动将它的光芒滤掉大部分，其他恒星因而尽数从屏幕上消失。

32

远星号上的盥洗与个人卫生设备十分精简，用水量永远维持在合理的最小值，以免回收系统超过负荷。这一点，崔维兹曾板着脸提醒裴洛拉特与宝绮思。

尽管如此，宝绮思总有办法随时保持清爽光鲜，乌黑的长发永远有着亮丽的光泽，她的指甲也始终明亮耀眼。

此时，她走进驾驶舱，说道：“你们在这儿啊！”

崔维兹抬起头来。“用不着惊讶。我们几乎不可能离开太空艇，即使你无法用心灵侦测到我们的行踪，只要花上三十秒，也一定能在太空艇中找到我们。”

宝绮思说：“这句话纯然是一种问候，不该照字面解释，你自己其实很清楚。现在我们在哪里？可别说‘在驾驶舱中’。”

“宝绮思吾爱，”裴洛拉特一面说，一面伸出手臂，“我们现在，是在那个禁忌世界所属的行星系外围。”

她走到裴洛拉特身旁，将一只手轻放在他肩上，他的手臂则搂住她的腰。然后她说：“它不会有什么真正的禁忌，我们并未受到任何阻拦。”

崔维兹说：“它之所以成为禁忌，是因为康普隆和其他第二波殖民者所建立的世界，刻意和第一波殖民者‘太空族’所建立的世界隔离。如果我们自己没感受到这种刻意的限制，又有什么能阻止我们呢？”

“那些太空族，如果还有任何人存留下来，或许也会刻意和第二波殖民世界隔离。虽然我们不介意侵入他们的领域，绝不代表他们也不介意。”

“说得很对。”崔维兹道，“如果他们还在，的确会是这样。但直到现在，我们甚至还不知道他们的行星是否存在。目前为止，我们所看到的只有普通的气态巨星，总共有两颗，而且不是特别大。”

裴洛拉特连忙说：“但这并不代表太空世界并不存在。可住人世界一律很接近太阳，体积又比气态巨星小很多，此外在这个距离，太阳闪焰也使我们极难侦测到它们。我们得通过微跃到达内围，以便侦测这些行星。”能像个老练的太空旅人般说得头头是道，似乎令他相当骄傲。

“这样的话，”宝绮思说，“我们现在为何不向内围前进？”

“时辰未到。”崔维兹说，“我正在叫电脑尽量侦察人工天体的迹象，我们要分几个阶段向内挺进——如果有必要，分成十几个阶段都行——每次都要停下来侦察一番。我不希望这次又中了圈套，就像我们首度接近盖娅那样。还记得吧，詹诺夫？”

“我们每天都有可能落入那种圈套，唯有盖娅的圈套为我带来宝绮思。”裴洛拉特以爱怜的目光凝视着她。

崔维兹咧嘴笑了笑。“你希望每天都有个新的宝绮思吗？”

裴洛拉特一脸委屈，宝绮思带着微嗔说：“我的好兄弟，我的好——不管裴坚持叫你什么，你最好快些向内围前进。只要有我跟你在一起，你就不会落入圈套。”

“靠盖娅的力量？”

“侦测其他心灵的存在？当然没问题。”

“你确定自己的力量够强吗，宝绮思？你为了和盖娅主体维持联系而消耗的体力，我猜一定得睡很久才能补回来。你现在和力量的源头距离那么远，能力也许大大受限，我又能仰仗你多少呢？”

宝绮思涨红了脸。“联系的力量足够强大。”

崔维兹说：“别生气，我只不过问问而已。你难道看不出来，这就是身为盖娅的缺点之一吗？我不是盖娅，我是个完整的、独立的个体，这表示我能随心所欲到处旅行，不论离开我的世界、我的同胞多远都行，我始终还是葛兰·崔维兹。我拥有的各种能力，我都会继续保有，无论到哪里都不会有任何变化。假如我孤独地在太空中，几秒差距之内没有任何人类，又由于某种原因，我无法以任何方式跟任何人联络，甚至连天上的星星都看不见一颗，我依旧是葛兰·崔维兹。我也许无法生还，我可能因此死去，但我至死仍是葛兰·崔维兹。”

宝绮思说：“孤独一人在太空中，远离所有的人，你就无法向你的同胞求助，也无法仰赖他们的各种才能和知识。独自一人，身为一个孤立的个体，相较于身为整体社会的一分子，你会变得渺小得可怜。”

崔维兹说：“然而，那种渺小和你如今的情况不同。你和盖娅之间有个键结，它比我和社会之间的联系强得多，而且这个键结可以一直延伸，甚至能跨越超空间，可是它需要靠能量来维持。因此你一定会累得气喘吁吁，我是指心灵上的，并且感到自己的能力被大大削弱，这种感觉会比我强烈许多。”

宝绮思年轻的脸庞突然显得分外凝重，一时之间，她似乎不再年轻，或说根本看不出年龄。她已经不只是宝绮思，而变得更像盖娅，仿佛借此反驳崔维兹的论点。她说：“即使你说的每件事都对，葛兰·崔维兹——无论过去、现在、未来，你都是你，或许不会减少一分，但也一定不会增加丝毫——即使你说的每件事都对，你以为天下有白吃的午餐吗？比方说，做个像你这样的温血动物，难道不比一条鱼，或是其他的冷血动物要好吗？”

裴洛拉特说：“陆龟就是冷血动物，端点星上没有，但某些世界上看得到。它们是有壳的动物，动作缓慢而寿命极长。”

“很好，那么，身为人类难道不比做陆龟好吗？不论在任何温度下，人类都能维持快速行动，不会变得慢吞吞的。人类能够支持高能量的活动，以及迅速收缩的肌肉、迅速运作的神经纤维，还有旺盛而持久的思考——这难道不比爬行缓慢、感觉迟钝、对周遭一切仅有模糊意识的陆龟好得多吗？对不对？”

“我同意。”崔维兹说，“的确是这样，但这又怎么样？”

“嗯，难道你不知道，做个温血动物是要付出代价的？为了使你的体温高于环境温度，你消耗的能量必须比陆龟奢侈许多，你得几乎不停地进食，急速补充从你身上流失的能量。你会比陆龟更容易感到饥饿，也会死得更快。请问你可愿意当一只陆龟，过着迟缓而长寿的生活吗？或是你宁可付出代价，做一个行动迅速、感觉敏锐而且具有思考能力的生物？”

“这是个正确的类比吗，宝绮思？”

“不尽然，崔维兹，因为盖娅的情况还要好得多。当我们紧紧连在一起的时候，我们不会耗费太多能量。唯有一部分的盖娅和其他部分相隔超空间距离时，能量的消耗才会升高。别忘了，你所选择的并非只是大型的盖娅，并非较大的单一世界；你所选择的是盖娅星系，一个由众多世界构成的庞大复合体。不论身在银河哪个角落，你都会是盖娅星系的一部分，都会被它某些部分紧紧包围，因为它的范围从每个星际原子一直延伸到中心黑洞。到那个时候，维系整体只需要少许的能量，因为没有任何部分和其他各部分距离太远。你的决定将导致所有这些结果，崔维兹，你怎能怀疑自己的抉择不好？”

崔维兹低头沉思良久，最后终于抬起头来说：“我的抉择也许很好，可是我必须找到切实的证据。我作的决定是人类历史上最重要的事，光说它好还不够，我得知道它的确好才行。”

“我已经跟你讲了这么多，你还需要什么？”

“我也不知道，但我会在地球上找到答案。”他说得斩钉截铁。

裴洛拉特说：“葛兰，那颗恒星成了一个圆盘。”

的确如此。电脑一直忙着自己的工作，丝毫不理会周围的任何争论。它指挥太空艇逐步接近那颗恒星，如今已来到崔维兹所设定的距离。

此时，他们仍旧远离行星轨道面。电脑将屏幕划分成三部分，以便显示三颗小型的内行星。

位于最内围那颗，表面温度在液态水范围内，并且具有含氧大气层。崔维兹静候电脑计算出它的轨道，初步的粗估似乎很有希望。他让计算继续做下去，因为对行星的运动观测得愈久，各项轨道参数的计算就能做得愈精确。

崔维兹以相当平静的口吻说：“我们看到了一颗可住人行星，极可能可以住人。”

“啊！”在裴洛拉特一贯严肃的脸上，显露出最接近喜悦的神色。

“不过，”崔维兹说，“只怕没有巨型的卫星。事实上，直到目前为止，还没侦测到任何类型的卫星。所以它不是地球，至少和传说中的地球不合。”

“别担心这点，葛兰。”裴洛拉特说，“当我看到气态巨星都没有不寻常的行星环时，就料到不太可能会在这里发现地球。”

“很好。”崔维兹说，“下一步是看看上面有什么样的生命。根据它具有含氧大气层这个事实，我们绝对可以肯定上面有植物生命，不过……”

“也有动物生命，”宝绮思突然说，“而且数量很多。”

“什么？”崔维兹转头望向她。

“我能感测到。虽然在这个距离只有模糊的感觉，但我肯定这颗行星不只可以住人，而且无疑已有居民存在。”

33

远星号目前在这个禁忌世界的绕极轨道上，由于距离地表相当远，轨道周期维持在六天多一点。崔维兹似乎不急着离开这个轨道。

“既然这颗行星已有人居住，”他解释道，“而且根据丹尼亚多的说法，上面的居民一度曾是科技先进的人类，也就是第一波殖民者，所谓的太空族，如今他们仍旧可能拥有先进的科技，对于我们这些取而代之的第二波殖民者，他们大概不会有什么好感。我希望他们会自动现身，这样的话，在我们冒险登陆之前，可以先对他们做点了解。”

“他们也许不知道我们在这里。”裴洛拉特说。

“换成我们的话，我们就会知道。因此我必须假设，如果他们真正存在，很可能会试图跟我们接触，甚至想出动来抓我们。”

“但如果他们真的出来追捕我们，而且他们科技先进，我们也许会束手无策……”

“我可不相信。”崔维兹说，“科技的进步不一定能面面俱到，他们可能在某些方面超越我们许多，但他们对星际旅行显然并不热衷。因为开拓整个银河的是我们而不是他们，而且在帝国历史中，我从未见过任何记录提到他们离开自己的世界，出现在我们眼前。如果他们一直未曾进行太空旅行，怎么可能在太空航行学上取得重大进展？我们或许毫无武装，但即使他们出动战舰，大张旗鼓追猎我们，我们也不可能被抓到——不会的，我们不会束手无策。”

“他们的进步也许是在精神力学方面，可能骡就是个太空族……”

崔维兹耸了耸肩，显然很不高兴。“骡不可能什么都是。盖娅人说他是他们的畸变种，也有人认为他是偶发的突变异种。”

裴洛拉特说：“事实上，还有些其他的臆测——当然，没有人非常当真——说他是个人造的机械。换句话说，就是个机器人，只不过没有用那个名称。”

“假如真有什么东西，具有危险的精神力量，我们就得靠宝绮思来化解。她可以……对了，她正在睡觉吗？”

“她睡了好一阵子，”裴洛拉特说，“但我出来的时候，看到她动了一下。”

“动了一下，是吗？嗯，若有任何事故发生，她必须一叫就醒。这件事你要负责，詹诺夫。”

“好的，葛兰。”裴洛拉特以平静的口吻答道。

崔维兹又将注意力转向电脑。“有件事困扰着我，就是那些入境站。一般说来，它们是一种确切的迹象，代表行星上住着拥有高科技的人类。可是这些——”

“有什么不对劲吗？”

“有几个问题。第一，它们的式样古老，可能已有几千年的历史。第二，除了热辐射，没有其他任何辐射。”

“什么是热辐射？”

“温度高于周遭环境的任何物体，都会发射热辐射。每样东西都能产生这种熟悉的讯号，它具有宽广的频带，由温度决定能量的分布模式，而那些入境站射出的就是这种辐射。如果上面有运转中的人工设备，必定会漏出其他一些非随机的辐射。既然现在只有热辐射，我们可以假设入境站是空的，也许已经空置了几千年；反之，上面若是有人，他们在这方面的科技就极其先进，有办法不让其他辐射外泄。”

“也有可能，”裴洛拉特说，“这颗行星拥有高度文明，但入境站遭到空置，因为我们这些银河殖民者让这颗行星遗世独立太久，他们早已不再担心会有任何外人接近。”

“可能吧。或者，也可能是某种诱饵。”

此时宝绮思走进来，崔维兹从眼角瞥见她，没好气地说：“没错，我们在这里。”

“我知道，”宝绮思说，“而且仍在原来的轨道上，这点我还看得出来。”

斐洛拉特连忙解释："亲爱的，葛兰十分谨慎。那些入境站似乎没有人，我们还不确定这代表什么。"

"这点根本不必操心。"宝绮思以毫不在乎的口气说，"我们如今环绕的这颗行星，上面没有可侦测的智慧生命迹象。"

崔维兹低头瞪着她，显得惊讶万分。"你在说些什么？你说过……"

"我说过这颗行星上有动物生命，这点的确没错，可是银河中究竟哪个人告诉过你，动物一定就是指人类？"

"你当初侦测到动物生命的时候，为什么不说清楚？"

"因为在那么远的距离，我还没办法判别。我只能确定侦测到了动物神经活动的脉动，可是在那种强度下，我无法分辨蝴蝶和人类。"

"现在呢？"

"现在我们近多了。你也许以为我刚才在睡觉，事实上我没有——或者说，顶多睡了一下子。我刚才，用个不太恰当的说法，正在竭尽全力倾听，想要听到足够复杂而能代表智慧生命的精神活动迹象。"

"结果什么都没有？"

"我敢说，"宝绮思的口气突然变得谨慎，"如果我在这个距离还侦测不到什么，那么在这颗行星上，人类的数目顶多不过几千。如果我们再靠近点，我就能判断得更精确。"

"嗯，这就使得情况大不相同。"崔维兹说，声音中带着几许困惑。

"我认为，"宝绮思看来很困，因此脾气十分暴躁，"你可以中止那些什么辐射分析啦，推理啦，演绎啦，还有天晓得你在做些什么别的。我的盖娅知觉能做得更准确且更有效率。也许你现在可以明白，为什么我说当盖娅人要比孤立体好。”

崔维兹没有立刻答话，显然是在努力克制自己的火气。当他再度开口时，竟然是用很客气，而且几乎正式的口吻。“我很感谢您提供这些消息，然而，您必须知道一件事。打个比方吧，即使我想让嗅觉变得更灵敏，因为这样有很多好处，这个动机却不足以令我放弃人身，甘心变成一只猎犬。”

34

当太空艇来到云层下方，在大气层中飘移之际，那个禁忌世界终于呈现他们眼前，看起来出奇老旧。

极地是一片冰雪，跟他们预料的一样，不过范围不太大。山区都是不毛之地，偶尔还能看到冰河，但冰河的范围同样不大。此外还有些小规模的沙漠地带，在各处散布得相当均匀。

如果忽略这些事实，这颗行星其实可说十分美丽。它的陆地面积相当广大，不过形状歪歪扭扭，因此具有极长的海岸线，以及非常辽阔的沿岸平原。它还拥有苍翠茂盛的热带与温带森林，周围环绕着草原。纵然如此，它的老旧面貌仍极其明显。

森林中有许多半秃的区域，部分的草原也显得稀疏干瘦。

“某种植物病虫害吗？”裴洛拉特感到很奇怪。

“不是的，”宝绮思缓缓道，“比那更糟，而且更不容易复原。”

“我见过许多世界，”崔维兹说，“可是从未目睹像这样的。”

“我见过的世界非常少，”宝绮思说，“不过我以盖娅的思想来思考，这个世界的人类想必已经绝迹。”

“为什么？”崔维兹说。

“想想看吧，”宝绮思的口气相当锋利，“没有一个住人世界拥有真正的生态平衡。地球最初必定有过这种平衡，因为它若正是演化出人类的那个世界，就一定曾有很长一段时期，上面没有任何人类，也没有其他能发展出先进科技、有能力改造环境的物种。在那种情况下，一定会有一种自然平衡——当然，它会不断变化。然而，在其他的住人世界上，人类皆曾仔细改造他们的新环境，并且引进各种动植物，但他们创造的生态系统却注定失衡。它只会保有种类有限的物种，不是人类想要的，就是不得不引进的……”

裴洛拉特说：“你知道这让我想起什么吗？对不起，宝绮思，我插个嘴，但这实在太吻合了，我忍不住现在就要告诉你们，免得待会儿忘了。我曾经读过一则古老的创世神话，根据这则神话，生命是在某颗行星上形成的，那里的物种类别有限，都是对人类有用的，或是人类喜欢的那些。后来，最早一批人类做了一件蠢事——别管那是什么，老伙伴，因为那些古老神话通常都是象征性的，如果对其中的内容太过认真，只会把你搞得更糊涂——结果，那颗行星的土壤受到了诅咒。‘必给你长出荆棘和蒺藜来’，那个诅咒是这么说的。不过这段话是以古银河文写成，如果照原文念会更有味道。然而，问题是它真是诅咒吗？人类不喜欢或不想要的东西，例如荆棘和蒺藜，或许是维持生态平衡所必需的。”

宝绮思微微一笑。“实在不可思议，裴，怎么每件事都会让你想起一则传说，而它们有时又那么有启发性。人类在改造一个世界时，总是排除了荆棘和蒺藜，姑且不管那是什么东西，然后人类得努力维持这个世界正常发展。它不像盖娅是个自给自足的生命体，而是一群混杂的孤立体所构成的集合，但这个集合又混杂得不够，因此无法使生态平衡永远维持下去。假如人类消失了，就如同指导者的双手不见了，整个世界的生命形态注定会开始崩溃，而行星将‘反改造’成原本的面貌。”

崔维兹以怀疑的口吻说：“假如真会发生这种事，那也不会很快发生。这个世界也许已经两万年毫无人迹，但大部分似乎仍旧‘照常营业’。”

“当然啦，”宝绮思说，“这要看当初的生态平衡建立得多完善。如果原本是个相当良好的平衡，在失去人类之后，仍然可能维持长久的时间。毕竟，两万年对人类而言虽然极长，跟行星的寿命比较起来，只是一夕之间的事。”

“我想，”裴洛拉特一面说，一面专心凝视行星的景观，“如果这颗行星的环境正在恶化，我们就能确定人类都走光了。”

宝绮思说：“我仍然侦测不到人类层次的精神活动，所以我猜这颗行星确实没有任何人类。不过，一直有些较低层意识所产生的嗡嗡声，层次的高度足以代表鸟类和哺乳动物。可是我仍然无法确定，反改造的程度是否足以显示人类已经绝迹。即使一颗行星有人类居住，如果那个社会不正常，不了解环境保护的重要性，生态环境还是有可能恶化。”

“不用说，”裴洛拉特道，“这样的社会很快就会遭到毁灭。我不相信人类不了解保护自己赖以维生的资源有多重要。”

宝绮思说：“我没有你那种对人类理性的乐观信心，裴。我觉得，如果一个行星社会完全由孤立体组成，那么可想而知，为了局部的利益，甚至为了个人的利益，很容易使人忘却行星整体的安危。”

“我并不认为它可想而知，”崔维兹说，“我站在裴洛拉特这一边。事实上，既然有人居住的世界数以千万计，却没一个因为反改造而环境恶化，你对孤立态的恐惧可能夸大了，宝绮思。”

太空艇此时驶出昼半球，进入黑夜的范围。感觉上像是暮色迅疾加深，然后外面就成了一片黑暗，只有在经过晴朗的天空时，还能看到一些星光。

借着精确监看气压与重力强度，远星号得以维持固定的高度。他们目前保持的这个高度，绝对不会撞到隆起的群山，因为这颗行星已经许久未有造山运动。不过为了预防万一，电脑仍然利用“微波指尖”在前面探路。

崔维兹一面凝视着天鹅绒般的黑夜，一面若有所思地说：“我总是认为，要确定一颗行星毫无人迹，最可靠的征状就是暗面毫无可见光。任何拥有科技的文明，都无法忍受黑暗的环境。一旦进入日面，我们就要降低高度。”

“那样做有什么用？”裴洛拉特说，“下面什么都没有。”

“谁说什么都没有？”

“宝绮思说的，你也这么说过。”

“不是的，詹诺夫。我是说没有源自科技的辐射，宝绮思是说没有人类精神活动的迹象，但这并不代表下面什么也没有。即使这颗行星上没有人类，也一定会有某些遗迹。我要寻找的是线索，詹诺夫，就这点而言，科技文明的残留物就可能有用。”

“经过两万年之后？”裴洛拉特的音调逐渐提高，“你认为有什么东西能维持两万年？这里不会有任何胶卷、纸张、印刷品。金属会生锈，木材会腐烂，塑料会碎成颗粒，甚至石头都会粉碎或遭到侵蚀。”

“也许没有两万年那么久。”崔维兹耐心地说，“我所谓的两万年，是说这颗行星上如果没有人类，最长也不会超过这个时间。因为根据康普隆的传说，这个世界两万年前极为繁荣。可是，或许在一千年前，最后一批人类才死亡或消失，或者逃到别处去了。”

他们来到夜面的另一头，曙光随即降临，然后几乎在同一瞬间，出现了灿烂夺目的阳光。

远星号一面降低高度，一面慢慢减速，直到地表的一切都清晰可见。大陆沿岸点缀着许多小岛，现在每个都能看得相当清楚，大多数布满了绿油油的植被。

崔维兹说：“照我看来，我们该去研究那些败损特别严重的地区。我认为人类最集中的区域，便是生态最失衡的地方，反改造有可能以那些地方为源头，不断向外扩散。你的意见如何，宝绮思？”

“的确有此可能。总之，我们对此地缺乏了解，还是从最容易的地方下手比较好。草原和森林会吞噬人类活动的迹象，搜寻那些地方可能只是浪费时间。”

“我突然想到，”裴洛拉特说，“一个世界不论有些什么东西，最终都应该达到一种平衡，而且可能会发展出新的物种，使恶劣的环境重新改头换面。”

“是有这个可能，裴，”宝绮思说，“这要看当初那个世界的失衡有多严重。至于说一个世界会自我治疗，经由演化达到新的平衡，所需的时间可要比两万年多得多，恐怕得几百万年才行。”

此时远星号不再环绕这个世界飞行，它缓缓滑翔了五百公里，这一带长满了石楠树与刺金雀花，其间还穿插着一些小树丛。

“你们认为那是什么？”崔维兹突然说，同时伸手向前指去。此时太空艇不再飘移，停留在半空中。重力引擎调到了最高挡，将行星重力场几乎完全中和，因而传来一种轻微但持续不断的嗡嗡声。

崔维兹所指的地方，其实没什么值得一看的。放眼望去，只有一些乱七八糟的土堆，上面长着稀稀疏疏的杂草。

“我看不出什么名堂。”裴洛拉特说。

“那堆破烂中有个四四方方的结构，还有几条平行线，你还能看到一些互相垂直的模糊线条，看到没有？看到没有？那不可能是天然形成的，一定是人工建筑物，看得出原本是地基和围墙，清楚得好像它们依旧耸立在那里。”

“即使真的是，”裴洛拉特说，“也只不过是个废墟。如果我们要做考古研究，我们就得拼命地挖呀挖，专业人士要花上好几年才能妥善……”

“没错，但我们没时间妥善处理。那也许是一座古城的外围，某些部分可能尚未倾倒。我们跟着那些线条走，看看会把我们带到哪里。”

在那个区域某一端，树木丛聚较密之处，他们发现几堵耸立的墙垣。或者应该说，只有部分仍旧屹立。

崔维兹说：“这是个不错的开始，我们要着陆了。”

第九章
面对野狗群

35

远星号停在一个小山丘的山麓，山丘周围是一片平坦的开阔地。这是因为当初崔维兹几乎想也没想，就认为最好能降落在数英里范围内都没有曝光之虞的地方，因此这里是理所当然的最佳选择。

他说："外面温度是摄氏二十四度，多云，西风，风速大约每小时十一公里。电脑对大气循环模式知道得不够多，所以无法预测气候。不过，湿度差不多只有百分之四十，所以几乎不可能下雨。整体而言，我们似乎选了一个舒适的纬度，或者说选对了季节，去过康普隆之后，来到这里令人感到分外愉快。"

"我猜想，"裴洛拉特说，"如果这颗行星继续反改造下去，天气会变得更加极端。"

"我肯定这一点。"宝绮思说。

"随便你怎样肯定，"崔维兹说，"我们还得等上几千几万年，才能知道正确答案。此时此刻，它仍是个宜人的行星，在我们有生之年，以及其后许久许久，它都会一直保持这样。”

他一面说话，一面在腰际扣上一条宽大的皮带。宝绮思尖声道：“那是什么，崔维兹？”

“当初在舰队所受的训练，我还没忘记。”崔维兹说，“我不会赤手空拳闯进一个未知的世界。”

“你当真要携带武器？”

“正是如此。在我的右侧，”他用力一拍右边的皮套，里面是个很有分量的大口径武器，“挂的是我的手铳，而左侧，”那是一柄较小的武器，口径很小而且没有开口，“是我的神经鞭。”

“两种杀人方式。”宝绮思以厌恶的口气说。

“只有一种，只有手铳能杀人。神经鞭却不会，只会刺激痛觉神经，不过我听说，它会令你痛不欲生。我很幸运，从未吃过这种苦头。”

“你为什么要带这些东西？”

“我告诉过你，这个世界可能有敌人。”

“崔维兹，这个世界根本没有人。”

“是吗？它可能没有科技发达的人类社会，但是若有‘后科技时代’的原始人呢？他们或许顶多只有棍棒和石块，可是那些东西也能杀人。”

宝绮思看来被激怒了，但她勉力压低声音，试图表现得足够理智。“我侦测不到人类的神经活动，崔维兹。这就剔除了各种原始人的可能性，不论是后科技时代还是其他时代的原始人。”

“那我就没必要使用我的武器。”崔维兹说，“话说回来，带着它们又有什么害处呢？它们只会让我的重量增加少许，既然地表重力大约只有端点星的百分之九十一，我还承受得了这点重量。听我说，太空艇本身也许毫无武装，但装载了不少手提式武器，我建议你们两位也……”

“不要。”宝绮思立刻答道，“我不要作大开杀戒或散播痛苦的任何准备。”

“这不是大开杀戒，而是避免自己遭到杀害，希望你懂得我的意思。”

“我能用自己的方法保护自己。”

“詹诺夫？”

裴洛拉特犹豫了一下。“在康普隆的时候，我们并未携带任何武器。”

“得了吧，詹诺夫。康普隆是个已知数，是个和基地结盟的世界。何况我们刚着陆便遭到逮捕，即使我们带了武器，也会马上被缴械。你到底要不要拿一柄手铳？”

裴洛拉特摇了摇头。“我从未在舰队待过，老弟。我不知道怎样使用这些家伙，而且，遇到紧急情况，我绝对来不及想到开火。我只会向后跑，然后——然后就被杀掉。”

“你不会被杀掉的，裴。”宝绮思中气十足地说，“盖娅将你置于我／们／它的保护之下，那个装腔作势的舰队英雄也一样。”

崔维兹说：“很好，我不反对受到保护，但我可没有装腔作势，我只是要做到百分之两百的谨慎。如果我永远不必掏这些家伙，我会感到万分高兴，我向你保证。话说回来，我必须把它们带在身上。”

他珍爱地拍了拍那两件武器，又说：“现在让我们走向这个世界吧，它的地表可能有数千年未曾感受人类的重量了。”

36

“我有一种感觉，”裴洛拉特说，“现在一定相当晚了，只是太阳还高高挂在天上，所以好像是近午时分。”

“我猜想，”崔维兹一面浏览静谧的景观，一面说，“你的感觉源自这个太阳的橙色色调，它带来一种日落的感觉。当真正的日落来临时，假如我们仍在此地，而云层结构又正常的话，我们应该会发现夕阳比平常所见的更红。我不知道你会感到美丽还是阴郁。这种差异在康普隆也许更极端，不过我们在那里的时候，从头到尾都待在室内。”

他缓缓转身，检视着四周的环境。除了光线令人几乎下意识地感到奇怪，这个世界——或是这个地区——还有一种特殊的气味。似乎带有一点霉味，但绝不至于令人恶心。

附近的树木不高不矮，看来全是些老树，树皮上长了不少树瘤。树干都不算很直，不过他无从判断究竟是因为强风，或是由于土质不佳。是否就是这些树木，为这个世界平添了某种威胁感，抑或是其他什么东西——更无形的东西？

宝绮思说：“你打算做些什么，崔维兹？我们大老远来到此地，当然不是来欣赏风景的。”

崔维兹说：“其实，我现在该做的也许就是欣赏风景。我想建议詹诺夫探查一下这个地方，那个方向有些废墟，如果发现任何记录，只有他才能判断有没有价值。我猜他看得懂古银河文的手稿或影片，而我很清楚自己没办法。而且我认为，宝绮思，你想跟他一起去，以便就近保护他。至于我自己，我会留在这里，在废墟外围为你们站岗。”

“为什么要站岗？防备拿着棍棒和石块的原始人？”

“也许吧。”他挂在嘴角的微笑突然敛去，又说：“真奇怪，宝绮思，我觉得这个地方有点不对劲，我也说不上来为什么。”

裴洛拉特说：“来吧，宝绮思，我这辈子一直蹲在家里搜集古代传说，从未真正摸过古老的文件。想想看，如果我们能发现……”

崔维兹目送着他们两人。裴洛拉特急切地朝废墟走去，声音渐行渐远，宝绮思则轻快地走在他旁边。

崔维兹心不在焉地听了一会儿，然后转过身来，继续研究周遭的环境。究竟是什么引起他的忧虑呢？

他从未真正涉足任何毫无人迹的世界，倒是从太空中观察过许多个。它们通常都是小型世界，小得无法留住水分与空气，不过它们还是有些用处，例如在舰队演习时，用来标示一个会师点（在他一生中，以及他出生前整整一个世纪内，一直没有战争发生，但军事演习从未中断过），或是作为紧急修护模拟的训练场地。他当初服役的那些船舰，曾多次进入这种世界的轨道，有时也会降落其上，可是他从来没机会走到外面去。

这种感觉，是不是由于他现在真正立足于一个无人世界？假使在服役那段日子里，他曾踏上某个没有空气的小型世界，是否也会有同样的感觉？

他摇了摇头，那并不会对他造成任何困扰，他相当肯定。他会穿上太空衣走出去，如同他做过无数次的太空漫步一样。那是一种熟悉的情况，而仅仅与一大块“岩石”接触，并不会改变这种熟悉的感觉。绝对不会！

当然，这次他并没有穿太空衣。

他正站在一个适宜住人的世界上，感觉就像在端点星一样舒服——比康普隆舒服得多。他感到微风拂过面颊，温暖的阳光照在背上，植物摩擦的沙沙声传入耳中。每样东西都那么熟悉，除了没有人类——至少，人类如今已不复存在。

是不是这个原因？是不是因为这样，才使这个世界显得阴森森的？是否因为它不仅是个无人的世界，更是个遭到废弃的世界？

他以前从未到过任何废弃的世界，也没听说过有什么废弃的世界，甚至根本没想到过有哪个世界会遭到废弃。直到目前为止，他所知道的每一个世界，人类一旦移民其上，子子孙孙就会永远住下去。

他抬头望向天空，其他生物都没有遗弃这个世界。有只鸟儿刚好飞过他的视线，似乎比橙色云朵间的青灰色天空更为自然。（崔维兹十分肯定，只要在这颗行星上多住几天，他就会习惯这些奇异的色调，到那个时候，天空与云朵也会显得正常了。）

他听到树上有鸟儿在歌唱，还有昆虫在轻声呢喃。宝绮思早先提到的蝴蝶，现在他果然看见了——数量多得惊人，而且有好几种不同花色。

树旁草丛中也不时传来沙沙声，但他无法确定是什么东西引起的。

令他感到心神不宁的，并非附近这些放眼可见的生命。正如宝绮思所说，人类对一个世界进行改造时，一开始就不会引进危险的动物。他幼年读的童话，以及少年时期看的奇幻故事，一律发生在一个传说中的世界（那一定脱胎于含糊的地球神话）。在超波戏剧的全息屏幕中，则充满各式各样的怪兽——狮子、独角兽、巨龙、鲸类、雷龙、狗熊等等，总共有几十种，大多数的名字他都不记得了。其中有些当然是神话的产物，或许通通都是也说不定。此外，还有些会咬人或螫人的小动物，甚至某些植物都是碰不得的，不过仅限于虚构故事中。他也曾听说原始蜜蜂会螫人，但真实世界的蜜蜂绝对不会伤害人类。

他慢慢向右方走去，绕过山丘的边缘。那里的草丛又高又密，但一丛丛分布得很零散。他走在树林间，其中的树木也是一丛丛地生长。

他打了个呵欠。不用说，并没有发生任何刺激的状况，他不知道该不该回太空艇打个盹。不，绝不能有那种念头，他现在显然得好好站岗。

也许他该演习一下步哨勤务。齐步走，一、二、一、二，来个迅速的转身，手中拿着一支阅兵用的电棒，操演着复杂的花式动作。（战士已有三世纪未曾使用这种武器，但在训练的时候，它却是绝对必要的项目，没有人说得出这是什么道理。）

这种突如其来的想法不禁令他笑了笑，然后他又想到，自己是不是该走到废墟，加入裴洛拉特与宝绮思的行列。为什么呢？他帮得上什么忙吗？

或许他能看到裴洛拉特刚好忽略的某样东西？嗯，等裴洛拉特回来后，还有的是时间那样做。如果有什么不难发现的东西，一定要留给裴洛拉特才对。

他们两人可能遇到麻烦吗？真傻！能有什么样的麻烦？

万一出了什么问题，他们一定会呼救。

他开始仔细倾听，结果什么都没听到。

然后，步哨勤务的念头又在他心中浮现，挥也挥不去。他发现自己开始齐步走，双脚此起彼落，踏出有力的节奏。一支想象中的电棒从肩头甩出去，打了几个转，然后被他笔直地举在正前方；接着电棒又开始打转，再回到另一侧的肩头。而在一个利落的向后转之后，他再度面对着太空艇（不过现在距离相当远了）。

向前望去的时候，他突然从角色扮演回到了现实，僵立在原地。

这里不只他一个人。

在此之前，除了植物、昆虫，以及一只小鸟，他没看到任何其他生物。他也未曾见到或听到有任何东西接近——现在却有一头动物站在他与太空艇之间。

这个意料之外的状况令他吓呆了，一时之间，他丧失了解释视觉讯号的能力。过了相当长的时间，他才明白自己正在望着什么。

那只不过是一只狗。

崔维兹不算是爱狗人士，他从未养过狗，碰到狗的时候也不会有什么特别的亲切感，当然这次也不例外。他不耐烦地想，无论在哪个世界上，都一定会有这种动物伴着人类。它们的品种数也数不尽，而崔维兹一直有个烦厌的印象，每个世界至少有一种特有的品种。然而，所有的品种都有一个共同点：不论它们是养来消遣、表演，或是做其他有用的工作，都被教得对人类充满敬爱与信任。

崔维兹向来无法消受这种敬爱与信任。他曾跟某位养了一只狗的女子同居一段时间，看在女主人的份上，崔维兹对那只狗百般容忍，它却对他产生了根深蒂固的爱慕之情，总是跟着他到处跑，休息的时候则依偎他身旁（五十磅的体重全靠过来），出其不意就会让他身上沾满唾液与狗毛。每当他和女主人想要享受性爱，它就会蹲在门外不断呻吟。

从那段经验中，崔维兹建立了一项坚定的信念：自己是狗儿们一贯挚爱的对象。至于原因为何，只有犬科的心灵与它们分辨气味的能力能够解释。

因此，一旦从最初的惊讶中恢复，他开始放心地打量这只狗。

它体型很大，身形瘦削，四肢细长。它正在瞪着他，却看不出有什么爱慕之情。它的嘴巴张着，也许可以解释为欢迎的笑容，但绽现的牙齿却又大又锋利。崔维兹相信，如果这只狗不在视线内，自己想必会觉得自在些。

突然间他又想到，这只狗从未见过人类，它的祖先也一定有无数代不知人类为何物。现在面前忽然出现一个人，它也许跟崔维兹看到它的反应一样，感到相当惊讶而不安。崔维兹至少很快就认出它是一只狗，那只狗却没有这个优势。它仍然不知如何是好，可能已经提高了警觉。

让一只体型那么庞大、牙齿如此锋利的动物一直处于警戒状态，显然不是一件安全的事。崔维兹心里很明白，双方需要赶紧建立友谊。

他以非常缓慢的动作，向那只狗慢慢接近（当然不能有突兀的行动）。然后他伸出一只手，准备让它来嗅一嗅，同时发出轻柔的、具有安抚作用的声音，还不时夹杂着“乖乖狗儿”这类的话，令他自己都感到十分难为情。

那只狗双眼紧盯着崔维兹，向后退了一两步，仿佛并不信任对方。然后它掀起上唇，龇牙咧嘴，口中还发出一声刺耳的吠叫。虽然崔维兹从未见过任何狗儿有这种表现，可是除了威吓，这些动作根本不能作别的解释。

因此崔维兹停止前进，僵立在原处。此时，他从眼角瞥见旁边有东西在动，于是慢慢转过头去，竟然发现又有两只狗从那个方向走来，看起来跟原先那只一样要命。

——要命？他现在才想到这个形容词，却是贴切得可怕，这点绝对错不了。

他的心脏突然怦怦乱跳。回太空艇的路被堵住了，他却不能漫无目的地乱跑，因为那些长腿狗儿在几码内就会追上他。但他若是站在原地，用手铳对付它们，那么刚杀死一只，另外两只便会扑向他。而在较远的地方，他可以看到有更多的狗向这里走来。难道它们彼此有什么办法联络？它们总是成群出猎吗？

他慢慢向左侧移动，那个方向没有任何狗——目前还没有。慢慢地，慢慢地移动。

那三只狗跟着他一起移动。他心里有数，自己之所以没有受到立即攻击，是因为这些狗从未见过或闻过像他这样的东西。对于他这个猎物，它们尚未建立起可供遵循的行为模式。

假如他拔腿飞奔，这个动作当然会让它们感到熟悉。碰到类似崔维兹这般大小的猎物因恐惧而逃跑，这些狗知道该如何行动。它们会跟着跑，而且跑得更快。

崔维兹继续侧着身，朝一株树木移动。他实在太想爬到树上，这样至少能暂时摆脱它们。它们却跟着他一起移动脚步，轻声咆哮着，而且愈走愈近，三只狗的眼睛都眨也不眨地盯着他。此时又多了两只狗加入它们的行列，而在更远的地方，崔维兹还能看到有更多的狗走过来。当他跟那棵树接近到某个程度时，他就必须开始冲刺。他不能等待太久，也不能起跑太早，这两种行动都会令他丧命。

就是现在！

他可能打破了自己瞬间加速的纪录，即使如此，却仍是千钧一发。他感到一只脚的后跟被狗嘴猛然咬住，一时之间动弹不得，直到坚固的陶质鞋面滑脱尖锐的狗牙，他才将腿抽了回来。

他不擅长爬树，十岁之后就没再爬过，而且他还记得，小时候爬树的技巧相当拙劣。不过这回情况还算好，树干并不太垂直，树皮上又有许多节瘤可供攀抓。更何况现在情非得已，在不得已的情况下，一个人能做出许多惊人的事。

崔维兹终于坐在一个树枝分岔处，离地大概有十米。他一只手刮破了，正渗出血来，但一时之间他完全没有察觉。在树底下，有五只狗蹲坐在那里，每只都抬头盯着树上，还吐出了舌头，看来全都在耐心期待。

现在该怎么办？

37

崔维兹无法有条不紊地思考目前的处境，他的思绪成了许多一闪即逝的片段，顺序古怪而扭曲。如果事后他能厘清思路，大致应该是这个样子——

宝绮思先前曾极力主张，人类将一颗行星改造之后，注定会建立一个非平衡的自然界，唯有借着不断的努力，才有可能勉强维系。比如说，银河殖民者从来不带大型猎食动物随行，小型的则无可避免，例如昆虫或寄生物，甚至小型的鹰隼和尖鼠等等。

至于在传说中，以及含意模糊的文学作品里出现的猛兽，老虎、灰熊、海怪、鳄鱼，谁会将它们从一个世界带到另一个世界——即使那样做真有意义？而又会有什么意义呢？

这意味着人类是唯一的大型猎食动物，可以随心所欲摄取各种动物与植物。若是没有人类介入，那些动植物将会由于繁衍过剩，导致生存受到威胁。

假如人类由于某种原因而消失，其他猎食动物必将取而代之。

会是哪种猎食动物呢？人类能够容忍的最大猎食动物是猫和狗，它们早已被人类驯服，生活在人类的荫庇下。

万一不再有人饲养它们呢？那时它们必须自己寻找食物才能活下去，而且事实上，那些猎物也因此得以存活。后者的数量必须维持一个定值，否则过度繁殖所带来的灾害，将百倍于遭到猎捕的损失。

因此狗类会继续增殖，各类品种应有尽有，其中大型狗只会攻击大型的、无人照料的草食动物，小型的则会猎捕鸟类与啮齿类。猫在夜间捕食，狗在白昼行动；前者单打独斗，后者则成群结队。

或许通过演化，最后会产生更多不同的品种，来填补生态席位多余的空缺。会不会有些狗类最后发展出水中活动的本领，而能靠鱼类维生？而有些猫类则发展出滑翔能力，得以攫获空中与地表那些行动笨拙的鸟类？

正当崔维兹绞尽脑汁，想要有条理地考虑一下该如何行动时，这些意识的片段却一股脑涌现出来。

此时野狗的数目不断增加，他数了一下，现在总共有二十三只围绕着这棵树，此外还有好些在渐渐迫近。这群野狗的数量究竟有多少？那又有什么关系？现在已经够多了。

他从皮套中掏出手铳，可是手中握着坚实铳柄的感觉，并未给他带来希望中的安全感。他上次填充能量丸是什么时候？他总共能发射几次？当然不到二十三次。

裴洛拉特与宝绮思又该怎么办呢？如果他们出现，那些野狗会不会转而攻击他们？即使他们不现身，难道就一定安然无事吗？假使狗群嗅到废墟中还有两个人，有什么能阻止它们跑到那里去攻击他们？绝对没有什么门或栏杆可供阻挡一阵。

宝绮思能不能抵御它们的进攻，甚至将它们驱走？她能否将超空间那头的力量集中，提升到需要的强度？她又能维持那些力量多久？

那么，他应不应该呼救？如果他高声喊叫，他们会不会立刻跑过来？而在宝绮思瞪视之下，那些野狗会不会四下逃窜？（真需要瞪视吗？或者只是一种精神活动，不具那种能力的旁观者根本无法侦知？）或者，他们若是出现，会不会在他面前被撕成碎片，而他只能相当安全地高坐树上，眼睁睁看着这幕惨剧，一点办法也没有？

不，他一定得使用手铳。只要他能杀死一只，把其他的野狗暂时吓退，他就可以爬下树来，呼叫裴洛拉特与宝绮思。假如那些野狗显出折返的意图，他会再杀一只，然后他们三人便能冲进太空艇中。

他将微波束的强度调到四分之三，那足以令一只野狗毙命，同时带来巨大的响声。巨响可将其他野狗吓跑，这样就能替他节省一些能量。

他仔细瞄准狗群中央的某一只，它似乎（至少，在崔维兹自己的想象中）比其他狗散发出更浓的敌意。或许只是因为它显得特别安静，因而好像对它的猎物有更残酷的企图。现在，那只狗直直盯着他手中的武器，仿佛表示崔维兹的手段再凶，它也不放在眼里。

崔维兹突然想到，自己从未对任何人动用过手铳，也从来没有目睹别人使用过。在受训的时候，他曾经射击过人形靶。那个人形由皮革与塑料制成外皮，内部装满纯水，被射中之后，里面的水几乎瞬间到达沸点，随即猛然爆开，将整个外皮炸得稀烂。

可是，在没有任何战事的年代，谁会射击一个活生生的人呢？又有什么人敢在手铳之下反抗，令自己死在铳下？只有在这里，在这个由于人类消失而变得病态的世界……

人脑有一种奇特的能力，会注意到一些全然无关紧要的事物。崔维兹现在就是这样，他突然发觉有一团云遮住阳光，与此同时，他按下了扳机。

从铳口延伸到那只狗的直线上，凭空出现一道奇异的闪光，若非云团刚好遮住太阳，那道模糊的光芒可能根本看不到。

那只狗一定突然感到全身发热，身子稍微动了一下，好像准备跳起来。而在下一刹那，它的身体就爆炸了，部分的血液与细胞组织也随即气化。

不过爆炸声却小得令人失望，这是因为狗皮不如人形靶的外皮那般坚韧。然而那只野狗的肌肉、毛皮、鲜血与骨胳仍是四散纷飞，令崔维兹胃部一阵翻腾。

其他的野狗马上后退，有些被高温的碎肉打到，滋味想必不好受。不过，它们只迟疑了片刻，突然又挤成一团，争相吞食那些血肉，使崔维兹感到更加恶心。他没有把它们吓跑，反而为它们提供了食物，它们无论如何是不会离开了。事实上，鲜血与熟肉的气味将引来更多野狗，或许，还会有其他小型猎食动物闻风而至。

此时，突然响起一声叫喊："崔维兹，怎么……"

崔维兹向远处望去，宝绮思与裴洛拉特正从废墟中走出来。宝绮思陡然停下脚步，伸出双臂将裴洛拉特挡在后面，双眼则紧盯着那些野狗。情势既清楚又明显，她根本不需要再问什么。

崔维兹高声喊道："我试图把它们赶走，不想惊动你和詹诺夫。你能制住它们吗？"

"很困难。"宝绮思答道。虽然狗群的嗥叫静了下来，像是被一大张吸音毯罩住一样，不过她并未用力喊叫，因此崔维兹听得不太清楚。

宝绮思又说："它们数量太多了，我又不熟悉它们的神经活动模式，盖娅上没有这种凶残的东西。"

"端点星也没有，任何一个文明世界都没有。"崔维兹吼道，"我尽可能杀多少算多少，你试着对付其他的，数量少了你比较好办。"

"不行，崔维兹，射杀它们只会引来其他野狗——待在我后面，裴，你根本无法保护我——崔维兹，你另外那件武器。"

"神经鞭？"

"对，它能激发痛觉。低功率，低功率！"

"你担心它们受伤吗？"崔维兹气冲冲地叫道，"现在是顾虑生命神圣的时候吗？"

"我顾虑的是裴的生命，还有我的生命。低功率，并且对准一只发射，我无法再压制它们多久。"

那些野狗早已离开树下，将宝绮思与裴洛拉特团团围住，他们两人则紧靠着一堵断垣残壁。几只最接近他们的野狗，迟疑地试图更为凑近，同时发出几下哼声，仿佛想弄懂是什么阻挡了它们，因为它们感觉不到任何障碍。另外还有几只想爬上那堵危墙，改从后方进攻，但显然是白费力气。

崔维兹用颤抖的手将神经鞭调到低功率。神经鞭使用的能量比手铳少得多，一个电源匣能产生好几百下无形的鞭击。可是现在想想，他也不记得上次充电是什么时候。

发射神经鞭不需要怎么瞄准，因为不必太过顾虑能量的消耗，他可以一下子扫过一大群野狗。那是使用神经鞭的传统方式，专门用来对付现出危险征兆的群众。

不过，他还是照宝绮思的建议去做，瞄准某只野狗射出一鞭。那只狗立刻倒在地上，四肢不停抽搐，同时发出响亮而尖锐的悲鸣。

其他的野狗纷纷向后退去，离那只受伤的狗愈来愈远，每一只的耳朵都向下压。然后，那些野狗也都发出悲鸣，一个个转身离去，起初是慢慢走，然后速度开始加快，最后变成全速飞奔。那只被神经鞭击中的野狗，此时痛苦万分地爬起来，一面发出哀嚎，一面一跛一跛地走开，脚步落后其他野狗甚多。

狗吠声终于在远方消失，宝绮思这才说：“我们最好赶快进太空艇去，它们还会再回来，其他狗群也可能会来。”

崔维兹不记得曾如此迅速地操作过闸门机制，以后也可能永远破不了这个纪录。

38

当夜晚降临时，崔维兹仍然觉得尚未完全恢复正常。他手上刮伤的地方贴了一片合成皮肤，消除了肉体上的疼痛，可是精神上的创伤，并非那么容易就能抚平。

这不仅是暴露于危险中而已，如果只是那样，他的反应会跟任何普通勇者无异。问题是危险来自一个全然未曾预料的方向，带来一种荒谬可笑的感觉。如果有人发现他被一群猛狗逼得上树，那将是什么局面？就算他被一群发怒的金丝雀吓得逃之夭夭，也不比刚才的情况更糟。

有好几小时的时间，他一直在倾听外面的动静：那些野狗是否发动了新的攻势，是否有狂吠声，是否有狗爪搔抓艇体的声音。

相较之下，裴洛拉特似乎颇为冷静。“我心中从来没有怀疑，老弟，从未怀疑宝绮思能应付这一切。可是我必须承认，你那一击相当精彩。”

崔维兹耸了耸肩，他没有心情讨论这件事。

裴洛拉特手中拿着他的“图书馆”，那是一片光碟，上面储存着他毕生研究神话传说的成果。他拿着它钻进寝舱，他的小型阅读机就放在那里。

裴洛拉特的心情似乎相当好，崔维兹注意到了，不过并未追根究底。等到自己的心思不再被野狗完全占据时，还有得是时间弄个明白。

当宝绮思与他独处的时候，她以试探性的口气说："我想你是受惊了。"

"的确如此。"崔维兹以沮丧的口吻答道，"谁会想到看见一条狗——一条狗——就该赶紧逃命。"

"此地有两万年不见人迹，它已经不算一只普通的狗。如今在这个世界，这些野兽必定是称王的大型猎食动物。"

崔维兹点了点头。"当我坐在树枝上，成了一个臣服的猎物时，我就想到了这一点。你所提到的非平衡生态，实在万分正确。"

"就人类的观点而言，当然是非平衡。但是想想看，那些野狗在进行捕猎时，表现得多么有效率。我想裴也许说对了，生态的确能够自我平衡，从当初被引进这个世界的少数物种，会演化出许多变种，来填补各种的生态席位。"

"可真奇怪，"崔维兹说，"我也有同样的想法。"

"当然啦，前提是非平衡状态不太严重，否则自我修正的过程需要很长的时间，在成功之前，那颗行星早已回天乏术。"

崔维兹咕哝了一声。

宝绮思若有所思地望着他。"你怎么会想到携带武器？"

崔维兹说："结果也没什么好处，是你的能力……"

"并不尽然，我也需要你的武器。那是毫无预警的情况，我和盖娅又只有超空间式接触，要对付那么多我不熟悉的心灵，若是没有你的神经鞭，我根本无计可施。”

“手铳毫无用处，我曾经试过。”

“动用手铳，崔维兹，只能让一只狗消失，其他的狗也许会感到惊讶，可是不会害怕。”

“其实更糟。”崔维兹说，“它们将残骸都吃掉了，我等于贿赂它们留下来。”

“没错，我可以想象那种效果。神经鞭则不同，它会带来痛楚，一只狗痛极了便会嚎叫，而别的狗都能了解其中的意义。即使不为其他原因，它们也会由于条件反射而感到恐惧。等所有的野狗都陷入恐惧之后，我只消轻轻推触它们的心灵，它们便自动离开了。”

“没错，可是你了解在这种情况下，神经鞭是更有威力的武器，我却不知道。”

“我习惯和心灵打交道，你并没有这方面的经验。我坚持要你使用低功率，并且瞄准一只狗，原因就在这里。我不希望过度的痛楚令那只狗死亡，那样它就发不出声音。我也不希望痛觉太分散，那样只会引起几声低鸣。我要剧烈的痛楚集中在一点上。”

“果然如你所愿，宝绮思。”崔维兹说，“结果完全成功，我该好好感谢你。”

“你吝于表达感激，”宝绮思语重心长地说，“因为你觉得自己扮演了一个滑稽的角色。然而，我再重复一遍，没有你的武器，我根本无计可施。令我不解的是，你对携带武器这件事怎么解释？因为我已经向你保证，这个世界上并没有任何人类，这点我至今仍旧肯定。难道你预见了那些野狗吗？”

“没有，”崔维兹说，“我当然没有，至少意识层面如此。而且我通常也没有武装的习惯，在康普隆的时候，我根本没想到带武器。但是，我也不能让自己轻易相信那是魔法，不可能是那样的。我猜想，当我们刚开始讨论非平衡生态时，我就有了一种潜意识的警觉，想到在一个没有人类的世界上，动物可能会变得危险。这一点，事后想来十分明显，但我可能确有一丝先见之明，只不过是这样罢了。”

宝绮思说：“别这么随便就敷衍过去。我同样参加了有关非平衡生态的讨论，却没有同样的先见之明。盖娅所珍视的，正是你这种特殊的预感。我也看得出来，你一定很气恼，因为你拥有一种隐性的预感，却无法侦知它的本质；你根据自己的决定而行动，却没有任何明确的理由。”

“在端点星，我们通常的说法是‘凭预感行事’。”

“在盖娅，我们则说‘知其然不知所以然’。你不喜欢不知所以然的感觉，对不对？”

“是的，的确令我苦恼不已，我并不喜欢被预感驱策。我猜预感背后必有原因，但由于不知道这个原因，使我感到自己无法掌握自己的心灵，好像一种轻度的疯狂。”

“当你决定赞同盖娅和盖娅星系的时候，你就是凭预感行事，现在你却要找出原因。”

“这点我至少说过十几遍了。”

“我却拒绝把你的声明当真，我为这件事感到抱歉。这方面我不会再跟你唱反调，不过我希望，我可以继续指出盖娅的各项优点。”

“随时请便，”崔维兹说，“可是希望你了解，我也许不会接受那些说法。”

“那么，你是否曾经想到，这个不知名的世界正在返归蛮荒状态，最终也许会变得荒芜而不可住人，而这只是因为一种具有足够智慧、能指导整个世界的物种消失了？假如这个世界是盖娅——若是盖娅星系的一部分则更理想——这种事就不会发生。指导的智慧将化身为银河整体，继续留存在这里，不论生态何时偏离平衡，也不论由于什么原因，都终究会再度趋于平衡。”

“这意味着那些野狗不再需要食物吗？”

“它们当然需要食物，正如人类一样。然而，它们进食会是一种有目的的行为，是在刻意的指导之下维持生态平衡，而不是随机条件所造成的结果。”

崔维兹说：“对狗类而言，失去个体的自由也许不算什么，可是这对人类一定会有重大影响。如果所有的人类全部消失，到处都没有了，而并非只是在某个或数个世界上绝迹，那又会怎么样？如果完全没有人类，盖娅星系将变成什么样子？那时还会有指导的智慧吗？其他的生命形态和无生命物质，难道有办法共组一个共同的智慧，足以担负起这个使命吗？”

宝绮思犹豫了一下。“这种情况，”她又说，“以前从未发生过，而在未来，似乎也没有任何可能。”

崔维兹说：“人类的心灵和宇宙万物性质迥异，万一它消失了，其他所有的意识加起来也无法取代，你难道不认为这很明显吗？所以说，人类是个特例，必须享有特别待遇，这难道不对吗？人类甚至不该彼此融合，更遑论和非人生物或无生物融在一起。”

“可是你已经决定支持盖娅星系。”

“那是为了一个凌驾一切的理由，我自己也不清楚它是什么。”

“或许那个凌驾一切的理由，是你隐约瞥见了非平衡生态的效应？你的推论有没有可能是这样的：银河中每个世界都好像立在刀刃上，两侧皆为不稳定的状态，只有盖娅星系能够预防各种灾祸降临在这些世界上。至于连年战祸和腐败政治所带来的苦难，就更不在话下。”

“不，当我作出决定时，心中并未想到非平衡生态。”

“你怎能确定？”

“我所预见的事物，自己当初也许不知道，但事后若有人对我提起，我却能正确无误地认出来。就好像我感觉得到，我当初也许料到了这个世界会有危险的动物。”

“嗯，”宝绮思以严肃而平静的口吻说，“若不是我们两人通力合作，你的先见之明加上我的精神力场，那些危险的动物可能已经要了我们的命。来吧，我们做个朋友。”

崔维兹点了点头。“随你的便。”

他的声音透着几许冷淡，宝绮思不禁扬起眉毛。但就在这个时候，裴洛拉特突然闯进来，使劲猛点着头，仿佛准备将脑袋从脖子上摇下来。

“我想，”他说，“我们找到了。”

39

崔维兹通常并不相信天上掉下来的胜利，然而，偶尔舍弃自己的明智判断也是人之常情。他现在觉得胸部与喉头的肌肉紧绷，但仍勉强开口问道：“地球的位置吗？你找到了，詹诺夫？”

裴洛拉特瞪了崔维兹一会儿，然后像是泄了气一样。“这个嘛，不是的。”他的脸涨得通红，“不完全是——事实上完全不是，葛兰，我刚才根本忘了那回事。我在废墟中发现的是别的东西，我想它并没有什么重要性。”

崔维兹深深吸了一口气。“不要紧，詹诺夫。每一项发现都很重要，你跑来是要说什么？”

“嗯，”裴洛拉特说，“你也了解，这里几乎没有什么东西遗留下来。经过两万年的风吹雨打，能留到现在的东西实在不多。此外，植物生命会渐渐破坏遗迹，而动物生命——不过别管这些了，重点是‘几乎没有’并不等于‘完全没有’。

“这个废墟一定包括一座公共建筑物，因为有些掉落的石块，也有可能是混凝土，上面刻着一些文字。那些字肉眼简直看不出来，你应该了解，老弟，但我拍了许多相片，用太空艇上的相机拍的，就是有内置电脑的那种相机——我从来没机会征得你的同意，葛兰，可是真的很重要，所以我……”

崔维兹不耐烦地挥了挥手。“说下去！”

“那些文字我看得懂一些，是非常古老的文字。即使照相机有电脑辅助，再加上我阅读古代文字的功力不差，却也无法认出太多，而真正看懂的就只有一个词。那几个字的字体比较大，也比其他字清楚一点，或许是故意刻得比较深，因为它们代表的正是这个世界。那个词就是‘奥罗拉行星’，所以我猜想，我们立足的这个世界叫奥罗拉，或者说当初叫奥罗拉。”

“它总该有个名字。”崔维兹说。

“没错，可是名字很少会随便乱取。我刚才用我的图书馆仔细搜寻了一下，结果发现两则传说，来源刚好是两个相隔甚远的世界，根据这个事实，我们可以作出一个合理的假设，那就是两者的来源完全无关——不过别管这个了，在那两则传说中，奥罗拉当

‘曙光’解释，因此我们可以假设，在银河标准语出现之前的某个语言中，奥罗拉的意思正是曙光。

“巧的是，同一类型的太空站或其他人造天体，其中第一个便常用曙光或黎明这类名字命名。如果这个世界在某种语言中称为曙光，它也许就是同类世界的第一个。”

崔维兹问道：“你是不是准备告诉我们，这颗行星就是地球，而奥罗拉是它的别名，因为这个名字代表了生命和人类的黎明？”

裴洛拉特说：“我不敢延伸那么远，葛兰。”

崔维兹带着点挖苦的口气说：“毕竟我们没发现放射性地表，没发现巨大卫星，也没发现具有大型行星环的气态巨星。”

“一点都没错。可是康普隆的那个丹尼亚多，他似乎认为这个世界曾是第一波殖民者——太空族定居的众多世界之一。果真如此的话，那么它既然叫奥罗拉，也许就表示它是第一个太空世界。此时此刻我们踏着的这颗行星，很可能是除了地球之外，银河中最古老的人类世界。这难道不令人兴奋吗？”

“不管怎么说，的确很有意思，詹诺夫。可是仅由奥罗拉一个名字，就推出这些结论，会不会嫌太多了？”

“还不止呢。”裴洛拉特兴奋地说，“我找遍了我所搜集的记录，结果发现当今银河中，没有一个世界叫奥罗拉，我确定你的电脑能证实这一点。正如我刚才所说，许多世界和人造天体都以曙光这一类名字命名，可是没有一个真正使用奥罗拉。”

“何必要用呢？如果它是在银河标准语之前的词汇，如今就不大可能流行。”

“可是名字会保留下来，即使它们已经毫无意义。如果这里真是第一个殖民世界，它应该很有名气，甚至可能一度曾是银河的主宰。所以说，一定会有其他世界自称‘新奥罗拉’或‘小奥罗拉’，或者诸如此类的名称。而其他的……”

崔维兹突然插嘴道：“也许它并非第一个殖民世界，也许它从来没有什么重要性。”

“依我看有个更好的解释，我亲爱的兄弟。”

“什么样的解释，詹诺夫？”

“假如第二波殖民者后来居上，因此当今银河各个世界都是他们的天下，正如丹尼亚多所说，那么就很有可能，两波殖民者之间曾经出现敌对状态，所以第二波殖民者，也就是如今这些世界的建立者，不会使用第一波殖民世界的名字。如此说来，我们即可根据奥罗拉这个名字从未重复的事实，推论出总共有两波殖民者，而此地是第一波殖民者所建立的世界。”

崔维兹微微一笑。“我稍微弄懂了你们神话学家如何做学问，詹诺夫。你们总是建立一个美丽的理论体系，但它也许只是空中楼阁。传说告诉我们，第一波殖民者带了许多机器人随行，而这想必就是他们覆灭的原因。假使我们能在这个世界上找到一个机器人，我就愿意接受所有关于第一波殖民者的推测，可是我们不能指望经过两万……”

裴洛拉特的嘴巴嚅动了好久，才终于发出声音来。“可是，葛兰，我没告诉你吗？没有，当然没有，我太兴奋了，没法子把事情说得有条有理——这里的确有个机器人。”

40

崔维兹搓了搓额头，仿佛正为头痛所苦。“一个机器人？这里有个机器人？”

“对。”裴洛拉特使劲点头。

“你怎么知道？”

“哎呀，它当然是机器人。我亲眼看到的，怎么可能认不出来？”

“你以前见过机器人吗？”

“没有，但它是个看来很像人类的金属物体，有脑袋、双手、双脚和躯干。当然啦，我所谓的金属，其实几乎是一堆铁锈。当我向它走近时，想必是脚步的震动使它进一步受损，所以当我伸手摸它……”

“你为什么要摸它？”

“这个嘛，我想是因为我无法完全相信自己的眼睛，那是一种自然而然的反应。我才刚碰到它，它就散了开来，可是——”

“怎样？”

“在它真正散开来之前，它的眼睛似乎放出非常微弱的光芒，同时发出一个声音，像是试图说些什么。”

“你的意思是它还在运作？”

“非常勉强，葛兰，然后它就崩溃了。”

崔维兹转向宝绮思。“你能证实这一切吗，宝绮思？”

“那是个机器人，我俩都看到了。”宝绮思说。

“而它仍在运作？”

宝绮思以平板的语调说：“当它散开来的时候，我捕捉到一丝微弱的神经活动讯息。”

“怎么可能有神经活动？机器人并没有细胞所组成的有机大脑。”

“我猜想，它具有电脑化的类似结构，”宝绮思说，“而我侦测得到。”

“你侦测到的是机器人的精神作用，不是人类的？”

宝绮思撅了撅嘴。“它太微弱了，我只知道它的确存在，无法作出其他判断。”

崔维兹先望着宝绮思，然后望向裴洛拉特，以激昂的口气说：“这就足以改变一切。”

第四篇

索拉利

第十章
机器人

41

晚餐时，崔维兹似乎陷入沉思，宝绮思则将注意力集中在食物上。

只有裴洛拉特看来很想说话，他指出，这个世界如果真是奥罗拉，而且的确是第一个殖民世界，它就应该与地球相当接近。

“也许值得在附近星空做一次地毯式搜索。”他说，“顶多是往返几百颗恒星而已。”

崔维兹低声答道，漫无目标的寻找是下下之策，即使找到了地球的位置，他也要先尽量搜集相关资料，然后才会试图接近。他的回答仅止于此，裴洛拉特显然被泼了一盆冷水，只好渐渐闭上嘴巴。

晚餐后，崔维兹仍不主动说一句话。裴洛拉特试探性地问：“我们要留在这里吗，葛兰？”

“总得过一夜。”崔维兹说，“我需要多考虑一下。”

“这样安全吗？”

“除非附近还有比野狗更凶的东西，”崔维兹说，“否则我们在太空艇中相当安全。”

裴洛拉特说：“如果附近真有比野狗更凶的东西，最快需要多少时间才能起飞？”

崔维兹说：“目前电脑处于发射警戒的状态，我想我们在两三分钟内即可起飞。而且若有任何意外事故发生，电脑会很有效率地警告我们，所以我建议大家都睡一觉。明天早上，我会决定下一步该怎么做。”

说得倒容易，崔维兹在黑暗中张大眼睛时，心里这么想。他现在蜷缩成一团，只脱下了外套，就这么躺在电脑室的地板上。这样实在很不舒服，但他可以肯定，此时他的床铺也无法助他入眠。而待在这里，万一电脑发出警告讯号，他至少能立即采取行动。

然后他听到一阵脚步声，便自然而然坐了起来，脑袋一不小心撞到了桌缘。虽然不至于受伤，却足以令他愁眉苦脸，忍不住揉了半天。

“詹诺夫？”他以含糊的声音问道，同时眼泪夺眶而出。

“不，是宝绮思。”

崔维兹一只手伸出桌缘，与电脑稍微接触了一下，室内随即充满柔和的光芒。他立刻看到宝绮思站在面前，穿着一件淡粉红色的缠身袍。

崔维兹说：“什么事？”

“我到你的寝舱找你，你不在那儿。然而，我绝不会认错你的神经活动，于是一直跟到这里，而你显然还没睡着，所以我就走进来了。”

“好吧，但你要做什么呢？”

她靠着舱壁坐下，双膝并拢，将下巴搁在膝头上。“别担心，我并非企图夺走你所剩无几的童贞。”

“我没有这种幻想。”崔维兹反唇相讥，“你怎么没睡觉？你比我们更需要睡眠。”

“相信我，”她用一种低沉而真诚的语调说，“野狗带来的这段插曲，实在令人筋疲力尽。”

“这点我相信。”

“可是我得趁裴睡觉的时候，来跟你谈一谈。”

“谈什么？”

宝绮思说：“他跟你提到机器人的时候，你说那就足以改变一切，这句话是什么意思？”

崔维兹说：“你自己难道看不出来吗？我们总共有三组坐标，代表三个禁忌世界。我打算三个都探访一番，以便对地球尽量多作了解，然后才准备向地球进军。”

他侧身向她稍微靠过去，以便将声音压得更低，却又猛然退回来。“听着，我不希望詹诺夫进来这里找我们，我不知道他心里会怎么想。”

“不大可能。他正在睡觉，我又将他的睡意加强了一点，如果他睡不稳当，我会知道的。继续吧，三个世界你都打算探访，所以什么改变了呢？”

“我并未计划在任何世界浪费不必要的时间，如果这个世界，奥罗拉，已经两万年没有人类居住，就很难令人相信会有什么有价值的资料留下来。我不想花上几周甚至几个月，趴在行星表面徒劳无功地摸索，还得击退野狗、野猫、野牛，或者任何变得狂野危险的动物，只因为可能在尘土、铁锈、腐物中找到一片残存的参考资料。也许在另外一两个禁忌世界上，会有活生生的人类和完好如初的图书馆，所以我本来打算立刻离开这个世界。假使我那样做了，我们现在已经置身太空，正在安稳地呼呼大睡。”

“可是？”

“可是，如果这个世界上还有运作中的机器人，它们就可能拥有我们所需要的重要资料。和人类比起来，跟它们打交道会比较安全，因为我听说，它们必须服从命令，而且不能伤害人类。”

“所以你改变计划，你准备花时间在这个世界上寻找机器人？”

“我并不想这么做，宝绮思。我总以为在缺乏维修的状况下，机器人无法维持两万年的寿命。不过，既然你们碰到了一个仍有些微活动迹象的机器人，显然代表我以常识对它们所做的猜测并不可靠。我不能懵懵懂懂地领导大家行动。机器人也许比我想象中更耐用，或者具有某种自我维修的能力。”

宝绮思道：“听我说，崔维兹，并且请你务必保密。”

“保密？”崔维兹相当惊讶，连音量都提高了，“对谁保密？”

“嘘！当然是对裴。听好，你不必改变计划，你原先的想法是对的。在这个世界上，根本没有仍在运作的机器人，我什么也没侦测到。”

“你侦测到了那个机器人啊，有一个就等于……”

“我没侦测到什么，它没有在运作，早就不再运作了。”

“可是你说……”

“我知道我说过什么。裴认为他看到了动作，听到了声音。裴是个天真浪漫的人，他一辈子的工作就是搜集资料。可是想在学术界扬名立万，那种做法是难上加难，所以他深切渴望有个属于自己的重大成就。奥罗拉这个名字确实是他发现的，你难以想象他因此有多快乐，所以他拼命想要作出更多的发现。”

崔维兹说：“你是在告诉我，他太希望能有所发现，因此自以为遇到一个运作中的机器人，事实上根本没这回事？”

“他遇到的只是一块铁锈，它所拥有的意识，不会比它下面那块岩石更多。”

“可是你支持他的说法。”

“我不忍心夺走他的幻象，他对我是那么重要。”

崔维兹盯着她足有一分钟之久，然后才说：“你能不能解释一下，为什么他对你那么重要？我想知道，我真的很想知道。对你来说，他一定像个糟老头子，毫无浪漫气息可言。他又是个孤立体，而你一向鄙视孤立体。你既年轻又漂亮，而盖娅一定有些部分是生龙活虎、英俊潇洒的年轻男性胴体，你若是跟他们在一起，肉体关系能借着盖娅的共鸣而达到欢乐的顶峰。所以说，你究竟看上詹诺夫哪一点？”

宝绮思一本正经地望着崔维兹。“你难道不爱他吗？”

崔维兹耸了耸肩，答道：“我对他很有好感，我想你可以说我爱他，以一种和性爱无关的方式。”

“你认识他没多久，崔维兹，为什么会以一种和性爱无关的方式爱他？”

崔维兹发现自己不知不觉露出微笑。“他是这么一个古怪的家伙，我真心相信在他一生之中，从来没有为自己着想过。他奉命和我同行，于是他来了，没有一点异议。他本来要我到川陀去，可是当我说要去盖娅，他也没有和我争论。而现在，他又跟着我进行寻找地球的任务，虽然他明知十分危险。我绝对可以相信，万一他必须为我——或者为别人——牺牲自己的生命，他也会愿意的，而且不会有任何怨言。”

“你会愿意为他牺牲性命吗，崔维兹？”

“假如没有时间多作考虑，可能就会。倘若能有时间考虑，我便会犹豫，结果或许就会逃避，我并没有他那么‘善良’。正是因为这样，我才有一种强烈的冲动，想要尽力保护他，让他保有一颗善良的心。我不希望这个银河把他教坏了，你了解吗？而我特别要提防你——天晓得你看中他哪一点，一旦那点不再吸引你，你很可能就会把他甩掉，我一想到这件事便难以忍受。”

“没错，我就知道你会有这种想法。难道你未曾想到，裴在我眼中和在你眼中是一样的——甚至我看得更透彻，因为我能直接接触他的心灵？我表现得像是想伤害他吗？若非我不忍心伤害他，当他以为看到一个运作中的机器人时，我会支持他的幻想吗？崔维兹，你所谓的‘善良’我相当熟悉，因为盖娅每一部分都随时愿意为整体牺牲，除此之外，我们不知道也不了解任何其他的行事原则。但我们那样做并没有放弃什么，因为每一部分都等于整体，虽然我并不指望你了解这一点。而裴却不同——”

宝绮思不再望着崔维兹，仿佛在自言自语。“他是个孤立体。他之所以没有私心私欲，并非由于他是某个大我的一部分，他没有就是没有。你明白我的意思吗？他可能失去所有的一切，却不会得到任何好处，但他就是有那种胸襟。他令我感到惭愧，我是不怕有任何损失才会如此大方，而他并未希望获得任何利益，却仍能保有那样的胸襟。”

她又抬起头来望着崔维兹，神情显得极为严肃。“你可知道你我相较之下，我对他的了解胜过你多少吗？你认为我会以任何方式伤害他吗？”

崔维兹说：“宝绮思，今天稍早的时候，你曾说：‘来吧，我们做个朋友。’我的回答则是：‘随你的便。’当时我的反应很勉强，因为我想到你可能会伤害詹诺夫。现在，轮到我说了，来吧，宝绮思，我们做个朋友。你可以继续指出盖娅星系的优点，而我或许仍会拒绝接受，不过即使如此，纵然这样，还是让我们做个朋友吧。”说完他就伸出手来。

“没问题，崔维兹。”她答道，两人紧紧握住了对方的手。

42

崔维兹冲着自己默默一笑，那只是个内心的微笑，因为他的嘴角没有丝毫动作。

当初，他用电脑搜寻第一组坐标所标示的恒星（并不肯定有没有），裴洛拉特与宝绮思两人专心地旁观，并且提出许多问题。现在，他们却待在寝舱里睡大觉，或者至少是在休息，而将所有的工作留给崔维兹负责。

就某个角度而言，这点令他相当得意，因为崔维兹觉得他们接受了一项事实，那就是他完全知道自己在做什么，不需要任何监督或鼓励。这方面，崔维兹从第一站获得了足够的经验，知道应该更加信赖电脑，并且感到即使它需要监督，自己也不必盯得那么紧。

另一颗恒星出现了——明亮耀眼，银河地图中却没有记录。相较于奥罗拉所环绕的恒星，这颗星要更为明亮，而它在电脑中竟然没有记录，也就更加耐人寻味。

崔维兹不禁惊叹古代传说的奇奥之处。在人类意识中，几世纪也许会缩成一点点，甚至全然消失无踪，许多文明则可能完全遭到遗忘。但在无数逝去的世纪、数不清的文明之中，仍然有一两件事物完好流传下来，例如那几组坐标便是。

不久之前，他曾对裴洛拉特提到这点。裴洛拉特立刻告诉他，这正是研究神话传说如此迷人的原因。“诀窍在于，”裴洛拉特说，“找出或判定传说中哪些成分代表史实和真相。这件事并不容易，不同的神话学家很可能会选取不同的成分，通常取决于何者刚好符合他们自己的诠释。”

无论如何，丹尼亚多提供的三组坐标之一，经过时间修正后，正好就是如今这颗恒星的位置。现在，崔维兹愿意下极大的赌注，赌第三颗恒星同样位于坐标点上。果真如此的话，他愿意进一步考虑禁忌世界共有五十个的传说也是正确的（虽然那是个可疑的整数），而且，还会开始研究其他四十七个世界的位置。

不久，他发现了一个可住人世界——禁忌世界——围绕着这颗恒星。这回，它的出现并未在崔维兹心中激起一丝涟漪，他本来就绝对肯定它会在那里。他立刻驾驶远星号进入它的低速轨道。

云层还算稀疏，从太空中便能将地表看得足够清楚。几乎跟所有的可住人世界一样，这也是个多水的世界，包括一个无间断的热带海洋，以及两个完整的极地冰洋。在上半球的中纬度地带，有一块长条状的大陆，弯弯曲曲地环绕整个世界，其两侧有些海湾，造成几个狭窄的地峡。在另一个半球的中纬度地带，陆地分裂成三大部分，每一部分的南北宽度都超过了上半球的大陆。

崔维兹遗憾自己对气候学所知不多，否则根据见到的景象，应该就能预测温度与季节大致如何。一时之间，他起了一个顽皮的念头，想要让电脑解决这个疑问，问题在于气候根本是无关紧要的一件事。

比这更重要许多倍的是，电脑又没有侦测到源自科技的辐射。他透过望远镜看下去，发现这颗行星并不显得老旧，也没有荒芜的迹象。不断后退的地表都是色调不一的绿地，不过日面并没有都会区的迹象，夜面则见不到任何灯光。

这会不会是另一颗充满各种生命、唯独欠缺人类的行星？

于是，他敲了敲另一间寝舱的门。

“宝绮思？”他轻声喊道，接着又敲了一下。

寝舱里传来一阵沙沙声，以及宝绮思的声音：“什么事？”

“你能不能出来一下？我需要你帮忙。”

“请等一会儿，我现在的样子不太方便见人。”

当她终于现身的时候，看起来绝不比过去任何一次逊色。崔维兹却感到一阵恼怒，因为他根本没必要等这一会儿，她看起来像什么样子，对他而言毫无差别。不过他们既然已经是朋友了，他只好将恼怒的情绪压抑下来。

她面带微笑，以十分愉快的语调说：“我能帮你做些什么，崔维兹？”

崔维兹向显像屏幕挥了挥手。“你可以看到，从我们正在通过的地表看来，这个世界百分之百健康，陆上布满相当厚实的植被。然而，黑夜地区没有灯光，也没有任何科技性辐射。请你仔细倾听，然后告诉我是否有任何动物生命。在某个地点，我想我看得到一群吃草的动物，但我不敢肯定。或许是我拼命想要看到什么，因而产生一种幻觉。”

于是宝绮思开始“倾听”，至少，她脸上出现了一种特殊的专注神情。“喔，没错，动物生命很丰富。”

“哺乳动物吗？”

“一定是。”

“人类吗？”

现在她似乎更加集中注意力，整整一分钟过去了，然后又过了一分钟，她才终于松弛下来。“我无法分辨得很清楚，每隔一阵子，我似乎就侦测到一丝飘忽的智慧，强度足以代表人类。但它实在太微弱，而且忽隐忽现，或许因为我也拼命想要感测到什么，因而产生一种幻觉。你知道吗……”

她突然陷入沉思，崔维兹催促道：“怎么样？”

她又说：“事实上，我好像侦测到了别的东西。那并非我所熟悉的任何事物，但我不相信它会不是……”

她开始更聚精会神地“倾听”，整张脸再度绷紧。

“怎么样？”崔维兹又问。

她松了一口气。“除了机器人，我不相信有其他的可能。”

“机器人！”

“是的，而我既然侦测到它们，当然应该也能侦测到人类，可是没有。”

“机器人！”崔维兹皱着眉头重复了一遍。

“是的，”宝绮思说，“而且我还能断定，数量相当庞大。”

43

裴洛拉特听到后，也说了一声“机器人！”而且跟崔维兹刚才的声调几乎一模一样。然后他淡淡一笑，又说：“你对了，葛兰，我不该怀疑你。”

“我不记得你何时怀疑过我，詹诺夫。”

“喔，老友，当时我认为不该表现出来。我只是在想，在我心里想，离开奥罗拉是个错误，因为在那里，我们有机会遇见一些存活的机器人。可是显然你早就知道，这里有更多的机器人。”

“根本不是这么回事，詹诺夫，我当初完全不知道，我只是想碰碰运气。宝绮思告诉我，根据这些机器人的精神场判断，它们似乎处于正常运作状态，而我则觉得，倘若没有人类照顾和维修，它们不可能处于良好的运作状态。然而，她无法侦察到任何人类迹象，所以我们仍在继续寻找。”

裴洛拉特若有所思地检视着显像屏幕。“似乎都是森林，对不对？”

“大部分都是森林，但有几块显然是草原。问题是我看不到城市，黑夜地区也不见任何灯光，而且除了热辐射，一直没有其他辐射出现。”

“所以根本没有人类？”

“我不敢说。宝绮思正在厨舱内设法集中精神。我已经替这颗行星定出一条本初子午线，这也就是说，电脑已经为这颗行星画出了经纬度。宝绮思手中握着一个小装置，每当发觉机器人的精神活动似乎特别密集——我想对机器人不能用‘神经活动’——或者任何人类思想的微弱讯息，她就会按一下钮。那个装置联到了电脑，电脑可以根据经纬度定出位置，然后我们就让它从那些位置中，选取一个适宜的着陆地点。”

裴洛拉特显得有些不安。“让电脑作选择，是明智的做法吗？”

“有何不可，詹诺夫？它是一台功能很强的电脑。此外，当你自己无从决定的时候，至少考虑一下电脑的选择，又有什么害处呢？”

裴洛拉特又快活起来。“这话有点道理，葛兰。某些最古老的传说，就提到了古人将立方体丢到地上来作决定。”

“哦？是怎么做的？”

“立方体每一面刻有不同的决定：做、不做、或许、延后等等。立方体落地后，恰巧朝上的那一面所刻的字，就被视为应当遵循的决定。有时他们也会用另一种方式，让一个小球在有著许多凹槽的圆板上旋转，每个槽内写有不同的决定。小球最后停在哪个槽，就要遵循那个槽内所写的决定。有些神话学家则认为，这类活动其实是一种几率游戏，并非用来决定命运，但是在我看来，两者几乎是同一回事。”

“就某方面而言，”崔维兹说，“我们这样选择着陆地点，就是在玩一种几率游戏。”

宝绮思从厨舱中走了出来，刚好听到最后一句话。她说：“并不是几率游戏。我按了几次‘可能’，还有一次绝对的‘确定’，而我们要去的，就是那个‘确定’地点。”

“为什么如此确定呢？”崔维兹问。

“我捕捉到一丝人类的思想，万分肯定，绝对错不了。”

44

此地刚才一定下过雨，因为草地很湿。天上的乌云迅速掠过，显出即将放晴的迹象。

远星号在一座小树林旁轻轻着陆（为了预防野狗，崔维兹半开玩笑地想），四周看来像是一片牧地。刚才，在视野较佳且较宽广的高空，崔维兹好像看到一些果园与田地，而现在，眼前则出现了许多如假包换的草食动物。

不过，附近没有任何建筑物，也没有任何物件是人工的。只有果园中排列整齐的果树，以及将田地划分得整整齐齐的界线，看来好像微波发电站一般人工化。

然而，这种程度的人工化，难道是机器人完成的？没有任何人类参与吗？

崔维兹默默系上承装武器的皮套，这一次，他确定两种武器都在待发状态，而且都充足了电。突然间，他接触到宝绮思的目光，动作便暂停了。

她说："请继续。我认为你绝对用不到，但我上次也是这么认为，不是吗？"

崔维兹说："你要不要带武器，詹诺夫？"

裴洛拉特打了一个寒战。"不，谢了。夹在你和宝绮思之间，你的有形防卫力量加上她的精神防卫力量，使我觉得根本没有危险。我也知道躲在你们的庇护下很孬种，可是想到自己不需要使用武力，我感激都还来不及，也就不觉得羞愧了。”

崔维兹说：“我可以了解，但千万别单独行动。如果我和宝绮思分开，你得跟着我们其中一个，不可以由于好奇心作祟，自己跑到别处去。”

“你不必担心，崔维兹，”宝绮思说，“我会好好留意。”

崔维兹第一个走出太空艇，外面正吹着轻快的风。雨后的气温带着些微凉意，崔维兹却感到十分宜人。相较之下，雨前的空气有可能又湿又热，令人很不舒服。

他吸了几口气，觉得十分讶异，这颗行星的气味很不错。他明白每颗行星都具有独特的味道，总是使人感到陌生，而且通常都不好闻——也许正是因为陌生的关系。陌生的气味就不能令人愉快吗？或是他们刚好赶对了季节，又正巧下过一场雨？不论原因为何……

“出来吧，”他叫道，“外面相当舒适。”

裴洛拉特走出来，然后说：“嗯，舒适这个形容词再恰当不过。你认为这里常年都有这种气味吗？”

“没什么差别，不到一小时，我们就会习惯这种香气。鼻中的感受器饱和之后，就什么也闻不到了。”

“真可惜。”裴洛拉特说。

“草地是湿的。”宝绮思似乎有点不以为然。

“这有什么不对？毕竟，盖娅上也会下雨啊！”崔维兹说。此时，一道黄色阳光自云缝洒下，想必不久之后，阳光会愈来愈强。

“没错，”宝绮思说，“但我们知道何时会下雨，我们有心理准备。”

“太糟了，”崔维兹说，“你们丧失了许多意外的惊奇。”

宝绮思答道:“你说得对，我会尽量不再那么偏狭。”

裴洛拉特四下望了望，以失望的语气说:“附近似乎什么都没有。”

“只是似乎而已，”宝绮思说，“它们正从小丘另一侧走来。”然后她望向崔维兹，“你认为我们该迎上去吗?”

崔维兹摇了摇头。“不，我们为了跟它们见面，已经飞越许多秒差距，剩下的路程让它们来走完，我们就在这里等着。”

那组机器人的动向只有宝绮思能感知。在她所指的那个方向，小丘顶上突然出现一个人形，然后是第二个、第三个。

“我相信目前只有这几个。”宝绮思说。

崔维兹好奇地凝视着，虽然他从未见过机器人，却丝毫不怀疑它们的身份。它们拥有粗略的人形，像是印象派的雕塑，但外表看来并非明显的金属材质。这些机器人表面毫无光泽，给人一种柔软的错觉，仿佛包覆着一层丝绒。

但他又怎么知道柔软只是错觉呢?看着这些以迟钝的步伐慢慢接近的人形，崔维兹突然起了摸摸它们的冲动。假如此地果真是个禁忌世界，从来没有船舰接近——这一定是事实，因为它的太阳不在银河地图中——那么远星号与其上成员，就是这些机器人经验之外的事物。可是它们的反应相当笃定，仿佛正在进行一桩例行公事。

崔维兹低声说:“在这里，我们也许能得到银河其他各处得不到的情报。我们可以问它们地球相对这个世界的位置，假如它们知道，就会告诉我们。天晓得这些东西运作有多久了?它们也许会根据自身的记忆回答，想想看有多难得。”

“反之，”宝绮思说，“它们也可能最近才出厂，因此一无所知。”

“或者也有可能，”裴洛拉特说，“它们虽然知道，但拒绝告诉我们。”

崔维兹说:“我猜它们不能拒绝，除非它们奉命不准告诉我们。可是在这颗行星上，绝不可能有人料到我们会来，谁又会下这种命令呢？”

到了距离他们大约三米的地方，三个机器人停了下来。它们没说什么，也没有进一步的行动。

崔维兹右手按在手铳上，目不转睛地盯着机器人，并对宝绮思说:“你能不能判断它们是否怀有敌意？”

“你应该考虑到一件事实，我对它们的精神运作一点也不熟悉，崔维兹，但我并未侦测到类似敌意的情绪。”

崔维兹的右手离开了铳柄，但仍然摆在附近。他举起左手，掌心朝向机器人，希望它们认得出这是代表和平的手势。他缓缓说道:“我向你们致意，我们以朋友的身份造访这个世界。”

中间那个机器人迅速低下头，像是勉强鞠了一躬。在一个乐观者眼中，或许也会将它视为代表和平的动作，接着它便开始答话。

崔维兹突然拉长了脸，显得极为惊讶。在沟通无碍的银河系中，不会有人想到这么基本的需要也可能出问题。然而，这个机器人说的并非银河标准语，也不是任何相近的语言。事实上，崔维兹连一个字也听不懂。

45

裴洛拉特的讶异与崔维兹不相上下，但他显然还带着一分惊喜。

“听起来是不是很奇怪？”他说。

崔维兹转头望向他，用相当不客气的口吻说：“不是奇怪，根本就是叽哩呱啦。”

裴洛拉特说：“绝不是叽哩呱啦，这也是银河标准语，只不过非常古老。我能听懂几个字，如果写出来的话，我也许可以轻易看懂，真正难解的是发音。”

“那么，它说些什么？”

“我想它在告诉你，它不了解你说什么。”

宝绮思说：“我听不懂它说什么，但我感知的情绪是迷惑，这点刚好吻合。前提是，我要能信任自己对机器人情绪的分析——或者说，要真有机器人情绪这回事。”

裴洛拉特说了一些话，他说得非常慢，而且相当吃力。三个机器人动作一致地迅速点了点头。

“那是什么意思？”崔维兹问。

裴洛拉特说：“我说我讲得不好，但我愿意尝试，请它们多给我一点时间。天哪，老弟，这真是有趣得吓人。”

“真是失望得吓人。”崔维兹喃喃说道。

“你可知道，”裴洛拉特说，“银河中每一颗住人行星，都会发展出别具一格的语文，所以银河中总共有千万种方言，有时相互之间几乎无法沟通，但它们都统一在银河标准语之下。假定这个世界已经孤立了两万年，它的语言应该和银河其他各处愈离愈远，逐渐演变成一种完全不同的语言。但事实并非如此，或许是因为这是个仰赖机器人的社会，而机器人听得懂的语言，就是设定其程序所用的语言。长久以来，这个世界一直没有重新设定机器人的程序，反倒是中止了语言的演化，所以我们现在听到的，只是一种非常古老的银河标准语罢了。”

“这是个很好的例子，”崔维兹道，“说明机器人化社会如何被迫停滞不前，因而开始衰退。”

“可是，我亲爱的伙伴，”裴洛拉特抗议道，“保持一种语言几乎长久不变，并不一定是衰退的征候。这样做其实有不少优点，能让历史文件在数世纪、数千年后仍然保有意义，历史记录的寿命和权威性便会相对增加。在银河其他各处，哈里·谢顿时代的敕令所使用的语文，现在已经显得颇有古风了。”

“你懂这种古银河语吗？”

“谈不上懂，葛兰。只是在研究古代神话传说的过程中，我领略到了一点窍门。字汇并非全然不同，但是词性变化却不一样，而且有些惯用语我们早已不再使用。此外，正如我刚才所说，如今发音已经完全变了。我可以充当翻译，可是无法做得很好。”

崔维兹心虚地吁了一口气。“一点点好运，总算聊胜于无。继续吧，詹诺夫。”

裴洛拉特转向机器人，愣了一会儿，又转过头来望着崔维兹。“我该说些什么？”

“我们单刀直入吧，问它们地球在哪里。”

裴洛拉特一个字一个字慢慢说，同时夸张地比手画脚。

那些机器人互相望了望，发出一些声音来，然后中间那个对裴洛拉特说了几句话。裴洛拉特一面回答，一面双手向两侧伸展，像是在拉扯一条橡皮筋。那个机器人再度回答，它像裴洛拉特一样谨慎，每个字都说得又慢又仔细。

裴洛拉特对崔维兹说："我不确定有没有把'地球'的意思表达清楚。我猜它们认为我指的是这颗行星上的某个地区，它们说不知道有这样一个地区。"

"它们有没有提到这颗行星的名字，詹诺夫？"

"它们提到的那个名字，我的最佳猜测是'索拉利'三个字。"

"在你搜集到的传说中，你听说过吗？"

"没有，就和我从未听过奥罗拉一样。"

"好，问问它们在天上，在群星之间，有没有任何地方叫地球，你向上指一指。"

经过一番交谈之后，裴洛拉特终于转过身来说："我唯一能从它们口中套出来的，葛兰，就是天上没有任何地方。"

宝绮思说："问问那些机器人有多大年纪，或者应该说，它们已经运作多久了。"

"我不知道'运作'该怎么说。"裴洛拉特摇了摇头，"事实上，我也不确定会不会说'多大年纪'，我不是个很好的翻译。"

"尽力而为吧，亲爱的裴。"宝绮思说。

又经过一番交谈后，裴洛拉特说："它们已经运作了二十六年。"

"二十六年。"崔维兹不以为然地喃喃说道，"它们比你大不了多少，宝绮思。"

宝绮思突然以高傲的语气说："事实上……"

“我知道，你是盖娅，已经几千几万岁了。无论如何，这些机器人自身经验中并没有地球，而且在它们的记忆库中，显然没有任何对它们无用的资料，所以它们才会对天文学一无所知。”

裴洛拉特说：“在这颗行星的其他地方，或许还有最早期的机器人。”

“我很怀疑，”崔维兹说，“不过还是问问它们吧，詹诺夫，只要你想得出该怎么问。”

这次的问答是一段相当长的对话，最后裴洛拉特终于打住，他的脸涨得通红，一副明显受挫的神情。

“葛兰，”他说，“它们想表达的，我有一部分听不懂，但是根据我的猜测，较老的机器人都被用来当作劳工，所以什么事也不知道。假使这个机器人是真人，我会说它在提到那些老机器人时，用的是轻蔑的口气。这三个是管家机器人，它们自己这么说的，而且在被其他机器人取代之前，它们是不会变老的。它们才是真正有知识的一群——这是它们的说法，不是我说的。”

“它们知道得也不多，”崔维兹咆哮道，“至少不知道我们想知道的事。”

“我现在后悔了，”裴洛拉特说，“我们不该那么匆忙地离开奥罗拉。我们若能在那里发现一个存活的机器人，它本身记忆中就会含有地球的资料。而我们一定会发现的，因为我遇见的第一个就一息尚存。”

“只要它们的记忆完好无缺，詹诺夫，”崔维兹说，“我们随时可以回到那里。倘若我们必须回去，不论有没有野狗群，我们都一定会那么做。可是，假如这些机器人只有二十几岁，它们的制造者必定在附近，而那些制造者必定是人类，我这么想。”他又转向宝绮思，“你确定感测到……”

她却举起一只手，制止他再说下去，脸上则露出紧张而专注的表情。“来了。”她低声说。

崔维兹转头向小丘望去。从小丘背后出现、大步朝他们走来的，是个如假包换的人类身形。那人肤色苍白，头发很长但颜色不深，头部两侧微微鼓起。他面容严肃，但看来相当年轻，裸露在外的手臂与腿部都没有什么肌肉。

三个机器人让出一条路，他走到它们之间，停下了脚步。

他以清晰而愉悦的声音开始说话，用词虽然古老，仍然算是银河标准语，而且不难听懂。

“欢迎，太空来的浪者。”他说，“你们跟我的机器人什么？”

46

崔维兹并未露出欣喜之色，他傻傻地问道：“你会说银河标准语？”

那索拉利人带着冷笑说：“我又不是哑巴，为何不会？”

“可是这些呢？”崔维兹朝机器人指了指。

“这些是机器人，它们跟我一样，使用我们的语言。但我是索拉利人，我常收听远方世界的超空间通讯，因此学会了你们说话的方式，而我的先人也一样。先人留下了描述这种语言的资料，可是我不断听到新的字汇和语法，每年都有些变化。你们银河殖民者虽能定居各个世界，却似乎无法将语文固定下来。我能了解你们的语言，为何令你感到惊讶？”

“我不应该有这样的反应，”崔维兹说，“我向你道歉。只是刚才跟这些机器人几乎说不通，我没想到在这个世界上还能听到银河标准语。”

崔维兹开始打量这个索拉利人。他身上是一件轻薄的白袍，松垮地披在肩上，双臂处有宽阔的开口。那白袍正面敞开，露出赤裸的胸膛与下方的缠腰布。他双脚踩着一双轻便的凉鞋，除此之外没有其他装束。

崔维兹突然想到，自己居然看不出这个索拉利人是男是女。此人的胸部无疑属于男性，可是胸膛没有胸毛，薄薄的腰布下也没有任何隆起。

他转过头去，低声对宝绮思说：“这个可能还是机器人，不过看起来非常像真人……”

“这是个人类心灵，并非属于机器人。”宝绮思答道，嘴唇几乎没有动作。

那索拉利人说：“但你尚未回答我原先的问题，我愿原谅你的疏失，将它诿诸你的惊讶。现在我再问一遍，你绝不能再不回答，你们跟我的机器人什么？”

崔维兹说：“我们是旅人，想要打听如何前往我们的目的地。我们请求你的机器人提供有用的资料，可是它们缺乏这方面的知识。”

“你们在寻找什么资料？也许我可以帮忙。”

“我们在寻找地球的位置，你能不能告诉我们？”

那索拉利人扬起眉毛。“我本来还以为，你们最感好奇的是我这个人。虽然你们没有要求，我还是会提供这方面的资料。我是萨腾·班德，你们如今站在班德属地上。向四面八方望去，极目所见都是我的属地，而且一直延伸到你们目力不及的远方。我不能说欢迎你们，因为你们来到这里，等于违反了一项承诺。两万年来，你们是第一批踏上索拉利的银河殖民者。结果，你们来到此地的目的，只是为了询问前往另一个世界的捷径。在古老的时代，三位银河殖民者，你们和你们的太空船一出现就会被摧毁。”

“以这种方式对待既无恶意又没威胁的客人，实在太野蛮了。”崔维兹小心翼翼地说。

“我同意，不过一个扩张性社会的成员，一旦来到一个不具侵略性，而且维持静止状态的社会，就算只有初步的接触，也充满潜在的威胁。当我们畏惧这种威胁时，外人一到这里，我们立即摧毁他们。既然我们已不再有畏惧的理由，你看得出来，我们现在愿意谈一谈。”

崔维兹说：“我感谢你毫无保留地提供这些讯息，但你尚未回答我原先的问题。我再重复一遍，你能不能告诉我们地球的位置？”

“所谓的地球，我想你是指人类以及各式各样动植物的发源地吧。”他优雅地挥动一只手，仿佛指着周围的万事万物。

“没错，我正是这个意思，班德先生。”

一个古怪的厌恶神情，突然掠过那索拉利人的脸孔。他说：“如果你必须使用称谓，请别用任何含有性别的字眼，直接称呼我班德吧。我既非男性亦非女性，我是全性。”

崔维兹点了点头（他猜对了）。“就依你的意思，班德。那么，我们大家的发源地，地球，究竟在哪里？”

班德说：“我不知道，也不想知道。就算我知道，或者我找得出来，对你们也没有用处，因为地球已经不能算是一个世界。啊，”他伸展开双臂，“阳光的感觉真好。我不常到地面上来，太阳若不露脸，我是绝不会上来的。刚才太阳还藏在云里的时候，我先派机器人迎接你们，等到云朵飘走，我自己才跟了出来。”

“为什么地球已经不能算是一个世界？”崔维兹锲而不舍地追问。他已经有心理准备，打算再听一次有关放射性的传说。

然而，班德却不理会这个问题，或说随随便便丢在一旁。“说来话长。”他道，“你刚才告诉我，你们到此地来并无任何恶意。”

“完全正确。”

“那么你为何武装前来？”

“只是防患未然，我不知道会遇到些什么。”

“没关系，你的小小武器对我毫无威胁，我只是好奇罢了。有关你们的武器，以及似乎全然依赖武器所建立的野蛮历史，我当然早就耳熟能详。即便如此，我从未真正见过任何武器，我可以看看吗？”

崔维兹往后退了一步。“恐怕不行，班德。”

班德似乎被逗乐了。“我问你只是出于礼貌，其实我根本不必问。”

他伸出一只手来，与此同时，从崔维兹右侧的皮套中，跳出了那柄手铳，而从他左侧的皮套中，神经鞭也向上蹿起。崔维兹想抓住那两件武器，却感到双臂无法动弹，仿佛被极具韧性的绳索缚住。裴洛拉特与宝绮思也都企图向前冲，可是显然两人同样被制住了。

班德说：“别白费力气，你们办不到。”两件武器飞到他手中，他翻来覆去仔细检视了一番。“这一件，”他指着手铳说，“似乎是能产生高热的微波束发射器，能使任何含有水分的物体爆炸。另一件比较微妙，我必须承认，一时之间我还看不出它的用途。然而，既然你们并无恶意，又不打算带来威胁，你们根本就不需要武器。我能将两件武器中的能量都释放出来，而我正在这么做。这样它们就不再具有杀伤力，除非你拿来当棍棒使用，不过充作那种用途，它们未免太不称手了。”

那索拉利人松开手，两件武器再度腾空，这次是向崔维兹飞去，各自不偏不倚落入皮套中。

崔维兹忽然感到束缚消失了，立刻拔出手铳，但根本是多此一举。扳机松垮垮地垂下来，能量显然全被抽光，而神经鞭的情形也完全一样。

他抬头望向班德，班德微笑着说：“你完全束手无策，外星人士。只要我高兴，同样可以轻而易举摧毁你的太空船，当然还有你。”

第十一章
地底世界

47

崔维兹感到全身僵硬，他努力维持正常的呼吸，并转头望向宝绮思。

她站在那里，手臂护在裴洛拉特腰际，显然相当从容镇定。她轻轻一笑，又以更轻微的动作点了点头。

崔维兹转头再度面对班德。他将宝绮思的反应解释为信心十足的象征，并十二万分地希望自己的猜测正确无误。他绷着脸说："你如何做到的，班德？"

班德微微笑了笑，显然心情好极了。"告诉我，小小外星人士，你相信法术吗？相信巫术吗？"

"我们不相信，小小索拉利人。"崔维兹回嘴道。

宝绮思用力拉扯崔维兹的衣袖，悄声道："别惹他，他很危险。"

“我看得出来。”崔维兹勉强压低声音，“那么，你想想办法。”

宝绮思以几乎听不清楚的音量说：“时候未到。如果他感到安全无虞，会比较没那么危险。”

对于这些外星人士的简短耳语，班德完全没有留意。他径自转身离去，那些机器人赶紧为他让出一条路。

然后他又转头，不怎么起劲地勾起食指。“来吧，跟我来，你们三个都来。我将告诉你们一个故事，也许你们不会有兴趣，我却能自得其乐。”他继续悠闲地往前走。

一时之间，崔维兹仍然站在原地不动，无法确定采取什么行动最好。然而宝绮思已向前走去，裴洛拉特也被她拉走了。最后崔维兹终于移动脚步，否则他将孤独地留在这里与机器人为伴。

宝绮思轻声说：“如果班德那么好心，肯讲一个我们也许没兴趣的故事……”

班德转过身来，神情专注地望着宝绮思，好像这时才真正发觉她的存在。“你是雌性的半性人，”他说，“对不对？是较少的那一半？”

“是较小的那一半，班德。”

“那么，其他两位是雄性的半性人喽？”

“他们的确是。”

“你生过孩子吗，雌性？”

“我的名字叫宝绮思，班德，我还没有生过孩子。这位是崔维兹，这位是裴。”

“当你该生孩子的时候，这两个雄性哪个会帮你？或是都会？或是都不会？”

“裴会帮我，班德。”

班德将注意力转移到裴洛拉特身上。“你有白头发，我看出来了。”

裴洛拉特说：“没错。”

“一直是那种颜色吗？”

“不，班德，年纪大了才会变成这样。”

“你年纪多大了？”

“我今年五十二岁，班德，”裴洛拉特说完，又急忙补充道，“是根据银河标准年。”

班德继续向前走（走向一座位于远方的宅邸，崔维兹如此设想），不过脚步放慢了。他说：“我不知道一个银河标准年有多长，但想必跟我们的一年不会相差太多。当你死去的时候，你会有多大年纪，裴？”

“我说不准，我也许还能再活三十年。”

“那么是八十二年，真短命，而且分成两半，实在难以置信。不过我的远祖也像你们一样，而且住在地球上。但是后来有些人离开了地球，在其他恒星周围建立了新世界，那些都是美好的世界，有良好的组织，而且为数众多。”

崔维兹大声道：“不多，只有五十个。”

班德将高傲的目光投向崔维兹，心情似乎没有刚才那么好。“崔维兹，那是你的名字？”

“我的全名是葛兰·崔维兹。我说太空世界只有五十个，我们的世界则有好几千万。”

“那么，你可知道我想给你们讲的是什么故事？”班德柔声道。

“如果是说过去曾有五十个太空世界，那么我们已经知道了。”

“我们不仅计算数量，小小半性人，”班德说，“我们还衡量品质。虽然只有五十个，但你们的几千万个世界加起来，也抵不上其中任何一个。而索拉利正是第五十个，因此是最优秀的。索拉利遥遥领先其他太空世界，正如同那些世界遥遥领先地球一样。

“唯有我们索拉利人领悟到应当如何生活。我们不像动物那样成群结队，然而在地球，在其他世界，甚至在其他的太空世界则尽皆如此。我们个个单独生活，有许多机器人帮助我们；我们随时能借着电子设备互相见面，但极少有真正碰面的机会。上次我亲眼目睹真人，像我现在目睹你们这样，已经是许多年前的事。可是，你们只是半性人，因此你们的出现，就像母牛或机器人一样，不会妨碍我的自由。

“但我们以前也曾是半性人。当时，不论我们如何增进个人自由，不论我们如何发展拥有无数机器人的独居生活，我们的自由仍然不是绝对的。为了产生下一代，必须通过两个个体的合作。当然，我们可以提供精细胞和卵细胞，让受精过程和其后的胚胎成长过程，都以人工方式自动进行。至于婴儿，亦可在机器人的完善照顾下成长。这些问题都能解决，可是伴随自然受精而来的快乐，半性人却不愿放弃。邪门的情感依附由此发展，令自由因而消失。你们看不出这必须改变吗？”

崔维兹说：“不，班德，因为我们衡量自由的标准跟你们不同。”

“那是因为你们根本不知自由为何物。你们一向过着群居生活，你们所知道的生活方式，就是不断被迫屈服于他人意志之下，即使最小的琐事也不例外；要不然，你们就是成天彼此斗争，迫使他人屈从自己的意志，这是同样卑贱的行为。这样怎么可能还有自由？倘若无法随心所欲活着，自由就不存在！自由是不折不扣的随心所欲！

“后来，地球人再度成群结队向外拓展，再度粘成一团又一团在太空打转。其他太空族虽然不像地球人那般群居，但那只是程度上的差异。当时，他们曾企图与地球人抗衡。

“我们索拉利人并没有那样做，我们预见了群居注定会失败。我们移居地底，切断了和银河各处所有的联系。我们决心不惜任何代价，也要保持自己的生活方式。我们发展出合适的机器人和各种武器，用来保卫我们看似空无一物的地表，而它们的表现的确可圈可点。来到此地的船舰通通被摧毁，终于再也不来了。这颗行星被视为遭到废弃，逐渐被人遗忘，而这正是我们的初衷。

“与此同时，我们在地底世界努力解决自己的问题。我们借着精密的科技，谨慎调整我们的基因。我们有过不少失败，但也有些成功，而我们善加利用成功的结果。我们花了许多世纪的时间，但我们终于变成全性人，将雌雄的本质融为一体，能随心所欲获得极致的愉悦。当我们希望生育后代时，随时可以产生受精卵，再交由熟练的机器人照顾。”

“雌雄同体。”裴洛拉特说。

“在你们的语言中如此称呼吗？”班德随口问道，“我从来没听过这个名词。”

“雌雄同体会完全阻断演化路径。”崔维兹说，“每个子代都是雌雄同体亲代的基因复制品。”

“得了吧，”班德说，“你把演化当成瞎闯乱撞的程序了。我们只要有意，当然可以规划子代的特质。我们能改变或调整基因，有时也的确这样做。不过，我的住处快到了，我们进去吧。天色不早了，太阳已经无法供给充足的热量，进入室内会舒服点。”

他们经过一扇门，门上没有任何形式的锁，但当他们接近时，那扇门就自动打开，而在他们穿过之后又立刻关上。室内没有任何窗户，然而，一旦他们来到一个洞穴般的房间，四周的墙壁便开始发光，映得室内一片光明。地板似乎未铺任何东西，却令人感到柔软而富弹性。而在房间的四个角落，各站着一个纹风不动的机器人。

“那一幅墙壁，”班德指了指正对着门的那堵墙，它看起来和其他三堵没有任何不同，“是我的视幕。借着这个屏幕，整个世界展现在我眼前。但它绝不会妨碍我的自由，因为没人能强迫我使用。”

崔维兹说：“如果你想借着屏幕跟某人见面，而他不愿意，你也无法强迫对方使用他的屏幕。”

“强迫？”班德以傲慢的口气说，“别人爱怎么做，就该让别人怎么做，只要别人也同意我能随心所欲就好。请注意，在称呼对方时，我们不使用带有性别的代名词。”

室内只有一张椅了，摆在视幕正前方，班德一屁股坐了下来。

崔维兹四处张望，像是期望会有其他椅子从地板冒出来。“我们也能坐下吗？”他问。

“随你的便。”班德说。

宝绮思面带微笑地坐到地板上，裴洛拉特在她身旁坐下，崔维兹则倔强地继续站着。

宝绮思说：“我问你，班德，这颗行星上住着多少人类？”

“请说索拉利人，半性人宝绮思。由于半性人自称‘人类’，这个名词已遭到污染。我们或许应该自称‘全性人’，但那样说很拗口，索拉利人则是个贴切的名称。”

“那么，这颗行星上住着多少索拉利人？”

“我不确定，我们从来不作自我统计，大概一千两百个吧。”

“整个世界的人口只有一千两百？”

“足足有一千两百。你又在计算数量，而我们则以品质衡量。

况且你也不了解自由的真谛——如果有其他索拉利人，跟我争夺我对任何土地、任何机器人、任何生物或任何一样东西的绝对支配权，我的自由就会受到妨碍。既然其他索拉利人的确存在，就必须尽可能消除妨碍自由的机会，方法是将大家远远隔开，彼此根本没有实质的接触。为了实现这个理想，索拉利只能容纳一千两百个索拉利人。超过这个数目，自由便会明显受限，造成令人无法忍受的结果。”

“这就代表出生率必须精确统计，并且必须和死亡率刚好平衡。”裴洛拉特突然说。

“当然。任何拥有稳定人口的世界，一定都是这样做的。就连你们的世界，或许也不例外。”

“既然死亡率可能很小，新生儿一定也很少吧。”

“正是如此。”

裴洛拉特点了点头，没有再问下去。

崔维兹说：“我想知道的是，你如何使我的武器腾空飞起，你还没提出解释。”

“我提出法术或巫术作为解释，你拒绝接受吗？”

“我当然拒绝接受，你把我当成什么了？”

“那么，你相不相信能量守恒，以及熵值递增的必然性？”

“这些我相信，但我不信在两万年内，你们就能改变这些定律，或是作出一微米的修正。”

“我们并没有，半性人。不过你想想，室外有阳光，”他又做出那种古怪的优雅手势，仿佛指点着所有的阳光，“也有阴影。阳光下比阴影下温暖，因此热量从日照区自动流向阴影区。”

“你说的我都知道。”崔维兹说。

“但也许你太熟悉了，所以不再多动点脑筋。而在夜晚，索拉利表面比大气层外来得温暖，因此热量自动从行星表面流向外太空。”

“这我也知道。”

“此外，不论白天或夜晚，行星内部的温度总是比行星表面高，因而热量会自动从内部流向地表。我想这点你也清楚。”

“说这些到底有什么用，班德？”

“根据热力学第二定律，热量必然从高温处流向低温处，而热流可以用来做功。”

“理论上没错，但阳光中的热量太稀薄，行星表面的热量更不用说，而来自地心的热量则是三者中最稀薄的。你所能利用的热量，也许还不够举起一小颗鹅卵石。”

“那要看你使用的是什么装置。”班德说，“经过上万年的发展，我们的工具已成为大脑的一部分。”

班德将两侧头发往上拨，露出耳后的部分，然后来回摆了摆头。他两耳后方各有一个突起，大小与形状都跟鸡蛋的钝端差不多。

“我的大脑有这一部分，你们却没有，这就是索拉利人和你们的不同之处。”

48

崔维兹不时望着宝绮思，她似乎全神贯注在班德身上。崔维兹愈来愈肯定，自己已经知道是怎么回事了。

纵使班德不断讴歌自由，这个千载难逢的机会仍然令他无法抗拒。他不可能和机器人作知性的交谈，更不会去找动物聊天。在他的经验中，跟索拉利同胞讲话并不愉快，即使他们有时必须沟通，也一定是迫不得已，绝非自动自发。

另一方面，对班德而言，崔维兹、宝绮思与裴洛拉特虽然只是半性人，他也许认为他们像机器人或山羊一样，不会侵犯他的自由，但他们在智慧上却和他旗鼓相当（或者几乎差不多）。有机会跟他们交谈，是个太难得的享受，他过去从未体验过。

怪不得，崔维兹想，他会这么乐此不疲。而宝绮思（崔维兹百分之两百肯定）正在鼓励这种倾向，只要极其轻柔地推动班德的心灵，便能怂恿他做出原本就非常想做的事。

宝绮思想必正在根据一项假设行事，那就是班德如果说得够多，或许就会透露些关于地球的有用讯息。崔维兹认为这很有道理，所以即使对目前的话题并非真正好奇，他仍尽力让谈话继续下去。

“这两个大脑叶突有什么功用？”崔维兹问。

班德说：“它是转换器，由热流开启，可将热流转换成机械能。”

“我不相信，热流并没有那么多。”

“小小半性人，你不用大脑。倘若有很多索拉利人挤在一块，个个都想使用热流，那么的确没错，热流的供应绝对不够。然而，我拥有超过四万平方公里的土地，这些土地全是我的，是我一个人的。从这么多平方公里的土地上，我可以任意搜集热流，没人跟我抢，所以热量足敷使用。你明白了吗？”

“在如此宽广的区域搜集热流有那么简单吗？光是集中的过程就得耗费极大能量。”

“或许吧，但我没有留意。我的转换叶突不停地集中热流，因此需要做功时，立刻就能做好。当我将你的武器吸到半空的时候，日照区某团大气放出了过剩的热量，流到阴影区另一团大气中，因此我是利用太阳能帮助我达到目的。我使用的并非机械或电子装置，而是使用神经装置完成这项工作。”他轻轻摸了摸一侧的叶突，“它的运作迅速、有效、不间断，而且毫不费力。”

“不可思议。”裴洛拉特喃喃说道。

“没什么不可思议的。”班德说，“想想眼睛和耳朵的精巧，还有它们如何能将少量的光子和空气振荡转化成讯息。假如你向来不晓得这些器官，也会觉得它们不可思议。相较之下，转换叶突不会更不可思议，只是因为你们不熟悉，才会有这种感觉。”

崔维兹说：“这两个不停运作的转换叶突，你们拿它做些什么？”

“用来经营我们的世界。”班德说，“这块广大属地上的每个机器人，都从我身上获取能量，或者应该说，都靠自然的热流提供它们能源。任何机器人旋转一个开关，或是砍倒一棵树木，能量都是通过精神转换供应——我的精神转换。”

“假如你睡着了呢？”

“不论是睡是醒，转换的过程都会持续进行，小小半性人。”班德说，“当你睡觉的时候，你的呼吸会中断吗？你的心跳会停止吗？到了晚上，我的机器人仍然继续工作，代价仅是使索拉利地心冷却一点点。就大尺度而言，这种变化根本难以察觉。而且我们总共只有一千两百个，因此所用的能量全部加起来，也几乎不会使太阳的寿命缩短，或是令这个世界内部的热量枯竭。”

“你们是否想到过，可以拿它当一种武器？”

班德瞪着崔维兹，仿佛他是个特别难以理解的怪物。“我想你这句话，”他说，“意思是指索拉利或许能根据转换原理制成能量武器，用来对付其他世界？我们为何要那么做？即使我们能击败根据别的原理所制成的能量武器——这根本无法肯定——我们又能得到些什么？控制其他的世界吗？我们已经拥有一个理想的世界，为什么还要其他世界呢？我们想要支配半性人，把他们当奴工吗？我们已有机器人，就这项功能而言，它们比半性人好得多。我们已经有了一切，除了希望不受干扰，我们不再需要什么。听我说，我再给你们讲个故事。”

“讲吧。”崔维兹说。

“两万年前，当地球上的半性动物开始成群飞向太空时，我们撤迁到了地底。其他太空世界则决心和来自地球的新殖民者对抗，因此他们对地球发动了攻击。”

“攻击地球？”崔维兹很高兴终于谈到正题，他尽力掩饰得意之色。

“是的，攻击敌人的核心。就某方面而言，这是个聪明的举动。如果你想杀死一个人，不会攻击手指或脚后跟，你会直指心脏要害。而我们的太空族同胞，未能完全戒除人类的脾气，竟然造成地球表面的强烈放射性，使得这个世界大部分地区再也无法住人。”

“啊，原来是这么回事。”裴洛拉特捏紧拳头迅速挥动，像是想要拍板定案，“我就知道不可能是自然现象，那是怎样造成的？”

“我不知道是怎样造成的，”班德显得毫不关心，“总之，这对太空族也没什么好处，那才是故事的重点。后来银河殖民者继续蜂拥而出，而太空族——则逐渐灭绝。他们也曾力图一争长短，最后仍消失无踪。我们索拉利人则隐居起来，拒绝参加这场竞争，所以我们方能绵延至今。”

“银河殖民者也是。”崔维兹绷着脸说。

“没错，但不会永远如此。群居动物一定会内斗，一定会你争我夺，而最后终将灭亡。那或许需要好几万年的时间，但我们可以等。一旦此事成真，我们索拉利人，全性、独居、解放的索拉利人，便能将银河据为己有。那时，除了我们自己的世界，我们还能随意利用或放弃任何一个世界。”

“可是有关地球的事迹，”裴洛拉特一面说，一面不耐烦地弹响手指，“你告诉我们的是传说还是史实？”

“如何分辨两者的差异呢，半性人裴洛拉特？”班德说，“所有的历史多少都能算是传说。”

“但你们的记录是怎么说的？我能看看这方面的记录吗，班德？请你了解一件事，神话、传说和太古历史都是我的研究领域，我是钻研这些题目的学者，尤其是和地球有关的题目。”

“我只是转述听来的故事。”班德说，“其实根本没有这方面的记录。我们的记录所记载的，全部是索拉利本身的事务，即使提到其他的世界，也都是有关他们侵犯我们的史实。”

“地球当然侵犯过你们。”裴洛拉特说。

“有此可能，但即便如此，那也是很久很久以前的事。而在所有的世界中，我们最厌恶的就是地球。即使我们有过地球的任何记录，由于极度的反感，我也肯定那些记录早就被销毁了。”

崔维兹咬牙切齿，显得极为懊恼。“被你们销毁的？”他问。

班德又将注意力转移到崔维兹身上。“这里没有别人。”

裴洛拉特不肯轻易放弃，继续追问：“你还听说过哪些有关地球的事？”

班德想了一下，然后说：“我年幼的时候，曾经听机器人讲过一则故事，内容是说一个地球男子来到索拉利，以及有个索拉利女子跟他离去，后来她成了银河中的重要人物。然而，依我看，那只是个杜撰的故事。”

裴洛拉特咬了一下嘴唇。“你确定吗？”

“这种事我又如何确定？”班德道，“话说回来，一个地球人竟敢前来索拉利，而索拉利又竟然容许如此的入侵，都是令人难以置信的事。更不可能的是，一个索拉利女子居然自愿离开这个世界——我们那时还是半性人，但仍然不可思议。不过别谈这些了，我带你们去参观我的家。”

“你的家？”宝绮思四处张望了一下，“我们不是已经在你家了吗？”

“根本还没有。”班德说，“这是一间会客室，一间影像室。必要的时候，我可以在此处会见我的索拉利同胞，他们的影像会出现在墙壁上，或者以三维像出现在墙壁前。因此，这个房间是集会的场所，不是我家的一部分。跟我来吧。”

他向前走去，并未回头看看他们是否跟来，但是站在角落的四个机器人也开始移动。崔维兹明白，倘若他和两位同伴不自动跟上去，那些机器人就会委婉地押着他们走。

此时那两位同伴站了起来，崔维兹对宝绮思耳语道：“你是不是一直让他说个不停？”

宝绮思按了按他的手，又点了点头。“然而，我还是希望能知道他的意图。”她补充道，声音中透着不安的情绪。

49

他们跟着班德向前走。机器人都和他们维持着礼貌的距离，但它们的存在始终带来一种威胁感。

现在他们正穿过一道回廊，崔维兹无精打采地含糊说道：“这颗行星上并没有关于地球的有用资料，这点我可以肯定，它只有放射性传说的另一个版本。”他耸了耸肩，“我们还得继续前往第三组坐标。”

一扇门在他们面前敞开，里面是个小房间。班德说：“来吧，半性人，我要让你们看看我们的生活方式。”

崔维兹细声说：“他借着炫耀得到幼稚的快乐，我真想好好泼他一盆冷水。”

“别跟他比赛幼稚的程度。”宝绮思说。

班德将他们三人引进那个房间，其中一个机器人也跟了进去。班德挥手叫其他机器人退下，自己走了进来，房门立刻在他身后关上。

“这是电梯嘛。”裴洛拉特说，他对自己这项发现感到很高兴。

“的确是。”班德说，“一旦我们移居地底，就未曾真正出去过，我们也不想那么做，不过我发现，偶尔见见阳光挺舒服的。但我不喜欢阴天和黑夜的户外，那令人觉得虽不在地底仍像在地底，希望你们了解我的意思。那是一种认知上的失调，大概可以这么说，我认为那是非常不舒服的感觉。”

“地球人建造过地底建筑，”裴洛拉特说，“他们称那些城市为‘钢穴’。川陀也曾经建造地底建筑，甚至规模更广大，那是旧帝国时代的事。如今，康普隆仍在建造地底建筑。仔细想一想，这还是一种普遍倾向呢。”

“半性人群聚在地底建筑中，我们则在地底独自过着逍遥的日子，两者简直有天壤之别。”班德说。

崔维兹说：“在端点星上，住宅都建在地表。”

“暴露在风吹日晒雨打中，”班德说，“太原始了。”

那电梯只有启动时产生重力减弱的感觉，这点连裴洛拉特也能察觉，其后一直没有任何动静。当重力感突然转强之际，崔维兹正在纳闷它会钻到多深的地方。然后，电梯门便打了开来。

眼前是一间宽敞且经过精心装潢的房间，室内有朦胧的光线，却看不出光源在哪里，仿佛空气本身会发出微弱的光芒。

班德伸出一根手指，所指之处光线立刻变强。他又指向另一处，同样的现象随即发生。然后他将左手放在门边的一根粗短圆棍上，右手在半空中划了一个大圆，整个房间便大放光明，仿佛沐浴在阳光下，却没有带来丝毫热度。

崔维兹做了个鬼脸，以不大不小的音量说：“这家伙是江湖术士。”

班德厉声道：“不是‘家伙’，是‘索拉利人’。我不确定‘江湖术士’是什么意思，可是听你的口气，我猜不会是什么好东西。”

崔维兹说："它是指一个人并不实在，只会制造些看起来比实际上更惊人的效果。"

班德说："我承认自己有这种偏爱，但我刚才向你们展示的却不是戏剧效果，那是货真价实的。"

他用右手拍了拍按在左手下的那根圆棍。"这根热导棒一直延伸到地底几公里处，在我的属地上，许多地方都有类似的热导棒。我还知道，其他属地上也有这一类设备。它们能使地底的热量加速传到地表，而且更容易转换成机械功。其实我无需做任何手势，一样可以产生光亮，但这样做比较有戏剧效果，或正如你说的，有那么一点不实在的感觉，而我就喜欢这一套。"

宝绮思说："这种小小的戏剧效果所带来的快乐，你经常有机会体验吗？"

"没有。"班德摇了摇头，"我的机器人对这种事无动于衷，我的索拉利同胞也一样。能够遇到半性人，向他们展示这一切，实在是个难得的机会，我真是太——开心了。"

裴洛拉特说："我们进来的时候，这个房间有着朦胧的光线，是不是始终维持这样？"

"是的，这只需要很少的电力，就像维持机器人的运作一样。我的整个属地随时都在运转，没有实际从事工作的部分则保持空转。"

"这么广大的属地所需的电力，全靠你一个人不断提供？"

"真正供应电力的是太阳和行星核，我只算一根导管而已。而且并非整个属地都从事生产，我让大部分地区保持未开发状态，孕育着各式各样的动物生命。第一，因为这样做可以保护我的边界；第二，因为我发现其中有美感。其实，我的田地和工厂并不大，它们只需要供应我个人所需，此外再生产一些特产，以便跟他人交换。比如说，我拥有会制造和装设热导棒的机器人，很多索拉利人都仰赖我提供这方面的协助。”

“你的家呢？”崔维兹问，“范围有多大？”

这个问题一定是问对了，因为班德立刻笑逐颜开。“非常大，我相信是这颗行星上数一数二的，方圆都有好几公里。在地底照顾我家的机器人，和在数万平方公里地表的一样多。”

“那么大的住宅，你当然不会全用到吧。”裴洛拉特说。

“可想而知，有些房间我从未进去过，可是这又怎么样？”班德说，“机器人负责将每间房间保持得一尘不染、通风良好且整齐有序。好了，出来吧。”

他们并未循着原路，而是从另一扇门走出来，随即发现置身另一道回廊中。在他们面前，有一辆停在轨道上的小型敞篷地面车。

班德示意他们上去，于是大家一个接一个爬进车里。车内空间有限，不够容纳四个人再加一个机器人，还好裴洛拉特与宝绮思挤在一起，为崔维兹腾出位子。班德坐在前面，一副轻松自在的模样，那个机器人则坐在他身边。车子开始前进，班德除了偶尔做些流畅的手部动作，看不出他还在进行什么操控。

“事实上，这是个车型机器人。”班德说，神情相当冷淡。

他们以稳重的速度前进，每当来到一扇门前，门就会自动打开，在他们通过后又立即关上，因此车速完全不必改变。每个房间的装饰都大不相同，好像机器人曾奉命随机设计出各种组合。

他们前方的回廊相当幽暗，身后的情形也完全相同。然而，无论他们真正置身何处，仿佛始终处于没有热度的阳光下。每一扇门打开的时候，室内也都会转趋明亮，而班德每次都缓慢而优雅地挥着手。

这趟旅程似乎没有尽头。他们不时会发觉车子又转了个弯，代表这座地底宅邸显然向两个维度延伸。（不，是三个维度，当他们沿着一个浅坡稳稳下滑时，崔维兹心中这么想。）

不论他们经过何处，都能看到许多机器人，十几个、几十个、几百个，都在从容不迫地工作，但崔维兹很难猜出那些工作的性质。此时他们又通过一扇门，来到一间很大的房间，里面有一排排的机器人，全都静静地趴在办公桌前。

裴洛拉特问道："它们在做什么，班德？"

"在做簿记，"班德说，"整理统计记录，财务账目，以及诸如此类的事。我非常高兴可以宣称，自己不必为这些事情烦恼。这并不是一块闲置的属地，大约四分之一的耕地辟为果园，另外还有十分之一用来种植谷物，但真正令我骄傲的还是果园。我们培育这个世界上品质最佳的水果，而且种类也最多。'班德桃'就是索拉利桃，其他索拉利人几乎都懒得种桃子。此外，我们有二十七种不同的苹果，以及——以及——那些机器人可以给你详尽的资料。"

"你怎样处理这么多水果？"崔维兹问，"你自己不可能全部吃掉。"

"我做梦也不会这么想，我并不特别喜欢吃水果，它们是用来和其他属地做交易的。"

"交易些什么？"

"主要是矿物，我的属地上没有值得一提的矿物。此外，我也换取维持健康的生态平衡所需的一切。在我的属地上，有各式各样种类繁多的动植物。"

"全仰赖机器人照顾吧，我猜想。"崔维兹说。

"的确如此，而且它们做得非常好。"

"只为了一个索拉利人。"

"只为了这块属地，以及其上的标准生态。我是唯一巡视本属地各角落的索拉利人——但这正是我的绝对自由，做不做都由我。”

裴洛拉特说：“我想其他人……其他的索拉利人，也会维持一个局部的生态平衡，或许也有位于沼地、山区或滨海的属地吧。”

班德说：“我想应该有吧。我们有时必须开会讨论世界性事务，这种事总是花掉许多会议时间。”

“你们多久得聚会一次？”崔维兹问。（现在，他们正通过一条又窄又长的甬道，两侧没有任何房间。崔维兹猜想，这条甬道所在的位置，也许难以辟建正式的建筑，因此用作两翼之间的联系，而两翼则能向其他方向继续延伸。）

“太频繁了。我几乎每个月都得花些时间在会议上，那些都是我参加的委员会。我的属地上虽然没有山脉或沼泽，但我的果园、我的鱼池，还有我的植物园都是全世界最好的。”

裴洛拉特说：“可是，我亲爱的伙伴……我是说班德，我以为你从未离开你的属地，拜访其他的……”

“当然没有。”班德答道，神情显得有些愤怒。

“我只是说以为而已。”裴洛拉特以和缓的语气说，“可是这样的话，你从未作过调查，甚至没见过其他属地，又怎能确定自己的最好呢？”

“因为，”班德说，“在属地间的交易中，从产品需求量就能看出来。”

崔维兹说：“制造业的情形又如何？”

班德说：“有些属地从事工具和机械的制造。正如我刚才提到的，在我的属地上，我们制造热导棒，不过这种产品相当简单。”

“那机器人呢？”

“到处都在制造机器人。有史以来，索拉利所设计的机器人，灵巧精妙的程度一向领先全银河。”

“直到今天仍旧如此，我猜想。”崔维兹小心翼翼控制着语调，尽量让这句话听来是直述句，而并非疑问句。

班德说：“今天？今天还有谁跟我们竞争？如今只有索拉利还在制造机器人，你们的世界完全都没有。这是我从超波中听来的，如果我的理解没错的话。”

“可是其他的太空世界呢？”

“我告诉过你，它们已经不存在了。”

“全都不存在了？”

“除了索拉利，我不相信别处还有活生生的太空族。”

“那么根本没人知道地球的位置喽？”

“会有什么人想要知道地球的位置？”

裴洛拉特插嘴道：“我就想知道，这是我的研究领域。”

“那么，”班德说，“你得改行研究别的了。我根本不晓得地球的位置，也没听说过有谁晓得，而且我丝毫不关心这码子事。”

车子突然停下来，一时之间，崔维兹还以为班德生气了。然而，停车的过程很平稳，而当班德下了车，又挥手叫其他人下车的时候，他看来仍是那副得意的模样。

他们进入另一个房间，在班德做了一个手势后，室内的光线仍相当黯淡。此房通向一个侧廊，侧廊两边是许多小房间，每间里面都有一两件华丽的容器，有些旁边还摆着另一个物件，看来好像是影片放映机。

“这都是什么，班德？”崔维兹问。

班德说：“都是祖先灵房，崔维兹。”

50

裴洛拉特很感兴趣地四处张望。“我猜，你们把祖先的骨灰葬在这里？”

“如果你所谓的‘葬’，”班德说，“意思是指埋在土里，那就不算十分正确。我们现在或许身处地底，但这里是我的宅邸，所以这些骨灰都在我家里，就像我们现在的情形一样。在我们的语言中，我们说骨灰是‘安厝’此地。”他迟疑了一下，然后又说，“‘厝’是表示‘宅邸’的古字。”

崔维兹随便四下望了望。“这些都是你的祖先？有多少？”

“将近一百个。”班德答道，毫不掩饰声音中的骄傲，“正确的数目是九十四个。当然，最早的那些并非真正的索拉利人，不符合这个名字如今的定义。他们是半性人，分雄性和雌性。那些半性祖先的骨灰坛，总是被下一代两两摆在一起。我当然不会走进那些房间，那相当‘蒙人羞’。至少，索拉利语是这么说的，但我不知道你们的银河标准语怎么讲，你们也许并没有类似的用语。”

“那些影片呢？”宝绮思说，“我想那些是影片放映机？”

“那些都是日志，”班德说，“都是他们的生活史。他们在这块属地上，选了最钟爱的部分拍摄这些影像。这意味着他们并未全然逝去，他们的一部分依旧存在。我的自由也包括了随时能加入他们，我能随意观看任何影片的任何部分。”

“可是不会加入那些——蒙人羞的祖先。”

班德将目光移到别处。“不会，”他坦承不讳，“然而我们都有这么一部分的祖先，这是我们共同的不幸。”

“共同的？那么其他索拉利人也有这种灵房？”崔维兹问。

“喔，是的，我们全都有。不过要数我的最好、最精致，也保存得最妥当。”

崔维兹问道：“你是不是已经把自己的灵房准备好了？”

“当然，完全建好了，并且装潢完毕。在我继承这块属地之后，那是我完成的第一件任务。而在我归于尘土之后——这样讲比较诗意——我的继承人便会开始建造自己的灵房，那将是其第一件任务。”

“你有继承人吗？”

“到时就会有了，但我的寿命还长得很呢。当我必须离去的时候，便会有个成年的继承人，成熟到了足以享有这块属地，也会有发育完全的叶突，以便进行能量转换。”

“他会是你的子嗣吧，我猜想。”

“喔，没错。”

“可是万一，”崔维兹说，“有什么不幸发生呢？我想即使是在索拉利，也会发生一些意外和不幸吧。假使一个索拉利人过早归于尘土，没有继承人接掌，或是继承人尚未成熟到能享有属地，那又会如何呢？”

“那可很罕见，在我的世系中，那种事只发生过一次。然而，万一遇到这种情况，别忘了还有其他的继承人，等着继承其他的属地。有些继承人已足够成熟，他们的单亲却足够年轻，能产生另一个后代，并且等得到那个后代长大成人。这种所谓的‘大／小继承人’之一，就会被指定来继承无主的属地。”

“由谁指定呢？”

“我们有个统领委员会，它的少数功能就包括这一项：当有人过早归于尘土时，负责指定一个继承人。当然，整个过程都是借着全息传视进行。”

裴洛拉特说：“可是我问你，既然索拉利人彼此从不见面，倘若某地的某个索拉利人意外地——或在意料之中归于尘土，又怎么会有人知道呢？”

班德说：“当我们其中之一归于尘土后，其属地所有的电力都会消失。如果没有继承人立即接管，这种反常情况终究会被人发现，随即会展开纠正措施。我向你们保证，我们的社会系统运作得很健全。”

崔维兹说：“我们有没有可能看看你这里的影片？”

班德愣了一下，然后说：“全然是由于你不知情，我才不怪罪你。你刚才的言语既粗鲁又卑贱。”

“我为这件事道歉。”崔维兹说，“我不想强迫你，但我们解释过了，我们很想获得有关地球的资料。我忽然想到，你这里最早期的影片，应该是在地球变得有放射性之前拍摄的，因此影片中有可能提到地球，或许还会有详尽的叙述。我们当然不希望侵犯你的隐私，可是有没有变通的办法，例如由你自己查看这些影片，或者让机器人来做，再将其中的相关资讯告诉我们？当然啦，如果你能体谅我们的动机，并且了解我们为了回报你的好意，会尽全力尊重你的感受，你也许就会让我们亲自观看这些影片。”

班德以冷峻的语气说：“我猜你并不知道，你变得愈来愈无礼了。然而，我们可以立刻结束这个话题，因为我可以告诉你，在我的早期半性祖先旁边，根本没有任何影片。”

“没有？”崔维兹的失望百分之百真实。

“这些影片曾经存在过，但即使是你们，也该想象得到里面会是什么内容。两个半性人彼此表示兴趣，甚至，”班德清了清喉咙，有些勉强地说，“互相作用。半性人所有的影片，自然在许多代以前就被销毁了。”

“其他索拉利人所收藏的呢？”

“全都销毁了。”

“你能确定吗？”

“不毁掉那些东西就是疯子。”

“也许有些索拉利人真疯了，或者多愁善感，或者过于健忘。我想，请你指引我们前往邻近的属地，你该不会反对吧。”

班德瞪着崔维兹，现出一副讶异的表情。“你以为其他索拉利人会像我这般容忍你们？”

“为何不会呢，班德？”

“到时你就知道了。”

“我们必须碰碰运气。”

“不行，崔维兹。不行，你们都不能去。听我说。”

后面出现几个机器人，而班德皱起了眉头。

“什么事，班德？”崔维兹突然感到不安。

班德说：“我很喜欢跟你们聊天，并且观察你们的——怪异言行。这是个空前绝后的经验，我感到很高兴，但我不能记录到日志中，或是保存在影片里。”

“为何不能？”

“我讲话给你们听、我听你们讲话、我带你们来我的宅邸、我带你们来祖先灵房，这些都是可耻的行为。”

“我们并非索拉利人，对你而言，我们跟这些机器人一样微不足道，不是吗？”

“那只是我帮自己找的借口，别的索拉利人也许不会接受。”

“你又有什么顾虑？你有绝对的自由随心所欲，不是吗？”

“即使像我们这样，自由也不是真正绝对的。假使我是这颗行星上唯一的索拉利人，我就有绝对的自由做些甚至更可耻的事。可是这个世界还有其他索拉利人，因此，虽然我们和理想中的自由极为接近，却未曾真正达到。这颗行星上有一千两百个索拉利人，若是让他们知道我做了些什么，他们全都会瞧不起我。”

“没有理由要让他们知道。”

“那倒是实话，你们一抵达此地，我就想到了。在跟你们寻开心的时候，我始终把这件事放在心上。一定不能让其他索拉利人知道。”

裴洛拉特说：“如果你的意思是，你担心我们去别的属地寻找地球资料，将会为你带来麻烦，这个嘛，我们自然不会提到先拜访过你，这点我们心里有数。”

班德摇了摇头。“我已经冒了太多的风险。我自己当然不会提到这件事，我的机器人也都不会提到，它们甚至会奉命不得记住这件事。你们的太空船将被带到地底，我要好好研究它，看看能提供我们什么……”

“慢着，”崔维兹说，“你想检查我们的太空艇，你以为我们能在这里等多久？那是不可能的事。”

“绝非不可能，因为你不会再有表达意见的机会。我很遗憾，我也想跟你们多聊一会儿，讨论许多其他的事，可是你们也看得出来，情况变得愈来愈危险。”

“不，绝对没有。”崔维兹尽力强调。

“喔，绝对有的，小小半性人。恐怕我该采取行动的时候到了，那会是我的祖先在第一时间所采取的行动。我必须将你们杀掉，三个通通杀掉。”

第十二章
重见天日

51

崔维兹立刻转头望向宝绮思。只见她毫无表情，面容紧绷，双眼全神贯注凝视着班德，仿佛忘却了周遭的一切。

裴洛拉特则张大眼睛，一副难以置信的模样。

崔维兹不知道宝绮思会（或者能够）做些什么，他只好勉力击退排山倒海而来的挫败感（并非只是想到死亡，主要是想到尚未发现地球的下落，尚未明白他为何选择盖娅作为人类未来的蓝图）。他心中很明白，自己必须尽量拖延时间。

他努力保持声音的平稳与咬字的清晰。“你一直表现得像个谦恭有礼、风度翩翩的索拉利人，班德。我们闯入你的世界，你丝毫不以为忤，还好心地带我们参观你的属地和宅邸，并且回答我们的问题。如果你现在允许我们离去，将更符合你的品格。没人会知道我们来过这个世界，我们也没有理由再回来。我们到这里来的动机很单纯，只是想要寻找资料而已。”

“你当然会这么说，”班德从容道，“如今，你们的命都是跟我借的。你们进入大气层那一瞬间，性命就不再属于自己了。当我和你们进行近距离接触时，我最可能做的——以及应该做的——就是立刻将你们杀掉。然后，我该命令专职机器人解剖你们的尸体，看看外星人士的身体能为我提供什么知识。

“但是我没有那么做，我纵容自己的好奇心，屈服在自己随和的天性之下。不过现在该适可而止了，我不能再继续下去。事实上，我已经威胁到索拉利的安全。因为，如果由于我心软，竟然被你们说服，让你们安然离去，你们的同类必会接踵而至，现在你们如何保证都没有用。

“然而，至少我能做到一点，能让你们死得毫无痛苦。我只消将你们的大脑稍微加热，使它趋于钝化。你们不会感到任何痛苦，只是生命就此终止。最后，等到解剖研究完毕，我会用瞬间高热将你们化为灰烬，这样一切就结束了。”

崔维兹说：“如果我们非死不可，我不反对迅速而毫无痛苦的死亡。可是我们并没有犯任何罪，为什么一定要被处死？”

“你们的到来就是一项罪行。”

“这话根本没道理，我们无法预知这样做是有罪的。”

“何种行为构成犯罪，不同的社会自有不同的定义。对你们而言，这个社会也许专断而且不讲理，但我们并不这么想。这里是我们的世界，我们有百分之百的权利决定一切，你们犯了错，就必须受死。”

班德仍然面带微笑，仿佛只是在愉快地闲聊。他继续说：“你们的品德也没有多高尚，不足以作为申诉的借口。你有一把手铳，它利用微波束激发致命的高热，这点和我如今的目的相同，可是我能肯定，它所导致的死亡将更残酷更痛苦许多。如果我没有把它的能量抽光，却笨到允许你有行动自由，让你能将手铳从皮套中拔出来，你现在会毫不犹豫地用它对付我。”

崔维兹甚至不敢再看宝绮思一眼，生怕班德的注意力转移到她身上。他抱着最后一线希望说：“我求你，就算是发发慈悲，请别这么做。”

班德突然现出冷酷的表情。“我必须先对自己和我的世界慈悲，所以你们都得死。”

他举起一只手，一股黑暗立刻笼罩崔维兹。

52

一时之间，崔维兹感到一片黑暗，令他喘不过气来。他狂乱地想：这就是死亡吗？

他的思绪仿佛激起了回声，他听见一个低微的声音说：“这就是死亡吗？”那是裴洛拉特的声音。

崔维兹试图开口，结果发现并没有困难。“何必问呢？”他一面说，一面大大松了一口气，“你还能发问，光凭这一点，就表示这不是死亡。”

“在一些古老的传说中，死亡之后还有生命。”

“荒谬绝伦。”崔维兹低声道，“宝绮思？你在这里吗，宝绮思？”

没有任何回答。

裴洛拉特附和着："宝绮思？宝绮思？葛兰，发生了什么事？"

崔维兹说："班德一定死了。这样一来，他不能再为这块属地供应电力，所以灯光就熄了。"

"可是怎么会……你是说这是宝绮思干的？"

"我想应该是的，希望她没有因此受伤。"在这个完全黑暗的地底世界（只有墙壁中放射性原子的偶然衰变会产生微观的闪光），他趴在地上，以双手双膝爬行。

然后，他摸到一个温热柔软的物体，他来回摸了摸，认出了他抓着的是一条腿。那条腿显然太过细小，不可能是班德的。"宝绮思？"

那条腿踢了一下，崔维兹只好松手。

他说："宝绮思？说句话啊！"

"我还活着。"宝绮思的声音传过来，却不知为何变了调。

崔维兹说："可是你还好吗？"

"不好。"随着这句话，他们周围重新亮了起来，只不过相当黯淡。墙壁发出微弱的光芒，毫无规律地时明时暗。

班德垮作一团，像是一堆昏暗的杂物。宝绮思在他身旁，正抱着他的头。

她抬起头来，望着崔维兹与裴洛拉特。"这个索拉利人死了。"在幽暗的灯光下，泪水在她的双颊闪闪发亮。

崔维兹愣了一愣。"你为什么哭？"

"我杀死了一个有思想、有智慧的生命，难道不该哭吗？这并非我的本意。"

崔维兹弯下腰，想扶她站起来，她却将他一把推开。

裴洛拉特跪在她身边，柔声道："拜托，宝绮思，即使是你，也无法令他起死回生。告诉我们发生了什么事。”

她让裴洛拉特把自己扶起来，声音含糊地说：“班德能做的盖娅都会做，盖娅能够仅仅借着心灵的力量，将宇宙间分布不均的能量，转换成适当的功。”

“这点我早就知道。”崔维兹试图安慰她，却不太清楚该怎么说，“我们在太空中相遇的情形，我还记忆犹新，当时你——或者应该说盖娅——制住了我们的太空艇。当班德夺走我的武器，又令我动弹不得的时候，我就想到了那件事。他也制服了你，但是我确信，只要你想挣脱，绝对没有问题。”

“不对，我若企图挣脱，就一定会失败。当初，你们的太空艇在我／们／盖娅的掌握中，”她以悲伤的语调说，“那时我和盖娅是真正的一体。现在则有超空间的分隔，限制了我／们／盖娅的效率。此外，盖娅的所作所为，全有赖于集聚无数大脑而生的力量，但即使如此，我们的大脑全部加起来，也比不上这个索拉利人的转换叶突。我们无法像他那么巧妙、那么有效又毫不疲惫地利用能量。你看，我不能让这些灯光变得更亮，我也不知再过多久就会筋疲力尽。而班德即使在睡觉的时候，也能为整个广大的属地供应电力。”

“但你制止了他。”崔维兹说。

“因为他并未察觉我的力量，”宝绮思说，“而且因为我什么也没做，并没有让我的力量曝光。所以他并未怀疑我，也就没有特别注意我。他将精神全部集中在你身上，崔维兹，因为你带着武器——再次证明你武装自己是明智之举。而我必须等待机会，借着出其不意、迅雷不及掩耳的一击制服班德。当他即将杀害我们，当他全副心神集中在那个行动，以及集中在你身上的时候，我就有了出手的机会。”

“那一击相当漂亮。”

“这么残酷的话你如何说得出口，崔维兹？我的本意只是制止他，仅仅希望阻绝他的转换叶突。我的打算是，当他想要毁灭我们的时候，将发现根本办不到，反之，我们周围的照明会突然熄灭。在他惊讶不已的那一瞬间，我就收紧我的掌握，使他进入长时间的正常睡眠状态，再将他的转换叶突松开。这样电力即可维持不断，我们便能逃出这座宅邸，返回太空艇，尽快离开这颗行星。我希望做到的是，当班德终于醒来的时候，会忘记见到我们之后所发生的一切。不必杀生就能办到的事，盖娅不会因此滥杀无辜。”

“哪里出了差错呢，宝绮思？”裴洛拉特柔声问道。

“我从未接触过像转换叶突这样的东西，我没时间详加研究，以便了解它的构造。我只能猛力展开我的阻绝行动，可是显然做得不正确。受到阻绝的并非能量入口，而是能量出口。在一般情况下，能量源源不绝迅速灌入叶突，大脑则以相同速度排出那些能量，以保护本身不至受损。可是，一旦我阻绝了出口，能量马上累积在叶突中，在极短时间内，大脑温度遽然升高，使其中的蛋白质急速钝化，然后他就死了。当灯光尽数熄灭时，我立即收回阻绝的力量，但是，当然已经太晚了。”

“我看不出除了这样做，你还能有什么别的办法，亲爱的。”裴洛拉特说。

“想到我竟然杀了人，你怎么讲都无法安慰我。”

“班德眼看就要杀掉我们。”崔维兹说。

“因此我们要制止他，而不是杀害他。”

崔维兹犹豫了一下，他不希望表现出不耐烦的情绪，因为他实在不愿惹宝绮思生气，或令她更心烦。毕竟，在这个充满强烈敌意的世界上，她是他们唯一的防卫武器。

他说："宝绮思，别再遗憾班德的死亡，现在我们该考虑别的了。由于他的死，这块属地所有的电力都消失了，其他索拉利人迟早会发现这个事实——或许不会迟只会早。他们将不得不展开调查，假如几个索拉利人联手攻击我们，我认为你根本无法抵御。而且，正如你自己也承认的，你现在勉强供应的有限电力，将无法持续太久。所以说，当务之急是赶快回到地面，钻进我们的太空艇，一刻也耽误不得。"

"可是，葛兰，"裴洛拉特说，"我们该怎么做呢？我们刚才走了好几公里弯弯曲曲的路，我猜这下面一定跟迷宫差不多。就我个人而言，我对如何回到地面毫无概念，我的方向感一向很差。"

崔维兹四下看了看，明白裴洛拉特说的完全正确。他说："我猜通向地面的出口应该很多，我们不一定要找原来那个。"

"可是出口的位置我们一个也不知道，又要从何找起呢？"

崔维兹再次转向宝绮思。"你用精神力量，能否侦测到任何有助于找到出路的线索？"

宝绮思说："这块属地的机器人都停摆了。在我们正上方，我可以侦测到一息微弱的次智慧生命，但这只能说明地面在正上方，这点我们早就知道了。"

"好吧，那么，"崔维兹说，"我们只好自己寻找出口。"

"瞎闯乱撞？"裴洛拉特被这个提议吓了一跳，"我们永远不会成功。"

"或许可以，詹诺夫。"崔维兹说，"只要我们动手找，不论机会多么小，总有逃出去的机会。否则我们只好待在这里，这样的话，我们永远不会成功。来吧，一线希望总比毫无希望强。"

"慢着，"宝绮思说，"我的确侦测到了一样东西。"

"什么东西？"崔维兹问。

“一个心灵。”

“有智慧吗？”

“有，可是我想智慧有限。不过，我感到最清楚的，却是另一种讯息。”

“是什么？”崔维兹再度压制住不耐烦的情绪。

“恐惧！无法忍受的恐惧！”宝绮思细声道。

53

崔维兹愁眉苦脸地四下张望。他虽然知道刚才是从哪里进来的，但他不会因此产生幻想，认为他们有可能原路折回。毕竟，他对那些拐弯抹角的道路未曾留心。谁会想到他们竟然落到这个地步，不得不自行折返，只有明灭不定的幽暗光芒为他们指路。

他说：“你认为自己有办法启动那辆车吗，宝绮思？”

宝绮思说：“我确定自己做得到，崔维兹，但那并不表示我会驾驶。”

裴洛拉特说：“我想班德是靠精神力量驾驶的。车子在行驶的时候，我没看到他碰过任何东西。”

宝绮思温柔地说：“没错，裴，他用的是精神力量，可是该如何使用精神力量呢？你当然会说是借着操纵装置，这点绝对没错，但我若不熟悉操纵装置的使用方法，就根本毫无帮助，对不对？”

“你好歹试一试。”崔维兹说。

“如果要去试，我必须将全副心神放在它上面，这样一来，我怀疑自己是否还能维持照明的灯光。即使我学会了如何操纵，在黑暗中这辆车子也帮不上什么忙。”

“我想，看来我们必须徒步游荡了？”

“恐怕只好这样了。”

崔维兹凝视着前方，除了他们近旁笼罩着幽暗的光芒，此外尽皆是厚实沉重的黑暗。他什么也看不见，什么也听不到。

他说：“宝绮思，你还能感受到那个受惊的心灵吗？”

“还可以。”

“你能不能分辨它在哪里？能不能带领我们到那里去？”

“精神感应是直线行进的，几乎不会被普通物质折射，所以我能判断它是来自那个方向。”

她直指着黑漆漆的墙壁，继续说：“但我们不能穿墙而过，最好的办法就是沿着回廊走，一路选择感应变得愈来愈强的方向。简单地说，我们得玩一玩‘跟着感觉走’的游戏。”

“那我们现在就开始吧。”

裴洛拉特却踌躇不前。“慢着，葛兰，不论那是什么东西，我们真想找到它吗？如果它感到恐惧，或许我们同样会有恐惧的理由。”

崔维兹不耐烦地摇了摇头。“我们毫无选择余地，詹诺夫。不论它是否感到恐惧，总是一个心灵，它可能会愿意指点我们——或者我们能设法叫它指点回到地面的途径。”

“而我们就让班德躺在这里？”裴洛拉特语带不安地说。

崔维兹抓住他的手肘。“来吧，詹诺夫，这点我们也没有选择。终究会有某个索拉利人重新启动这个地方，然后某个机器人就会发现班德，会为他料理后事——我希望是在我们安然离去之后。”

他让宝绮思在前面带路，不论走到哪里，她身边的灯光总是最亮。在每一个门口，以及回廊的每个岔路，她都会停下脚步，试图感知那股恐惧来自何方。有时她会在走进一扇门或绕过某个弯路后，又重新折返，尝试另一条路径。崔维兹只能袖手旁观，一点也帮不上忙。

每当宝绮思下定决心，坚决地朝某个方向前进时，她前方的灯光便会亮起来。崔维兹注意到，现在这些灯光似乎较为明亮——可能是由于他的眼睛适应了昏暗的环境，也可能是宝绮思学会了如何更有效地转换能量。有一次，遇到一根那种插入地底的金属棒，她便将手放在上面，灯光的亮度立时显著增强。她点了点头，好像感到十分满意。

沿途未见任何熟悉的事物，因此几乎可以肯定，他们现在走过的地方，是这座曲折迂回的地底宅邸另外一部分，他们进来的时候并未经过这里。

崔维兹一路注意观察，想要寻找陡然上升的回廊，有时又将注意力转向天花板，试图找出活门的痕迹。结果他一直没有任何发现，那受惊的心灵仍是他们唯一的希望。

他们走在寂静中，唯一的声音是自己的脚步声；走在黑暗里，唯一的光芒紧紧包围他们身边；走在死亡的幽谷内，唯一的活物就是他们自己。他们偶尔会发现一两个朦胧的机器人身躯，在昏暗中或立或坐，个个一动不动。有一次，他们看到一个侧卧的机器人，四肢摆出一种古怪的僵凝姿势。崔维兹想，当电力消失时，它一定处于某种不平衡状态，于是立刻倒了下来。不论班德是死是活，都无法影响重力的作用。也许在班德的广大属地各个角落，所有的机器人皆已停摆，或立或卧僵在原地，而在属地的边界，这种情形一定很快会被发现。

但也或许不会，他突然又这么想。当索拉利的一分子即将由于衰老而死亡时，索拉利人应该通通知道，整个世界都会有所警觉，并且预先作好准备。然而，班德正处于盛年，他现在突然暴毙，根本不可能有任何预兆。谁会知道？谁会预期这种结果？谁又会期待整个属地停摆呢？

不对（崔维兹将乐观与自我安慰抛在脑后，那会引诱自己变得太过自信，实在太危险了），班德属地所有的活动皆已停止，索拉利人一定会注意到，然后就会立即采取行动。他们都对继承属地有极大的兴趣，不会对他人的死亡置之不理。

裴洛拉特闷闷不乐地喃喃说道："通风系统停止了。像这种位于地底的场所，一定得保持通风良好。原本有班德供应电力，但现在它已不再运转。"

"没关系，詹诺夫。"崔维兹说，"在这个空旷的地底世界中，还有足够的空气让我们活好几年。"

"我仍然闷得发慌，是心理上的难过。"

"拜托，詹诺夫，别染上了幽闭恐惧症。宝绮思，我们接近些了吗？"

"近多了，崔维兹。"她答道，"感觉变强许多，我对它的位置也更清楚了。"

她迈出的脚步更为坚定，在需要选择方向时也不再那么犹豫。

"那里！那里！"她说，"我强烈感觉到了。"

崔维兹不以为然地说："现在就连我也听得到了。"

三个人停下脚步，自然而然屏住了气息。他们可以听到一阵轻柔的呜咽，还夹杂着气喘吁吁的啜泣。

他们循声走进一个大房间，灯光亮起后，他们看到里面满是色彩缤纷的陈设，跟原先所见的房间都完全不同。

房间正中央有个机器人，它微弯着腰，伸出双臂，像是正准备做个亲昵的动作。不过，当然，它僵在那里一动不动。

机器人身后传来一阵衣衫拍动的声音。一只睁得圆圆的眼睛畏畏缩缩地从后面探出来，那种令人心碎的啜泣声则一直不断。

崔维兹冲到机器人后面。只听得一声尖叫，一个矮小身形从另一侧冒出来，随即摔倒在地，躺在那里用手蒙住眼睛，两腿胡乱猛踢，仿佛要逐退来自四面八方的威胁，同时继续不断尖叫，尖叫——

宝绮思说:“是个孩子！”这句话根本是多余的。

54

崔维兹向后退了几步，感到十分不解。一个孩子在这里做什么？班德对自己的绝对孤独多么自傲，而且还极力强调这一点。

面对暧昧不明之事，裴洛拉特比较不会诉诸理性分析。他立刻想到答案，脱口而出:“我想这就是继承人。”

“是班德的孩子，”宝绮思表示同意，“可是太小了。我想他无法成为继承人，索拉利人得另外找人继承。”

她凝视着这个孩子，但并非目不转睛地瞪着他，而是用一种轻柔的、带有催眠作用的目光。那孩子果然渐渐静下来，他睁开双眼，回望着宝绮思，原本的叫喊变成了偶尔一下的轻声抽噎。

宝绮思发出一些具有安抚作用的声音，虽然断断续续，没有什么意义，但目的只是要加强镇定效果。她仿佛在用精神指尖，轻抚那孩子陌生的心灵，设法抚平其中紊乱不堪的情绪。

那孩子慢慢爬起来，目光一直没有离开宝绮思。他摇摇晃晃地站了一会儿，突然冲向那个既无动作又没声音的机器人，紧紧抱着机器人粗壮的大腿，仿佛渴望从中得到一点安全感。

崔维兹说："我猜那个机器人是他的——保姆，或说管理员。我猜索拉利人无法照顾另一个索拉利人，甚至无法照顾自己亲生的孩子。"

裴洛拉特说："我猜这孩子也是雌雄同体。"

"一定是。"崔维兹说。

宝绮思的心思仍然全放在那孩子身上。她慢慢向他走去，双手斜举，手掌朝着自己，仿佛强调并没有抓住他的意图。那孩子现在不哭了，看到宝绮思走过来，他把机器人抱得更紧。

宝绮思说："来，孩子——温暖。孩子——柔软，温暖，舒适，安全。孩子——安全——安全。"

她停了下来，头也不回地压低声音说："裴，用他的语言跟他讲。告诉他我们都是机器人，因为这里停电，所以我们来照顾他。"

"机器人！"裴洛拉特吓了一跳。

"我们必须这样自我介绍。他不怕机器人，但他从未见过人类，也许甚至无法想象人类是什么。"

裴洛拉特说："我不知道能否想出正确的说法，也不知道'机器人'的古语是什么。"

"那就直接说'机器人'吧，裴。如果不管用，就改说'铁打的东西'，反正尽量说就对了。"

裴洛拉特开始慢慢地、一字一顿地说着古银河语。那孩子望着他，紧紧皱着眉头，像是试图了解他在说些什么。

崔维兹说：“你在跟他沟通的时候，最好顺便问问如何才能出去。”

宝绮思说：“不，暂时不要。先建立信心，再问问题。”

那孩子一面望着裴洛拉特，一面慢慢松开机器人。他说了几句话，声音高亢且有韵律。

裴洛拉特慌忙道：“他讲得太快，我听不懂。”

宝绮思说：“请他慢慢再讲一遍。我在尽全力消除他的恐惧，让他保持镇静。”

裴洛拉特又听了一遍那孩子说的话，然后说：“我想他在问健比为什么不动了，健比一定就是这个机器人。”

“再确定一下，裴。”

裴洛拉特跟那孩子再谈了几句，又说：“没错，健比就是这个机器人，而这孩子管自己叫菲龙。”

“太好了！”宝绮思对那孩子微微一笑，那是个灿烂而开心的笑容。她伸手指指他，然后说：“菲龙，乖菲龙，勇敢的菲龙。”又将一只手放在自己胸前，“宝绮思。”

那孩子也露出微笑，当他展现笑容时，看起来非常讨人喜欢。“宝绮思。”他说，其中那个“思”的发音有点不正确。

崔维兹说：“宝绮思，如果你能启动这个叫健比的机器人，它也许能告诉我们一些我们想知道的事。裴洛拉特可以跟它沟通，不会比跟这孩子沟通更困难。”

“不行，”宝绮思说，“那样会出问题。这个机器人的首要任务是保护这孩子，如果它启动后，立即发觉我们这几个陌生的人类，它或许会立即攻击我们，因为这里不该有任何陌生人。到时我若被迫令它停摆，它就无法提供我们任何讯息，而这孩子，看到心目中唯一的亲人再度停摆。唉，我就是不要那么做。”

“可是我们都听说过，”裴洛拉特柔声道，“机器人一律不能伤害人类。”

“我们的确听说过，”宝绮思说，“可是没有人告诉我们，这些索拉利人设计的是何种机器人。即使这个机器人设计成不能伤害人类，它也必须作出抉择。一边是它的孩子，或说几乎是它的孩子；另一边却是三个陌生物件，它也许根本认不出我们是人类，只会把我们当成非法闯入者。它自然会选择保护孩子，而对我们发动攻击。”

她再度转身面对那孩子。“菲龙，”她说，“宝绮思，”她指了指自己，接着又指向其他两人，“裴，崔。”

“裴，崔。”孩子乖顺地跟着说。

她向那孩子走近些，双手慢慢接近他。他一面望着她，一面向后退了一步。

“冷静，菲龙。”宝绮思说，“乖乖，菲龙。摸摸，菲龙。好乖，菲龙。”

他向她走近一步，宝绮思松了一口气。“乖，菲龙。”

她摸了摸菲龙裸露在外的臂膀，他跟他的单亲一样，只穿了一件长袍，前胸敞开，下面系着一条腰布。她只轻轻摸了一下，就赶紧移开手，等了一会儿，才将手放回他的手臂上，轻柔地抚摸着。

在宝绮思心灵的强力镇静作用下，那孩子微微闭上眼睛。

宝绮思的双手慢慢往上移，动作很轻，几乎没有触摸到他的肌肤。她两只手一路摸到孩子的肩膀、颈部、耳朵，最后伸进棕色长发中，来到双耳后方偏上的部位。

她随即放下双手，说道：“转换叶突还小，头盖骨尚未发育完全。目前那里只有一层硬质皮肤，等到叶突长成后，它会向外鼓胀，被头盖骨围起来。这就代表说，如今他还无法控制这块属地，甚至无法启动属于他的机器人——问问他几岁了，裴。”

经过一番交谈后，裴洛拉特说：“他今年十四岁，如果我没弄错的话。”

崔维兹说：“他看起来比较像十一岁。”

宝绮思说：“这个世界所采用的年，长度也许和银河标准年不尽相同。此外，据说太空族拥有倍增的寿命，如果索拉利人跟其他太空族一样，他们或许也延长了发育期，总之我们不能以年龄为准。”

崔维兹不耐烦地咂咂舌头。“别再讨论人类学了，我们必须赶快到达地面。我们沟通的对象是个孩子，所以我们可能只是在浪费时间。他也许不知道通往地面的途径，也可能从来没有到过地面。”

宝绮思说：“裴！”

裴洛拉特明白她的意思，马上又跟菲龙讨论起来，这次花的时间比前几次都要长。

最后他终于说：“这孩子知道什么是太阳，他说自己曾看到过。我想他也见过树木，但他的反应好像不确定那个词汇的意义，至少不确定我所用的那个词汇……”

“好了，詹诺夫，”崔维兹说，“拜托言归正传吧。”

“我告诉菲龙，如果他能带我们到地面去，我们也许就有办法启动那个机器人。事实上，我说的是我们‘就会’启动那个机器人。你认为我们可能做得到吗？”

崔维兹说：“这件事我们待会儿再操心，他有没有说愿意为我们带路？”

“有。可是我刚才想，如果我作出承诺，你也知道，这孩子就会更热心。我认为，我们在冒着令他失望的危险……”

“走吧，”崔维兹说，“我们立刻出发。如果我们困在地底，所有的事情都是纸上谈兵。”

裴洛拉特又对那孩子说了几句话，那孩子便开始向前走，不久他又停下脚步，回头望着宝绮思。

宝绮思伸出手来，两人便手牵着手一起走。

“我是他的新机器人。”她露出淡淡的微笑。

“他好像相当满意。”崔维兹说。

菲龙一路蹦蹦跳跳，崔维兹心中突然闪过一个疑问，他现在这么开心，只是宝绮思费尽心血的结果吗？或是除此之外，又加上他有机会再度去地面玩耍，还得到三个新的机器人，所以才会这样兴奋？或者，他变得如此兴高采烈，是因为想到保姆健比会活过来？这都没什么关系，只要这孩子肯带路就行。

孩子的步伐似乎没有任何迟疑，每当遇到岔路，他都毫不犹豫便做出选择。他真的知道自己走向哪里吗？或者这只是小孩子无意义的行动？他只是在玩游戏，根本没有明确的目的地？

可是，从变得稍微沉重的脚步，崔维兹意识到自己正在上坡。而那个孩子，则一面信心十足地蹦蹦跳跳，一面指着前方，叽哩呱啦说个不停。

崔维兹望向裴洛拉特，裴洛拉特清了清喉咙，然后说：“我想，他说的是‘门口’。”

“我希望你所想的正确无误。”崔维兹说。

此时孩子挣脱了宝绮思的手，飞快向前奔去。不久，他伸手指着某处地板，那里的颜色似乎比周围深。他踏上那块地板，原地跳了几下，然后转过头来，露出明显的沮丧表情，又用尖锐的声音说了一大串。

宝绮思做个鬼脸。“我得负责供应电力，这会令我筋疲力尽。”

她的脸微微转红，灯光则变暗了点，但菲龙面前的一扇门却打了开，他立刻发出女高音般的欢呼。

那孩子冲出门外，两位男士紧跟在后。宝绮思是最后一个出来的，当那扇门快要关上的时候，她回头望了望，里面已经一片漆黑。然后她停下脚步，稍微喘了一口气，看来相当疲倦。

“好啦，”裴洛拉特说：“我们出来了，太空艇在哪里？”

现在他们全部来到户外，沐浴在仍算明亮的夕阳下。

崔维兹喃喃说道：“我觉得好像在那个方向。”

“我也这么觉得，”宝绮思说，“我们走吧。”她说完就伸手去牵菲龙。

除了风声，以及一些动物的叫声与走动声之外，四周可谓一片静寂。他们在途中遇到一个机器人，一动不动地站在一棵树旁边，手中抱着一个功用不明的物体。

裴洛拉特显然是出于好奇，朝那个方向迈出一步，崔维兹却赶紧说：“不关我们的事，詹诺夫，继续走。”

不久，他们又远远看到另一个机器人瘫在地上。

崔维兹说：“我想方圆百公里内，一定到处是放倒的机器人。”然后他又得意洋洋地说：“啊，太空艇在那里。”

他们马上加快脚步，突然间却又停了下来。菲龙扯着喉咙发出兴奋的尖叫。

太空艇附近，停着一艘显得相当原始的航空器，它的旋翼看来不但浪费能量，而且十分脆弱。在那具航空器旁边，介于他们四人与太空艇之间，站着四个状似人类的身形。

“太迟了，”崔维兹说，“我们浪费了太多时间。现在怎么办？”

裴洛拉特以困惑的口吻说：“四个索拉利人？这不可能。他们当然不会做这样的实质接触，你想这些是全息影像吗？”

“它们是百分之百的实体，”宝绮思说，“这点我能肯定，但它们并不是索拉利人。这些心灵我绝不会弄错，它们是机器人。”

55

“好吧，那么，”崔维兹带着倦意说，“前进！”他继续以沉着的步伐向太空艇走去，其他三人跟在他后面。

裴洛拉特有点上气不接下气地说：“你打算怎么办？”

“它们若是机器人，就必须服从命令。”

那几个机器人正在等候他们四人。走近之后，崔维兹开始仔细打量它们。

没错，它们一定是机器人。它们的脸部看来仿佛有皮有肉，但是毫无表情，显得相当诡异。它们都穿着制服，除了脸部之外，没有暴露一平方厘米的肌肤，连双手都戴着不透明的薄手套。

崔维兹随便做了一个手势，那是个明确而直接的身体语言，意思是要它们让开。

那些机器人并没有动。

崔维兹低声对裴洛拉特说：“讲出我的意思来，詹诺夫，语气要坚决。”

裴洛拉特清了清喉咙，以很不自然的男中音慢慢地说，同时也像崔维兹那样，挥手表示要它们让开。然后，其中一个似乎高一点的机器人，以冰冷而犀利的声音答了几句。

裴洛拉特转头对崔维兹说：“我想，它说我们是外星人士。”

“告诉它说我们是人类，它必须服从我们。”

此时那机器人再度开口，说的是口音奇特但不难懂的银河标准语。“我了解你的话，外星人士。我会说银河标准语，我们是守护机器人。”

“那么，你听到我刚才说的话了，我们是人类，你们必须服从我们。”

“外星人士，我们的程序只让我们服从地主的命令，而你们既不是地主又不是索拉利人。班德地主对常规接触未作回应，因此我们前来进行实地调查，这是我们的职责。我们发现了一艘并非索拉利出厂的太空船，还有几个外星人士，而班德的机器人则全部停摆。班德地主在哪里？”

崔维兹摇了摇头，以缓慢而清晰的声音说：“我们完全不明白你说些什么，我们船上的电脑出了点问题，将我们带到这颗陌生的行星附近，这并不是我们的本意。我们登陆此地，是想找出目前的位置，却发现所有的机器人都已停摆，我们完全不知道发生了什么事。”

“这个解释不可信。如果这块属地上所有的机器人都停摆，所有的电力通通消失，那么班德地主一定死了。他刚好在你们着陆之际死亡，如果说只是巧合，那是不合逻辑的假设，其中一定有某种因果关系。”

崔维兹又说：“可是电力并没有消失啊，你和其他几个机器人都还能活动。”他这样说只是为了混淆视听，以显示他是个局外人，对这里的状况毫不知情，借以洗脱自己的嫌疑。

那机器人说：“我们是守护机器人，我们不属于任何地主，而是属于整个世界。我们以核能为动力，不受任何地主控制。我再问一遍，班德地主在哪里？”

崔维兹四下看了看，裴洛拉特显得忧心忡忡，宝绮思则紧抿嘴唇，但看来还算冷静。菲龙全身发抖，好在宝绮思将手放到他肩上，他才变得坚强一点，脸上的恐惧也消失了。（宝绮思在设法令他镇定吗？）

那机器人说：“再问一次，这是最后一次，班德地主在哪里？”

“我不知道。”崔维兹绷着脸说。

那机器人点了点头，它的两个同伴便迅速离去。然后它说：“我的守护者同僚将搜索这所宅邸，在此期间，你们将被留置此地接受盘问。把你佩挂在腰际两侧的东西交给我。”

崔维兹退了一步。“这些东西不会伤人。”

“别再乱动。我没问它们会不会伤人，我要你把它们交出来。”

“不行。”

那机器人迅速向前迈出一步，猛然伸出手臂，崔维兹还不知道发生了什么事，机器人一只手已搭上他的肩头。那只手用力收紧，同时向下猛压，令崔维兹跪了下来。

那机器人又说：“交出来。”它伸出另一只手。

“不。”崔维兹喘着气说。

此时宝绮思冲过去，将手铳从皮套中掏出来。崔维兹遭到机器人钳制，根本无法阻止她的行动。宝绮思将手铳递给那机器人。“给你，守护者，”她说，“并请你稍等一下——这是另一件，现在放开我的同伴。”

那机器人握着两件武器向后退去，崔维兹慢慢站起来，猛搓着左肩，脸孔痛苦地扭曲。

（菲龙开始轻声抽噎，心慌意乱的裴洛拉特连忙将他抱起来，紧紧搂着他。）

宝绮思以极其愤怒的语气，对崔维兹悄声道：“你为什么要跟它斗？它用两根指头就能把你捏死。”

崔维兹哼了一声，咬牙切齿地说：“你为什么不对付它？”

“我在试啊，但这需要时间。它的心灵没有空隙，程序设计得精密无比，我根本找不到漏洞可钻。我必须好好研究一下，你得设法拖延时间。”

“别研究它的心灵，把它摧毁就行了。”崔维兹说这句话时几乎没有发出声音。

宝绮思向那个机器人瞥了一眼，看到它正专注地研究那两件武器，而留在它身边的另一个机器人，则负责看守他们这些外星人士。对于崔维兹与宝绮思之间的耳语，它们两个似乎都没兴趣。

宝绮思说：“不行，不能摧毁它。在先前那个世界，我们杀害过一只狗，又伤了另一只，而在这个世界，你也知道发生了什么事。”她又很快瞥了一下那两个守护机器人，“盖娅从不无故屠杀生灵，我需要时间来和平解决。”

她后退了几步，双眼紧盯着那个机器人。

那机器人说：“这两件是武器。”

“不是。”崔维兹说。

“是的，”宝绮思说，“不过它们现在失效了，它们的能量已经被抽光。”

“真是这样吗？你们为何要携带能量被抽光的武器？也许它们

还有些能量。”那机器人抓起其中一件，将拇指放在正确的位置上，“是这样启动的吗？”

“没错。”宝绮思说，“假如它还存着能量，你用力一压，它就会被启动——但是它没有能量。”

“确定吗？”那机器人将武器对准崔维兹，“你还敢说如果我启动，它不会生效？”

“它不会生效。”宝绮思说。

崔维兹僵在那里，连话都讲不清楚。在班德将手铳中的能量抽光后，他曾试过一次，证实它已经完全失效。可是那机器人拿的是神经鞭，崔维兹并未测试过。

即使神经鞭残存一点点能量，也足以刺激痛觉神经，而崔维兹将产生的感觉，会让刚才那一抓好像亲昵的爱抚。

在“舰队学院”受训时，崔维兹跟每个学员一样，曾被迫接受神经鞭的轻微一击。那只是要让他们尝尝滋味，崔维兹觉得一次就绰绰有余。

那机器人启动了武器，一时之间，崔维兹吃力地咬紧牙关，然后又慢慢放松——神经鞭的能量也全被抽光了。

那机器人瞪了崔维兹一眼，再将两件武器丢到一旁。“这些武器怎么会被抽光能量？”它质问道，“如果它们失效了，你为什么还要带在身上？”

崔维兹说：“我习惯了这个重量，即使能量没了，我仍然会随身携带。”

那机器人说：“这样讲根本没道理，你们都被捕了。你们将接受进一步的盘问，而如果地主们作出决定，你们就会被停摆。怎样打开这艘太空船？我们必须进去搜查。”

“那样做没什么用的。”崔维兹说，“你不了解它的构造。”

“即使我不懂，地主们也会懂得。”

“他们也不会了解。”

“那么你就得解释清楚，让他们能够了解。”

“我不会那样做。”

“那么你就会被停摆。”

“我停摆了，你就得不到任何解释。不过我想，即使作出解释，我一样会被停摆。”

宝绮思喃喃地说：“继续下去，我逐渐解开它脑部的运作奥秘了。”

那机器人并未理会宝绮思。（是她造成的结果吗？崔维兹这么想，而且极度希望真是这样。）

那机器人将注意力牢牢罩在崔维兹身上。“如果你制造麻烦，我们将令你部分停摆。我们会损坏你，然后你就会把我们想知道的告诉我们。”

裴洛拉特突然喊道：“慢着，你不能这么做。守护者，你不能这么做。”声音听来好像他被掐住了脖子。

“我接受了详尽的指令，”那机器人以平静的语气说，“我可以这样做。我会尽量减少损坏的程度，只要能问出答案就好。”

“可是你不能这么做，绝对不能。我是外星人士，我的两个同伴也一样。可是这孩子，”裴洛拉特看了看仍抱在手中的菲龙，“是个索拉利人。他会告诉你该做些什么，你必须服从他。”

菲龙张大眼睛望着裴洛拉特，但是眼神似乎很空洞。

宝绮思拼命摇头，可是裴洛拉特望着她，现出一副不解的神情。

那机器人的目光在菲龙身上停了一下，然后它说：“这个儿童一点都不重要，他没有转换叶突。”

“他尚未拥有发育完成的转换叶突，”裴洛拉特喘着气说，

“但他将来总会有的，他是个索拉利儿童。”

“他是个儿童，但他没有发育完成的转换叶突，所以不能算是索拉利人。我没有必要听从他的命令，也没有必要保护他。”

“但他是班德地主唯一的子嗣。”

“是吗？你怎么知道这件事？”

就像过度兴奋时一样，裴洛拉特又结巴了。“怎……怎么会有其他小孩在这块属地上？”

“你怎么知道不会另有十几个？”

“你看到其他小孩了吗？”

“现在是我在发问。”

此时，另一个机器人拍拍那机器人的手臂，转移了它的注意力。刚才被派去搜索宅邸的两个机器人，现在正快步跑回来，然而脚步有些踉跄。

突然间一片鸦雀无声，直到它们来到近前，其中一个才以索拉利语开始说话。它一番话讲完之后，四个机器人似乎都失去了弹性。一时之间，它们显得萎靡不振，像是泄了气一样。

裴洛拉特说：“它们找到班德了。”崔维兹根本来不及挥手阻止他。

那机器人慢慢转过身来，以含糊不清的声音说：“班德地主死了。可是你们刚才那句话告诉我们，你们已经知晓这件事实。怎么会这样呢？”

“我怎么知道？”崔维兹凶巴巴地说。

“你们知道他死了，你们知道在里面能找到他的尸体。除非你们曾经到过那里，除非就是你们结束了他的生命，否则你们怎能知道？”那机器人的发音渐渐恢复正常，表示它已经消化了这个震撼，变得比较可以承受了。

此时崔维兹说："我们怎能杀死班德？他拥有转换叶突，能在瞬间将我们摧毁。"

"你怎知道转换叶突能做和不能做些什么？"

"你刚才提到了转换叶突。"

"我只不过提到而已，并没有描述它的特性或功能。"

"我们从一场梦中得知的。"

"这个答案并不可信。"

崔维兹说："你假设我们导致班德死亡，这同样不可信。"

裴洛拉特补充道："而且无论如何，班德地主若是死了，这块属地现在就由菲龙地主控制。地主在这里，你们必须服从他。"

"我解释过了，"那机器人说，"转换叶突尚未发育完成的儿童，不能算是索拉利人，因此他不能成为继承人。我们报告了这个坏消息之后，另一个年龄适当的继承人会尽快飞来。"

"菲龙地主又怎么办？"

"根本没有所谓的菲龙地主。他只是个儿童，而我们的儿童过剩，他会被销毁。"

宝绮思激动地说："你不敢。他好歹是个孩子！"

"并不一定由我执行这个行动，"那机器人说，"而且绝非由我作成决定，这要由所有的地主达成共识。然而，在儿童过剩时期，我很清楚他们的决定会是什么。"

"不行，我说不行。"

"不会有任何痛苦的。但另一艘航具就快到了，当务之急是进入原先的班德宅邸，召开一次全息审议会，以便产生继承人，并决定怎样处置你们。把那个儿童交给我。"

宝绮思从裴洛拉特怀中，将陷入半昏迷的菲龙一把抢过来。她紧紧抱着他，试图用肩膀支撑他的重量，并且说："不准碰这孩子。”

那机器人再度猛然伸出手臂，同时迈出脚步，想要抓走菲龙。但在它展开行动之前，宝绮思早已迅速闪到一侧。然而机器人却继续前进，仿佛宝绮思仍站在原地。接着，它全身僵硬地向前栽倒，以双脚脚尖为枢轴，直挺挺扑向地面。其他三个机器人则站在原处静止不动，眼神一律涣散无光。

宝绮思开始哭泣，还带着几分愤怒。“我几乎找到了适当的控制法，它却不给我最后一点时间。我没有选择余地，只好先下手为强，现在这四个都停摆了。趁着援军尚未降落，我们赶紧上太空艇吧。我现在身心俱疲，再也无法对付其他机器人了。”

第五篇

梅尔波美尼亚

第十三章
远离索拉利

56

离去的过程可谓一团混乱。崔维兹捡起那两件已经失效的武器，打开气闸，一伙人便跌跌撞撞进了太空艇。直到他们飞离地表，崔维兹才注意到菲龙也被带了上来。

若非索拉利人的飞航技术并不高明，他们也许就无法及时逃脱。那艘前来增援的索拉利航空器，花在降落与着地的时间简直长得不像话。反之，远星号的电脑几乎在一刹那间，就让这艘重力太空艇垂直升空。

以如此高速升空，原本会产生难以承受的加速效应，但由于远星号隔绝了重力作用，惯性也就因而消失，所以能将加速效应完全除去。纵然如此，它却无法消除空气阻力的效应，是以外壳温度急遽上升，增温速率远远超过舰队规定（或太空艇规范）的合理上限。

升空时，他们看到第二艘索拉利航空器已经降落，此外还有几艘正在接近。崔维兹不知道宝绮思能对付多少机器人，但他判断，他们若在地面多耽搁十五分钟，一定就会被大群机器人吞没。

一旦进入太空（或说几乎到达太空），周围只剩“行星外气层”的稀薄分子”，崔维兹立刻朝行星的夜面飞去。那只是一段很短的航程，因为他们离开地表时，正巧是日落时分。在黑暗中，远星号可以较快冷却，并能继续循着螺线缓缓飞离这颗行星。

此时，裴洛拉特从他和宝绮思共用的舱房走出来。他说：“那孩子现在安稳地睡着了。我们曾教他如何使用厕所，他学来毫不费力。”

“这没什么好惊讶的，那座宅邸中一定有类似的设备。”

“我在那里一间也没看到，其实我一直在找。”裴洛拉特若有所感地说，“要是我们再迟一刻回太空艇，我就憋不住了。”

“我们都一样。但为什么把那孩子也带上来？”

裴洛拉特歉然地耸了耸肩。“宝绮思不愿丢下他，像是想挽救一条命，来弥补被她害死的另一条命。她受不了……”

“我懂。”崔维兹说。

裴洛拉特说：“这孩子的形体非常奇怪。”

“既然是雌雄同体，就在所难免。”崔维兹说。

“他有两颗睾丸，你知道吧。”

“几乎不可能没有。”

“还有一个我只能形容为非常小的阴道。”

崔维兹扮了个鬼脸。“恶心。”

“并不尽然，葛兰，”裴洛拉特抗议道，“这刚好符合他的需要。他只要产出一个受精卵细胞，或是一个很小的胚胎，这个新生命就能在实验室中发育，而且我敢说，是由机器人负责照顾。”

“万一他们的机器人系统发生故障，那又会如何？万一发生那种情形，他们就无法产生能够存活的下一代。”

“任何一个世界，倘若社会结构完全故障，都会陷入严重危机。”

“不会像索拉利人那么严重，使我忍不住为他们掉眼泪。”

“嗯，”裴洛拉特说，“我承认它似乎不是非常迷人的世界，我是指对我们而言。但问题出在索拉利人和索拉利的社会结构，因为两者都跟我们完全不同，我亲爱的兄弟。可是去掉了索拉利人和机器人，你将发现那个世界……”

“可能会开始崩溃，像奥罗拉现在那样。”崔维兹说，“宝绮思怎么样，詹诺夫？”

“只怕是累垮了，她正在睡觉。她有一段很不好过的经历，葛兰。”

“我也不觉得有多么好过。”

崔维兹闭上眼睛。他已经决定，一旦确定索拉利人没有太空航行能力，他立刻要睡上一觉，好好放松一下。而直到目前为止，根据电脑的报告，太空中并未发现任何人工物件。

想到他们造访过的两个太空世界，他心中便充满苦涩。一个上面有满怀敌意的野狗，另一个则有满怀敌意的雌雄同体独居者，而两处都找不到一丝有关地球下落的线索。他们到过那两个世界的唯一证明，只有菲龙这个孩子。

他张开眼睛，裴洛拉特仍坐在电脑另一侧，神情严肃地望着他。

崔维兹突然以坚定的语气说：“我们应该把那个索拉利小孩留在原地。”

裴洛拉特说：“可怜的小家伙，他们会杀了他。”

“即使这样，”崔维兹说，“他仍旧属于那里，是那个社会的一部分。被视为多余而遭处死，是他命该如此。”

“喔，我亲爱的伙伴，这实在是铁石心肠的看法。”

“这是理性至上的看法。我们不知道如何照顾他，他跟我们在一起，也许会多吃不少苦头，到头来仍旧难免一死。他吃些什么东西？”

“我想我们吃什么他就吃什么，老友。事实上，问题是我们要吃什么？我们的存粮究竟还剩多少？”

“很多，很多，即使多一位乘客也不用愁。”

听到这个答案，裴洛拉特并未显得多么高兴。他说：“那些食物已经变得十分单调。我们应该在康普隆补充些，虽然他们的烹饪术不太高明。”

“我们做不到。你应该没忘记，我们走得相当匆忙，离开奥罗拉时也一样，而离开索拉利时尤其匆忙。单调一点又有什么关系？虽然破坏了用餐情趣，却能让我们活命。”

“如果有需要，我们有没有可能找些新鲜食物？”

“随时都行，詹诺夫。拥有一艘重力太空艇，上面又有几具超空间引擎，整个银河也只算小地方。几天之内，我们便可到达任何一处。只不过银河中半数的世界都在留意我们的太空艇，因此我宁愿暂时避避风头。”

“我想那也对。不过，班德似乎对这艘太空艇没兴趣。”

“他可能根本没意识到有这艘太空艇，我想索拉利人早就放弃了太空航行。他们最大的心愿便是完全遗世独立，如果在太空中不停地活动，到处宣传自身的存在，他们几乎不可能享有与世无争的日子。”

“我们下一步该怎么办，葛兰？”

崔维兹说：“还有第三个世界有待我们造访。”

裴洛拉特摇了摇头。“根据前面两个来判断，我对另一个不抱太大希望。”

“目前我也不抱什么希望。但我小睡片刻后，就要让电脑绘出飞往第三个世界的航线。”

57

崔维兹这一觉睡得比预期长了许多，但这并没有什么关系。在太空艇上，根本没有自然的日夜，“近似昼夜节律”也从未绝对遵循。一天有几小时是人为的规定，而诸如饮食或睡眠的自然作息规律，崔维兹与裴洛拉特就常常无法与时钟同步（宝绮思尤其如此）。

当崔维兹在浴室擦拭身体时（由于务必节约用水，肥皂泡最好别用水冲，只要擦掉就好），曾认真考虑要不要再睡一两个钟头。但他转过身来之际，竟然发现菲龙站在面前，跟他自己一样全身赤裸。

他不由自主往后一跳。这种单人盥洗间相当狭窄，一跳之下，身体某部分注定会撞到坚硬的物体，他马上发出“哼”的一声。

菲龙好奇地盯着他，并伸手指着他的阴茎。崔维兹听不懂他说些什么，但从这孩子的神情看得出来，他似乎感到不可置信。为了让自己心安，崔维兹只好用双手遮住阴部。

然后，菲龙以一贯的高亢声调说：“你好。”

这孩子竟然会说银河标准语，令崔维兹有些吃惊，不过听他的口气，好像是硬生生背下来的。

菲龙继续一个字一个字吃力地说："宝——绮——思——说——你——洗——我。"

"是吗？"崔维兹双手按在菲龙的肩膀，"你——待——在——这——里。"

他指了指地板，菲龙当然立刻朝他所指的方向望去，看来完全不懂那句话的意思。

"不要动。"崔维兹一面说，一面紧紧抓住孩子的双臂，按在他身子左右两侧，象征一种静止不动的姿势。然后他赶紧擦干身体，穿上内衣裤，再套上一条长裤。

他走出去大叫道："宝绮思！"

在太空艇中，任何两个人的距离都很难超过四米。宝绮思随即来到她的舱房门口，带着微笑说："是你在叫我吗，崔维兹？还是微风吹过草地所发出的声音？"

"咱们别说笑了，宝绮思。那是什么？"他伸出拇指，猛力朝肩膀后面一甩。

宝绮思向他身后望了望，然后说："嗯，看来像是我们昨天带上来的小索拉利人。"

"是你带上来的，你为什么要我帮他洗澡？"

"我以为你会乐意帮忙。他是个非常聪明的小家伙，银河标准语学得很快，而且我解释过的事他绝不会忘记。当然啦，我一直从旁帮助他。"

"自然如此。"

"没错，我让他保持冷静。在索拉利上经历混乱场面时，我让他大多数时间都处于茫然状态，后来，又设法让他在太空艇上睡了一觉。现在我试图稍微转移他的心思，让他不再那么想念失去的机器人，他显然非常喜爱那个健比。"

“结果他就喜欢待在这里了，我想。”

“希望如此。他的适应力很强，因为他还小，而在不过度影响他心灵的原则下，我尽量鼓励这一点。我还准备教他说银河标准语。”

“那么你去帮他洗澡，懂不懂？”

宝绮思耸了耸肩。“我会的，假如你坚持的话，但我希望让他觉得我们大家都很友善。如果我们每个人都分担些保姆的工作，会很有帮助的，这方面你当然能合作。”

“绝不是合作到这种程度。还有你帮他洗完澡后，就把他弄走，我要跟你谈谈。”

宝绮思道：“你说把他弄走是什么意思？”她的语气突然透出敌意。

“我不是说把他从气闸抛出去，我的意思是把他弄到你的舱房，叫他乖乖坐在一角。我要跟你谈谈。”

“任凭你吩咐。”她冷冷地说。

他一面瞪着她的背影，一面试图抚平自己的怒气。然后他走进驾驶舱，开启了显像屏幕。

索拉利星现在是个黑色圆盘，左侧有一道弯成新月形的光芒。崔维兹将双手放到桌面上，开始与电脑进行接触，竟然发现火气立即平息。想要使心灵与电脑有效地联结，就必须保持心平气和，久而久之，制约反射作用便将两者联系在一起。

以远星号为中心，以他们目前与那颗行星的距离为半径，整个范围内没有任何人工物件。由此可以判断，索拉利人（或他们的机器人）不能也不会再跟踪他们。

还不错。这样的话，现在他大可驶离夜面阴影。事实上，只要他继续远离索拉利，这颗行星呈现的圆盘便会愈来愈小，而当它变得比远方（体积大许多倍）的太阳更小时，阴影无论如何都会消失。

同时，他指示电脑将太空艇驶离行星轨道面，因为这样能使加速过程安全许多。如此一来，他们便能更快到达某个空间曲率够小的区域，进行安全无虞的跃迁。

和往常一样，他又开始凝视远方的恒星。那些静寂而亘古不变的星体，几乎带来一种催眠效应。它们本身的动荡不定已被长距离遮掩，呈现眼前的只有一个个光点。

其中一个光点，当然就是地球所环绕的太阳——史上第一个太阳。在它的热辐射下诞生了生命，在它的庇荫下演化出了人类。

当然，如果太空世界所环绕的那些恒星，虽然既明亮又显眼，却皆未收录在银河地图中，那么，同样的情形也可能发生在“那个太阳”上。

或者，是否只有太空世界的太阳被故意遗漏，因为早年曾有什么条约协定，让它们得以遗世独立？会不会地球之阳虽然收录于银河地图中，却跟无数类似的、不含可住人行星的恒星混在一起了？

毕竟，银河中这类恒星总共三百亿颗左右，却只有大约千分之一的轨道上有可住人行星。以他目前的位置为中心，周围几百秒差距范围内，也许只有一千颗这样的可住人行星。他是否该将其他恒星逐一筛选，将所有的行星都找一遍？

或者，第一个太阳其实根本不在银河这一区？还有多少星区的居民，深信那个太阳是他们的近邻，而自己是最早一批殖民者的后裔？

他需要更多的资料，目前为止他什么也没有。

当初即使会在奥罗拉的万年废墟中进行最仔细的搜寻，他也十分怀疑能否找到地球的下落。至于索拉利人，他更是怀疑他们能提供任何相关资料。

而且，如果有关地球的所有资料，都从川陀那座伟大的图书馆消失了，又如果盖娅伟大的集体记忆，对地球也完全一片空白，那么，在那些失落的太空世界上，几乎不可能有任何资料得以幸免。

假如他纯粹出于运气，竟然找到了地球之阳，进而找到了地球——会不会有什么外力使他对这个事实浑然不觉？地球的防卫果真滴水不漏吗？它保持隐匿的决心果真如此坚决吗？

他究竟是在寻找什么？

是地球吗？或是他认为（并无明确理由）能在地球上找到谢顿计划的漏洞？

如今，谢顿计划已运作了五个世纪，（据说）最终将带领人类抵达一个安全的港湾——第二银河帝国，它将比第一帝国更伟大、更崇高、更自由。可是他，崔维兹，却否定了第二帝国，转而支持盖娅星系。

盖娅星系将是个巨大的生命体，而第二银河帝国不论如何庞大，如何多样化，也只是众多独立生命体的集合，每个生命体仅仅像是帝国中的一粒微尘。人类自发迹以来，不知已建构出多少的个体集合，第二银河帝国虽然有可能是其中最大最好的一个，仍旧无法脱离既有的框架。

盖娅星系则是个完全不同的组织，要比第二银河帝国更为理想。因此谢顿计划必定存在着瑕疵，却连伟大的哈里·谢顿自己都忽略了。

但如果是连谢顿都忽略的瑕疵，崔维兹又怎么可能修正呢？他不是数学家，对谢顿计划的细节一概不知，百分之百没有概念。而且，即使有人能够为他解释，他仍然会一窍不通。

他知道的只是两个假设——必须牵涉到为数众多的人类，而且他们都不知道最终的目的。只要想想整个银河的庞大人口，第一个假设便不证自明；至于第二个假设也一定正确，因为知道计划细节的只有第二基地分子，而他们的保密功夫极为到家。

唯一的可能，就是还有一个并未言明的假设，一个大家都视为理所当然的假设。由于它实在太过明显，所以从来没有人提到或想到，但它却有可能不成立。而这个假设若不成立，就会使谢顿计划的伟大目标大打折扣，使盖娅星系比第二帝国更胜一筹。

可是，倘若这个假设如此显而易见，如此理所当然，甚至从未陈述出来，它又怎么可能有错呢？而如果从来没有人提及或想到，崔维兹又怎么知道有这回事？此外，即使他猜到了它的存在，对它的本质又能有什么概念？

难道他真是那个崔维兹，一个拥有百分之百正确直觉的人，正如盖娅所坚称的？他是否总是知道怎么做才正确，即使不知自己为何要那样做？

现在他正逐一探访所知的每个太空世界。这样做是正确的吗？太空世界上真有答案吗？或者至少拥有初步的线索？

奥罗拉除了废墟与野狗之外，还有什么呢？（想必还有些凶猛的动物，例如狂暴的野牛？繁殖过量的野鼠？行动鬼祟的绿眼野猫？）索拉利虽未荒芜，可是除了机器人与懂得转换能量的人类，上面还有什么别的吗？除非这两个世界保有地球下落的秘密，否则它们跟谢顿计划还有什么关联？

而它们若真的藏有地球的秘密，地球与谢顿计划又有什么关联呢？这一切只是疯狂的想法吗？对于自己料事如神的狂想，他是否听得太多又太认真了？

一股沉重无比的羞愧感向他扑来，压得他几乎无法呼吸。他望了望舱外遥不可及、与世无争的群星，暗自想道：我一定是银河中的头号大笨蛋。

58

宝绮思的声音打断了他的思绪。“好啦，崔维兹，你为什么要见……有什么不对劲吗？”她突然改用关心的语气问道。

崔维兹抬起头，发现一时之间很难摆脱沉重的心情。他瞪着她说：“没有，没有，没什么不对劲。我——我只不过想得出了神。反正，我三天两头会陷入沉思。”

他知道宝绮思能读出他的情绪，因此有些不自在。她只对他作过口头承诺，说她会主动避免偷窥他的心灵。

然而，她似乎接受了他的解释。她说：“裴洛拉特跟菲龙在一起，在教他简单的银河标准语。我们吃的东西，那孩子好像都能吃，他并没有过分挑嘴。但你要见我是为了什么？”

“嗯，别在这里讲。”崔维兹说，“电脑现在不需要我，如果你愿意到我的舱房来，床铺已经整理好了，你可以坐在上面，我嘛就坐在椅子上。或者你希望倒过来也行。”

“无所谓。”于是他们走了几步，来到崔维兹的舱房。她仔细盯着他，然后说：“你似乎不再发火了。”

“你在检视我的心灵？”

“绝对没有，只是在检视你的脸色。”

“我不是发火。我偶尔会发一小阵子脾气，但那不等于发火。不过，如果你不介意，我得问你一些问题。”

宝绮思坐在崔维兹的床上，身子挺得笔直，宽颊脸庞与黑色眼珠透出一种庄重的神情。她的及肩黑发梳理得很整齐，纤纤素手轻轻抓着膝头。从她身上，还散发出一阵淡淡的幽香。

崔维兹微微一笑。“你打扮得很美丽。我猜你是认为，我不会对一个年轻漂亮的女孩拼命大吼大叫。”

“如果能让你觉得好过些，随便你怎样吼怎样叫都行，我只是不希望你对菲龙大吼大叫。”

“我不想那样做。事实上，我也无意对你大吼大叫，我们不是决定做朋友了吗？”

“盖娅对你的态度一贯都是友善，崔维兹。”

“我不是在说盖娅。我知道你是盖娅的一部分，也可以说你就是盖娅，但你有一部分仍是个体，至少在某个程度之内。我是在跟那个个体交谈，是在对一个叫宝绮思的人讲话，我不理会——或说尽量不理会盖娅。我们不是决定做朋友了吗，宝绮思？”

“对啊，崔维兹。”

“那么，在索拉利上，当我们离开那座宅邸，来到太空艇附近时，你为何迟迟不对付那些机器人？我遭到羞辱，又受到实质伤害，而你却袖手旁观。尽管每耽搁一秒钟，都可能有更多的机器人到达现场，数量多得足以将我们吞没，你却一直袖手旁观。”

宝绮思以严肃的目光望着他。“我没有袖手旁观，崔维兹。我在研究那几个守护机器人的心灵，试图了解如何操纵它们。”她仿佛无意为自己的行为辩护，只是在作一番解释。

“我知道你当时在那样做，至少你自己是这么说的，我只是不懂那样做有什么意义。为什么要企图操纵那些心灵？你当时有足够的力量毁掉它们，正如你最后所采取的行动。”

“你认为毁灭一个智慧生灵是件简单的事吗？”

崔维兹撅了撅嘴，做出一个不以为然的表情。“得了吧，宝绮思，一个智慧生灵？它只不过是个机器人。”

“只不过是个机器人？”她的声音透出些许怒意，“总是这种论调，只不过，只不过！那个索拉利人班德，为什么迟迟不杀害我们？我们只不过是不具转换叶突的人类。为什么我们不忍留下菲龙自生自灭？他只不过是个索拉利人，还是个未成年的索拉利人。假如你用‘只不过这个，只不过那个’的论调，跟你想要除去的任何人或任何事物划清界限，你就能毁掉任何东西，因为你总有办法将它们划入某些范畴。”

崔维兹说：“别将一个完全合理的说法延伸到极端，否则只会显得荒唐可笑。机器人就是机器人，这点你无法否认。它不是人类，没有我们所谓的智慧；它只是机器，只会模仿智慧生灵的表象。”

宝绮思说：“你对它一无所知，竟然一句话就将它否定。我是盖娅——没错，我也是宝绮思，但我仍是盖娅——我是一个世界，这个世界认为它的每个原子都相当珍贵且意义重大，而由原子所构成的各种组织，则更加珍贵、更有意义。我／们／盖娅不会轻易破坏任何组织，反之，我们总是乐于将它们建构成更复杂的组织，只要那样做不会危害到整体。

“在我们所知的各种组织中，最高形式者能生出智慧。若非有万不得已的苦衷，我们不愿毁掉任何智慧。至于究竟是机械智慧或生化智慧，则几乎没有差别。事实上，守护机器人代表一种我／们／盖娅从未见过的智慧。研究它是求之不得的事，毁掉它则是不可想象的——除非是在极端危急的情况下。”

崔维兹以讽刺的口吻说：“当时，有三个更重要的智慧命在旦夕：你自己，你的爱人裴洛拉特，还有，如果你不介意的话，我也算一个吧。”

“四个！你总是忘记把菲龙计算在内。这些性命还谈不上有何凶险，我这么判断。听我说，假如你面对一幅画，一件伟大的艺术杰作，它不知为何威胁到了你的生命，而你需要做的，只是找支粗笔，在它上面猛然乱画一通，让这幅画从此完蛋，你的命就能保住。可是另一方面，假如你能细心研究这幅画，然后在这里画上一笔，那里点上一点，又在另一处擦掉一小部分，借着诸如此类的方法，你就足以改造这幅画，避免自己的生命受到威胁，却不会损毁它的艺术价值。当然，要进行那样的改造，需要很多时间才能完成，没有无比的耐心是做不到的。但如果时间允许，除了你自己的性命，你一定也会愿意拯救这幅画。”

崔维兹说：“大概会吧，但你最后还是彻底毁掉了那幅画。你大笔一挥，将细致的笔触和用色破坏殆尽，使精致的形影和构图面目全非。当一个小小雌雄同体性命受到威胁时，你马上就那样做了。可是在此之前，对于我们面临的危险，还有你自身面临的危险，你却完全无动于衷。”

“当时我们这些外星人士还没有立即的危险，可是我觉得菲龙突然身陷险境。我必须在守护机器人和菲龙之间作出抉择，不能浪费任何时间，所以我选择了菲龙。”

“真是这样吗，宝绮思？你将两个心灵迅速衡量了一遍，迅速判断出哪个较复杂且较有价值？”

“没错。”

崔维兹说：“我却以为，那是因为站在你面前的是个孩子，是个性命受到威胁的孩子。不论原先三个成人命在旦夕之际，你心中如何盘算，母性本能立刻将你攫获，令你毫不犹豫地出手救他。”

宝绮思微微涨红了脸。“或许有那么一点成分在内，但并不像你冷嘲热讽所说的那样。在我的行动背后，也有理性的想法。”

“我很怀疑。如果背后有什么理性的想法，你就应该考虑到一件事实：那孩子面临的是自己社会中注定的共同命运。为了维持那个世界的低数量人口，以符合索拉利人心目中的标准，天晓得已有几千几万个小孩遭到处决。”

“情况没有那么单纯，崔维兹。那孩子难逃一死，是因为他过于年幼，无法成为继承人，而这又是因为他的单亲过早死亡，归根结底则是因为我杀了他的单亲。”

“当时不是他死就是你亡。”

“这不重要。我的确杀了他的单亲，所以我不能坐视那孩子因我的行动而遭到杀害。此外，盖娅从未研究过那种大脑，这刚好是个难得的机会。”

“只是个孩子的大脑。”

“它不会永远是个孩子的大脑，它会在两侧发育出转换叶突。那种叶突带给一个索拉利人的能力，整个盖娅都望尘莫及。我只不过为了维持几盏灯的电力，以及启动一个装置来打开一扇门，就累得筋疲力尽了。班德却能保持整块属地的电力源源不绝，连睡觉时都不例外，而且他的属地跟我们在康普隆所见的城市相比，复杂度不相上下，面积则更广大。”

崔维兹说：“那么，你是将这孩子视为大脑基础研究的重要资源？”

“就某方面而言，的确如此。”

“我却不这么认为。对我而言，我们好像带了一件危险物品上来，有很大的危险。”

“什么样的危险？在我的帮助下，他会百分之百适应。他极端聪明，也已经显现出对我们的好感。我们吃什么他就吃什么，我们去哪里他就去哪里。从他的脑部，我／们／盖娅能获得许多无价的知识。”

“万一他生出下一代呢？他不需要配偶，他自己就是自己的配偶。”

“他还要经过许多年，才会达到生育的年龄。太空族的寿命长达好几世纪，而且索拉利人向来不想增加人口，延缓生殖也许早已是他们的习性，菲龙在短期内不会有孩子的。”

“你怎么知道？”

“我不知道，我只是诉诸逻辑。”

“我告诉你，菲龙会带来危险。”

“你并不知道，也并未诉诸逻辑。”

“宝绮思，此时此刻，我感觉到了，根本不需要理由。还有，坚称我的直觉永远正确的人，是你而不是我。”

宝绮思皱起眉头，显得坐立不安。

59

裴洛拉特在驾驶舱门口停下脚步，带着几分不安的神情向内探望，像是想判断崔维兹是否在专心工作。

崔维兹双手放在桌面上，当他成为电脑的一部分时，总是维持这种姿势，他的双眼则凝视着显像屏幕。因此，裴洛拉特断定他正在工作，于是耐心地等在外面，尽量静止不动，避免打扰或惊动他。

最后，崔维兹终于抬头望向裴洛拉特，却也不算完全意识到他的存在。当崔维兹与电脑融为一体时，目光似乎总是有点呆滞涣散，好像他正以异乎常人的方式看着、想着、活着。

但他还是向裴洛拉特点了点头，仿佛眼前的景象通过重重障碍，终于迟缓地映到他脑部的视叶。又过了一会儿，他才举起双手，露出微笑，真正恢复了自我。

裴洛拉特带着歉意道："我恐怕妨碍到你了，葛兰。"

"没什么大不了的，詹诺夫。我只是在进行测试，看看我们现在能否进行跃迁。我们刚好可以了，但我想再等几小时，希望运气会更好些。"

"运气，或是随机因素，和跃迁有关系吗？"

"我只不过随口说说，"崔维兹笑着答道，"但理论上而言，随机因素的确有关。你找我有什么事？"

"我可以坐下吗？"

"当然可以，但还是去我的舱房吧。宝绮思还好吗？"

"非常好。"他清了清喉咙，"她又睡着了，她一定要睡够，你应该了解。"

"我完全了解，因为超空间分隔的关系。"

"完全正确，老弟。"

"菲龙呢？"崔维兹靠在床上，将椅子让给裴洛拉特。

"从我的图书馆找出的那些书，你用电脑帮我印出的那些，那些民间故事，记得吗？他正在读呢。当然啦，他只懂得极其有限的银河标准语，但他似乎很喜欢念出那些字。他——我心中总是将他想成男生，你认为这是什么缘故，老伙伴？"

崔维兹耸了耸肩。"也许因为你自己是男生。"

"也许吧，你可知道，他简直聪明绝顶。"

"我绝对相信。"

裴洛拉特犹豫了一下，又说：“我猜你并不很喜欢菲龙。”

“我对他本身绝无成见，詹诺夫。我从未有过小孩，通常也不会对小孩特别有好感。我好像记得，你倒是有子女。”

“有个儿子。我还记得，当他是个小男生的时候，那的确是一大乐趣。这也许就是我将菲龙想成男生的原因，他让我又回到了四分之一世纪前。”

“我绝不反对你喜欢他，詹诺夫。”

“你也会喜欢他的，只要你给自己一个机会。”

“我相信会的，詹诺夫。或许哪一天，我真会给自己一个机会。”

裴洛拉特再度犹豫起来。“我还知道，你一定厌烦了跟宝绮思争论不休。”

“事实上，我想我们不会再有太多争论了，詹诺夫，我和她真的愈来愈融洽。几天前，我们甚至作过一次理性的讨论——没有大吼大叫，也没有互相指责——讨论她为何迟迟不令那些守护机器人停摆。毕竟，她三番两次拯救我们的性命，我总不能吝于对她伸出友谊之手，对不对？”

“没错，我看得出来。但我所谓的争论不是指吵架，我的意思是，你们不停地辩论盖娅星系和个体孰好孰坏。”

“喔，那件事！我想那会继续下去——很有风度地。”

“如果在这场辩论中，葛兰，我站在她那一边，你会不会介意？”

“绝对不会。请问是你自己接受了盖娅星系的理念，还是因为和宝绮思站在一边，会让你感到比较快乐？”

“老实说，是我自己的看法，我认为盖娅星系的时代很快会来临。你亲自选择了这个方向，而我愈来愈相信这是个正确的抉择。”

“只因为那是我的选择？这不成理由。不论盖娅怎么说，你该知道，我都还是有可能犯错。所以，别让宝绮思用这个理由说服你。”

“我认为你并没有错。这是索拉利给我的启示，不是宝绮思。”

“怎么说？”

“嗯，首先，我们是孤立体，你我都是。”

“那可是她的用语，詹诺夫，我比较喜欢自称为个体。”

“这只有语义学上的差异，老弟，随便你喜欢怎么称呼都行。我们都包裹在各自的皮囊中，被各自的思想笼罩，我们最先想到的是自己，最重视的也是自己。自卫是我们的第一自然法则，即使会伤害到其他人也不在乎。”

“历史上也有许多人物，曾经牺牲自己成全别人。”

“那是很罕见的现象。历史上还有更多的人物，为了满足自己异想天开的蠢念头，不惜牺牲他人最深切的需要。”

“这和索拉利又有什么关系？”

“这个嘛，在索拉利，我们看到孤立体——或者你喜欢说个体也行——会变得多么极端。索拉利人几乎无法跟自己的同胞分享一个世界，他们认为绝对孤独的生活才是完全的自由。他们甚至跟自己的子嗣没有任何亲情，当人口过多时就会杀掉他们。他们在身边布满机器人奴隶，自己替这些机器人供应电力，所以在他们死了之后，整个庞大的属地也就形同死亡。这是值得赞美的吗，葛兰？你能将它跟盖娅的高贵、亲切、互相关怀相提并论吗？宝绮思根本没有和我讨论过，这是我自己的感受。”

崔维兹说：“这的确像是你该有的感受，詹诺夫，我完全同意。

我认为索拉利的社会实在可怕，但它并非始终如此。他们的远祖是地球人，近代的祖先则是太空族，那些祖先过的生活都很正常。索拉利人由于某种原因，选择了一条通往极端的道路，但你不能根据特例来下结论。在整个银河数千万的住人世界中，你知道还有哪个——不论过去或现在——拥有类似甚至只是稍微雷同索拉利的社会吗？即使索拉利人自己，若非滥用机器人，又怎么会发展出这样的社会？一个由个体组成的社会，假如没有机器人，有可能演化出索拉利这种程度的恐怖吗？”

裴洛拉特的脸稍稍抽动了一下。“你对每件事都过于吹毛求疵，葛兰。至少我的意思是说，你在为被你自己否定的银河形态辩护时，似乎也相当理直气壮。”

“我不会一竿子打翻一船人。盖娅星系自有其理论基础，等我找到了，我自然会知道，到时候我一定接受。或者说得更精确点，‘如果’我找到了。”

“你认为自己有可能找不到吗？”

崔维兹耸了耸肩。“我怎么晓得？你可知道我为什么要再等几小时才进行跃迁？我甚至可能说服自己再多等几天，但这是何苦呢？”

“你说过，多等一下会比较安全。”

“没错，我是那样说过，可是我们现在够安全了。我真正害怕的，是我们打算造访的三个太空世界，通通让我们无功而返。我们只有三组坐标，而我们已用掉两个，每次都是侥幸死里逃生。即使如此，我们仍未获得有关地球的任何线索，事实上，连地球是否存在都还无法肯定。现在我正面对第三个，也是最后一个机会，万一还是令我们失望，那该怎么办？”

裴洛拉特叹了一口气。“你可知道有些民间故事——其实，我给菲龙练习阅读的就有一则——内容是说某人能许三个愿望，但只有三个而已。在这类情节中，‘三’似乎是个很重要的数字，或许因为它是第一个奇数，所以是能作出决定的最小数字。你也知道，所谓的三战二胜。重点是在这些故事里，那些愿望都没有派上用场，从来没有人许过正确的愿望。我一直有个想法，认为那代表一种古老的智慧，意思是没有不劳而获的事，你的心愿得凭努力来换取，而不是……”

他突然住口，显得很不好意思。“抱歉，老友，我在浪费你的时间。一谈到自己的本行，我就很容易喋喋不休。”

“我觉得你的说法总是很有趣，詹诺夫，我愿意接受这个比喻。我们得到三个愿望，已经用掉两个，还没有任何收获，现在只剩最后一个了。不知怎么搞的，我确定我们将再度失败，所以我希望多拖一阵了，这就是我把跃迁尽量往后延的原因。”

“万一又失败了，你打算怎么办？回盖娅？回端点星？”

“喔，不。”崔维兹一面摇头，一面悄声道，“必须继续找下去——但愿我知道该如何进行。”

第十四章
死 星

60

崔维兹觉得很沮丧。这趟寻找从开始到现在，他的几个小胜利都没有什么重要性，只算暂时让失败擦身而过。

现在，他延后了跃迁到第三个太空世界的时间，结果令其他人也感染到不安的情绪。当他终于下定决心，必须让电脑将太空艇驶入超空间时，裴洛拉特站在驾驶舱门口，一脸严肃的表情，宝绮思则位于他后侧。就连菲龙也站在那里，紧紧抓住宝绮思的手，面容严肃地盯着崔维兹。

崔维兹抬起头，目光从电脑移开，带着几分火气说："好一个全家福！"他会这么说，纯粹是由于心神不宁。

他开始指示电脑进行跃迁，故意安排当重返普通空间时，让太空艇与目标恒星的距离超过实际需要。他告诉自己，那是因为在前两个太空世界上发生的事，让他学到了谨慎的重要性，但事实上他并不相信这种解释。他知道，在自己内心深处，其实是希望在重返普通空间时，和那颗恒星还有相当的距离，因而无法确定它究竟有没有可住人行星。这能让他先作几天太空旅行，然后才获悉答案，并且（也许）面对失败的苦果。

因此，这时在“全家福”的观礼下，他深深吸了一口气，憋了一会儿，再像吹口哨似的吐出来。与此同时，他对电脑下达最后一道指令。

群星的图样默默进行着不连续的变化。最后，显像屏幕变得较为空洞，因为他们已经来到一处恒星较疏的区域。在靠近中央的位置，可以见到一颗闪闪发亮的星辰。

崔维兹咧嘴大笑，因为这也算一项胜利。毕竟，第三组坐标可能是错的，可能根本看不到符合条件的G型恒星。他看了其他人一眼，然后说：“就是它，第三号恒星。”

“你确定吗？”宝绮思轻声问。

“注意看！”崔维兹说，“我要把屏幕转成电脑银河地图的同心画面，如果那颗明亮的恒星消失了，就代表地图没有收录，它就一定是我们要找的那颗。”

电脑立即回应他的指令，那颗行星在瞬间消失，连一点过程都没有，仿佛从来不曾存在。其他星像却丝毫未受影响，看来仍是那般庄严壮丽。

“我们找到了。”崔维兹说。

即使如此，他还是让远星号慢速前进，速度仅维持在普通速度的一半。还有一个谜底尚未揭晓，那就是可住人行星是否存在，但他并不急于找出答案。甚至飞行了三天后，这个问题仍然没有任何进展。

不过，或许不能说毫无进展。有一颗距离中心非常遥远的气态巨星，环绕着这颗恒星运转，其白昼区映出黯淡的黄色光芒。从他们目前的位置看来，它就像一弯肥厚的新月。

崔维兹并不喜欢它的模样，但尽量不表现出来。他像个有声旅行指南一样，以平板的语调说："那里有一颗很大的气态巨星，看起来相当壮观。现在我们可以看到，它有一对细薄的行星环，还有两颗硕大的卫星。"

宝绮思说："大多数行星系都具有气态巨星，对不对？"

"没错，可是这颗相当大。根据两颗卫星的距离，以及两者的公转周期判断，这颗气态巨星的质量约为可住人行星的两千倍。"

"那有什么差别？"宝绮思说，"气态巨星就是气态巨星，不论是大是小，对不对？它们距离所环绕的恒星总是极为遥远，而由于过大和过远，所以一律不适宜住人。想要发现可住人行星，我们必须到那颗恒星附近去找。"

崔维兹迟疑了一下，便决定公布实情。"问题是，"他说，"气态巨星会将附近的太空扫干净一大片。没被它们吸收到自身结构中的物质，则会聚结成相当大的天体，形成它们的卫星系。它们阻止了其他的聚结现象，影响力甚至能达到很远的距离。所以气态巨星愈大，就愈有可能是唯一的大型行星；除了那颗气态巨星，行星系中只会有些小行星。"

"你的意思是，这里没有可住人行星？"

"气态巨星愈大，可住人行星存在的机会就愈小。这颗气态巨星如此庞大，简直就是一颗矮恒星。"

裴洛拉特说："我们可以看看吗？"

于是三人一起盯着屏幕。（菲龙正在宝绮思的舱房看书。）

画面不断放大，直到那个新月形占满整个屏幕。一条细长的黑线跨越新月的上半部，那当然是行星环造成的阴影。行星环本身是一道闪亮的曲线，与行星表面有一小段距离，因此有一小部分延伸到了行星的暗面，然后才被阴影遮蔽。

崔维兹说：“这颗行星的自转轴对公转平面的倾角约为三十五度，而它的行星环当然位于赤道面，所以在目前的轨道位置上，恒星的光线由下方射过来，将行星环投影在赤道上方相当远处。”

裴洛拉特看得出神。“都是些细小的行星环。”

“事实上，已在平均大小之上。”崔维兹答道。

“根据传说，在地球所属的行星系中，那颗具有行星环的气态巨星，它的环还要更宽、更亮而且更精致得多，甚至那颗气态巨星本身也相形见绌。”

“我一点也不惊讶。”崔维兹说，“一个故事口耳相传上万年，你认为它会被愈说愈小吗？”

宝绮思说：“它实在美丽。如果仔细望着那新月形，它似乎会在你眼前翻滚腾挪。”

“那是大气风暴。”崔维兹说，“如果选取适当波长的光波，一般说来可以看得更清楚些。来，让我试试看。”他将双手放到桌面，命令电脑逐一过滤光谱，然后固定在一个适当的波长。

原本微微发亮的新月形，突然变成一团变幻不定的色彩，由于变幻速度实在太快，几乎令人眼花缭乱。最后，它总算固定成橘红色。而在新月内部，有许多正在漂移的螺旋状物体，它们一面运动，一面不断或收紧或松弛。

“真是难以置信。”裴洛拉特喃喃说道。

“太可爱了。”宝绮思说。

没什么难以置信，也一点都不可爱，崔维兹难过地想。裴洛拉特与宝绮思都被眼前的美景迷住了，完全没想到他们所赞美的这颗行星，大大减低了崔维兹解开谜团的机会。可是话说回来，他们为何要想到这些呢？他俩深信崔维兹的选择正确，两人只是陪伴他进行求证，本身并没有心理负担，自己根本不该责怪他们。

他说："暗面看来虽然很黑，但我们若能看到波长比可见光稍长一点的光线，就能看出它其实是阴暗深浓的火红色。这颗行星向太空放出大量的红外辐射，因为它大到了几乎红热的程度。它已经超越气态巨星，简直就是一颗'次恒星'。"

他停了半晌，又继续说："现在，我们暂时把它抛在脑后，开始寻找可能存在的可住人行星。"

"也许真的存在。"裴洛拉特带着微笑说，"别放弃，老伙伴。"

"我尚未放弃。"崔维兹虽然这样说，自己却不怎么有信心，"行星形成的过程太复杂，无法建立一套严格规律，我们只能以几率来讨论。有那个庞然大物在太空中，几率便会降低许多，可是并不等于零。"

宝绮思说："你何不这样想——前面两组坐标，分别提供了一个太空族居住的行星，那么这第三组坐标，既然已经提供一颗符合条件的恒星，也应该能让你找到一颗可住人行星。为什么还要谈几率呢？"

"我当然希望你说得对。"崔维兹说，却一点也没有感到安慰，"现在我们要飞出行星轨道面，向中心的恒星前进。"

他说出这个意图后，电脑几乎立刻开始行动。他靠在驾驶座上，再次肯定一件事实：驾驶一艘拥有如此先进电脑的重力太空艇，后遗症之一是再也不能——再也不能驾驶任何其他型号的船舰。

他还能忍受亲自进行那些计算吗？还能忍受必须考虑加速效应，并限定在合理范围之内吗？最可能出现的状况，是他会忘掉那些问题，而让船舰全速前进，直到他与其他乘客都被抛向舱壁，撞得粉身碎骨为止。

嗯，那么，他将永远继续驾驶远星号——或是其他一模一样的太空艇，只要他能忍受那么一点点的不同。

由于他想暂且忘掉有没有可住人行星这个问题（不论答案为何），他开始沉思另一件事：他刚才命令太空艇离开轨道面，是飞到轨道面的上方。如果没有必须飞到轨道面之下的特殊原因，驾驶员几乎总会选择向上飞，这是为什么呢？

其实严格说来，何必坚持将某个方向想成上方，而将另一侧想成下方呢？太空是完全对称的空间，“上下”纯粹只是约定俗成。

话说回来，在观测一颗行星时，他总会注意到它的自转与公转方向。如果两者都是反时钟，那么手臂举起的方向就是北方，两脚的方向则是南方。而在银河每个角落，总是将北方想象成上方，南方想成下方。

这纯粹是一种规约，可远溯至迷雾般的太古时代，而人类一直盲目沿用至今。一张原本熟悉的地图，如果南面朝上就一定看不懂，必须转过来才显得有意义。除非有特殊状况，否则任何人都会优先选择北方，也就是“上方”。

崔维兹想到三世纪前的一位帝国大将贝尔·里欧思所领导的一场战役。在某个关键时刻，他命令分遣舰队转向轨道面下方，于是敌军一个中队在毫无警戒的情况下，被里欧思逮个正着。后来有人抱怨，说这是一种投机行动——当然是出自输家之口。

如此影响深远且与人类同样古老的规约，一定是源自地球。想到这里，崔维兹的心思又被拉回可住人行星的问题上。

裴洛拉特与宝绮思仍然盯着那颗气态巨星，看它以非常非常缓慢的动作，在屏幕上倒翻着筋斗。现在日照部分渐渐扩大，崔维兹将光谱固定在橘红色波长上，在行星表面翻腾的风暴就变得更狂乱，而且更具催眠力量。

这时菲龙晃进了驾驶舱，但宝绮思认为他应该小睡一会儿，而她自己同样有这个需要。

崔维兹对留下来的裴洛拉特说：“我必须撤掉气态巨星的画面了，詹诺夫。我要让电脑集中全力，开始寻找大小恰当的重力讯标。”

“当然好，老伙伴。”裴洛拉特说。

不过实际情形要复杂得多。电脑所要寻找的，不只是个大小恰当的讯标而已，它还必须发自一颗距离符合条件的行星。还得等上好几天，他才能得到确定的答案。

61

崔维兹走进自己的舱房，表情凝重而严肃——其实应该说是阴郁。然后，他着实吃了一惊。

宝绮思正在那里等他，菲龙则紧靠在她身边，身上的袍子与腰布散发出一股清新气味，一闻就知道经过了蒸气洗涤与真空熨烫。这孩子穿上自己的衣裳，要比穿着宝绮思那件大了几号的睡袍好看得多。

宝绮思说：“你刚才在电脑旁边，我不想打扰你，不过现在请听——开始吧，菲龙。”

菲龙便以高亢而带有韵律的语调说：“我问候您，保护者崔维兹。我感到万分荣幸，干……更……跟随您乘太空艇遨游太空。我也很快乐，因为我有两个亲切的朋友，宝绮思和裴。”

菲龙说完后，露出一个可爱的笑容。崔维兹再度暗忖：我心中到底将他当成男孩还是女孩？或者都是？或者都不是？

他点了点头。“背得非常熟，发音几乎完美无缺。”

“根本不是死背的。”宝绮思热切地说，“菲龙自己拟好稿子，然后问我可不可以背诵给你听，我事先甚至不知道菲龙会说些什么。”

崔维兹勉强挤出一丝微笑。“这样的话，的确很不简单。”他注意到宝绮思提到菲龙时，尽量避免使用代名词。

宝绮思转头对菲龙说：“看吧，我告诉你崔维兹会喜欢的。现在去找裴，如果你有兴趣，可以再向他要些读物。”

菲龙跑开后，宝绮思说：“菲龙学习银河标准语的速度真是惊人，索拉利人对语言一定有特殊天分。想想看，班德仅仅借着收听超空间通讯，就说得一口不错的银河标准语。除了能量转换，他们的大脑也许还有其他异于常人之处。”

崔维兹只是哼了一声。

宝绮思说：“别告诉我你仍不喜欢菲龙。”

“我无所谓喜不喜欢，那小东西就是让我不自在。比方说，想到跟一个雌雄同体打交道，就令人觉得浑身不舒服。”

宝绮思说：“得了吧，崔维兹，这样说实在可笑，菲龙可算是完全正常的生物。在一个雌雄同体的社会中，想想看你我有多恶心——不是男性，就是女性。每种性别只能算一半，而为了生育下一代，必须以丑怪的方式暂时结合。”

“你反对这件事吗，宝绮思？”

“别装作误解我的意思，我是试图以雌雄同体的立场审视我们自己。对他们而言，那件事一定显得极其可厌；对我们而言，则似乎相当自然。所以菲龙才会引起你的反感，但那只是一种短视而偏狭的反应。”

“坦白说，”崔维兹道，“不确定该用什么代名词称呼这小东西，实在是一件烦人的事。为了烦恼代名词的问题，思路和谈话一直被打断。”

“但这是我们的语言有所缺失，”宝绮思说，“而不是菲龙的问题。人类的语言在发展过程中，从未将雌雄同体考虑在内。我很高兴你提出这个问题，因为我自己也一直在想。如果使用‘它’，并不是解决之道，那个代名词是用来指称无关乎性别的事物。在银河标准语中，根本没有代名词同时适合两种性别。那么，何不随便选一个呢？我自己把菲龙当成女孩，原因之一是她拥有女性的尖锐声调，此外她也能生育下一代，这是女性最重要的特征之一。裴洛拉特已经同意，你何不一样接受呢？我们就用‘她’称呼菲龙吧。”

崔维兹耸了耸肩。“很好，虽然‘她有睾丸’听来会很奇怪，即使如此，还是很好。”

宝绮思叹了一口气。“你的确有个惹人厌的习惯，喜欢把每件事都拿来开玩笑。不过我知道你的压力很大，所以这点我会谅解。就用阴性代名词来称呼菲龙吧，拜托。”

“我会的。”崔维兹犹豫了一下，终于忍不住说道，“我每次看到你们在一起，就愈来愈觉得你把菲龙当成子女的代用品。是不是因为你想要个孩子，却认为詹诺夫无法做到？”

宝绮思睁大了眼睛。“我跟他在一起可不是为了孩子！难道你认为，我把他当成帮我生孩子的工具？更何况，我还没到生儿育女的时候。等时候到了，我得生育一个小盖娅，这件事裴根本无能为力。”

“你的意思是必须抛弃詹诺夫？”

“当然不会，只是暂时分开，甚至可能会用人工授精的方式。”

“我想，必须等到盖娅决定有此需要、等到盖娅某个人类成员死去而产生空缺的时候，你才能生育一个孩子。”

“这是冷酷无情的说法，但也算得上实情。盖娅的每个部分，以及相互间的每一种关系，都必须维持完美的均衡。”

“就像索拉利人的情形一样。”

宝绮思紧抿着嘴唇，脸色变得有些苍白。“完全不同。索拉利人生产的数量总是超过需要，再将过剩的人口销毁；我们生产的子女则刚好符合需要，从来不必杀害任何生命。就像你的皮肤表层坏死之后，便会长出恰到好处的新皮肤，不会多长出一个细胞来。”

“我了解你的意思。”崔维兹说，“顺便提一下，我希望你考虑到詹诺夫的感受。”

“有关我可能生小孩的事？这个问题从未讨论过，将来也绝对不会。”

“不，我不是指那个。我有一种感觉，你对菲龙愈来愈感兴趣。这样一来，詹诺夫也许觉得被冷落了。”

“他没有受到冷落，他跟我一样对菲龙感兴趣。她是我们另一个共同的喜好，甚至将我们两人拉得更近。觉得受冷落的会不会是你自己？”

“我自己？”崔维兹真正大吃一惊。

“对，就是你。我不了解孤立体，正如你不了解盖娅一样，可是我有一种感觉，你喜欢成为这艘太空艇中注意力的焦点，也许你觉得这个地位被菲龙取代了。”

“真是荒谬。”

“你竟然认为我会冷落裴，那是同样荒谬的想法。”

“那么我们宣布停战吧。我会试着把菲龙当成女孩，但不会再过度担心你不顾詹诺夫的感受。”

宝绮思微微一笑。“谢谢你，那么一切都没问题了。”

崔维兹转过身去，宝绮思突然说：“等一等！”

崔维兹又转回来，带着点厌烦的口气说：“什么事？”

“我很清楚地感觉到，崔维兹，你现在既悲伤又沮丧。我不打算刺探你的心灵，但你也许愿意告诉我有什么不对劲。昨天，你说这个行星系中有颗符合条件的行星，而且似乎相当高兴。我希望它仍在那里，这个发现该不是弄错了吧？”

“在这个行星系中，的确有颗符合条件的行星，而它仍在那里。”崔维兹说。

“大小刚好吗？”

崔维兹点了点头。“既然说它符合条件，大小当然刚好，而且它和恒星的距离也刚好。”

“那么，到底有什么问题？”

“我们现在足够接近它了，已经能够分析它的大气成分，结果显示它谈不上有大气层。”

“没有大气层？”

“谈不上有，所以它不是一颗可住人的行星。而环绕这个太阳的其他行星，都没有半点可住人的条件。我们这第三次尝试，结果是一无所获。”

62

裴洛拉特看来面色凝重，但显然不愿搅扰崔维兹闷闷不乐的沉默。他站在驾驶舱门口观望，意思很明显，希望崔维兹能主动开口说话。

崔维兹却一直没开口，沉默的状态像是生了根似的。

最后裴洛拉特实在忍不住了，带着几分怯意说："我们正在做什么？"

崔维兹抬起头，瞪了裴洛拉特一会儿，又将头转过去，然后说："我们正对准那颗行星飞去。"

"可是，既然它没有大气层……"

"是电脑说它没有大气层。长久以来，它告诉我的都是我想听的，而我一直照单全收。如今它告诉我一些我不想听的，所以我打算查验一下。假如这台电脑也会出错，现在就是我希望它出错的时候。"

"你认为它出了错吗？"

"我并不这么想。"

"你想得到可能令它出错的原因吗？"

"我也想不出来。"

"那你为何自找麻烦呢，葛兰？"

崔维兹终于将座椅转过来，他面对着裴洛拉特，脸孔扭曲成近乎绝望的表情。“难道你看不出来，詹诺夫，我已经走投无路了吗？在前两个世界，我们寻找地球下落的结果是一场空，如今这个世界又是一片空白。现在我该怎么办？从一个世界游荡到另一个世界，张大眼睛四处张望，逢人便问：‘对不起，请问地球在哪里？’地球将它自己的踪迹隐藏得太好了，哪里都没有留下任何线索。我甚至开始怀疑，即使有线索存在，它也会让我们绝对无法找到。”

裴洛拉特点了点头，然后说：“我自己也在顺着这个方向思索，你介不介意我们讨论一下？我知道你很不开心，也不想讲话，老弟，所以如果你要我别烦你，我马上就走。”

“开始讨论吧。”崔维兹的声音简直像呻吟，“除了洗耳恭听，我还有什么好做的？”

于是裴洛拉特说：“听你这种口气，好像并非真想要我开口，不过谈谈也许对我们都有好处。当你认为受不了的时候，请随时叫我闭嘴。我有个感觉，葛兰，地球不一定仅仅采取被动消极的方法，将自己隐藏起来，也不一定只是清除有关它的参考资料。难道它不会安排一些假线索，主动制造烟幕吗？”

“怎么说？”

“嗯，我们在好几处地方，都听说过地球具有放射性，这种说法就有可能是故意捏造的，好让大家都打消寻找它的念头。假如真有放射性，它就万万接近不得。最可能的情况，是我们甚至无法踏上地球。就算我们拥有机器人，它们也可能无法抵御放射线的伤害。所以何必还要找呢？于是，即使地球没有放射性，也能因此不受侵犯，除非有人在无意间接近，但即使发生那种事，它或许也有其他的隐蔽方法。”

崔维兹勉强挤出一个微笑。“真奇怪，詹诺夫，我刚好也想到这一点。我甚至想到，那颗未必存在的巨大卫星是虚构的，被故意放进这个世界的传说中。至于具有超大行星环的气态巨星，可能也是捏造出来的，同样未必存在。这些或许都是刻意的安排，好让我们寻找一些根本不存在的东西，因而当我们来到正确的行星系，双眼瞪着地球的时候，反倒对它视而不见。因为事实上，它并没有一颗巨大的卫星，并没有具放射性的地壳，它的近邻也没有什么三重行星环。因此，我们无法认出它来，做梦也想不到它就在我们眼前——我还想象到更糟的情况。”

斐洛拉特显得垂头丧气。“怎么还会有更糟的情况？”

“很简单。在半夜里，当你沮丧到极点时，就会开始遨游无际的幻想天地，寻找任何能令你更绝望的东西。万一地球法力无边呢？万一它能蒙蔽我们的心灵呢？万一我们经过地球附近时，虽然它的确有巨大的卫星，它的邻居也有巨大的行星环，我们却根本视若无睹呢？万一我们早就错过它了呢？”

“可是你若相信这些，我们为何还……”

“我没说我相信，我只是说些疯狂的幻想，我们还是会继续寻找。”

斐洛拉特迟疑了一下，然后说：“要持续多久呢，崔维兹？到了某个地步，我们当然就得放弃。”

“绝不！”崔维兹厉声道，“即使我必须花一辈子的时间，从一颗行星飞到另一颗行星，睁大眼睛四处张望，逢人便说：‘先生请问，地球在哪里？’我也不会放弃。如果你们希望的话，我随时可以带你和宝绮思回盖娅，甚至送菲龙一起去，然后我再一个人上路。”

“喔，不，你知道我不会离开你，葛兰，宝绮思也不会。如果有必要，我们会跟你一起踏遍每颗行星。可是到底为什么呢？”

“因为我必须找到地球，因为我一定会找到的。我不知道是在什么情况下，但我一定会找到它的。现在，听着，我要设法前往一个适当位置，以便研究这颗行星的日照面，但又不能和它的太阳过于接近，所以暂时别打扰我。”

裴洛拉特不再说话，但也没有离开。他留在原处继续旁观，看着崔维兹研究屏幕上的行星影像，其中有一半以上处于白昼。对裴洛拉特而言，它似乎毫无特色，可是他也知道，崔维兹现在和电脑联在一起，各种感知能力已大为增强。

崔维兹悄声道："那里有一团薄雾。"

"那就一定有大气层。"裴洛拉特脱口而出。

"不至于太多，不足以维持生命，但足以产生能掀起灰尘的微风。对一颗拥有稀薄大气的行星而言，这是个普遍的特征，它甚至还可能有小型的极地冰冠，就是凝结在极地的少数'水冰'，你知道吧。这个世界的温度过高，不可能有固态二氧化碳。我必须切换到雷达映像，这样一来，我就能在夜面顺利工作。"

"真的吗？"

"真的。我应该一开始就试着那样做，可是这颗行星几乎没有空气，因此也没有云，尝试用可见光观察似乎很自然。"

崔维兹维持了好一阵子的沉默，这期间，显像屏幕中的雷达反射模糊不清，仿佛是一颗行星的抽象画，有点像某位克里昂时期艺术家的画风。然后他使劲说了一声："好——"并将这个字刻意拉长，接着再度陷入沉默。

裴洛拉特终于忍不住问道："什么东西'好'？"

崔维兹很快瞥了他一眼。"我看不到任何陨石坑。"

"没有陨石坑？那是好现象吗？"

"完全出乎意料之外。"他咧嘴笑了笑，又说："非常好的现象。事实上，可能是好极了。"

63

菲龙的鼻子一直贴着太空艇的舷窗，透过这个窗口，能直接以肉眼观察宇宙的一小部分。这可说是最自然的景观，完全未经电脑的放大或增强。

宝绮思刚才试着为菲龙解释宇宙的奥秘，现在她叹了一口气，低声对裴洛拉特说：“我不知道她了解多少，亲爱的裴。她出生的那座宅邸，以及宅邸附近一小部分的属地，对她而言就是整个宇宙。我想她未曾在夜晚到过户外，也从来没有见过星星。”

“你真这么想吗？”

“我真这么想。所以直到她懂得够多的字汇，可以稍微了解我的说明了，我才敢让她看到太空的景观。你多么幸运啊，能用她的语言跟她交谈。”

“问题是我不算很懂天文。”裴洛拉特歉然道，“如果事先毫无准备，宇宙是个相当不易掌握的概念。她曾对我说，假如那些小光点都是巨大的世界，每个都像索拉利一样——当然啦，它们都比索拉利大得多——那么它们就不能凭空挂在那里，它们应该掉下来，她这么说。”

“就她既有的知识而言，她说得没错。她问的都是合理的问题，一点一滴慢慢累积，总有一天她会了解的。至少她有好奇心，而且她不害怕。”

“其实，宝绮思，我自己也好奇。葛兰发现这个世界没有陨石坑之后，你看他立刻有多大的转变。我对其中的差别毫无概念，你呢？”

“同样没概念。不过他的行星学知识比我们丰富得多，我们只能假设他知道自己在做什么。”

“我真希望自己也知道。”

“那么，去问问他。”

裴洛拉特现出为难的表情。“我总是担心会惹他心烦。我可以肯定，他认为我该知道这些事，根本用不着他来告诉我。”

宝绮思说：“这是傻话，裴。他对于银河中的神话传说，凡是认为可能有用的，随时会毫不犹豫地向你请教。既然你总是乐意回答和解释，他又为何不该如此？你现在就去问他，如果因而惹他心烦，他就会得到一个练习做人处事的机会，这样对他也有好处。”

“你要跟我一起去吗？”

“不，当然不去。我要跟菲龙在一起，继续试着将宇宙的概念装进她脑子里。在他对你作出解释之后，你随时可以解释给我听。”

64

裴洛拉特怯生生地走进驾驶舱。他很高兴发现崔维兹正在吹口哨，显然心情相当好。

“葛兰。”他尽可能以快活的语气说。

崔维兹抬起头来。“詹诺夫！你每次进来总是蹑手蹑脚，好像认为打扰我会犯法似的。把门关上，坐下吧，坐下来吧！你看这个。”

他指着映在显像屏幕上的行星，然后说：“我只找到两三个陨石坑，而且都相当小。”

“那有什么差别吗，葛兰？真有吗？”

“差别？当然有。你怎么会这样问呢？”

裴洛拉特做了一个无奈的手势。“这些对我而言都神秘无比。我大学时主修历史，此外还修过社会学和心理学，也修了一些语言和文学课程，大多数是古代语文；在研究所的时候，我则专攻神话学。我从未接触过行星学，或是其他自然科学。”

“那也没什么不对，詹诺夫，我宁愿你只精通这些知识。你在古代语言和神话学方面的素养，对我们一直有莫大助益，这点你自己也知道。遇到有关行星学的问题，我会负责解决。”

他继续说：“你可知道，詹诺夫，行星是由较小天体撞在一块所形成的。最后撞上来的那些，就会造成陨石坑的痕迹，我的意思是有此可能。如果一颗行星大到气态巨星的程度，大气层下其实全是液态结构，最后那批撞击就只会溅起若干液体，不会留下任何痕迹。

“较小的固态行星，不论是冰或是岩石构成的，都一定会有陨石坑的痕迹。除非出现某种消除作用，否则它们永远不会消失。而消除作用会在三种情况下产生：

“第一种情况，这个世界的液态海洋上结了一层冰。这样一来，任何撞击都会将冰击碎，而令水花四溅。不久冰层会重新冻结，打个比方，就像是伤口愈合。这样的行星或卫星温度一定很低，不可能是我们所谓的可住人世界。

“第二种情况，如果这个世界的火山活动很剧烈，那么一旦有陨石坑形成，熔岩流或火山灰落尘便会源源不断灌进来，将陨石坑渐渐湮没。然而，这样的行星或卫星也不可能适合人类居住。

“可住人世界则构成第三种情况。这种世界或许有极地冰冠，但大部分海洋一定都是自由流体。它们也可能有活火山，可是一定分布得很稀疏。这种世界如果出现了陨石坑，一来无法自行愈合，二来也没有东西可供填补。然而它上面有侵蚀作用，风或流动的水都会不断侵蚀陨石坑，而如果还有生物，生物活动也具有强力的侵蚀作用。懂了吧？”

裴洛拉特思索了一下，然后说：“可是，葛兰，我一点也不了解你的意思。我们要去的这颗行星……”

“我们明天就要登陆。”崔维兹兴高采烈地说。

“我们要去的这颗行星并没有海洋。”

“只有很薄的极地冰冠。”

“也没有多少大气。”

“只有端点星大气密度的百分之一。”

“更没有生物。”

“我没侦测到生命迹象。”

“那么，有什么东西能侵蚀掉陨石坑呢？”

“海洋、大气、生物三者。”崔维兹说，“听着，假如这颗行星一开始就没有空气和水分，陨石坑形成后就不会消失，它的表面到处都会是坑坑洞洞。而这颗行星上几乎没有陨石坑，证明它原本一定含有空气和水分，而且不久之前，也许还有相当丰沛的大气和海洋。此外，看得出这个世界有些巨大的海盆，那些地方过去一定是汪洋一片，而干涸河床的痕迹更不在话下。所以你看，侵蚀作用过去的确存在，是不久之前才停止的，而新的陨石坑还来不及累积。”

裴洛拉特看来一脸疑惑。“我或许不是行星学家，可是我也知道，如果一颗行星大到足以维持浓厚的大气数十亿年之久，就不会突然失去它，对不对？”

“我也认为不可能。”崔维兹说，“但在大气流失前，这个世界上无疑有生命存在，也许还是人类生命。根据我的猜测，它是个经过改造的世界，就像银河中几乎每个住人世界一样。问题是人类抵达之前，它的自然条件如何？为了住得舒服，人类又对它进行过何种改造？还有，生命究竟是在什么情况下消失的？这些问题我们都不知道答案。有可能发生过一场大灾变，将大气层一扫而光，一举结束了人类的生命。也有可能人类在这颗行星居住时，维持着一种奇异的非平衡状态，而人类消失后，它就陷入恶性循环，导致大气变得愈来愈稀薄。或许我们登陆之后就能找到答案，也可能根本找不到，不过这点无关紧要。”

“如果那上面现在没有生命，那么过去是否曾有生命，同样是一件无关紧要的事。一个世界始终不可住人，和目前不可住人，两者又有什么差别？”

“假如只有现在不可住人，当年的居民应该会留下些遗迹。”

“奥罗拉也有许多遗迹……”

“一点也没错，但奥罗拉经历了两万年的雨雪风霜，以及温度的大起大落。此外那里还有生物——别忘了那些生物。那里也许不再有人类的踪迹，可是仍有众多生物。遗迹也像陨石坑一样会遭到侵蚀，甚至更快。经过了两万年，不会留下什么对我们有用的东西。然而在这颗行星上，曾经有过一段时期，或许长达两万年，也或许少一点，上面没有任何风雨或生物。我承认，温度变化还是有的，不过那是唯一的不利因素，所以那些遗迹应该保存得相当好。”

“除非，”裴洛拉特以怀疑的口吻喃喃说道，“上面根本没有任何遗迹。有没有可能这颗行星上从未出现生命，至少从来没有人类居住过，而造成大气流失的事件，其实根本和人类无关？”

“不，不可能。”崔维兹说，“你无法使我变得悲观，因为我有免疫力。即使在此时此地，我也已经侦察到一些遗迹，并且可以确定那是一座城市——所以我们明天就要登陆。”

65

宝绮思以忧虑的口吻说：“菲龙深信我们要带她回到健比——她的机器人身边。”

“嗯——嗯。”崔维兹一面说，一面研究着太空艇下方急速掠过的地表。然后他抬起头，仿佛这时才听见那句话。“嗯，那是她唯一认识的亲人，对不对？”

“没错，当然没错，但她以为我们回到了索拉利。”

“它看来像索拉利吗？”

“她怎么会知道？”

“告诉她那不是索拉利。听好，我会给你一两套附有图解的影视参考书，让她看看各种住人世界的特写，再向她解释一下，这样的世界总共有好几千万。你会有时间做这件事的，一旦选定目标着陆之后，我不知道会和詹诺夫在外面徘徊多久。”

“你和詹诺夫？”

“对，菲龙不能跟我们一块去。即使我想要她去，实际上也办不到，但除非我是疯子，否则不会有那种念头。宝绮思，这个世界需要太空衣，上面没有可供呼吸的空气。我们没有适合菲龙穿的太空衣，所以她得跟你留在太空艇内。”

“为什么跟我？”

崔维兹的嘴角扯出一个假笑。“我承认，”他说，“如果你跟我们一起行动，我会比较有安全感，可是我们不能把菲龙单独留在太空艇上。她有可能造成破坏，即使只是无心之失。而我必须让詹诺夫跟着我，因为他可能看得懂此地的古代文书。这就表示你得和菲龙留在这里，我认为你应该愿意的。”

宝绮思显得犹豫不决。

崔维兹说：“你看，当初是你要带菲龙同行，我根本就反对，我确信她只会是个麻烦。因此——她的出现带来一些束缚，你就必须自我调适。她待在这里，所以你也得待在这里，没有别的办法。”

宝绮思叹了一口气。“我想是吧。”

“好，詹诺夫呢？”

“他和菲龙在一起。”

“很好，你去换班，我有话跟他说。”

裴洛拉特走进来的时候，崔维兹还在研究行星地表。他先清了清喉咙，表示他已经到了，然后说："有什么麻烦吗，葛兰？"

"不算真正的麻烦，詹诺夫，我只是不太确定。这是个很特殊的世界，我不知道它发生过什么变故。当初海洋一定极辽阔，这点可以从海盆看出来，不过一律很浅。从这些地质遗迹中，我所能作出的最佳判断，是这个世界原本有许多河道，而且海洋曾被淡化，也可能是海水本来就没什么盐分。如果当初海洋里的盐分不多，就能解释海盆中为何没有大片盐滩。或者也有可能，在海水流失的过程中，盐分跟着一起流失——这当然会使它看来像人为的结果。"

裴洛拉特迟疑地说："很抱歉，我对这些事一窍不通，葛兰，但其中有任何一样跟我们寻找的目标有关吗？"

"我想应该没有，可是我忍不住感到好奇。这颗行星是如何被改造成适宜人类居住的？它在改造之前又是什么面貌？我若知道这些答案，或许就能了解它在遭到遗弃之后，也可能是之前，曾经发生什么变故。如果我们知道发生了什么事，也许就能提早防范，避免发生不愉快的意外。"

"什么样的意外？它是个死去的世界，不是吗？"

"的确死透了。非常少的水分，稀薄到不能呼吸的大气，而宝绮思也侦测不到精神活动的迹象。"

"我认为这就够确定了。"

"不存在精神活动，不一定代表没有生物。"

"至少代表一定没有危险的生物。"

"我不知道，但我想请教你的不是这个。我找到两座城市，可当作我们探查的第一站，它们似乎处于极佳的状况，其他城市也都一样。不管是什么力量毁掉了空气和海洋，似乎完全未曾波及城市。言归正传，那两座城市特别大。然而，较大的那个似乎缺少空地，它的外缘远方有些太空航站，市内却没有这类场所。另外那个稍微小一点的，市内则有些开阔的空地，所以比较容易降落在市中心，不过那里并非正式的太空航站。可是话说回来，谁又会计较呢？”

裴洛拉特显得愁眉苦脸。“你是要我作决定吗，葛兰？”

“不，我自己会作决定，我只是想知道你的看法。”

“如果你不嫌弃的话，向四方延伸的大城比较像商业或制造业中心，具有开阔空地的较小城市则比较像行政中心。我们的目标应该是行政中心，那里有纪念性建筑物吗？”

“你所谓的纪念性建筑物是什么意思？”

裴洛拉特微微一笑，拉长了他紧绷的嘴唇。“我也不清楚，每个世界的建筑风格都不相同，又会随着时间改变。不过，我猜它们总是看来大而无当，而且豪华奢侈，就像我们在康普隆时置身的那座建筑。”

这回轮到崔维兹露出微笑。“垂直望下去很难分辨，而在接近或飞离时，虽然可以从侧面观察，看出去却会是一片混乱。你为什么比较中意行政中心？”

“那里比较有可能找到行星博物馆、图书馆、档案中心、大学院校等机构。”

“好，我们就去那里，去那个较小的城市，也许我们会有所发现。我们已经失败两次，但这次也许会有所发现。”

“说不定这会是‘幸运的三度梅’。”

崔维兹扬起眉毛。“你从哪里听来这个成语的？”

“这是个古老的成语。”裴洛拉特说，“我是在一则古代传说中发现的，意思是第三次的尝试终于带来成功，我这么想。”

“听来很有道理。”崔维兹说，“很好，幸运的三度梅，詹诺夫。”

第十五章
苔藓

66

穿上太空衣的崔维兹看起来奇形怪状，唯一露在外面的只有装武器的两个皮套——并非他平常系在臀部的那两个，而是太空衣本身所附的坚固皮套。他慎重地将手铳插在右侧，再将神经鞭插在左侧。两件武器都已经再度充电，而这一次，崔维兹愤愤地想，任何力量都无法再将它们夺走。

宝绮思带着微笑说：“你还是准备携带武器，但这只是个没有空气和……算了！我再也不会质疑你的决定。”

崔维兹说：“很好！”说完便转身帮裴洛拉特调整头盔，他自己的头盔则尚未戴上。

裴洛拉特从未穿过太空衣，他可怜兮兮地问道：“我在这里面真能呼吸吗，葛兰？”

“我保证可以。”崔维兹说。

当他们将最后的接缝合上的时候，宝绮思站在一旁观看，手臂揽着菲龙的肩膀。小索拉利人惊恐万分地瞪着两件撑起的太空衣，浑身不停打战。宝绮思的手臂温柔地紧搂着她，为她带来一点安全感。

气闸打开后，两位男士走了进去，同时伸出鼓胀的手臂挥手道别。气闸迅速关闭，外闸门随即开启，他们便拖着沉重的步伐，踏上一块死气沉沉的土地。

现在是黎明时分，天空当然绝对晴朗，泛着一种紫色的光芒，只不过太阳尚未升起。日出方向的地平线色彩较淡，看得出那一带有些薄雾。

裴洛拉特说："天气很冷。"

"你觉得冷吗？"崔维兹讶异地问。太空衣的绝热效果百分之百，若说温度偶有不适，也该是内部温度过高，需要将体热排放出去。

裴洛拉特说："一点也不觉得，可是你看——"他的声音透过无线电波传到崔维兹的耳朵，听来十分清楚。他一面说，一面伸出手指来指了一下。

他们正向一座建筑物走去，在黎明的紫色曙光中，其斑驳的石质正面覆盖着一层白霜。

崔维兹说："由于大气太稀薄，夜间会变得比你想象中更冷，白天则会异常炎热。现在正是一天之中最冷的时刻，还要再过好几个小时，才会热得无法站在太阳底下。"

这句话简直就像某种神秘的魔咒，才刚说完，太阳就在地平线上探出头来。

"别瞪着它看。"崔维兹不疾不徐地说，"虽然你的面板会反光，紫外线也无法穿透，但那样做还是有危险。"

他转身背对着冉冉上升的太阳，让自己的细长身影投射在那座建筑物上。由于阳光的出现，白霜在他眼前迅速消失。一会儿之后，墙壁因潮湿而颜色加深，但不久便完全晒干。

崔维兹说："现在看起来，这些建筑物不像空中看来那么完好，到处都有龟裂和剥离的痕迹。我想这是温度剧变造成的结果，还有，就是微量水分夜晚冻结而白天又融解，可能已经持续了两万年。"

裴洛拉特说："入口处上方的石头刻了一些字，可是已经斑驳得难以辨识。"

"你能不能认出来，詹诺夫？"

"大概是某种金融机构，至少我认出好像有'银行'两字。"

"那是什么？"

"处理资产的储存、提取、交易、投资、借贷等业务的地方——如果我猜得没错的话。"

"整座建筑物都用来做这个？没有电脑？"

"没有完全被电脑取代。"

崔维兹耸了耸肩，他并不觉得古代历史的细节有什么意思。

他们四下走动，脚步愈来愈快，在每栋建筑物停留的时间也愈来愈短。此地一片死寂，令人心情沉重到极点。经过上万年缓慢的崩解过程，他们闯入的这座城市已变作一副残骸，除了枯骨之外什么都没留下。

他们目前所在的位置是标准的温带，可是在崔维兹的想象中，他的背部能感受到太阳的热力。

站在崔维兹右侧约一百米处的裴洛拉特，突然高声叫道："看那里。"

崔维兹的耳朵立刻嗡嗡作响，他说："别吼，詹诺夫。不论距离多远，我都听得清楚你小声说话。那是什么？"

裴洛拉特立刻降低音量说：“这座建筑物叫作‘诸世界会馆’，至少，我认为那些铭文是这个意思。”

崔维兹走到他身边。他们面前是一栋三层楼的建筑，顶端的线条并不规则，而且堆着许多大块的岩石碎片，仿佛那里原来竖着一座雕像，但早已倒塌，跌得支离破碎。

“你确定吗？”崔维兹说。

“如果我们进去，就能知道答案。”

他们爬了五级低矮而宽阔的台阶，又穿越了一个过大的广场。在稀薄的空气中，他们的金属鞋踏在地上，仅仅引起细微的振荡，算不上脚步声。

“我明白你所谓的‘大而无当、豪华奢侈’是什么意思了。”崔维兹喃喃说道。

他们走进一间宽广而又高耸的大厅，阳光从高处的窗户射进来。室内受到阳光直射的角落过于刺眼，阴影部分却又过于昏暗。这是由于空气稀薄，难以散射光线的缘故。

大厅中央有一座比真人高大的人像，似乎是用合成石料制成的。其中一只手臂已经脱落，另一只的肩膀处也出现裂痕。崔维兹觉得如果用力一拍，那只手臂也会立刻脱离主体。于是他退了几步，仿佛担心万一过于接近，他会忍不住做出破坏艺术品的恶劣行为。

“不晓得这人是谁？”崔维兹说，“到处都没有标示。我想，当初竖立这座石像的那些人，认为他的名气实在太大，不需要任何识别文字。可是现在……”他发觉自己有愈来愈犬儒的危险，赶紧将注意力转移到别处。

裴洛拉特正抬着头向上看，崔维兹沿着他的目光望去，看到墙上有些标记——正确的说法则是铭文，不过崔维兹完全看不懂。

“不可思议。”裴洛拉特说，“也许已经过了两万年，可是在这里，恰巧避开了阳光和湿气，这些字仍可辨识。”

“我可看不懂。”崔维兹说。

“这是一种古老的字体，而且还是用美术字写的。我来看看……七……一……二……”他的声音愈来愈小，突然又高声道，“这里有五十个名字。据说太空世界共有五十个，而这里又是‘诸世界会馆’，因此，我推测这些就是五十个太空世界的名字。或许是根据创建顺序排列的，奥罗拉第一，索拉利则是最后一个。如果你仔细看，会发现共有七行，前面六行各有七个名字，最后一行则有八个。似乎他们原先计划排出七乘七的方阵，索拉利是后来才加上去的。根据我的猜测，老弟，这份列表制作之初，索拉利尚未被改造，上面还没有任何人居住。”

“我们现在位于哪个世界上？你看得出来吗？”

裴洛拉特说：“你可以看到，第三行第五个，也就是排名第十九的世界，名字刻得比其他世界都大些。列表者似乎相当自我中心，特别要凸显他们自己的地位。此外……”

“它叫什么名字？”

“根据我所能作的最佳判断，它应该叫‘梅尔波美尼亚’，这是个我完全陌生的名字。”

“有没有可能代表地球？”

裴洛拉特使劲摇头，但由于被头盔罩住，所以摇也是白摇。“在古老的传说中，地球有好几十个不同的名称。盖娅是其中之一，这你是知道的，此外泰宁、尔达等等也是，但是一律都很简短。我不知道地球有较长的别名，也不知道有什么别名接近梅尔波美尼亚的简称。”

“那么，我们是在梅尔波美尼亚星上，而它并非地球。”

“没错。此外——其实我刚才正要说——除了字体较大，还有一项更好的佐证，那就是梅尔波美尼亚的坐标是‘○，○，○’。一般说来，这个坐标都是指自己的行星。”

“坐标？”崔维兹愣了一下，“这份列表上也有坐标？”

“每个世界旁边都有三个数字，我想应该就是坐标，否则还能是什么？”

崔维兹没有回答。他打开太空衣右大腿部位的一个小套袋，掏出一件和套袋有电线相连的精巧装置。他将那个装置凑到眼前，对着墙上的铭文仔细调整焦距。通常这只需要几秒钟的时间，可是他的手指包在太空衣内，使这件工作变得极为吃力。

“照相机吗？”裴洛拉特根本多此一问。

“它能将影像直接输入太空艇的电脑。”崔维兹答道。

他从不同角度拍了几张相片，然后说：“等一下！我得站高一点。帮我个忙，詹诺夫。”

裴洛拉特双手紧紧互握，做成马镫状，崔维兹却摇了摇头。“那样无法支撑我的重量，你得趴下去。”

裴洛拉特吃力地依言照做，崔维兹将照相机塞回套袋，同样吃力地踏上裴洛拉特的肩头，再爬上石像的基座。他谨慎地摇了摇石像，测试它是否牢固，然后踩在石像弯曲的膝部，用它当踏脚石，身子向上一挺，抓到了那个断臂的肩膀。他将脚尖嵌进石像胸前凹凸不平处，慢慢向上攀爬，喘了好几回之后，终于坐到石像肩膀上。对那些古人而言，这座石像是他们尊崇的对象，而崔维兹的行为似乎是一种亵渎。他愈想愈不对劲，因此尽量坐得轻点。

“你会跌下来受伤的。”裴洛拉特忧心忡忡地叫道。

“我不会跌下受伤，你却可能把我震聋。”说完，崔维兹再度取出照相机。拍了几张相片之后，他又将照相机放回原处，小心翼翼地爬下来，直到双脚踏上基座，才纵身跃向地面。这下震动显然造成致命的一击，石像的另一只手臂立刻脱落，在它脚旁跌成一小堆碎石。整个过程完全听不到一点声音。

崔维兹僵立在原处。他心中的第一个冲动，竟然是在管理员赶来抓人之前，尽快找个地方躲起来。真是难以想象，他事后回想，在这种情况下——不小心弄坏一件看似珍贵的东西——一个人怎么立刻就回到了童年。虽然只有一下子，这种感觉却刻骨铭心。

裴洛拉特的声音听来有气无力，像是自己目睹甚至教唆了一件破坏艺术品的行为，但他还是设法说些安慰的话："这——这没什么关系，葛兰，反正它已经摇摇欲坠。"

他走近碎石四散的基座与地板，仿佛想要证明这一点。他刚伸出手来，准备捡起一块较大的碎片，却突然说："葛兰，过来这里。"

崔维兹走过去，裴洛拉特指着一块碎石，它显然原本是那只完好手臂的一部分。"那是什么？"裴洛拉特问。

崔维兹仔细一看，那是一片毛茸茸的东西，颜色是鲜绿色。他用包在太空衣内的手指轻轻一擦，毫不费力就将它刮掉了。

"看起来非常像苔藓。"崔维兹说。

"就是你所谓欠缺心灵的生命？"

"我并不完全确定它们欠缺心灵到什么程度。我猜想，宝绮思会坚持这东西也有意识，可是她会声称这块石头也有意识。"

裴洛拉特说："这块石头之所以会断裂，你认为是不是这些苔藓的缘故？"

崔维兹道："说它们是帮凶我绝不怀疑。这个世界有充足的阳光，也有些水分——大气的一半都是水蒸气，此外还有氮气和惰性气体。二氧化碳却只有一点点，因此会使人误以为没有植物生命。但是二氧化碳含量这么低，也可能是因为几乎全并入了岩石表层。

假如这块岩石含有一些碳酸盐，或许苔藓便会借着分泌酸液使它分解，再利用所产生的二氧化碳。在这颗行星上，它们可能是最主要的一种残存生命。”

“实在有趣。”裴洛拉特说。

“的确如此，”崔维兹说，“可是趣味有限。各个太空世界的坐标其实更有趣，但我们真正想要的还是地球坐标。地球坐标若不在这里，也许藏在这座建筑的其他角落，或是其他建筑物中。来吧，詹诺夫。”

“可是你知道……”裴洛拉特说。

“好了，好了，”崔维兹不耐烦地说，“待会儿再讨论吧。我们必须找一找，看看这座建筑还能提供什么线索。气温愈来愈高了。”他看了看附在左手背上的小型温标，“来吧，詹诺夫。”

他们拖着沉重的步伐一间一间寻找，尽可能将脚步放轻。这样做并非担心会发出声响，或是担心有人听到，而是他们有点不好意思，唯恐引起震动而造成进一步的破坏。

他们踢起一些尘埃，并留下许多足迹。在稀薄的空气中，尘埃只稍微扬起一点，便又迅速落回地面。

偶尔经过阴暗的角落时，其中一人便会默默指出又有正在生长的苔藓。发现此地有生命存在，不论层次多么低，似乎仍会带来一点安慰。同理，走在一个死寂世界所形成的可怕且令人窒息的感觉，也因此而稍有舒缓。尤其是像这样一个世界，到处都是人类的遗迹，在在显示很久以前，此地曾经有过一段精致的文明。

然后，裴洛拉特说：“我想这里一定是个图书馆。”

崔维兹好奇地四下张望，先是看到一些书架，仔细一看，旁边原来以为只是装饰品的东西，好像应该是一些影视书。他小心翼翼地想拿起一本，觉得又厚又重，才明白那些只是盒子。他笨手笨脚地打开一盒，看到里面有几片圆盘。那些圆盘也都很厚，而且似乎相当脆弱，不过他并未验证这个猜测。

他说：“原始得难以置信。”

“上万年前的东西嘛。”裴洛拉特以歉然的口气说，仿佛在帮古老的梅尔波美尼亚人辩护，驳斥崔维兹对其科技落后的指控。

崔维兹指着一盒影视书的侧背，那里有些模糊不清的古代花体字。“这是书名吗？它叫什么？”

裴洛拉特研究了一下。“我不很确定，老友。我想其中有个词是指微观生命，也许就是‘微生物’的意思。我猜这些都是微生物学术语，即使译成银河标准语我也不懂。”

“有可能。”崔维兹懊丧地说，“而且，即使我们读得懂，同样可能对我们没有任何帮助，我们对细菌可没兴趣。帮我个忙，詹诺夫，浏览一下这些书籍，看看可有任何有趣的书名。你在做这件事的时候，我来检查一下阅读机。”

“这些就是阅读机吗？”裴洛拉特以怀疑的口吻说。他指的是一些矮胖的立方体，上面都有倾斜的屏幕，还有一个弧形的突出部分，也许可用来支撑手肘，或是放置电子笔记板——假如梅尔波美尼亚当年也有这种装置。

崔维兹说：“如果这里是图书馆，就一定有某种阅读机，而这台机器似乎很像。”

他万分谨慎地擦掉屏幕上的灰尘，立刻感到松了一口气，不论这个屏幕是什么材料做的，至少没有一碰之下便化为粉末。他轻轻拨弄控制钮，一个接着一个，结果什么反应都没有。他又改试其他阅读机，换了一台又一台，却始终得不到任何反应。

他并不惊讶。即使空气稀薄，这些装置又不受水汽的影响，以致两万年后还能维持正常功能，但电源仍是一大问题。储存起来的能量总有办法散逸，不论如何防止都没用。这个事实，其实就是无所不在又无可抗拒的热力学第二定律。

裴洛拉特来到他身后，唤道："葛兰。"

"啊？"

"我找到一盒影视书……"

"哪一类的？"

"我想是有关太空飞行的历史。"

"好极了——但我若是无法启动这台阅读机，它对我们就没有任何用处。"他双手紧捏成拳，显得十分沮丧。

"我们可以把它带回太空艇。"

"我不知道怎么用我们的阅读机来读它，根本装不进去，我们的扫描系统也一定不相容。"

"但真有必要这么费事吗，葛兰？如果我们……"

"的确有必要，詹诺夫。现在别打扰我，我正打算决定该怎么做。我可以试着给阅读机充点电，或许它只欠缺电力。"

"你要从哪里取得电力？"

"嗯——"崔维兹掏出那两件随身武器，看了几眼，便将手铳塞回皮套中。然后他"啪"的一下打开神经鞭的外壳，看了看能量供应指标，结果发现处于满载状态。

崔维兹趴到地板上，将手伸到阅读机背面（他一直假设那就是阅读机），试图将它往前推。那台机器向前移动了一点，他便开始研究他的新发现。

必定有一条电缆负责供应电源，它当然就是连到墙壁那条，可是他找不到明显的插头或接头。（连最理所当然的事物都令人摸不着头绪，他该如何研究这个外星古文化？）

他轻轻拉了一下那条电缆，又稍微用力试了试，再将电缆转向一侧，接着又转向另一侧。他按了按电缆附近的墙壁，又压了压墙壁旁边的电缆。然后，他尽可能转移注意力，开始研究阅读机的半隐藏式背板，结果所有的努力都徒劳无功。

他单手按着地板准备起身，不料在身子站直之际，电缆竟被他拉了起来。究竟是哪个动作将它扯掉的，他自己没有丝毫概念。

看来电缆并没有断开或扯裂，末端似乎相当平整，而它原来和墙壁连接的地方，则出现一个光滑的小圆洞。

裴洛拉特轻声说："葛兰，我可不可……"

崔维兹朝他断然挥了挥手。"现在别说话，詹诺夫，拜托！"

他突然发觉左手手套的皱褶粘着些绿色的东西，一定是刚才从阅读机背面沾到一些苔藓，而且把它们压碎了。那只手套因此有点潮湿，但在他眼前迅速干掉，绿色的斑点渐渐变成了褐色。

他将注意力转移到电缆上，仔细观察被扯掉的那端。那里果然有两个小孔，可以容纳两条电线。

他又坐到地板上，打开神经鞭的电源匣，小心翼翼地拆除一条电线，再"咔嗒"一下将它扯松。然后他慢慢地、轻巧地将那根电线插进小孔，一直推到再也推不动为止。当他试着轻轻将它拉出来的时候，竟然发现拉不动了，好像被什么东西抓住一样。他的第一个反应是用力拉它出来，但总算按捺住这个冲动。他又拆下另一条电线，推进另一个开口。这样想必就能构成一个回路，可将电力输到阅读机中。

"詹诺夫，"他说，"你用过各式各样的影视书，看看有没有办法把那本插进去。"

"真有必……"

"拜托，詹诺夫，你一直想问些无关紧要的问题。我们只有这么一点时间，我可不要等到三更半夜，温度降到低点时，才能走出这座建筑。”

“一定是这么放的，”裴洛拉特说，“可是……”

“很好。”崔维兹说，“如果这是一本太空飞行史，就一定会从地球谈起，因为太空飞行最早是在地球上发明的。我们来看看这玩意能否启动了。”

裴洛拉特将影视书放进显然是插口的地方，动作有点夸张。然后他开始研究各个控制键旁的标示，想找找有没有任何操作说明。

在一旁等候的崔维兹低声道（部分原因是为了舒缓自己的紧张情绪）：“我想这个世界上一定也有机器人——到处都有，而且显然处于良好状况，在近乎真空的环境中闪闪发光。问题是它们的电力同样早已枯竭，而即使能重新充电，它们的脑部是否完好呢？杠杆和齿轮也许能维持千年万年，可是脑部的微型开关和次原子机簧呢？它们的脑子一定坏掉了，就算完好如初，它们对地球又知道多少呢？它们……”

裴洛拉特说：“阅读机开始工作了，老弟，看这里。”

在昏暗的光线下，阅读机屏幕开始闪烁，不过光度相当微弱。崔维兹将神经鞭的电力稍微加强，屏幕随即转趋明亮。由于空气稀薄，太阳直射不到的地方都黯淡无光，因此室内一片朦胧幽暗，屏幕因而显得更为明亮。

屏幕继续一闪一灭，偶尔还掠过一些阴影。

“需要调整一下焦距。”崔维兹说。

“我知道，”裴洛拉特说，“但这似乎就是我能得到的最好结果，影片本身一定损坏了。”

这时阴影来去的速度变得极快，而且每隔一会儿，似乎就会出现一个类似漫画的模糊画面。后来画面清晰了一下子，随即再度暗下来。

“倒转回去，固定在那个画面上，詹诺夫。”崔维兹说。

裴洛拉特已在试着那样做，但他倒回去太多，只好又向前播放，最后终于找到那个画面，将它固定在屏幕上。

崔维兹急着想看其中的内容，但随即以充满挫折的口吻说：“你读得懂吗，詹诺夫？”

“不完全懂。”裴洛拉特一面说，一面眯着眼睛盯着屏幕，“是关于奥罗拉的，这点我还看得出来。我想它是在讲述第一波的超空间远征，‘首度蜂拥’，上面这么写着。”

他继续往下看，画面却又变得模糊黯淡。最后他终于说：“我看得懂的那些片断，似乎全是有关太空世界的事迹，我找不到任何关于地球的记载。”

崔维兹苦涩地说：“不会有的。就像川陀一样，这个世界上的地球资料已被清除殆尽。把这东西关掉吧。”

“可是没有关系……”裴洛拉特一面说，一面关掉阅读机。

“因为我们可以去其他图书馆碰碰运气？其他图书馆也被清干净了，任何地方都一样。你可知道——”他说话的时候一直望着裴洛拉特，现在却突然瞪大眼睛，脸上的表情混杂着惊恐和恶心。“你的面板是怎么回事？”他问道。

67

裴洛拉特自然而然举起戴着手套的右手，摸了摸自己的面板，又将那只手伸到眼前。

“这是什么东西？”他的声音充满困惑。然后，他望着崔维兹，大惊小怪地叫道：“你的面板上也有些奇怪的东西，葛兰。”

崔维兹自然而然想找镜子照一照，可是附近根本没有，即使真的有，也还需要一盏灯光。他喃喃说道：“到有阳光的地方去好吗？”

崔维兹半推半拉着裴洛拉特，来到最近的一扇窗户旁，两人置身在一束阳光下。虽然太空衣具有良好的绝热效果，他的背部仍能感到阳光的热度。

他说：“面对着太阳，詹诺夫，把眼睛闭上。”

他立刻看出裴洛拉特的面板出了什么问题。在玻璃面板与金属化太空衣的接合处，正繁殖着茂密的苔藓，以致面板周围多了一圈绿色的绒毛。崔维兹明白，自己的情形也完全一样。

他用藏在手套中的一根手指头，在裴洛拉特的面板四周刮了一下，苔藓随即掉落些许，绿色碎屑沾在他的手套上。崔维兹将它们摊在阳光下，看得出它们虽然闪闪发亮，却似乎很快就变硬变干了。他又试了一次，这回苔藓变得又干又脆，一碰就掉，而且渐渐转为褐色。于是，他开始用力擦拭裴洛拉特的面板周围。

“帮我也这样做，詹诺夫。”一会儿之后，他又问道：“我看起来干净了吗？很好，你也一样。我们走吧，我认为没有必要再待在这里。”

此时，在这个没有空气的废城里，太阳的热度已经令人难以忍受。石造建筑物映着亮闪闪的光芒，几乎会刺痛人的眼睛。崔维兹要眯着眼才敢逼视那些建筑，而且他尽可能走在街道有阴影的一侧。不久，他在某座建筑物正面的一道裂缝前停下脚步，那道裂缝相当宽，足以让他藏在手套中的小指伸进去。他也果真这么做了，抽回手来一看，喃喃说道：“苔藓。”然后，他故意走到阴影的尽头，将沾着苔藓的小指伸出来，在阳光下曝晒了一会儿。

他说：“二氧化碳是关键，凡是能得到二氧化碳的地方——腐朽的岩石也好，任何地方都好——它们都有办法生长。我们会产生大量的二氧化碳，你知道吧，也许还是这颗垂死行星上最丰富的二氧化碳源。我想，是从面板边缘漏出去了一点点。”

“所以苔藓会在那里生长。”

“对。”

返回太空艇的路途似乎很长，比黎明时分所走的那段路长得多，当然也炎热得多。然而，当他们接近太空艇时，发现它仍处于阴影之下。这一点，崔维兹的计算至少是正确的。

裴洛拉特说：“你看！”

崔维兹看到了，闸门边缘围着一圈绿色的苔藓。

“那里也在漏？”裴洛拉特问。

“当然啦。我确定只有极少量，但这种苔藓似乎是微量二氧化碳的最佳指标，我从未听过有什么仪器比它们更灵敏。它们的孢子一定无所不在，哪怕只有几个二氧化碳分子的地方，那些孢子也会萌芽。”他将无线电调到太空艇用的波长，又说：“宝绮思，你听得到吗？”

宝绮思的声音在他们两人耳际响起。“听得到。你们准备进来了吗？有什么收获？”

“我们就在外面。”崔维兹说，“可是千万别打开气闸，我们会由外面开启。重复一遍，千万别打开气闸。”

“为什么？”

“宝绮思，你就照我说的做，好不好？等一下我们可以好好讨论。”

崔维兹拔出手铳，谨慎地将强度调到最低，然后瞪着这柄武器，显得犹豫不决，因为他从未用过最低强度。他环顾四周，却找不到较脆弱的物体当试验品。

在无可奈何的情况下，他将手铳瞄准附近的岩质山丘——远星号便栖息在那座山丘的阴影下——结果目标并未变得红热。他自然而然摸了摸射中的部位，有温热的感觉吗？由于穿着绝热材料的太空衣，他丝毫无法确定。

他又迟疑了一下，然后想到，太空艇外壳的抗热能力，无论如何应该和山丘属于同一数量级。于是他将手铳对准闸门边缘，很快按了一下扳机，同时屏住了气息。

几公分范围内的苔藓类植物，立刻都变成黄褐色。他在变色的苔藓附近挥了挥手，稀薄的空气便产生一丝微风，但即使这样的微风，也足以将这些焦黄的残渣吹得四散纷飞。

“有效吗？”裴洛拉特焦切地问道。

“的确有效。”崔维兹说，“我将手铳调成了低能量的热线。”

他开始沿着闸门周围喷洒热线，那些鲜绿的附着物随即变色，再也不见一丝绿意。然后他敲了敲闸门，试图将残留的附着物震下来，一团褐色的灰尘便飘落地面。由于这团灰尘实在太细，甚至能被微量的气体托起，在稀薄的空气中飘荡许久。

“我想现在可以打开闸门了。”崔维兹说完，便用手腕上的控制器拍发出一组无线电波密码，从太空艇内部启动开启机制，闸门随即出现一道隙缝。等到闸门打开一半时，崔维兹说：“别浪费时间，詹诺夫，赶快进去。别等踏板了，爬进去吧。”

崔维兹自己紧跟在后，并且用调低强度的手铳喷着闸门边缘。当踏板放下后，他也照样喷了一遍。然后他才发出关闭闸门的讯号，同时继续喷洒热线，直到闸门完全关闭为止。

崔维兹说：“我们已经进了气闸，宝绮思。我们会在这里待几分钟，你还是什么都别做！”

宝绮思的声音传了过来，她说：“给我一点提示。你们都还好吗？裴怎么样？”

裴洛拉特说：“我在这里，宝绮思，而且好得很，没什么好担心的。”

“你这么说就好，裴。可是待会儿一定要有个解释，我希望你了解这一点。”

“一言为定。”崔维兹一面说，一面打开气闸内的灯光。

穿着太空衣的两人面面相觑。

崔维兹说：“我们要将这颗行星的空气尽量抽出去，所以得耐心等一会儿。”

“太空艇的空气呢？要不要放进来？”

“暂时不要。我跟你一样急着挣脱这套太空衣，詹诺夫。但我先要确定已完全摆脱了跟我们一块进来——或是粘在我们身上的孢子。”

借着气闸灯光差强人意的照明，崔维兹将手铳对准闸门与艇体的内侧接缝，很有规律地先沿着地板喷洒热线，然后向上走，绕了一圈之后又回到地板。

“现在轮到你了，詹诺夫。”

裴洛拉特不安地扭动了一下，崔维兹又说：“你大概会感到有点热，但应该不会有更糟的感觉。如果开始觉得不舒服，你就赶紧说。”

他将不可见的光束对准对方面板喷洒，尤其是边缘部分，然后一步步扩及太空衣其他各处。

“抬起两只手臂，詹诺夫。”他喃喃地发号施令，接着又说：“把双臂搭在我的肩膀上，抬起一条腿来，我必须清理你的鞋底。现在换另一只脚，你觉得太热吗？”

裴洛拉特说：“不怎么像沐浴在凉风中，葛兰。”

“好啦，现在换我尝尝自己的处方是什么滋味，也帮我全身喷一喷。”

“我从来没拿过手铳。”

“你一定要拿着。像这样抓紧，用你的拇指按这个小按钮，同时用力压紧皮套。对，就是这样。现在对着我的面板喷，要不停地慢慢移动，詹诺夫，别在一处停留太久。接着喷头盔其他部分，然后往下走，对准脸颊和颈部。”

崔维兹不断下达指令，直到全身都被喷得热乎乎，出了一身又粘又腻的汗水之后，他才将手铳要回来，检查了一下能量指标。

“已经用掉一大半。”说完，他开始很有规律地喷洒气闸内部，每面舱壁都来回喷了好几遍。直到手铳耗光电力，而且由于持久的高速放电而变得烫手，他才将手铳收回皮套中。

这个时候，他才终于发出进入太空艇的讯号。内门打开时，立刻传来一阵嘶嘶声，空气瞬间涌入气闸，令他觉得精神为之一振。

空气的清凉以及对流作用，能将太空衣的热量急速带走，效率要比热辐射高出许多倍。他的确马上感到冷却的效果，那或许只是一种想象，但不论想象与否，他都十分欢迎这种感觉。

“脱掉太空衣，詹诺夫，把它留在气闸里面。”崔维兹说。

“如果你不介意的话，”裴洛拉特说，“我第一优先想做的事，就是好好冲个澡。”

“那可不是第一优先。事实上，在此之前，甚至在你纾解膀胱压力之前，恐怕你得先跟宝绮思谈一谈。”

宝绮思当然在等他们，脸上流露出关切的神情。菲龙则躲在她后面探头探脑，双手紧紧抓住宝绮思的左臂。

“发生了什么事？”宝绮思以严厉的口吻问道，“你们到底在做什么？”

“在预防传染病，”崔维兹冷冰冰地说，“所以我要打开紫外辐射灯。取出墨镜戴上，请勿耽搁时间。”

等到紫外线加入壁光之后，崔维兹才将湿透的衣服一件件脱下来，每件都用力甩了甩，还拿在手中翻来覆去转了半天。

“只是为了预防万一。”他说，“你也这样做，詹诺夫。还有，宝绮思，我得全身剥个精光，如果会令你不自在，请到隔壁舱房去。”

宝绮思说：“我既不会不自在，也不会感到尴尬。你的模样我心里完全有数，我当然不会看到什么新鲜东西。什么样的传染病？”

“只是些小东西，但若任其自由发展，”崔维兹故意用轻描淡写的语气说，“会给人类带来极大的灾害，我这么想。”

68

一切终于告一段落，紫外辐射灯也已经功成身退。当初在端点星，崔维兹首度踏上远星号的时候，太空艇中就备有许多操作说明与指导手册。根据这些录成影片的复杂说明，紫外辐射灯的用途正是消毒杀菌。然而崔维兹想到，如果乘客来自流行日光浴的世界，这种装置难免构成一种诱惑——用来将皮肤晒成时髦的古铜色——而且真会有人这么做。不过无论怎样使用，这种光线总是具有消毒杀菌的效果。

此时太空艇已进入太空，在不至于令大家难过的前提下，崔维兹尽量朝梅尔波美尼亚的太阳接近，并且让太空艇翻腾扭转，以确定表面全部受到紫外线的照射。

最后，他们才将弃置气闸内的两套太空衣救回来，并且详加检查，直到连崔维兹都满意为止。

“如此大费周章，”宝绮思终于忍不住说道，“只是为了苔藓。崔维兹，你是不是这么说的？苔藓？”

“我管它们叫苔藓，”崔维兹说，“是因为它们使我联想到那种植物。然而，我并不是植物学家。我所能作的描述，只是它们绿得异常，也许能借着非常少的光能生存。”

“为何是非常少的光能？”

“那些苔藓对紫外线极其敏感，在阳光直射的场所无法生长，甚至根本不能存活。它们的孢子散布各处，无论阴暗的角落、雕像的裂缝、建筑物的基部表面，只要是有二氧化碳的地方，它们都能生长繁殖，靠着散射光子所携带的能量维生。”

宝绮思说：“我觉得你认为它们有危险。”

“大有可能。假如我们进来的时候，有些孢子附着在我们身上，或者被我们卷进来，它们会发现这里光线充足，却不含有害的紫外线，此外还有大量水分，以及源源不绝的二氧化碳。”

“在我们的空气中，只有百分之零点零三。”宝绮思说。

“对它们而言已经太丰富了，而我们呼出的气体则含有百分之四。万一孢子在我们的鼻孔或皮肤生长呢？万一它们分解破坏我们的食物呢？万一它们制造出致命的毒素呢？即使我们千辛万苦将它们消灭，只要还有少数孢子存活，一旦被我们带到另一颗行星，它们也足以长满那个世界，再从那里转移到其他世界。天晓得它们会造成多大的灾害？”

宝绮思摇了摇头。“不同形式的生命，不一定就代表有危险，你太轻易杀生了。”

“这是盖娅在说话。”崔维兹说。

“当然是，但我希望你认为我说得有理。那些苔藓刚好适应这个世界的环境，这是因为少量的光线对它们有利，大量的光线却会杀死它们；同理，它们能利用偶尔飘来的几丝二氧化碳，但太多或许就会令它们死亡。所以说，除了梅尔波美尼亚之外，它们可能无法在其他世界生存。”

“你要我在这件事情上赌运气吗？”崔维兹追问。

宝绮思耸了耸肩。“好啦，别生气，我明白你的立场。身为孤立体，你除了那样做，也许并没有其他选择。”

崔维兹正想回嘴，可是菲龙清脆而高亢的声音突然插进来，说的竟然是她自己的语言。

崔维兹问裴洛拉特道:“她在说些什么?”

裴洛拉特答道:“菲龙是在说……”

然而,菲龙仿佛这才想起她的母语不容易懂,改口说:“你们在那里有没有看到健比在那里?”

她咬字十分清楚,宝绮思高兴得露出微笑。“她的银河标准语是不是说得很好?几乎没花什么时间。”

崔维兹低声道:“若是由我讲,会愈讲愈糊涂。还是你跟她解释吧,宝绮思,我们没在那颗行星上发现机器人。”

“我来解释。”裴洛拉特说,“来吧,菲龙。”他一只手臂温柔地搂住那孩子的肩头,“到我们的舱房来,我拿另一本书给你看。”

“书?关于健比的吗?”

“不能算是……”舱门便在他们身后关上了。

“你可知道,”崔维兹一面不耐烦地目送他们,一面说,“我们扮演这孩子的保姆,简直是在浪费时间。”

“浪费时间?崔维兹,这样做可曾妨碍到你寻找地球?完全没有。反之,扮演保姆可以建立沟通管道,减轻她的恐惧,带给她关爱,这些成就难道不值一哂吗?”

“这又是盖娅在说话。”

“没错。”宝绮思说,“那么我们来谈点实际的。我们造访了三个古老的太空世界,结果一无所获。”

崔维兹点了点头。“十分正确。”

“事实上,我们发现每个世界都相当凶险,对不对?奥罗拉上有凶猛的野狗,索拉利上有怪异危险的人类,而梅尔波美尼亚上则存在着具有潜在威胁的苔藓。这显然代表说,一个世界一旦孤立起来，不论上面有没有人类，都会对星际社会构成威胁。”

“你不能将这点视为通则。”

“三次通通应验，当然不由得你不信。”

“你相信的又是什么呢，宝绮思？”

“我会告诉你的，请以开放的心胸听我说。如果银河中有数千万个彼此互动的世界，当然这也是实际情形，又如果每个世界都纯粹由孤立体组成，事实上也正是如此，那么在每个世界上，人类都居于主宰的地位，能将他们的意志加在非人的生命形态上，加在无生命的地理环境上，甚至加诸彼此身上。所以说，当今的银河其实就是个非常原始、非常笨拙而且功能不当的盖娅星系，是个联合体的雏型。你明白我的意思吗？”

“我明白你想要说什么。但这并不表示当你说完之后，我会同意你的说法。”

“只要你愿意听就好，同不同意随你高兴，但是请注意听。银河若想运作，原始盖娅星系是唯一的方式，而且愈是远离原始形态、愈是接近盖娅星系就愈好。银河帝国是个‘强势原始盖娅星系’的尝试，在它分崩离析后，时局便开始迅速恶化。后来，又不断有人企图强化原始盖娅星系，基地邦联便是一个例子。此外骡的帝国也是，第二基地计划中的帝国也是。不过，纵使没有这些帝国或邦联，纵使整个银河陷入动乱，那也是个连成一气的动乱，每个世界都和其他世界保持互动，即使只是满怀敌意的互动。这样的银河，本身还是个联合体，因此不是最坏的情况。”

“那么，什么才是最坏的情况？”

“你自己知道答案是什么，崔维兹，你已经亲眼目睹。如果一个住人世界完全解体，居民个个成了真正的孤立体，又如果它和其他人类世界失去了一切互动，它就会朝向恶性发展。”

“像癌一样？”

“正是，索拉利不就是现成的例子吗？它和所有的世界对立。而在那个世界上，所有的个体也都处于对立状态，你全都看到了。万一人类完全消失，最后一点纪律也会荡然无存，互相对立的情势将变得毫无章法，就像那些野狗，或者只剩下天然的力量，就像那些苔藓。我想你懂了吧，我们愈是接近盖娅星系，社会就会愈美好。所以，为何要在尚未达到盖娅星系的时候，就半途而废呢？”

崔维兹默默瞪着宝绮思，好一会儿才说：“我要好好思考这个问题。可是，你为何假设药量和药效永远成正比——吃一点若有好处，多吃便会更好，全部服下则是最好的？你自己不是也指出，那些苔藓或许只能适应微量的二氧化碳，过多的话就会杀死它们吗？一个身高两米的人，要比一米高和三米高的人都来得有利。如果老鼠长成大象般的块头，那是毫无益处的，它根本活不下去。同理，大象缩成老鼠的大小也一样糟糕。

“每样东西，大至恒星小至原子，都有自然的尺度、自然的复杂度，以及种种最适宜的特质，而生物和活生生的社会也必定如此。我并不是说旧银河帝国合乎理想，也当然看得出基地邦联的缺陷，可是我不会因此就说：由于完全孤立不好，完全联合便是好的。这两种极端也许同样可怕，而旧式银河帝国无论多么不完美，却可能是我们能力的极限。”

宝绮思摇了摇头。“我怀疑你自己都不相信自己的说法，崔维兹。你是不是想要辩称，既然病毒和人类同样不令人满意，你就希望锁定某种介于其间的生物——例如粘菌？”

“不，但我或许可以辩称，既然病毒和超人同样不令人满意，我就希望锁定某种介于其间的生物——例如凡夫俗子。然而我们并没有争论的必要，一旦找到地球，我就能得到解答。我们在梅尔波美尼亚，发现了另外四十七个太空世界的坐标。”

“你全部会去造访？”

“如果有必要，每个都会去。”

“不怕各有各的风险？”

“不怕，或许只有那样才能找到地球。”

裴洛拉特早已回来，将菲龙一个人留在他的舱房。他似乎有话要说，却夹在宝绮思与崔维兹的快速舌战中无法开口。当双方你来我往之际，他只能轮流瞪着他们两人。

“那得花多少时间？”宝绮思问。

“不论得花多少时间，”崔维兹说，“但也许在下一站就能找到所需的线索。”

“或者通通徒劳无功。”

“那要等全部找完才知道。”

此时，裴洛拉特终于逮到机会插一句嘴。“但何必找呢，葛兰？我们已经有答案了。”

崔维兹朝裴洛拉特不耐烦地挥了挥手，挥到一半却突然打住，转过头来茫然问道：“什么？”

“我说我们已经有答案了。在梅尔波美尼亚上我就一直想告诉你，至少试了五次，你却过于专注手头的工作……”

“我们有了什么答案？你到底在说些什么？”

“在说地球！我想我们已经知道地球在哪里了。”

第六篇

阿尔法

第十六章
诸世界中心

69

崔维兹瞪了裴洛拉特良久，并露出明显的不悦神情。然后他说："是不是你看到什么我没看到的，却没有告诉我？"

"不是。"裴洛拉特好言好语答道，"其实你也看到了，正如我刚才说的，我试图向你解释，你却没心情听我说。"

"好，你就再试一次。"

宝绮思说："别对他凶，崔维兹。"

"我没对他凶，我只是在问问题，你别宠坏他。"

"拜托，"裴洛拉特道，"你们两位都听我说，不要你一言我一语的。你还记不记得，葛兰，我们讨论过当年寻找人类起源的尝试？那个亚瑞夫计划？你知道的，就是试图标出每颗行星的创建年代。这个计划所根据的假设，是人类曾以起源世界为中心，同时向四面八方进行殖民。因此，若从较新的行星逐步追溯到较老的行星，就能从各个方向汇聚到起源世界。”

崔维兹不耐烦地点了点头。“我记得这个方法根本行不通，因为每个世界的创建年代都不可靠。”

“没错，老伙伴。但亚瑞夫研究的世界都是第二波殖民者建立的，当时超空间旅行已极为先进，殖民世界一定分布得相当凌乱。跳跃很远的距离是非常简单的事，所以殖民世界不一定以径向对称的方式向外扩张。这一点，当然增加了创建年代的不确定性。

“可是你再想想，葛兰，想想那些太空世界，它们是由第一波殖民者建立的。当时超空间旅行没那么进步，后来居上的情形可能很少，甚至根本没有。虽然在第二波扩张时，几千万个世界的建立也许毫无规律，可是第一波却只有五十个世界，它们有可能分布得很规则。虽然第二波扩张持续了两万年，建立了数千万个世界，可是第一波的五十个世界，却只是几世纪间的成果——相较之下，几乎像是同时建立的。这五十个世界放在一起，应该大略构成球对称，而对称中心就是那个起源世界。

“我们已经拥有这五十个世界的坐标。你拍摄下来了，记得吗，你坐在石像上拍的。不论是什么力量或什么人试图毁掉地球的资料，要不是忽略了这些坐标，就是没想到它们会提供我们所需的资料。你现在唯一需要做的，葛兰，就是调整那些坐标，修正两万年来的恒星运动，然后找出球形的中心。那个中心会相当接近地球之阳，至少接近它两万年前的位置。”

当裴洛拉特滔滔不绝时，崔维兹的嘴巴不自觉地微微张开，等到对方的长篇大论结束之后，又过了好一会儿，他才终于阖上嘴巴。然后他说：“可是我为什么没想到呢？”

“我们还在梅尔波美尼亚的时候，我就试图告诉你。”

“我确信你尝试过，而我却拒绝听。我向你道歉，詹诺夫。其实是我根本没料到……”他感到很不好意思，没有再说下去。

裴洛拉特轻轻笑了几声。“没料到我会说出这么重要的话。我想通常我的确不会，但这件事可是我的本行，你懂了吧。我自己也承认，一般说来你大可不必听我唠叨。”

“没这回事。”崔维兹说，“事情不是这样的，詹诺夫。我觉得自己是个笨蛋，而我活该有这种感觉。我再次向你道歉，然后我就得去找电脑了。”

他们两人一同走进驾驶舱。当崔维兹双手放在桌面上，几乎与电脑合成一个“人／机”生命体时，裴洛拉特像往常一样，目不转睛凝视着他，既惊叹又感到无法置信。

“我必须作些假设，詹诺夫。”由于已经和电脑融为一体，崔维兹的表情有点茫然，“我得假设第一个数字是距离，单位为秒差距；其他两个数字都是以弳为单位的角度，勉强可说前一个标示上下，后一个标示左右。我还必须假设角度的正负号是依据银河标准规约，而那个‘〇，〇，〇’代表梅尔波美尼亚的太阳。”

“听来很有希望。”裴洛拉特说。

“是吗？数字的排列共有六种可能、正负号的组合共有四种可能、距离的单位也许是光年而不是秒差距，还有角度的单位也许是度而不是弳，这就构成九十六种不同的变化。此外，如果距离单位是光年，我并不确定用的是哪种年。还有另一个问题，我不知道角度的测量究竟是用什么规约——我想，应该是以梅尔波美尼亚的赤道为准，可是本初子午线在哪里？”

裴洛拉特皱起眉头。“听你这么一说，好像又绝望了。”

“没有绝望。奥罗拉和索拉利都在这份名单上，而我知道它们在太空中的位置。我将根据这些坐标，试着寻找这两颗行星，如果找错了地方，我就改用另一种规约，直到坐标给出正确位置为止。

这样我就能知道，我在坐标规约上所作的假设有何错误。一旦改正了，我就可以开始寻找那个球心。”

“有那么多可能的变化，会不会很难判断？”

“什么？”崔维兹愈来愈全神贯注。等到裴洛拉特将问题重复了一遍，他才答道：“喔，还好，这些坐标很可能是遵循银河标准规约，找出未知的本初子午线并不困难。标定太空位址的各种系统都出现得很早，大多数的天文学家都相当肯定，它们甚至是在星际旅行前所建立的。人类在某些方面非常保守，用惯了一组数值规约之后，几乎不会再作任何更改。我想，甚至有人会将它们误认为自然法则——其实这样也好，因为若是每个世界都有自己的测量规约，而且每个世纪都会改变，我相信科学发展绝对会因而受阻，甚至永远停滞不前。”

他显然一面说话一面工作，因为他的言语始终断断续续。此时他又喃喃道：“现在保持肃静。”

说完这句话，他整个脸皱了起来，神情显得极为专注。几分钟之后，他才靠回椅背，深深吸了一口气，以平静的口吻说：“规约正确，我已经找到奥罗拉，绝对没问题。看到了吗？”

裴洛拉特凝视着星像场，目光聚焦在接近中央的一颗亮星上。“你肯定吗？”

崔维兹说：“我自己的意见并不重要，重要的是电脑也肯定。毕竟我们造访过奥罗拉，十分清楚它的特征——直径、质量、光度、温度、光谱细目等等，更遑论附近恒星的分布模式。电脑说它就是奥罗拉。”

“那么我想，我们必须接受它的说法。”

“相信我，我们必须接受。我来调整一下显像屏幕，电脑就能开始工作。五十组坐标早已输入，它会一个一个处理。”

崔维兹一面说，一面开始调整屏幕。虽然电脑通常是在四维时空中运作，但将结果呈现给人类时，显像屏幕鲜有超过二维的需要。可是现在，屏幕似乎展成一个漆黑的三维空间，深度与长宽相当。崔维兹几乎将舱内的光线完全熄灭，好让星光的影像更容易观察。

“现在要开始了。”他低声道。

一会儿之后，便出现一颗恒星，接着是另一颗，然后又是一颗。每多出现一颗星，屏幕的影像随即变换一次，以便能将所有的星光纳入屏幕。看起来，仿佛太空在他们眼前逐渐远去，因此全景的范围愈来愈大。除此之外，还有上下的移动，左右的移动……

最后，五十个光点尽数出现，全部悬挂在三维空间中。

崔维兹说：“我希望能看到一个美丽的球状排列，可是这个看来却像一个匆促捏成的雪球，而且是由过硬的、砂砾过多的雪所捏成的。”

“这样会不会前功尽弃？”

“会增加些困难，但我想这是没办法的事。恒星本身的分布并不均匀，可住人行星当然也一样，因此这些新世界一定不会构成完美的几何图形。电脑会考虑过去两万年来最可能的运动模式，将每个光点调整到目前的位置——即使过了那么长的时间，所需的调整其实也不多——然后，再利用它们建构一个‘最佳球面’。换句话说，就是在太空中找出一个球面，使所有光点和它的距离都是最小值。最后我们再找出那个球面的球心，地球就该位于球心附近，至少我们希望如此。这不会花太多时间的。”

70

果然没有花太多时间。虽然崔维兹对这台电脑所创造的奇迹早已习以为常，它的速度还是令他惊讶不已。

崔维兹刚才曾对电脑下过一道指令，要它在定出“最佳球心”后，发出一个柔和而余音袅袅的音调。这样做并没有什么特殊理由，只是为了心理上的满足罢了，因为一旦听到这个声音，也许就代表这次的探索已告一段落。

几分钟后电脑便发出声音，听来像是轻敲铜锣所激起的柔美响声。音量由小而大，直到他们都能感到微微的震动，才慢慢消逝在空气中。

宝绮思几乎立刻出现在舱门口。“什么声音？”她瞪大眼睛问道，“紧急状况吗？”

崔维兹说：“根本没事。”

裴洛拉特热心地补充道：“我们也许找到地球的位置了，宝绮思，那一声就是电脑报告这个好消息的方式。”

她走进了驾驶舱。“应该让我有个心理准备。”

崔维兹说：“抱歉，宝绮思，我没想到声音会那么大。”

菲龙跟着宝绮思走进来，问道：“为什么有那个声音，宝绮思？”

“我看得出她也很好奇。”崔维兹往椅背一靠，感到十分疲倦。下一步，就是在真实银河中验证这个发现——将心力集中在那个球心的坐标上，看看是否真有G型恒星存在。但是他再一次变得优柔寡断，不愿进行这个简单的步骤，换句话说，他无法让自己面对真实测验的可能答案。

“没错。”宝绮思说，“她为何不该好奇呢？她和我们一样是人类。”

“她的单亲可不会这么想。”崔维兹心不在焉地说，“这小孩令我担心，她是个麻烦。”

“何以见得？”宝绮思质问。

崔维兹双手一摊，答道：“只是一种感觉。”

宝绮思白了他一眼，再转身对菲龙说：“我们正在设法寻找地球，菲龙。”

“地球是什么？”

“另一个世界，可是很特别，我们的祖先都来自那个世界。你从那些读物中，有没有学到‘祖先’是什么意思，菲龙？”

“是不是XX？”最后两个字并非银河标准语。

裴洛拉特说：“那是祖先的古老词汇，宝绮思。在我们的语言中，跟它最接近的是‘先人’。”

“太好了。”宝绮思突然露出灿烂的笑容，“我们的先人都来自地球，菲龙。你的、我的、裴的、崔维兹的先人都是。”

“你的，宝绮思——还有我的也是。”菲龙的口气似乎透着疑惑，“他们都是从地球来的？”

“先人只有一种。”宝绮思说，“你的先人就是我的先人，大家的先人都一样。”

崔维兹说：“听来这孩子好像非常明白她和我们不同。”

宝绮思对崔维兹低声道：“别那么说。一定要让她认为自己没什么不同，没有根本上的差异。”

“我认为，雌雄同体就是根本上的差异。”

“我是指心灵。”

“转换叶突也是根本上的差异。”

“喂，崔维兹，别那么难伺候。她既聪明又有人性，其他都是枝微末节。”

她转身面对菲龙，音量恢复正常大小。“静静想一想，菲龙，想想这对你有什么意义。你的先人和我的先人一样，而在每个世界上——很多很多的世界——人人都拥有共同的先人，他们原来住在一个叫做地球的世界。这就表示我们都是亲戚，对不对？现在回到我们的舱房，想一想这件事。”

菲龙若有所思地望了崔维兹一眼，随即转身跑开，宝绮思还在她臀部亲昵地拍了一下。

然后宝绮思转向崔维兹说：“拜托，崔维兹，答应我，以后她在附近的时候，不要再说那种话，免得她认为自己跟我们不同。”

崔维兹说：“我答应你。我并不想妨碍或破坏她的学习过程，可是，你也知道，她的确跟我们不一样。”

“只是某些方面有点差异，正如我跟你有所不同，裴跟你也不完全一样。”

“别太天真了，宝绮思，菲龙的差异要大得多。”

“大一点而已。相较之下，她和我们的相似点却重要得多。她和她的同胞有一天会成为盖娅星系的一部分，而且我相信，还是极有用的一部分。”

“好吧，我们别争论了。”他万分不情愿地转身面对电脑，“现在，恐怕我得在真实太空中，查证一下地球是否在那个位置上。”

“恐怕？”

“嗯，”崔维兹耸起双肩，希望做个至少有点幽默感的动作，“万一附近没有符合条件的恒星，那该怎么办？”

“没有就没有吧。”宝绮思说。

“我不知道现在就查证究竟有没有意义，几天之内我们都还无法进行跃迁。”

“这几天你都会为了揣测答案而坐立不安。现在就查出来吧，等待不会改变既成的事实。”

崔维兹紧抿着嘴坐在那里，过了一会儿才说：“你说得对。很好，那么——现在就开始。”

他再度转身面向电脑，双手按在桌面的手掌轮廓上，显像屏幕随即变得一片漆黑。

宝绮思说：“那么我走了，我留下来会令你神经紧张。”她挥了挥手，离开了驾驶舱。

“现在我们要做的，”崔维兹喃喃说道，“首先是检查电脑的银河地图。即使地球之阳果真在计算出的位置上，地图应该也没有收录。不过我们再……”

当显像屏幕闪现群星背景时，他的声音在惊讶中逐渐消失。星辰数量极多，大多十分黯淡，偶尔穿插着一颗较明亮的恒星，在屏幕上分布得很平均。但在相当接近中央的地方，有一颗令众星黯然失色的明亮星辰。

“我们找到了。”裴洛拉特高声欢呼，“我们找到了，老弟，看看它有多亮。”

“位于坐标中心的恒星看来都很亮。”崔维兹显然试图压抑过早的欢喜，以免事后证明是一场空，“毕竟，摄取这个影像的镜头，距离坐标中心只有一秒差距。话又说回来，中央那颗恒星显然不是红矮星或红巨星，光芒也不是高温的蓝白色。等资料出来再说吧，电脑正在查询资料库。”

经过几秒钟的沉默后，崔维兹说：“光谱型为G2。”他又顿了顿，才继续说下去，“直径，一百四十万公里——质量，端点星之阳的一点零二倍——表面温度，绝对温标六千度——自转速度缓慢，周期接近三十天——没有异常活动或不规则的变化。”

裴洛拉特说：“这不都是拥有可住人行星的典型条件吗？”

“很典型，”崔维兹一面说，一面在昏暗中点着头，“因此符合我们对地球之阳的预期。假如生命的确源自地球，地球之阳就树立了最初的典范。”

“所以说，周围有可住人行星的机会相当大。”

“我们不必臆测这一点。”听崔维兹的口气，他正感到困惑不已，“根据银河地图的记载，它有一颗拥有人类生命的行星——可是加了一个问号。”

裴洛拉特的兴致愈来愈高。“那正是我们预期的情况，葛兰。那里的确有一颗住人行星，可是那个神秘力量企图掩盖这个事实，因此相关资料模糊不清，使得制作电脑地图的人无法确定。”

“不，正是这点令我不安。”崔维兹说，“这并非我们应当预期的结果，我们应当预期的是更极端的情况。想想看，地球的相关资料被清除得多彻底，制图者不该知道那个行星系有生命存在，更遑论人类生命，他们甚至不该知道地球之阳的存在。太空世界全都不在地图中，又为何会有地球之阳呢？”

“嗯，无论如何，它就是在那里。这是事实，何必争论呢？那颗恒星还有没有其他资料？”

“有个名字。”

“啊！叫什么？”

“阿尔法。”

顿了顿之后，裴洛拉特热切地说：“那就对了，老友，这是最后一个小小的佐证。想想它的含意。”

“它有什么含意吗？”崔维兹说，“对我而言，它只是个名字，而且是个古怪的名字，听来不像银河标准语。”

“的确不是银河标准语，而是地球的一种史前语言。宝绮思的母星叫作盖娅，也是源自这种语言。”

“那么，阿尔法是什么意思？”

“那个古老的语言，第一个字母叫‘阿尔法’，这是最可靠的史前知识之一。在遥远的古代，阿尔法有时用来代表第一件事物，例如某个太阳命名为阿尔法，就意味着它是第一个太阳。而第一个太阳，难道不就是人类最初的行星——地球——所环绕的恒星吗？”

“你确定吗？”

“绝对确定。”裴洛拉特说。

“在早期的传说中——毕竟你是神话学家——可曾提到地球之阳有什么非常特殊的性质？”

“怎么会有呢？根据定义，它应该是最标准的，而电脑告诉我们的那些特征，我猜通通再标准不过了。到底是不是？”

“我想，地球之阳应该是颗单星？”

裴洛拉特说：“嗯，当然啦！据我所知，所有的住人世界都是环绕着单星。”

“这点我早就该想到。”崔维兹说，“问题是，显像屏幕中央那颗恒星并非单星，而是一对双星。双星之中较亮的那颗的确很标准，电脑所提供的就是有关它的资料。然而，还有一颗恒星环绕着它，周期大约是八十年，质量则是前者的五分之四。我们无法用肉眼看出它们其实是两颗星，但若将影像放大，我确定就看得出来。”

“这点你肯定吗，葛兰？”裴洛拉特着实吃了一惊。

“这是电脑告诉我的。如果我们眼前是一对双星，它就不是地球之阳，不可能是。”

71

崔维兹中断了与电脑的接触，舱内顿时大放光明。

这显然就是请宝绮思回来的讯号，菲龙则尾随在她身后。“好啦，结果如何？”宝绮思问。

崔维兹以平板的语调说：“多少有些令人失望。在我原本希望找到地球之阳的地方，我却找到一对双星。地球之阳是单星，所以中央那颗绝对不是。”

裴洛拉特说：“现在怎么办，葛兰？”

崔维兹耸了耸肩。“我本来就没有指望在正中央看到地球之阳。即使是太空族所建立的世界，也不会恰好形成完美的球面。奥罗拉——那个最古老的太空世界——也有可能产生自己的殖民者，而这就可能使球面扭曲。此外，地球之阳在太空中的运动速度，也许和太空世界的平均速度不尽相同。”

裴洛拉特说：“所以地球可能在任何地方，你是不是这个意思？”

“不，不能说是‘任何地方’。所有可能的误差加起来也不会太大，地球之阳一定位于球心坐标附近。我们到找的这颗几乎刚好在坐标上的恒星，一定是地球之阳的近邻。地球之阳竟然有个如此相似的邻居——唯有双星这点例外——这也实在令人惊讶，可是事实一定如此。”

“可是这样的话，我们应该能在地图上看到地球之阳，对不对？我的意思是，在阿尔法附近？”

“不对，因为我确定地球之阳根本不在地图上。正是由于这个缘故，我们最初找到阿尔法的时候，我才会感到信心动摇。不论它和地球之阳多么相似，光凭它被收录在地图中这一点，就令我怀疑它不是真货。”

“好吧，那么，”宝绮思说，“何不将注意力集中到真实太空的这组坐标上？然后，如果发现有颗明亮的恒星接近球心，可是不在电脑地图中，又如果这颗恒星性质和阿尔法非常相近，却是一颗单星，那不就是地球之阳吗？”

崔维兹叹了一口气。“如果一切如你所说，我愿意拿我的一半财产打赌，赌你所说的恒星就是地球这颗行星的太阳。可是，现在我又有些犹豫，不想验证这个假设。”

“因为你可能失败？”

崔维兹点了点头。“然而，”他说，“给我一点时间喘口气，我就会强迫自己去做。”

正当三个大人你看我、我看你之际，菲龙走近电脑桌面，好奇地瞪着上面的手掌轮廓。她的小手向那个轮廓探去，崔维兹赶紧伸出手臂格开她，同时厉声道：“不准乱碰，菲龙。”

小索拉利人似乎吓了一跳，立刻躲进宝绮思温暖的臂膀中。

裴洛拉特说：“我们必须面对现实，葛兰。万一你在太空中什么也没找到，那该怎么办？”

“那我们将被迫重拾原先的计划，”崔维兹说，“一一造访其他四十七个太空世界。”

“万一那样做也一无所获呢，葛兰？”

崔维兹心烦意乱地摇了摇头，仿佛要阻止那种想法在脑中生根。他低头看了看自己的膝盖，突然冒出一句：“那时我会再想别的办法。”

“可是如果先人的世界根本不存在呢？”

听到这个女高音般的声音，崔维兹猛然抬起头来。“谁在说话？”他问。

这一问其实是多此一举。难以置信的感觉很快就消失了，他也非常确定到底是谁发问。

“是我。”菲龙答道。

崔维兹望着她，微微皱起眉头。“你听得懂我们的谈话吗？”

菲龙说：“你们在寻找先人的世界，可是你们还没找到，也许根本没有一个世界。”

“没有‘那个’世界。”宝绮思轻声纠正她。

“不，菲龙。”崔维兹以严肃的口吻说，“是有人花了很大的工夫将它藏起来。如此努力地隐藏一样东西，意味着那样东西非隐藏起来不可。你了解我的意思吗？”

“我了解。”菲龙说，“就像你不让我碰桌上的手影。正因为你不让我碰，意味着碰一碰会很有趣。”

“啊，但你碰就不有趣了，菲龙。宝绮思，你在制造一个怪物，她会把我们全毁了。除非我坐在电脑前面，否则再也别让她进来。即使在那种情况下，也请三思而后行，好吗？”

然而，这段小插曲似乎驱走了他的优柔寡断。他说：“显然，我最好开始工作了。如果我只是坐在这里，无法决定该怎么做，那小丑怪马上会接管这艘太空艇。”

舱内灯光立刻变暗，宝绮思压低声音说：“答应我，崔维兹，她在附近的时候，别称她怪物或丑怪。”

“那就好好盯牢她，教她一些应有的礼节。告诉她小孩不该跟大人讲话，还要尽量少在大人面前出现。”

宝绮思皱起眉头。“你对小孩子的态度实在太过分了，崔维兹。”

“或许吧，不过现在不是讨论这个问题的时候。”

然后，他以既满意又宽心的语调说：“那是真实太空中的阿尔法。而在它的左侧，稍微偏上的位置，是一颗几乎同样明亮，但并未收录在银河地图中的恒星。那就是地球之阳，我敢拿我所有的财产打赌。”

72

“好了啦，”宝绮思说，“即使你输了，我们也不会拿走你任何财产，所以何不直截了当找出答案呢？你一旦能进行跃迁，我们立刻造访那颗恒星。”

崔维兹摇了摇头。“不！这次并非由于犹豫或恐惧，而是为了小心谨慎。我们造访了三个未知的世界，三次都遭到始料未及的危险，而且三次都被迫匆匆离去。这次是最紧要的关键，我不要再盲目行事，至少在能力范围内要尽量避免。直到目前为止，我们仅仅知道有关放射性的含混传说，那根本不够。谁也不可能料到，在距离地球约一秒差距的地方，竟然有一颗拥有人类生命的行星……”

“在阿尔法周围，真有一颗拥有人类生命的行星吗？”裴洛拉特问道，“你说过电脑在后面打了个问号。”

“即使如此，”崔维兹说，“还是值得试一试。为何不去瞧瞧呢？倘若上面果真住有人类，我们就去问问他们对地球了解多少。毕竟，对他们而言，地球并非传说中遥不可及的世界，而是他们的近邻；在他们的天空，地球之阳一定既明亮又耀眼。”

宝绮思以深思熟虑的口吻说：“这个主意不坏。我突然想到，如果阿尔法拥有一个住人世界，其上居民又不是你们这种典型的孤立体，那么他们也许会很友善，我们就有可能获得一些美食来换换口味。”

“还能结识一些和蔼可亲的人，”崔维兹说，“别忘了这一点。你同意这样做吗，詹诺夫？”

裴洛拉特说：“由你决定，老弟。不论你到哪里，我一定奉陪。”

菲龙突然问道：“我们会不会找到健比？”

宝绮思赶紧抢在崔维兹前面回答：“我们会找找看，菲龙。”

于是崔维兹说：“那就这么决定了，向阿尔法前进。”

73

“两颗大星星。”菲龙指着显像屏幕说。

“没错，”崔维兹说，“是有两颗。宝绮思，切记要看好她，我不希望她乱碰任何东西。”

“她对机械装置很着迷。”宝绮思说。

“是啊，我知道，”崔维兹说，“可是我不敢领教。不过老实告诉你，看到显像屏幕上两颗恒星同时闪耀，我倒是跟她一样着迷。”

那两颗恒星的确相当灿烂，两者几乎都像个圆盘。屏幕早已自动增强过滤密度，用来消除“硬辐射”并降低星光亮度，以避免对视网膜构成伤害。结果，屏幕上只剩下少数几颗亮星，那对双星则以高傲且近乎孤立的王者姿态高挂天际。

“事实上，”崔维兹说，“我以前从未如此接近一个双星系。”

“从未？”裴洛拉特声音中透出几许讶异，“怎么可能呢？”

崔维兹哈哈大笑。“虽然我常在太空中来来去去，詹诺夫，但我并非你想象中的银河游侠。”

裴洛拉特说：“在遇到你之前，葛兰，我从来没有到过太空。但我总是认为，任何人只要上了太空……”

“就什么地方都会去。我了解，那是很自然的想法。足不离地的人最大的问题，就是不论理智如何说服他们，仍然无法想象银河的实际大小。即使我们在太空中旅行一辈子，银河绝大多数地方还是去不了。此外，根本没有人去过双星系。”

“为什么？”宝绮思皱着眉头说，“相较于在银河中游荡的孤立体，我们盖娅上的人对天文学所知不多，可是在我的印象中，双星似乎并不罕见。”

“的确如此。”崔维兹说，“其实严格说来，双星的数量比单星还多。然而，两颗靠得很近的恒星，会害得行星无法循着一般过程形成。双星拥有的行星物质比单星来得少，而即使双星系中有行星形成，通常轨道也不太稳定，极少出现适宜住人的条件。

“我猜早期的星际探险者，一定近距离研究过许多双星。可是一段时日之后，为了殖民的目的而探索时，他们的目标便仅限于单星。当然啦，一旦银河遍布了殖民世界，几乎所有的星际旅行便都和贸易或交通有关，而且一律在单星旁的住人世界之间进行。在军事活动频仍时期，我想，假如某对双星刚好具有战略地位，有时会在环绕其中之一的小型无人世界上设立据点。可是随着超空间旅行渐趋完善，那样的据点也就变得没必要了。”

裴洛拉特以谦虚的口吻说：“真不敢想象我有多么孤陋寡闻。”

崔维兹只是咧嘴笑了笑。“别被我唬到了，詹诺夫。我在舰队的时候，听过无数过时战术的演讲；根本没有人计划或打算使用那些战术，讨论它们纯粹只是一种传统。我刚刚只不过是随便卖弄了一点。回过头来想想，你懂得那么多神话学、民间传说和古代语文，这些我都一窍不通，只有你和少数专家才懂。”

宝绮思说：“没错，但那两颗恒星虽然构成双星系，其中之一的轨道上却有一颗住人行星。”

“我们希望的确如此，宝绮思。”崔维兹说，“凡事皆有例外，再加上郑重其事标了一个问号，使它更加令人费解——不行，菲龙，那些按钮不是玩具——宝绮思，要不就用手铐把她铐起来，要不就带她出去。”

“她不会弄坏任何东西的。”宝绮思虽然在为菲龙辩护，仍将那索拉利小孩拉到自己身边，“既然你对那颗可住人行星如此感兴趣，我们还在这里等什么？”

“原因之一，”崔维兹说，“这是人之常情，我想趁机在近距离观察一下双星系。此外，谨慎也是人之常情，而我也不例外。正如我解释过的，自从我们离开盖娅，没有一件事不让我变得更加小心谨慎。”

裴洛拉特说：“这两颗恒星哪一颗是阿尔法，葛兰？”

“我们不会迷路的，詹诺夫。电脑晓得究竟哪颗才是阿尔法，因此我们也晓得。它是温度较高、颜色较黄的那颗，这是因为它比较大的缘故。而右侧那一颗，则发出明显的橙色光芒，有点像奥罗拉的太阳，想必你还记得。你注意到了吗？”

“经你这么一提醒，我就注意到了。”

“很好，那颗则比较小。你提到的那种古老语言，第二个字母是什么？”

裴洛拉特想了一下，然后说：“贝塔。”

“那么我们就称橙色那颗为贝塔，黄白色那颗为阿尔法，而我们现在的目标正是阿尔法。”

第十七章
新地球

74

“四颗行星。”崔维兹喃喃说道，“全都很小，再加上一长串小行星，并没有气态巨星。”

裴洛拉特说：“你认为这令人失望吗？”

“并不尽然，这是预料中的事。互相环绕的双星彼此如果很接近，就不会有行星环绕其中任何一颗，而只能环绕两者的重心。但是那种行星几乎不可能适宜住人，因为太远了。

“反之，如果双星彼此分得够开，各自的稳定轨道上就能有行星存在，前提是那些行星和双星之一足够接近。而这两颗恒星，根据电脑资料库的记录，平均间距为三十五亿公里，甚至在‘近星点’，也就是两者最接近的时候，相隔也有十七亿公里。一颗行星距离双星之一若不超过两亿公里，即可处于稳定轨道，但更大的轨道上则不可能有行星存在。这就表示绝不会有气态巨星，因为那种行星距离恒星必定很远。可是这又有什么差别呢？反正气态巨星都不可住人。”

“但这四颗行星中，也许有一颗适宜人类居住。”

“事实上，只有第二颗真有这个可能。原因之一，是唯有它才大到足以保有大气层。”

他们迅速航向第二颗行星，接下来的两天中，它的影像逐步扩大。起先是庄严而保守地膨胀，等到他们确定没有任何船舰前来拦截，其影像的膨胀便愈来愈快，几乎达到了骇人的速度。

现在，远星号位于云层上方一千公里处，循着一条临时轨道疾速飞行。崔维兹绷着脸说：“电脑记忆库在‘住人’的注记后面加上问号，我终于知道是为什么了。它没有明显的辐射迹象，夜半球没有火光，无线电波则到处都没有。”

“云层似乎挺厚的。”裴洛拉特说。

“不至于将电波辐射隐藏起来。”

他们望着下方不停转动的行星，团团打转的白云色调极为和谐，其间偶尔出现一些隙缝，透出代表海洋的青色图案。

崔维兹说：“就住人世界而言，此地云量算是很重，可能是个相当阴沉的世界。”当他们再度钻入夜面阴影时，他又补充道：“而最令我困扰的一点，是我们没收到任何太空站的呼叫。”

“你的意思是，应该像我们刚到康普隆时那样？”裴洛拉特问。

“任何住人世界都会那样做。我们得停下来接受例行盘查，包括证件、货物、停留时间等等。”

宝绮思说：“或许由于某种原因，我们错过了呼叫讯号。”

“他们可能使用的波长，我们的电脑通通接收得到。而且我们还一直送出自己的讯号，结果却唤不出任何人，也得不到一点回音。如果没跟太空站的人员联络上，就径行俯冲到云层下，是一种违反太空礼仪的行为，但我认为没有其他选择了。”

于是远星号开始减速，同时增强反重力以维持原来的高度。等它再度回到白昼区，速度已经减得很低。崔维兹与电脑合作无间，在云层中找到一个够大的裂缝，太空艇立刻下降，一举穿过那个云隙。他们随即见到波涛汹涌的海洋，那想必是强风造成的结果。海面在他们下方数公里处，好像一块满是皱褶的绒布，还点缀着由泡沫构成的隐约线条。

他们飞出那片晴空，来到云层之下。正下方辽阔的海水变成青灰色，温度也显著降低。

菲龙一面盯着显像屏幕，一面用子音丰富的母语说个不停。一会儿之后，她才改用银河标准语，以颤抖的声音说：“下面我看到的是什么？”

“那是海洋，”宝绮思以安抚的口吻说，“是非常非常多的水。”

“为什么不会干掉呢？”

宝绮思看了看崔维兹，后者答道：“水太多了，所以干不掉。”

菲龙以近乎哽咽的语调说：“我不要那些水，我们离开这里。”此时远星号正通过一团暴风雨，显像屏幕因而变成乳白色，上面还有雨点形成的纹路。菲龙突然开始尖叫，好在声音不太刺耳。

驾驶舱的灯光暗下来，太空艇的动作变得有些不顺畅。

崔维兹惊讶地抬起头来，高声喊道：“宝绮思，你的菲龙已经大到可以转换能量了，她正利用电力试图操纵太空艇，快阻止她！”

宝绮思伸出双臂抱住菲龙，将她紧紧拥入怀中。“没事，菲龙，没事，没什么好怕的。这只不过是另一个世界，像这样的世界还多着呢。”

菲龙情绪放松了些，不过仍在继续发抖。

宝绮思对崔维兹说：“这孩子从来没有见过海洋，据我所知，也可能从未经验过雨和雾。你就不能有点同情心吗？”

“如果她动太空艇的脑筋，我就绝不同情，她那样做会给我们带来极大的危险。把她带到你们的舱房去，让她冷静下来。”

宝绮思勉强点了点头。

裴洛拉特说：“我跟你一道去，宝绮思。”

“不，不要，裴，”她答道，“你留在这里。我来安抚菲龙，你来安抚崔维兹。”说完便转身离去。

“我不需要安抚。”崔维兹对裴洛拉特吼道，然后又说，“很抱歉，或许我的情绪忽然失控，但我们不能让一个小孩玩弄操纵装置，你说对不对？”

“当然不能。”裴洛拉特说，“可是事出突然，宝绮思一时之间不知所措，否则她一定能制止菲龙。菲龙实在算是很乖了，想想她的处境，被迫远离家乡，还有她的——她的机器人，而且被迫过着她所不了解的生活，毫无选择余地。”

“我知道。当初可不是我要带她同行的，记得吧，那是宝绮思的主意。”

“没错，但我们如果不带她走，这孩子准死无疑。”

“好吧，待会儿我会向宝绮思道歉，也会向那孩子道歉。”

但他仍旧眉头深锁，裴洛拉特柔声问道：“葛兰，老弟，还有什么事困扰着你？”

“这海洋。”崔维兹说。他们早已钻出暴风雨，但云层浓密依旧。

“海洋有什么不对劲？”裴洛拉特问。

“太多了就是问题。”

裴洛拉特一脸茫然，崔维兹突然又说：“没有陆地，我们没看到任何陆地。大气绝对正常，氧和氮的比例恰到好处，因此这颗行星一定经过精密改造，也一定拥有维持氧气含量的植物。在自然状况下，不会出现这样的大气——想必只有地球例外，这种大气原本就是地球上形成的，天晓得是怎么回事。不过，话说回来，经过精密改造的行星总有足够的干燥陆地，最多可占总表面积的三分之一，而绝不会少于五分之一。所以说，这颗行星既然经过精密改造，怎么又会缺乏陆地呢？”

裴洛拉特说：“或许，因为这颗行星是双星系的一部分，所以和一般的情形完全不同。也许它并未接受过精密改造，而是以特殊方式演化出大气的，但在环绕单星的行星上，这种方式却少之又少。这里有可能独立发展出生命，就像地球一样，只不过都是水中生物。”

“就算我们接受这点，”崔维兹说，“对我们也没有任何益处。水中生物绝不可能发展出科技，因为科技总是建立在火的发明上，而水火是不相容的。一颗拥有生命却没有科技的行星，并不是我们找寻的目标。”

“这点我了解，但我只是在作理论上的考量。毕竟，据我们所知，科技仅仅完整发展过一次——就是在地球上。在银河其他角落，科技都是由银河殖民者播种的。如果只有一个研究案例，你就不能说科技‘总是’如何如何。”

“在水中行动得具备流线型的形体，因此水中生物不能有不规则的外形，或是像人手那样的附肢。”

“乌贼就有触手。”

崔维兹说：“我承认我们可以作各种臆测，但你若是幻想在银河某个角落，会独立演化出一种类似乌贼的智慧生物，而且发展出一种无火的科技，你就是在想象一件完全不可能的事，这是我的看法。”

“这只是你的看法。”裴洛拉特柔声说。

崔维兹突然哈哈大笑。“很好，詹诺夫，我看得出你是在强词夺理，来报复我刚才对宝绮思大吼大叫，而你的确很成功。我答应你，如果找不到陆地，我们会尽可能搜寻海洋，看看能否找到你所说的文明乌贼。”

他在说这番话的时候，太空艇再度进入夜面阴影，显像屏幕也变得一片漆黑。

裴洛拉特心中一凛。“我一直在想个问题，”他说，“这样到底安不安全？”

“什么到底安不安全，詹诺夫？”

“在黑暗中像这样高速飞行。我们也许会愈飞愈低，最后一头栽进海里，然后立刻报销。”

“相当不可能，詹诺夫，真的！电脑让我们始终沿着一条重力线飞行，换句话说，它一直让行星重力场保持固定强度，这就表示它使我们和海平面几乎维持固定距离。”

“可是有多高呢？”

“将近五公里。”

“这样还是不能真正让我心安，葛兰。难道我们不可能遇到陆地，而撞上我们看不见的山峰吗？”

“我们看不见，可是太空艇的雷达会看见，而电脑会引导太空艇绕过或飞越山峰。”

“那么，万一经过的是平地呢？我们会在黑暗中失之交臂。”

“不，詹诺夫，我们不会错过的。水面反射的雷达波和陆地反射的完全不同，水面基本上是平坦的，陆地则崎岖不平。因此相较之下，陆地反射的雷达波显得极为紊乱。电脑能分辨其中的差别，如果眼前出现陆地，它随时会告诉我们。就算是大白天，而且整个行星阳光普照，电脑也一定会比我更早发现陆地。”

接下来是一阵沉默。几小时后，他们又回到白昼区，下面仍是起起伏伏的空旷海洋。每当他们偶尔穿越暴风雨，海洋就会暂时在眼前消失。暴风雨多得数也数不清，有一次，强风甚至将远星号吹离原来的路径。根据崔维兹的解释，电脑为了避免不必要的能源浪费，并减少太空艇受损的机会，所以才没有强行对抗。通过那团乱流之后，电脑果然将太空艇的航道缓缓矫正回来。

“可能是个飓风的外缘。”崔维兹说。

裴洛拉特道：“听我说，老弟，我们只顾着由西往东飞——或说由东往西飞，观察到的只有赤道而已。”

崔维兹说：“这样做实在很傻，是不是？其实，我们的飞行路径是个西北／东南方向的大圆，它会带着我们穿过热带和南北两个温带。我们每次重复这条路径，它便会自动偏西一点，因为行星一直在自转。所以说，我们是在很有规律地逐渐扫过整个世界。不过，由于直到目前为止，我们还没有遇上陆地，根据电脑的计算，大型陆块存在的几率已小于十分之一，大型岛屿的几率则小于四分之一。我们每多绕一圈，这些几率就会再降一点。”

“你可知道换成我会怎么做吗？”裴洛拉特慢条斯理地说，此时他们又被夜半球吞噬。“我会跟这颗行星保持足够的距离，利用雷达扫描正面的整个半球。云层不会是什么问题，对不对？”

崔维兹说：“然后急速拉升，来到另一侧，再进行同样的工作，或者干脆等待行星自转过来——那是后见之明，詹诺夫。通常来到一颗可住人行星，都得先停靠在某座太空站，取得一条降落路径，或是被赶走，谁会料到根本找不到太空站？即使没在任何太空站停靠，直接来到云层底下，谁又会料到无法很快找到陆地？可住人行星就是——陆地！”

“当然并非全是陆地。”裴洛拉特说。

“我不是在说那个。”崔维兹突然变得很兴奋，“我是说我们找到陆地了！安静！”

崔维兹虽然努力克制，仍旧难掩兴奋之情。他将双手放到桌面上，整个人又变成电脑的一部分。“是一座岛屿，大约二百五十公里长，六十五公里宽，不会差多少。面积大概有一万五千平方公里左右，不算大，但也不小，在地图上不只一个点。等一等——”

驾驶舱的灯光转暗，终至完全熄灭。

“我们在做什么？”裴洛拉特自然而然将声音压得很低，仿佛黑暗是个脆弱的东西，大声一点就会震碎。

“让我们的眼睛适应黑暗。现在太空艇正在这座岛屿上空盘旋，仔细看看，你能看到什么东西吗？”

“没有——可能有些小光点，但我不确定。”

“我也看到了，现在我要插入望远镜片。”

果然有灯光！能看得很清楚，一团团的灯光零星散布各处。

“上面有人居住。”崔维兹说，“可能是这颗行星上唯一住人之处。”

“我们该怎么做？”

“我们等到白天再说，这就给了我们几小时的休息时间。”

“他们不会攻击我们吗？”

“用什么攻击？除了可见光和红外线，我没有侦测到其他的辐射。这是一座住人的岛屿，而且显然民智已开。他们也拥有科技，但无疑是前电子时代的科技，所以我认为没什么好担心的。万一我猜错了，电脑也会及早警告我们。”

“一旦白昼降临了呢？”

“我们当然马上着陆。”

75

当清晨第一道阳光穿透云隙，照亮这座岛屿一部分的时候，他们驾着太空艇缓缓下降。岛上一片鲜绿，内地有一排低矮的波浪状山丘，一直延伸到泛紫色的远方。

他们在接近地面时，看到了四下分布的杂树林，以及穿插其间的果树园，不过大部分地区都是经营良好的农场。在他们正下方，也就是岛屿的东南岸，则是一片银色的海滩，后面有一排断断续续的圆石，更远处还有一片草地。他们偶尔也会看到一些房舍，不过彼此都很分散，并没有构成任何城镇。

最后，他们发现了一个模糊的道路网，路旁稀疏地排列着一栋栋住宅。接着，在清晨凉爽的空气中，他们侦察到远方有一辆飞车。根据它的飞行方式，他们确定那并非一只大鸟，而的确是一辆飞车。这是他们在这颗行星上，首次见到智慧生命活动的明确迹象。

“可能是个自动交通工具，假如他们不用电子零件也能做到的话。”崔维兹说。

宝绮思说：“大有可能。我认为如果有人在操纵，它就会朝我们飞过来。我们必定是个奇观——一艘航具缓缓下降，却没用到反推喷射火箭。”

“在任何行星上，这都是个奇观。”崔维兹语重心长地说，“重力太空航具的降落过程，不会有太多世界曾经目睹。那海滩是个理想的着陆地点，但海风若吹起来，我可不希望太空艇泡水。所以，我要向圆石另一侧的草坪飞去。”

“至少，”裴洛拉特说，“一艘重力太空艇降落时，不会把别人的财产烧焦。”

在降落的最后一个阶段，太空艇慢慢伸出四个宽大的脚垫，接着便轻巧地着陆。由于承受了太空艇的重量，四个脚垫全部陷入土中。

裴洛拉特又说：“不过，只怕我们会留下压痕。”

“至少，”宝绮思说，“气候显然相当适中，甚至算得上温和。”从她的声音，听得出她有点不以为然。

有个人站在草地上，凝望着太空艇降落的过程。她未曾显现任何恐惧或惊讶的神色，脸上只流露出十分着迷的表情。

她穿得非常少，证明宝绮思对此地气候的估计很正确。她的臀部围着一条印有花朵图样的短裙，大腿没有任何遮蔽物，腰部以上也完全赤裸，而她的凉鞋则似乎是帆布制的。

她的头发又黑又长，几乎垂到腰际，看来非常光滑柔润。她有着淡棕色的皮肤，以及一对眯眯眼。

崔维兹四下扫视了一遍，发现周遭没有其他人。他耸了耸肩，然后说：“嗯，现在是大清早，居民可能大多在室内，甚至可能还在睡觉。话说回来，我并不认为这是个人口众多的地区。”

他转头对其他两人说：“我出去跟那个女子谈谈，她若能说些我听得懂的话，那么你们……”

“我倒认为，”宝绮思以坚决的口吻说：“我们还是一起出去比较好。那女子看来完全没有危险，而且，反正我想出去伸伸腿，呼吸一下这颗行星的空气，也许还能张罗一些本地食物。我也要菲龙重温一下置身一个世界的感觉，此外，我想裴会希望在近距离检视那女子。”

“谁？我？”裴洛拉特脸上顿时出现红晕，“根本没这回事，宝绮思，但我的确是我们这个小队的通译。”

崔维兹又耸了耸肩。“真是牵一发动全身。不过，虽然她看来也许毫无危险，我仍打算带着我的武器。”

“我可不信，”宝绮思说，“你会想用它们对付那个少女。”

崔维兹咧嘴一笑。“她很迷人，对不对？”

崔维兹首先离开太空艇，而由裴洛拉特殿后。宝绮思走在中间，一只手摆在背后拉住菲龙的小手。菲龙则紧跟着宝绮思，小心翼翼地走下斜梯。

黑发少女继续兴致勃勃地旁观，没有向后移动半步。

崔维兹喃喃说道：“好，我们来试试看。”

他将原本按着武器的双手抬起来，开口道：“我问候你好。”

那少女思索了一会儿，然后说：“我问候尊驾，亦问候尊驾之同伴。”

裴洛拉特兴奋地说：“太好了！她说的是古典银河标准语，而且发音字正腔圆。”

“我也听得懂。”崔维兹一面说，一面摆了摆手，表示其实并非完全听得懂，“我希望她懂得我的意思。”

他露出一副友善的表情，带着微笑说：“我们从遥远的太空飞来，我们来自另一个世界。”

“甚好。”少女以清脆的女高音说，“尊驾之航具自帝国而来？”

“这艘太空艇来自一个遥远的星体，它的名字就叫远星号。”

少女抬起头，看了看太空艇上的字样。“那可是其含义？若果如此，又若果第二字为‘星’，那么注意看，它给印反了。”

崔维兹正准备反驳，裴洛拉特却欣喜若狂地说：“她说得对，

‘星’这个字的确是在两千多年前才反过来的。这是个多么难得的机会，遇到了活生生的古典标准语，让我可以详细研究一番。”

崔维兹仔细打量这名少女。她身高只有一米五出头，胸部虽然秀挺却不丰满。但她看来并非尚未发育成熟，她的乳头不小，乳晕颜色也很深，不过后者或许是棕色皮肤造成的结果。

他说：“我名叫葛兰·崔维兹，这位是我的朋友詹诺夫·裴洛拉特，那位女士是宝绮思，那个小孩叫做菲龙。”

“尊驾所来自的远方星体，是否存在为男子取双名之惯例？我名广子，为广子之女。”

“你的父亲呢？”裴洛拉特突然插嘴。

广子不以为然地耸了耸肩，答道：“他的名字，家母说唤作史慕尔，然则毫无重要，我并不识他。”

“其他人在哪里呢？”崔维兹说，“似乎只有你一个人在这里迎接我们。”

广子说：“多数男子在渔船上，多数女子在田间。我这两天休假，因而有幸目睹此一伟大场面。然则人人皆有好奇之心，航具降落不会不被目击，即便远方亦如是，他人将很快来到。”

“这座岛上有很多人吗？”

“总数超过廿五仟。”广子答道，语气中透着明显的骄傲。

“海洋中还有其他岛屿吗？”

“其他岛屿何意，尊贵的先生？”她似乎十分困惑。

崔维兹认为这句话无异于回答。整个行星上，这里是唯一有人类居住的地方。

他说：“你们如何称呼你们的世界？”

“唤作阿尔法，尊贵的先生。吾人教科书中，言其全名为‘半人马之阿尔法’，不知此一全名对尊驾更具意义否，然吾人只唤其阿尔法。瞧，它是个美景世界。”

“什么世界？”崔维兹问，同时茫然地转头望向裴洛拉特。

“她的意思是美丽的世界。”裴洛拉特说。

“的确没错，”崔维兹说，“至少此地，此时此刻。”他抬头望着淡蓝色的清晨天空，其间偶尔有几朵云彩飘过。“今天是个大好的晴天，广子，可是我想，这种天气在阿尔法并不多见吧。”

广子愣了一下。“吾人要多少有多少，尊贵的先生。吾人需要雨水，云朵便会飘来，然则大多数日子，天空晴朗似乎对吾人更有助益。渔船出海这些日子，吾人当然极需晴朗的天空与温和的风。”

“所以说，你们可以控制气候喽，广子？”

“葛兰·崔维兹先生，吾人若无法，将给雨水淋得湿透。”

“但你们是如何做到的？”

“并非身为训练有素之工程师，恕我无法向尊驾解释。”

“你和你的族人居住的这座岛屿，不知其名如何称呼？”崔维兹问。他发现自己已经受到影响，也学起这种古典标准语的华丽腔调（他实在极想知道自己的文法是否正确）。

广子说：“这座位于汪洋之中，有如天堂般的岛屿，吾人唤作‘新地球’。”

听到这个答案，崔维兹与裴洛拉特惊喜交集，不约而同地转头瞪着对方。

76

他们并没有机会继续讨论下去，因为有许多人陆续来到，总数有好几十个。崔维兹心想，这些人一定都没出海，也并未在田间工作，而且住处离此地不太远。大多数人都是徒步前来，不过他也看到两辆地面车——但相当老旧粗陋。

显然这是个科技水准不高的社会，但他们却能控制气候。

众所皆知，科技发展未必能面面顾到，即使某一方面落后，其他方面仍有可能相当先进。可是像这么不均衡的发展，也实在是个罕见的例子。

前来观看太空艇的人群，至少有一半是上了年纪的，也有三四个小孩子，其他人则以女性占多数。不过，没有任何人表现出恐惧或疑虑。

崔维兹对宝绮思低声道："你在操纵他们吗？他们似乎——十分稳静。"

"我丝毫没有操纵他们。"宝绮思说，"除非有必要，我绝不轻易碰触他人的心灵，我现在关心的只有菲龙一个人。"

对于曾在银河任何一个正常的世界凑过热闹的人而言，此时围观者根本不算多，可是菲龙则不同，她刚刚适应了与远星号上的三个成人为伍，那群人当然是她眼中的大批群众。菲龙变得呼吸十分急促，眼睛半闭起来，几乎可说是受惊了。

宝绮思轻轻地、有节奏地抚摩着她，并且发出安抚的声音。崔维兹十分肯定，与此同时，她还以无比轻柔的方式，正在仔细重组菲龙的心灵纤丝。

菲龙突然深深吸了一口气，几乎像是在喘息，她又甩了甩头，大概是不由自主地打了一个冷战。然后她抬起头来，以接近正常的目光看了看周围的人群，马上又将头埋到宝绮思怀里。

宝绮思让她维持着这个姿势，自己的手臂则围在菲龙的肩头，每隔一阵子收紧一下，仿佛再三强调她的保护依然存在。

裴洛拉特的目光扫过一个个阿尔法人，他似乎相当错愕。“葛兰，他们相互间的差异可真大。”

崔维兹也注意到这一点。他们的肤色与发色共有好几种，其中一人有着火红的头发、碧蓝的眼珠，以及满是雀斑的皮肤。至少有三个明明是成年人，却跟广子一般矮小，另有一两人则比崔维兹还高。好些个男女的眼睛都与广子类似，崔维兹这时想起来，在菲律星区那些商业繁荣的行星上，这种眼睛是当地居民的特征，但他自己从未造访过那个星区。

所有的阿尔法人腰部以上一律赤裸，女性的胸部似乎都不大，在崔维兹看来，那要算是她们最为一致的身体特征。

宝绮思突然说：“广子小姐，我的小朋友还不习惯太空旅行，她吸收的新奇事物早已超过她的消化能力。可不可以让她坐下来，也许再给她些吃的喝的？”

广子露出困惑的表情，裴洛拉特便用流行于帝国中叶、词藻较为华丽的银河标准语，将宝绮思的话重复了一遍。

广子赶紧用一只手掩住嘴，盈盈地屈膝跪下。“我恳请恕罪，尊贵的女士。”她说，“我未曾顾及这孩儿以及尊驾的需要。这事太过稀奇，将我整个心思占满。请尊驾——请您们诸位访客——前往食堂进早膳如何？我们加入您们，以主人身份招待可好？”

宝绮思说：“你实在太好了。”她说得很慢，每个音都发得很仔细，希望能让对方比较容易了解，“不过，最好能由你一个人招待我们，这样孩子才会觉得自在，她不习惯同时和太多人在一起。”

广子站了起来，答道：“一切遵照尊驾吩咐。”

她从容地走在前面，带领他们穿过草坪。其他的阿尔法人紧跟在两旁，似乎对这些访客的衣着特别感兴趣。有个人挨近了崔维兹，好奇地摸了摸他的轻便夹克，崔维兹索性将夹克脱下来递给他。

“拿去吧，好好看个够，可是要还我。”然后他又对广子说，“要保证我能拿回来，广子小姐。”

“绝不在话下，必将物归原主，尊贵的先生。”她神情严肃地点了点头。

崔维兹露出微笑，继续往前走。在轻柔温和的微风中，他觉得脱掉夹克更舒服了。

他默默观察周遭的人群，看不出任何人带有武器。而对于崔维兹身上的武器，好像也没有人表现出恐惧或不安，甚至没有表现出好奇，这点令崔维兹感到很有意思。八成他们根本不知道那是武器，而根据崔维兹目前观察的心得，阿尔法八成是个完全没有暴力的世界。

此时，一名女子加快脚步，以便超前宝绮思一点，然后转过头来，仔细检视宝绮思的宽松上衣，然后说：“尊贵的女士，尊驾拥有乳房吗？”

但她似乎等不及对方回答，便径自伸手轻轻按在宝绮思胸前。

宝绮思微微一笑，答道：“诚如尊驾所发现，我确实拥有。它们或许不如尊驾那般秀挺，然则我遮住它们，并非由于此等原因。在我的世界上，不适宜让乳房暴露在外。”

说完，她转头对裴洛拉特耳语道：“你看我对古典标准语掌握得如何？”

“你掌握得很好，宝绮思。”裴洛拉特说。

那间餐厅相当大，里面有许多长型餐桌，每张餐桌两侧都摆着长椅。从这些陈设看来，阿尔法人显然惯于集体用餐。

崔维兹觉得良心十分不安，由于宝绮思要求独处，这么大的地方只能给五个人享用，害得其他阿尔法人都被迫留在外面。然而，仍有许多阿尔法人不愿离去，他们和窗子保持礼貌的距离（所谓的窗子，其实只是墙壁上的一些开口，甚至没有装纱窗），想必是为了观看这些陌生人的吃相。

崔维兹不知不觉想到一个问题，那就是下雨的时候会怎么样？当然，雨水只有在需要时才会落下，雨势一定恰到好处，也不会伴随太强的风，而且总是适可而止。此外，下雨的时间必定会事先预报，因此阿尔法人可早作准备，崔维兹这么想。

他面对的那扇窗子可以望见海洋，在远方地平线上，崔维兹似乎能看见一团云，它和其他各处的云朵没有两样。想必除了这一小块人间仙境，整个天空几乎布满这种乌云。

气候控制的确有莫大的好处。

终于有人出来为他们服务，那是一名踮着脚尖走路的少女。她并没有问他们要吃什么，只是默默将食物端出来。每个人都有一小杯羊奶、一中杯葡萄汁和一大杯白开水。食物包括两个大号水煮蛋，旁边配着些白色乳酪片，此外还有一大盘烤鱼，以及一些小块的烤马铃薯，一起放在清凉鲜绿的莴苣叶上面。

看到这么多食物摆在面前，宝绮思现出十分为难的表情，显然不知从何下手。菲龙则没有这个问题，她大口喝着葡萄汁，就像渴了几天一样，而且露出明显的赞赏神情，然后又开始大嚼烤鱼与马铃薯。本来她差点要伸手去抓，宝绮思及时递给她一把前端有尖齿的大汤匙，菲龙便接过来当叉子用。

裴洛拉特满意地笑了笑，开始切他的水煮蛋。

崔维兹说："终于可以重温真正的水煮蛋是什么滋味了。"他也开始切蛋。

广子看到客人用餐的模样（就连宝绮思也总算开动了，而且显然吃得津津有味），不禁满心欢喜，自己竟然忘了吃这顿早餐。最后，她终于开口说："好吗？"

"好得很。"崔维兹的声音有些含混不清，"看得出这座岛屿食物充足——或是你们太客气，招待我们的食物丰盛得过分了？"

广子定睛专心聆听，似乎领悟了这句话的意思，因为她的回答完全切题。"不，不，尊贵的先生。我们的土地物产丰饶，海产更加丰富。我们的鸭子会生蛋，我们的山羊能提供乳酪与鲜奶，此外我们亦种植谷物。尤其重要的是，我们的海洋满是各式各样鱼类，数量之多不计其数。整个帝国都能上我们的餐桌，而不会将海中的鱼消耗殆尽。"

崔维兹暗自微微一笑。这个年轻的阿尔法女子，对于银河的实际大小没有丝毫概念，这点十分明显。

他说："你们管这座岛屿叫新地球，广子，那么旧地球又在哪里？"

她不知所措地望着他。"旧地球，尊驾如是说吗？我恳请恕罪，尊贵的先生，我不解尊驾之意。"

崔维兹说："在新地球出现之前，你们的族人一定住在别的地方。他们原来住的那个'别的地方'究竟在哪里？"

"我一概不知，尊贵的先生。"她的神情极其凝重，"有生以来，这块土地就是我的，而在我之前，是家母和我外祖母的。我也毫不怀疑，在她们之前，是她们的外祖母、曾外祖母的。至于其他的土地，我一概不知。”

“可是，”崔维兹改用温和的方式说理，“你说这块土地叫新地球，你为什么这样称呼它？”

“因为，尊贵的先生，”她以同样温和的方式答道，“大家皆如此称呼，而女性又未曾表示反对。”

“但它是‘新’地球，因此是较晚出现的地球。一定还有个‘旧’地球，一个较早的地球，用的是同样的名字。每天早上都是新的一天，表示在此之前还有旧日子，你难道看不出必然如此吗？”

“不然，尊贵的先生。我仅知晓这块土地称作什么，对其他土地毫不知情。我也无法领会尊驾之推论，听来极似吾人所谓的强词夺理，此言并非有意冒犯。”

崔维兹摇了摇头，心中充满挫折感。

77

崔维兹凑向裴洛拉特，悄声道：“不论我们来到哪里，不论我们做些什么，一律得不到需要的讯息。”

“我们已经知道地球在哪里了，所以又有什么关系呢？”裴洛拉特仅仅嚅动嘴唇答道。

“我想对它多少先有个了解。”

“她非常年轻，不太可能是知识的宝库。”

崔维兹想了一下，便点了点头。“有道理，詹诺夫。”

他转头对广子说：“广子小姐，你尚未问及我们来此目的为何？”

广子垂下眼睑，答道：“如此行为有欠礼数，必须等待您们吃饱喝足，休憩完毕才能发问，尊贵的先生。”

“可是我们已经吃饱，或说几乎饱了，而且我们刚刚也休息过，所以我准备告诉你，我们为何来到此地。我的朋友，裴洛拉特博士，是我们那个世界的一名学者，一位饱学之士。严格说来他是一名神话学家，你知道那是什么意思吗？”

“不然，尊贵的先生，我不知晓。”

“他专门研究在各个世界上流传的古老故事，那些故事通称为神话或传说，裴洛拉特博士对它们很感兴趣。请问在新地球上，有没有什么饱学之士，知道有关这个世界的古老故事？”

广子的额头微微皱起，看得出她陷入沉思。她说：“这方面我本人不娴熟。我们这附近有位老者，喜爱谈论古老日子。他究竟打哪儿听来那些故事，我可不知晓，依我看许是他凭空杜撰，或是从那些故事杜撰者听来的。尊驾之饱学同伴，八成欲听那些故事，然则我不会误导尊驾。在我心目中，”她左顾右盼一番，仿佛不愿被人偷听，“那老者不过是话匣子，偏偏很多人乐意听他说话。”

崔维兹点了点头。“我们想找的就是这种话匣子，能不能请你带我的朋友去找那位老者——”

“他唤自己为单姓李。”

“那就去找这位单姓李。你认为单姓李是否会愿意跟我的朋友谈谈？”

“他？愿意谈谈？”广子以轻蔑的口气说，“尊驾其实该问，他是否有闭嘴之时。他仅是男性，因而若果情况允许，会不眠不休说上十天半月。我无意冒犯，尊贵的先生。”

“你并没有冒犯我。现在你就能带我的朋友去见单姓李吗？”

“任何人在任何时候都行，那老人随时在家，随时欢迎倾听的耳朵上门。”

崔维兹说：“此外，也许能有某个年长的妇人，愿意陪宝绮思女士坐坐。她有个小孩需要照顾，因此不能走得太远。要是能有个伴，她会很高兴的，因为女人，你也知道，全都喜欢……”

“打开话匣子？”广子显然被逗乐了，“诚然，男人皆如是说，虽然据我观察，男人总是唠叨更多。一旦男人打鱼回来，便会争相夸耀收获，比试谁的牛皮吹得凶。无人注意他们，亦无人相信那些言语，他们依然乐此不疲。然则我的话匣子也该关了——我会找家母的一位朋友，我此刻即可透过窗子看到她，请她陪伴宝绮思女士与这位小友。在此之前，她会先带令友，那位尊贵的博士，去见单姓李老先生。若果令友听故事的兴趣，与单姓李开话匣子的兴趣旗鼓相当，尊驾这辈子将无法分开他们。请尊驾恕罪，我去去就来可好？”

当她离去后，崔维兹转头对裴洛拉特说：“听着，尽可能向那位老先生打探。宝绮思，不管什么人来陪你，尽可能套她的话。你们要挖掘的，是有关地球的任何资料。”

“那你呢？”宝绮思问，“你要做什么？”

“我会留在广子身旁，试着寻找第三个资料来源。”

宝绮思微微一笑。“是啊，裴要去找一位老先生，我要跟着一个老妇人。而你，则强迫自己陪伴这位迷人的半裸少女，这似乎是很合理的分工方式。”

“纯属巧合，宝绮思，但这是合理的安排。”

“不过我想，你可不会因为这样的合理分工而感到闷闷不乐。”

“没错，我不会。我为什么要闷闷不乐？”

“是啊，你怎么会呢？”

广子回来了，又坐了下来。“皆已安排妥当，尊贵的裴洛拉特博士将被带往见单姓李，尊贵的宝绮思女士与她的孩儿将有人陪伴。因此，尊贵的崔维兹先生，能否恩准我继续与尊驾交谈？或许再聊聊旧地球，尊驾始终……”

“没关话匣子？”崔维兹问。

“不然。”广子哈哈大笑，“然则尊驾学我说话，模仿维妙维肖。至今为止，我在回答尊驾这个问题之际，自始至终万分失礼，我亟欲补偿之。”

崔维兹转向裴洛拉特。“亟欲？”

“渴望的意思。”裴洛拉特轻声说。

崔维兹说：“广子小姐，我不觉得你有失礼之处，但若能令你心安，我很愿意跟你谈谈。”

“此言真客气，我感谢尊驾。”广子一面说，一面站了起来。

崔维兹也跟着起身。“宝绮思，”他说，“要确保詹诺夫平安无事。”

“这件事交给我负责。至于你自己，你有你的——”她朝他腰际的皮套点了点头。

“我想不至于用到。”崔维兹不大自在地说。

他跟着广子离开餐厅，此时太阳已高挂天际，气温变得更暖和了。每个世界都有一种特殊的气味，此地也不例外。崔维兹记得康普隆上有着郁闷的气味，奥罗拉的空气中带着点霉味，索拉利的味道则相当怡人。（在梅尔波美尼亚上，他们始终穿着太空衣，因此只能闻到自己的体臭。）不过，只要在某颗行星待上几小时，等到鼻子的嗅觉受体饱和后，特殊的气味便会消失无踪。

而在阿尔法上，则有一种阳光烘出来的青草芳香，令人觉得神清气爽。崔维兹不禁感到有点懊恼，因为他很明白，这种香味很快就会闻不到了。

他们朝一栋小型建筑物走去，它似乎是用浅粉红色石膏建造的。

“这就是我家。”广子说，“过去属于家母的妹妹所有。”

她走了进去，并示意崔维兹一块进来。大门敞开着，更正确的说法是根本没有门，崔维兹经过时注意到了这一点。

他说：“下雨的时候你怎么办？”

“我们有备无患。两天后即有一场雨，将于黎明前连续下三小时，那时气温最低，对泥土之湿润作用最强。我只消拉起门帘，它既厚重又防水。”

她一面说一面示范，那门帘似乎是用类似帆布的强韧布料制成。

“我就让它留在那儿。”她继续说，“如此众人皆会知晓我在家中，然则不方便见人，也许我在睡觉，或忙什么重要之事。”

“看来不怎么能保护隐私。”

“为何不能？瞧，入口全遮住了。”

“可是任何人都能把它推开。”

“不理会主人意愿？”广子看来吓了一跳，“此等事件在尊驾的世界会发生吗？简直可谓野蛮行为。”

崔维兹咧嘴一笑。“我只不过问问而已。”

这栋建筑共有两个房间，她带他来到了另一间，在她的招呼下，崔维兹坐到一张铺有衬垫的椅子上。这两个房间都相当封闭、狭窄而且空荡，令人产生一种幽闭恐惧，话说回来，这栋房舍的功能似乎就是隐匿与休憩。窗子开得很小，而且都接近天花板，不过墙上贴着许多长条状的反光板，排列成适当的图样，能将光线反射到室内各处。地板上则有些隙缝，徐徐透出柔和的凉风。由于不见任何人工照明设备，崔维兹怀疑阿尔法人是否必须日出而作，日落而息。

他正打算发问，广子却先开口：“宝绮思女士是否为尊驾之女伴？”

崔维兹谨慎地反问：“你的意思是说，她是不是我的性伴侣？”

广子脸红了。“我恳求尊驾，请注意交谈的文雅与礼貌，然则我确是指私下之欢愉。”

“不是，她是那位饱学朋友的女伴。”

“然则尊驾较为年轻，较为俊美。”

“嗯，谢谢你这么想，但那并非宝绮思的想法。相较之下，她对裴洛拉特博士的好感多了许多。”

“此事大大令我惊讶，他不愿分享？”

“我从未问过他是否愿意，但我确定他不会，而且我也不要他那样做。”

广子点了点头，露出一个精明的表情。“我明了，是由于她的尻部。”

“她的尻部？”

“尊驾应知晓，此处即是。”她拍了拍自己线条优美的臀部。

“喔，那里！我了解你的意思。没错，宝绮思的骨盆相当宽大。”他用双手在半空中画出一个人体曲线，还眨了眨眼睛。（广子随即哈哈大笑。）

崔维兹又说：“不过嘛，许多男人都喜爱那种丰满的体型。”

“我难以置信，凡事大小适中最理想，一味求大即是贪得无厌。若果我的乳房硕大，悬垂胸前，以致乳头指着脚趾，尊驾是否更重视我？说真格的，我曾见过如此巨乳，然则未见男人蜂拥周围。为巨乳而苦恼的可怜女子，必定得将畸形胸脯遮盖起来，像宝绮思女士那样。”

“过大的胸部同样不会吸引我，不过我可以肯定，宝绮思遮起她的乳房，绝不是因为有任何缺陷。”

“如此说来，尊驾不嫌恶我的容貌或体型？”

“除非我是疯子。你实在很漂亮。”

“尊驾乘太空航具，自一个世界飞至另一世界，宝绮思女士又拒尊驾千里之外，尊驾如何享受欢愉？”

“完全没有，广子，没什么可做的。我偶尔也会想到那些欢愉，的确有些不好过。但我们从事太空旅行的人，都很了解有些时候必须禁欲，我们会在其他时候补回来。”

“若果不好过，如何消除此等感觉？”

“你提到这个话题，让我觉得加倍不好过。但若由我建议如何能好过些，我认为那是很不礼貌的。”

“若果由我提议一个法子，是否很无礼？”

“这完全要看是什么样的提议。”

“我提议你我二人彼此取悦。”

“你带我来这里，广子，就是为了这件事吗？”

广子露出愉悦的笑容。“正是。此事既是我应尽的地主之谊，亦是我的想望。”

“如果这样的话，我承认这也是我的想望。事实上，我非常乐意遵从你的建议。我——啊——亟欲取悦尊驾。”

第十八章
音乐节

78

午餐地点同样是他们进早餐的那间餐厅。这回里面坐满阿尔法人，崔维兹与裴洛拉特夹在人群中，受到热烈的欢迎。宝绮思与菲龙并未加入，而是在旁边一间较隐密的小房间用餐。

午餐包括好几种不同的鱼类，此外汤里有许多肉片，看来八成是小山羊肉。餐桌上有一条条待切的面包，旁边摆着奶油与果酱。随后又上了一大盘五花八门的沙拉，奇怪的是并没有任何甜点，不过一壶壶的果汁仿佛源源不绝。两位基地人由于早餐吃得太好，现在不得不有所节制，但其他人似乎都在尽情享用。

“他们怎样避免发胖呢？”裴洛拉特低声嘀咕。

崔维兹耸了耸肩。“大概是劳动量很大吧。”

这个社会显然不太注重用餐礼仪，各种吵闹的声音从未间断，包括叫嚷声、欢笑声，以及厚实（而且显然摔不破）的杯子砸到桌面的声音。女人的声音和男人一样嘈杂刺耳，只不过音调高出许多。

裴洛拉特一副受不了的样子，但崔维兹现在（至少暂时）完全忘却了他对广子提到的那种“不好过”，感受到的只有轻松和愉快。

他说：“其实，这也有可爱的一面。这些人显然很会享受生活，几乎没什么烦恼。气候由他们自己控制，粮食丰饶得难以想象。这是他们的黄金时代，而且会一直继续下去。”

他得高声喊叫才能把话说清楚，裴洛拉特也以大吼回答道：“可是这么吵。”

“他们习惯了。”

“在这么吵闹的场合，我不懂他们怎能沟通。”

当然，两位基地人什么也听不出来。阿尔法语的奇怪发音、古老文法以及字词的特殊顺序，夹在巨大的音量中，令他们根本摸不着头脑。对这两位基地人而言，简直像置身于受惊的动物园内。

直到午餐过后，他们才在一栋小型建筑中与宝绮思会合。这里是分配给他们的临时住所，崔维兹发觉跟广子的家几乎没什么不同。菲龙待在另一个房间，据宝绮思说，有机会独处令菲龙的情绪大为放松，她正准备小睡一会儿。

裴洛拉特望着充当大门的墙洞，以不安的口气说：“这里简直没有隐私。我们怎能自由自在地说话？”

“我向你保证，”崔维兹说，“只要用帆布屏障把门遮起来，就不会有人打扰我们。由于社会习俗的力量，那帆布就像铜墙铁壁一样。”

裴洛拉特又瞥了一眼位于高处的窗口。“我们的谈话会被人偷听。”

“我们不必大吼大叫。阿尔法人不会做隔墙有耳的事，早餐的时候，他们即便站在餐厅窗外，仍然保持礼貌的距离。”

宝绮思微微一笑。“你和温柔的小广子在一起没多久，就学到了这么多阿尔法礼俗；他们对于隐私的尊重，你现在也信心十足。究竟发生了什么事？”

崔维兹说：“如果你发觉我的心灵触须获得改善，又猜得出原因的话，我只能拜托你离我的心灵远一点。”

“你明明知道，除非是生死关头，否则在任何情况下，盖娅都不会碰触你的心灵，而且你也明白为什么。话说回来，我的精神力量并未失灵，我能感测到一公里外发生的事。这是不是你从事太空旅行的老毛病，我的色情狂老友？”

“色情狂？得了吧，宝绮思。整个行程中才发生两次，两次而已！”

“我们造访过的世界，只有两个上面有活色生香的女人。二分之二的机会，而且都是在几小时后就发生的。”

“你很清楚我在康普隆是身不由己。”

“有道理，我还记得她的模样。”宝绮思纵声大笑好一阵子，又说：“可是我不信广子有多大能耐，能够令你束手就擒，或是将不可抗拒的意志，强行加在你瑟缩的身子上。”

“当然不是那样，我完全心甘情愿。话说回来，那的确是她的主意。”

裴洛拉特带着一丝羡慕的口吻说：“这种事时时发生在你身上吗，葛兰？”

“当然必定如此，裴。”宝绮思说，“女性都会不由自主被他吸引。”

“我倒希望真是如此，”崔维兹说，“但事实不然。而我也庆幸并非如此，我这辈子实在还想做些别的事。话又说回来，这回我还真是令她无法抗拒。毕竟，在我们来到之前，广子从未见过其他世界的人，而阿尔法上现存的居民显然都毫无例外。从她说溜了嘴的一些事，以及随口的几句话，我推出一个结论，那就是她有个相当兴奋的想法，认为我也许在生理结构或技巧方面，跟阿尔法人有所不同。可怜的小东西，恐怕她失望了。”

“哦？”宝绮思说，“那么你呢？”

“我不会。”崔维兹说，“我到过不少世界，有过许多实际经验。我发现不论在任何地方，人永远是人，性永远是性。如果真有什么显著差异，通常也是微不足道，而且不怎么愉快。算算我这辈子闻过多少香水吧！我还记得有个年轻女子，除非把夹杂着死命尖叫的音乐开得很大声，否则就是提不起劲。而她一放那种音乐，就换我提不起劲来了。我向你保证，只要和往常一样，我就很满意了。”

“提到音乐，”宝绮思说，“我们受邀晚餐后出席一场音乐会。这显然是一件非常正式的事，是专门为我们而举行的。我猜，阿尔法人对他们的音乐非常自豪。”

崔维兹做了个鬼脸。“不论他们如何引以为傲，也不会让音乐更悦耳。”

“听我说完。”宝绮思说，“我猜他们自豪的原因，是他们善于演奏很古老的乐器——非常古老。从这些乐器身上，我们或许能获得些地球的资料。”

崔维兹扬起眉毛。“很有意思的想法。这倒提醒了我，你们两位也许已经获得一些线索。詹诺夫，你可曾见到广子口中的那个单姓李？”

“我的确见到了。”裴洛拉特说，“我跟他在一起三个钟头，广子讲得并不夸张，几乎都是他一个人在唱独角戏。我要回来吃午餐的时候，他竟然抓住我，不肯让我离开，直到我答应他会尽快回去，听他说更多的故事，他才把我给放了。”

“他有没有提到任何重要的事？”

“嗯，他也——跟其他人一样——坚持地球已经布满致命的放射性。他说阿尔法人的祖先是最后一批离开的，他们如果再不逃走就没命了。而且，葛兰，他说得如此坚决，叫我不得不相信他。我现在确信地球已经死了，我们这趟寻找终归是一场空。”

79

崔维兹靠向椅背，瞪着坐在狭窄便床上的裴洛拉特。宝绮思原来坐在裴洛拉特身旁，现在她站了起来，轮流望着其他两人。

最后，崔维兹终于开口：“让我来决定我们的寻找是不是一场空，詹诺夫。告诉我那个唠叨的老头跟你讲了些什么——当然，要长话短说。”

裴洛拉特道：“单姓李说故事的时候，我一直在做笔记，这使我看来更像一名学者，但我现在不必参考那些笔记。他说话的方式相当‘意识流’，说到每件事都会联想到另一件。不过，当然啦，我一辈子都在搜集地球的相关资料，设法将它们有系统地组织起来，所以我练就了一项本能，能将冗长而杂乱无章的谈话内容浓缩成……”

崔维兹轻声道：“成为同样冗长而杂乱无章的叙述？说重点就好，亲爱的詹诺夫。”

裴洛拉特不自在地清了清喉咙。“理当如此，老弟，我会试着依照时间顺序整理出一个连贯的故事。地球是人类最初的家乡，也是数百万种动植物的发源地，这种情形持续了无数岁月，直到超空间旅行发明为止。然后太空世界一个个建立起来，它们脱离了地球，发展出自己的文化，进而鄙视并压迫那个源头母星。

“数世纪后，地球终于设法争回自由，不过单姓李并未解释地球究竟如何做到的。即使他给我机会插嘴，我也不敢发问，因为那只会让他岔到别的话题去，何况他根本没给我任何机会。他的确提到了一个文化英雄，名叫伊利亚·贝莱，可是历史记录有个普遍倾向，就是将几世代的成就全归诸某一个人物身上，因此不值得去……”

宝绮思说：“没错，亲爱的裴，这点我们了解。”

裴洛拉特再度半途打住，思索了一下。“真是的，我很抱歉。后来地球掀起第二波星际殖民潮，以崭新的方式建立了许多新世界。新一批的殖民者比太空族更有活力，超越了他们、击败了他们，而且繁衍绵延不绝，终于创建了银河帝国。在银河殖民者和太空族交战期间——不对，不是交战，因为他的用词是‘冲突’，而且用得非常谨慎——就是在那段时期，地球变得具有放射性。”

崔维兹显然听烦了，他说：“实在荒谬绝伦，詹诺夫。一个世界怎么会‘变得’具有放射性？每个世界在形成的那一刻，多多少少都会带有微量的放射性，而那种放射性会渐渐衰变。地球不可能突然‘变得’具有放射性。”

裴洛拉特耸了耸肩。“我只是将他的说法转述给你，他也只是将他听到的转述给我，而告诉他的人又是听别人转述的——依此类推。这是个民间传说，一代代口耳相传，天晓得每次转述都被扭曲了多少。”

“这点我了解，可是难道没有任何书籍、文件、古代历史等等，在早期就将这个故事固定下来，而能提供我们比这个传说更正确的记载？”

“其实，我设法问过这个问题，答案则是否定的。他含混地提到，记载古代历史的书籍不是没有，但很早以前就散轶了。不过他告诉我们的，正是那些书上的记载。”

“对，是严重扭曲的记载。同样的事一再发生，我们造访的每个世界上，地球的资料总是早已不翼而飞。嗯，他说地球是怎样变得具放射性的？”

“他未作任何解释，顶多只提到太空族要负责。但我猜地球人把太空族视为恶魔，将所有的不幸都归咎于他们。至于放射性……”

此时，一个清脆的声音掩盖了他的话。“宝绮思，我是太空族吗？”

菲龙正站在两房之间的出入口，她的头发乱成一团，身上的睡衣（根据宝绮思较丰满的体型裁制）从肩头一侧垂下，露出一个未发育的乳头。

宝绮思说：“我们担心外面有人偷听，却忘了里面同样隔墙有耳。好吧，菲龙，你为何那么说呢？”她站起来，朝那孩子走过去。

菲龙说：“我没有他们身上的东西，”她指了指两位男士，“也没有你身上的东西，宝绮思。我和你们不同，因为我是太空族吗？”

“你是太空族，菲龙，”宝绮思以安抚的口吻说，“但这点差别并不算什么，回房睡觉去。”

菲龙变得十分乖顺，就像每次宝绮思以意志驱使她一样。她转过身去，又说：“我是邪恶的化身吗？什么是邪恶的化身？”

宝绮思背对着其他两人说：“等我一下，我马上回来。”

五分钟不到她就回来了，一面摇头一面说：“她睡着了，会睡到我叫醒她为止。我想我早就该那么做了，可是任何对心灵的调整，都一定要有必要的理由。”她又为自己辩护道，“我不能让她一直想着她的生殖器和我们有何不同。”

裴洛拉特说：“总有一天她会知道自己是个雌雄同体。”

“总有一天，”宝绮思说，“但不是现在。继续刚才的故事吧，裴。”

“对，”崔维兹说，“免得待会儿又被什么打断了。”

“嗯，于是地球变得具有放射性，或者至少地壳如此。那时地球人口众多，全都集中在一些大型城市，这些城市大部分结构位于地底……”

“慢着，”崔维兹插嘴道，“那当然不可能。这一定是某颗行星的黄金时代经过地方主义渲染的结果，是根据川陀的黄金时代所改写的。川陀在全盛时期，是一个泛银河政体的京畿所在地。”

裴洛拉特顿了一下，然后道：“说实在的，葛兰，你真不该班门弄斧。我们神话学家非常了解，神话传说中包含了许多抄袭剽窃、道德教训、自然循环，以及其他上百种扭曲因素。我们尽力删除这些外加成分，求得可能的核心真相。事实上，同样的方法一定也适用于最严肃的历史研究，因为没有人写得出清晰透明的历史真相——即使真有这种真相可言。现在我告诉你们的，差不多就是转述单姓李所告诉我的，不过我想自己也难免加油添醋，虽然我会尽量避免。”

“好啦，好啦。”崔维兹说，“继续吧，詹诺夫，我无意冒犯。”

“你并没有冒犯我。姑且假设那些大城市真正存在，随着放射性逐渐增强，每座城市都开始解体，范围也都愈缩愈小。最后只剩下残存的极少数人，躲在比较没有放射性的地方，过着岌岌可危的日子。他们为了保持少量人口，除了严格控制生育，还对六十岁以上的人施以安乐死。”

“太可怕了。”宝绮思愤慨地说。

“这点毋庸置疑，”裴洛拉特道，“不过据单姓李说，他们的确这么做。那或许是真正的史实，因为它绝非对地球人的夸赞，不太可能有人捏造这种自取其辱的谎言。地球人早先受到太空族的鄙视和压迫，那时又受到帝国的鄙视和压迫，不过这种说法也许由于自怜而夸大其词。自怜是一种极具诱惑力的情绪，有那么一个例子……”

“没错，没错，裴洛拉特，改天再谈那个例子，请继续讲地球的故事。”

“我很抱歉。后来帝国突然大发慈悲，答应运一批无放射性的泥土到地球来，并将那些受污染的泥土运走。不用说，那是一件浩大的工程，帝国很快就失去耐性。尤其这个时期，如果我猜得没错，正是肯达五世倒台之际，此后帝国自顾不暇，更无心照顾地球了。

“放射性继续增强，地球的人口则继续锐减。最后，帝国又发了一次慈悲，愿意将残存的地球人迁往另一个属于他们的新世界——简言之，就是这个世界。

“在此之前，似乎有个探险队曾在此地的海洋播种，因此，当迁移地球人的计划付诸实施之际，阿尔法已有完整的含氧大气层，以及不虞匮乏的粮食。而且，银河帝国其他世界都不会觊觎此地，因为对于一颗环绕双星的行星，人们总有某种自然而然的嫌恶。在这种行星系中，适合人类居住的行星太少了，我想即使是各方面条件都适合的行星，也没有人愿意理睬，人们都会假设它一定有什么问题。这是一种普遍的思考模式，比方说，有个著名的例子，是……”

“待会儿再谈那个著名的例子，詹诺夫，”崔维兹说，“现在先讲那次迁徙。”

“剩下来的工作，”裴洛拉特将说话的速度加快些，“就是准备一个陆上据点。帝国工作人员找到海洋中最浅的部分，再将较深部分的沉淀物挖起来，加到那个最浅的海底，最后便造出了这座新地球岛。海底的圆石和珊瑚也被掘起，全数放到这座岛上。然后他们在上面种植陆地植物，以便借着植物根部巩固这块新的陆地。这整个工程也相当浩大，或许最初计划要造几块大陆，可是这座岛屿造好之后，帝国一时的慈悲又冷却下来。

“等到地球上残存的人口被尽数送到此地，帝国舰队便载走了工作人员和机械设备，从此再也没有回来。那些移居新地球的地球人，很快就发现他们完全与世隔绝。”

崔维兹说：“完全与世隔绝？难道单姓李说，在我们之前，从未有人从银河其他世界来到此地？”

“几乎完全隔绝。”裴洛拉特说，“即使不考虑人们对双星系的迷信式反感，我想也没有人有必要来这里。每隔很长一段时间，会有一艘船舰偶然来到，就像我们现在这样，不过终究会离去，随后也没有其他船舰跟来。故事到此为止。”

崔维兹说：“你有没有问单姓李地球在哪里？”

“我当然问了，他不知道。”

“他知道那么多有关地球的历史，怎么会不知道它在哪里？”

“我还特别问他，葛兰，问他那颗距离阿尔法大约只有一秒差距的恒星，会不会就是地球所环绕的太阳。他不晓得秒差距是什么，于是我说就天文尺度而言是个短距离。他说不论是长是短，他都不知道地球在何处，也不知道有谁晓得。而且他认为，试图寻找地球是不当的举动。他还说，应该让地球永远在太空中安详地漂泊。”

崔维兹说：“你同意他的看法吗？”

裴洛拉特摇了摇头，神情显得很悲伤。“并不尽然。可是他说，照放射性增强的速度看来，在迁徙计划实施不久后，地球一定就变得完全不可住人，而现在，它一定燃烧得极为炽烈，因此没有人能接近。”

“荒谬。”崔维兹以坚决的口吻说，“一颗行星不会突然变得具有放射性，而且放射性更不会继续增强，它只会不断减弱。”

“可是单姓李十分肯定。我们在这趟旅程中遇到那么多人，对于地球具有放射性这一点，说法完全一致。我们当然不用再找下去。”

80

崔维兹深深吸了一口气，然后用尽量克制的声音说：“荒谬，詹诺夫，那不是真的。”

裴洛拉特说：“喂，老弟，你不能因为想要相信一件事，就去相信那件事。”

“这跟我想做什么没有关系。我们在每个世界上，都发现地球的资料全被清除殆尽。如果地球是个充满放射性的死星，没有人能接近，又如果根本没什么好隐藏的，那些资料为什么会被清掉呢？”

“我不知道，葛兰。”

“不，你知道。当我们正在接近梅尔波美尼亚时，你曾说过销毁记录和放射性可能是一体两面。销毁记录是为了除掉正确的资料，散播放射性谣言则是为了制造假情报，两者都会令人打消找寻地球的念头。我们绝对不能上当，不能这么轻易放弃。”

宝绮思说：“其实，你似乎认为附近那颗恒星就是地球之阳，所以为何还要争辩放射性的问题呢？那又有什么关系呢？何不干脆前往那颗恒星，看看地球是否在那里；倘若真在那里，它又是什么模样？”

崔维兹说：“因为地球上住的不论是何方神圣，必定具有超凡的力量，我希望在接近之前，能对那个世界和其上神圣先有点了解。事实上，既然我对地球始终一无所知，贸然前进是很危险的事。所以我打算将你们几位留在阿尔法，由我单独向地球进军，赌一条命就很够了。”

“不，葛兰。”裴洛拉特急切地说，“宝绮思和那孩子也许该留在这儿，但我必须跟你一道去。在你尚未出生之际，我就已经开始寻找地球，现在距离目标那么近了，我绝不能裹足不前，不论可能会有什么危险。”

“宝绮思和那孩子也不会留在这儿。”宝绮思说，“我就是盖娅，即使和地球正面对峙，盖娅也能保护我们。”

“我希望你说得没错，”崔维兹沉着脸说，“但是盖娅完全保不住早期记忆，遗忘了在它建立之初地球所扮演的角色。”

“那是盖娅早期历史上所发生的事，当时它还不够组织化，也还不够先进，如今则不可同日而语。”

“希望如此。或者是今天上午，你获得了一些我们不知道的地球资料？我的确拜托过你，要你设法找些年长的妇女谈谈。”

“我照做了。”

崔维兹说：“你有什么新发现吗？”

“没有关于地球的资料，这方面完全空白。”

“啊！”

“但我发现他们拥有很先进的生物科技。”

“哦？”

“这座小岛上，虽然原先只有少数几种生物，但他们陆续试育出无数品种的动植物，并设计出合宜的生态平衡，既稳定又能自给自足。此外，他们数千年前刚抵达时所发现的海洋生物，现在也已经大为改良，营养价值增加许多，而且更加美味可口。正是由于他们的生物科技，使得这个世界变成丰饶的世外桃源。此外他们对自身也有些计划。”

“什么样的计划？”

宝绮思说：“他们心中十分清楚，在目前这种情况下，他们局限在一小块陆地上，根本无法指望扩张生存领域，于是他们梦想变成两栖类。”

“变成什么？”

“两栖类。他们计划发展出类似鳃的组织，用来辅助肺脏的呼吸功能。他们梦想能在水中停留极长的时间，还梦想能找到其他的浅水区域，在海底建造人工建筑。提供这些讯息给我的人，想到这点就相当兴奋，可是她也承认，阿尔法人为这个目标努力了好几世纪，进展却小得可怜。”

崔维兹说：“在气候控制和生物科技这两个领域上，他们可能比我们更先进，不知他们用的是什么技术。”

“我们必须找专家来问，”宝绮思说，“但他们也许不愿透露。”

崔维兹说：“这并非我们来此地的主要目的，但基地若能向这个袖珍世界学习，显然将获益匪浅。”

裴洛拉特说：“事实上，我们在端点星也有办法把气候控制得很好。”

“很多世界上都控制得不错，”崔维兹说，“但总是只能控制一个世界的整体气候。可是在阿尔法，控制的则是局部地区的天气，他们一定拥有某些我们欠缺的技术。还打听到了什么，宝绮思？”

“社交邀宴方面。他们似乎是个善于度假的民族，凡是不必耕作或捕鱼的时候，他们都在享受假期。今天晚餐后有个音乐节，我已经告诉你们了。明天白天将举行一个海滩庆典，可想而知，能放下田间工作的人都会聚在岛屿四周，以便享受嬉水的乐趣，并且趁机赞美太阳，因为再过一天便会下雨了。后天早上，渔船队会赶在下雨前回来，当天傍晚又要举行一个美食节，让大家品尝这次的收获。”

裴洛拉特哼了一声。“平常每餐都那么丰盛了，美食节又会是什么样的盛况？”

“我猜特色不在量多，而在于口味变化无穷。反正我们四个人都获邀参加所有的活动，尤其是今晚的音乐节。”

“演奏古老乐器？”崔维兹问。

“没错。”

“对了，为什么要说是古老乐器？原始电脑吗？”

“不，不对，那正是重点。根本不是电子合成乐，而是机械式的音乐。根据她们的描述，演奏方式是摩擦细线、对管子吹气，以及敲打一些皮面。”

“我希望这是你乱讲的。”崔维兹显得很惊讶。

“不，我没有乱讲。我还知道你的广子也会上台，她要吹一种管子——我忘了它的名称——你应该要能忍受才行。”

“至于我自己嘛，”裴洛拉特说，“我很高兴有这个机会。我对原始音乐知道得非常少，很期待能亲耳听听。”

“她并不是‘我的广子’。”崔维兹冷冷地说，“可是依你看，那些乐器是否曾在地球流行过？”

“我就是这么猜测。”宝绮思说，“至少阿尔法妇人们告诉我，在他们的祖先来到此地之前，那些乐器早就发明出来了。”

“这样的话，”崔维兹说，“也许值得听听那些摩擦、吹气和敲打声，希望有机会多少搜集到一点有关地球的资料。”

81

说来真奇怪，在他们四人之中，要数菲龙对今晚将举行的音乐会最感兴奋。接近黄昏的时候，她和宝绮思在屋外的小浴室洗了一个澡。浴室里有个浴池，备有源源不绝的冷水与热水（或者应该说是凉水与温水），还有一个洗脸盆以及一个室内便器，这些设备都既清洁又合用。在夕阳照耀下，浴室内仍光线充足，气氛令人心旷神怡。

跟以往一样，菲龙对宝绮思的乳房十分着迷，宝绮思只好说

（既然菲龙已听得懂银河标准语）在她的世界上，大家都是这个样子。对于这种说法，菲龙难免反问："为什么？"宝绮思考虑了一阵子，发觉找不到一个说得通的解释，于是回了一句万试万灵的答案："不为什么！"

洗完澡后，宝绮思帮菲龙穿上阿尔法人提供的衬裤，并研究出套上裙子的正确方法。菲龙腰部以上什么也没穿，但这似乎无伤大雅又入境随俗。至于宝绮思自己，虽然下身穿了阿尔法人的服装（臀部觉得有点紧），仍旧罩上了她自己的上衫。在一个女性普遍袒胸的社会中，坚拒裸露胸部好像有点傻气，尤其她的乳房并非太过丰满，而且秀挺不输此地任何一位女性，不过——她还是穿上了。

接下来轮到两位男士使用浴室。就像男士们通常的反应一样，崔维兹喃喃抱怨了一番，觉得女士们占用了太久时间。

宝绮思让菲龙转过身来，以确定裙子能固定在她那男孩般的臀部上。"这是一条很漂亮的裙子，菲龙，你喜欢吗？"

菲龙瞪着镜中的裙子说："我很喜欢。不过，我没穿衣服会不会冷？"说完，她用手摸了摸裸露的胸部。

"我想不会的，菲龙，这个世界相当暖和。"

"你却穿了衣服。"

"没错，我的确穿了。因为在我的世界上，大家都这么穿。现在，菲龙，我们要去和很多很多阿尔法人共进晚餐，晚餐后还会跟他们在一起。你认为自己受得了吗？"

菲龙显得很苦恼，于是宝绮思继续说："我会坐在你的右边，还会抱住你。裴将坐在另一边，而崔维兹将坐在你对面。我们不会让任何人跟你讲话，你也不需要跟任何人交谈。"

"我会试试看，宝绮思。"菲龙以最高亢的声音说。

"晚餐后，"宝绮思又说，"有些阿尔法人会用他们的特殊方法为我们演奏音乐。你知道音乐是什么吗？”她哼出一些音调，尽量模仿着电子和声。

菲龙突然神采奕奕。“你是指XX？”最后两个字是她的母语，说完她就唱起歌来。

宝绮思瞪大了眼睛。那的确是个优美的调子，虽然有些狂野，而且充满颤音。“对，那就是音乐。”她说。

菲龙兴奋地说：“健比随时随地都会制造——”她犹豫了一下，然后决定用银河标准语，“制造音乐，它用的是XX。”她又用母语说了一个名词。

宝绮思迟疑地重复那两个字：“哼嘀？”

菲龙哈哈大笑。“不是哼嘀，是XX。”

两相比较之下，宝绮思也听得出其中的差异，但她仍旧无法正确念出后者。她改问：“它的外形是什么样子？”

菲龙学到的银河标准语仍属有限，无法作出正确描述。她比手画脚了半天，宝绮思心中还是没有一个清晰的图样。

“健比教我怎么用XX。”菲龙以骄傲的口吻说，“我的手指动得和它一样，可是它说我很快就不必再用手指。”

“那实在太好了，亲爱的。”宝绮思说，“晚餐后，我们就能知道阿尔法人是否演奏得和健比一样好。”

菲龙双眼射出光芒，心中充满快乐的期待，因此晚餐时虽然被群众以及笑声与噪音包围，她仍享受了丰盛的一餐。只有一次，有人不小心打翻餐盘，引起邻近一阵尖声喧哗，菲龙才现出惊骇的表情。宝绮思赶快紧紧搂住她，让她能有安全温暖的感觉。

“不知能否安排我们单独用餐。”她对裴洛拉特喃喃说道，“否则，我们就得赶快离开这个世界。吃下孤立体的动物性蛋白已经够糟，但至少得让我能静静下咽。”

“他们只是心情太好了。”裴洛拉特说。凡事只要他认为属于原始行为或原始信仰，在合理范围内他都会尽量忍受。

不久晚餐结束，接着便有人宣布音乐节马上开始。

82

举办音乐节的大厅跟餐厅差不多同样宽敞，里面摆着许多张折椅（崔维兹发现坐起来相当不舒服），可供一百五十几人就坐。他们这几位访客是今晚的贵宾，因此被带到最前排，不少阿尔法人都对他们的服装客气地表示赞赏。

两位男士腰部以上完全赤裸，每当崔维兹想到这一点，便会收紧腹肌，偶尔还会低头看看，对自己长满黑色胸毛的胸膛十分自满。裴洛拉特则忙着观察周遭的一切，对自己的模样毫不在意。宝绮思的上衫吸引了许多疑惑的目光，但大家只是偷偷望，没有当面发表任何评论。

崔维兹注意到大厅差不多只坐了半满，而且绝大多数的观众都是女性，想必是因为许多男人都出海去了。

裴洛拉特用手肘轻轻推了推崔维兹，悄声道：“他们拥有电力。”

崔维兹望向那些挂在墙上的垂直玻璃管，还注意到天花板上也有一些，它们全都发出柔和的光芒。

“是萤光。”他说，“相当原始。”

“没错，但同样能照明。我们的房间和户外浴室也有这些东西，我本来以为只是装饰用的。我们若能弄清楚如何操纵，晚上就不必摸黑了。”

宝绮思不悦地说：“他们应该告诉我们。”

裴洛拉特说：“他们以为我们知道，以为任何人都该知道。”

此时四名女子从幕后走出来，在大厅前方的场地彼此紧邻着坐下。每个人都拿着一个上了漆的木制乐器，它们的外形相似，不过那种形状不太容易描述。那些乐器主要差别在于大小不同，其中一个相当小，另外两个大些，最后一个则相当大。除此之外，每个人另一只手还拿着一根长长的杆子。

当她们进场时，观众发出轻柔的口哨声，她们则向观众鞠躬致意。四个人的乳房都用薄纱紧紧裹住，仿佛为了避免碰触乐器而影响演出。

崔维兹将口哨声解释为赞许或欣喜的期待，感到自己礼貌上也该这么做。菲龙则发出一个比口哨尖锐许多的颤音，宝绮思马上紧紧抓住她，但在她停止前，已经吸引一些观众的注意。

在四名演出的女子中，有三位未做任何准备动作，便将她们的乐器置于颏下，不过最大的那个乐器仍然放在地上，夹在那位演奏者双腿之间。每个人右手中的长杆开始前后拉动，摩擦着近乎横跨整个乐器的几条细线，而左手的手指则在细线末端来回游移。

崔维兹心想，这大概就是自己想象中的“摩擦”吧，但听来完全不像摩擦所发出的声音。他听到的是一连串轻柔而旋律优美的音符，每个乐器各自演奏不同的部分，而融合在一起就变得分外悦耳。

它缺少电子音乐（“真正的音乐”，崔维兹不由自主这么想）无穷的复杂度，而且有着明显的重复。话说回来，当他慢慢听下去，他的耳朵就渐渐习惯这种奇特的音律，开始领略其中的微妙。

这样子很容易使人疲倦，因此他分外怀念电子音乐的纯粹、数学上的精准，以及震耳欲聋的音量。不过他也想到，如果听久了这些简单木制乐器的音乐，他想必也会渐渐喜欢的。

等到广子终于出场的时候，演奏会已进行了约四十五分钟。她立刻注意到崔维兹坐在最前排，于是向他微微一笑，他则诚心诚意地轻吹口哨，跟着其他观众一起为她喝彩。广子打扮得十分美丽，穿着一条精致无比的长裙，头上戴了一大朵花。她的乳房完全裸露，（显然）因为并不会影响到乐器的演奏。

原来她的乐器竟是一根黑色的木管，长度大约三分之二米，直径将近两公分。她将那个乐器凑到唇边，对着末端附近的开口吹气，便产生了一个纤细甜美的音调。她的十指操纵着遍布管身的金属物件，而随着她手指的动作，音调有了忽高忽低的变化。

刚听到第一个音调，菲龙便立刻抓住宝绮思的手臂说："宝绮思，那就是XX。"那个名字听来很像"哼嘀"。

宝绮思冲着菲龙坚决地摇了摇头，菲龙却压低声音说："但的确是啊！"

众人纷纷朝菲龙这边望来，宝绮思将手用力按在菲龙的嘴巴上，然后低下头来，冲着她的耳朵轻声说："安静！"这句话声音虽小，对下意识而言却强而有力。

菲龙果然开始安静地欣赏广子的演奏，但她的十指不时舞动，好像是在操纵那个乐器上的金属物件。

最后一位演出者是个老头，他的乐器挂在双肩，乐器上有许多皱褶。演奏的时候，他左手将那些皱褶拉来拉去，右手在一侧黑白相间的按键上快速掠过，不时按下一组又一组的键。

崔维兹觉得这个乐器的声音特别无趣，而且相当粗野，不禁令他联想到奥罗拉野狗的吠声——并非由于乐声像狗叫，而是两者所引发的情绪极为类似。宝绮思看来像是想用双手按住耳朵，裴洛拉特的脸孔也皱了起来。只有菲龙似乎很欣赏，因为她正在用脚轻轻打拍子。当崔维兹注意到她的动作时，竟然发现音乐节拍与菲龙的拍子完全吻合，使他感到惊讶不已。

演奏终于结束，众人报以一阵激烈的口哨声，而菲龙的颤音则盖过了所有的声音。

然后观众开始三五成群地闲聊起来，场面变得相当嘈杂，绝不输给阿尔法人其他聚会的喧哗程度。每位演出者都站在观众席前，跟前来道贺的人们亲切交谈。

菲龙突然挣脱宝绮思的掌握，向广子冲过去。

“广子，”她一面喘气，一面喊道，“让我看看那个XX。”

“看什么，小可爱？”广子说。

“你刚才用来制造音乐的东西。”

“喔。”广子哈哈大笑，“那唤作笛子，小家伙。”

“我可以看看吗？”

“好吧。”广子打开一个盒子，掏出那件乐器。它已被拆解成三部分，但广子很快将它拼好，然后递到菲龙面前，吹口对准她的嘴唇。“来，尊驾对着这儿吹气。”

“我知道，我知道。”菲龙一面急切地说，一面伸手要拿笛子。

广子自然而然抽回手去，并将笛子高高举起。“用嘴吹，孩子，然则勿碰。”

菲龙似乎很失望。“那么，我可不可以看看就好？我不碰它。”

“当然行，小可爱。”

她又将笛子递出去，菲龙便一本正经瞪着它看。

室内的萤光灯突然变暗一点，同时笛子发出一个音调，听来有些迟疑不定。

广子吓了一跳，险些令笛子掉到地上，菲龙却高声喊道："我做到了，我做到了。健比说过总有一天我能做到。"

广子说："方才是尊驾弄出的声音？"

"对，是我，是我。"

"然则是如何做到的，孩子？"

宝绮思很不好意思，红着脸说："真抱歉，广子，我现在就带她走。"

"不，"广子说，"我希望她再做一回。"

附近已有几个阿尔法人围过来，菲龙挤眉弄眼，仿佛在努力尝试。萤光灯变得比刚才更黯淡，笛子随即又发出一个音调，这次的声音听来既纯又稳。然后，遍布笛身的金属按键自己动起来，笛子的音调也就有了不规律的变化。

"它和XX有点不一样。"菲龙有些上气不接下气，仿佛吹笛子的是她本人，并非电力所驱动的气流。

裴洛拉特对崔维兹说："她一定是从萤光灯的电源取得能量。"

"再试一回。"广子以惊愕的声音说。

菲龙闭上了眼睛。笛声现在变得较为柔和，也被控制得更稳定。在没有手指按动的情况下，笛子自己演奏起来；来自远方的能量，经过菲龙大脑中尚未成熟的叶突，转换成了驱动笛子的动能。那些最初几乎是随机出现的音调，现在变成了一连串的旋律，将大厅中每一个人都吸引过来，大家全部围在广子与菲龙周围。广子用双手拇指与食指轻轻抓着笛子两端，菲龙则始终闭着眼睛，指挥着空气的流动与按键的动作。

"这是我方才演奏的曲子。"广子悄声道。

"我都记得。"菲龙轻轻点了点头，尽量不让自己的注意力分散。

“尊驾未曾遗漏任何音符。”一曲结束后，广子这么说。

“可是你不对，广子，你吹得不对。”

宝绮思赶紧说：“菲龙！这样说没礼貌，你不可以……”

“拜托，”广子断然道，“请勿打断她。为何不对，孩子？”

“因为我能吹得不一样。”

“那么表演一下。”

于是笛声再度响起，但曲式较先前复杂，因为驱动按键的力量变化得更快，转换得更迅速，组合也更为精致细腻。于是奏出的音乐比刚才更繁复，而且更感性和动人无数倍。广子不禁僵立在那里，而整个大厅中也听不到其他声音。

甚至当菲龙演奏完毕后，大厅中仍是一片鸦雀无声。最后还是由广子打破沉默，她深深吸了一口气，然后说：“小家伙，之前如此演奏过吗？”

“没有，”菲龙说，“以前我只能用手指，可是我用手指做不到那样。”接着，她又以干脆而丝毫不像自夸的口气，补充了一句，“没有人办得到。”

“尊驾还会演奏其他曲子吗？”

“我能制作些。”

“尊驾的意思是——即兴演奏？”

菲龙皱起眉头，显然听不懂这个说法，只好朝宝绮思望去。宝绮思对她点了点头，于是菲龙答道：“是的。”

“那么，请示范一番。”广子说。

菲龙默想了一两分钟，笛声便开始奏起，那是一串缓慢而非常简单的音符，整体而言带着如梦似幻的感觉。萤光灯变得时明时暗，由电力被抽取的多寡而定。这点似乎没人注意到，因为光线与音乐的因果关系似乎恰好颠倒，像是有个电力幽灵，听命于声波的指挥一样。

这些音符的组合一再重复，先是音量变得较大，然后是曲调渐趋繁复。接下来则成了变奏，在基本旋律仍旧清晰可闻的情况下，曲调变得更激昂、更有力，直到几乎令人喘不过气来的程度。最后，缓缓升到最高点的旋律急转直下，造成一种俯冲的效果，在听众依然陶醉于置身高空的感觉时，将他们迅速带回地面。

随之而来的是一阵惊天动地的混乱。崔维兹虽然听惯了另一种完全不同的音乐，也不禁感伤地想道：我再也听不到这么美妙的音乐了。

等到众人好不容易安静下来，广子将笛子递了出去。“来，菲龙，这是尊驾的！”

菲龙迫不及待要接过来，宝绮思却抓住她伸出去的手臂，同时说：“广子，我们不能拿，这是件珍贵的乐器。”

“我另有一件，宝绮思，虽比不上这个好，然则理应如此。谁将此乐器奏得最美妙，谁便是其主人。我从未听过如此之音乐，亦不知晓如何得以隔空演奏。既然无法完全发挥其潜力，我拥有此乐器即是错误。”

菲龙接过笛子，现出极其满足的表情，将它紧紧抱在胸前。

83

现在，他们所住的两个房间各亮起一盏萤光灯，而户外浴室也亮起一盏。这些灯光都很微弱，若在灯下阅读会很吃力，但至少不再是一片黑暗。

然而此刻他们仍逗留室外。夜空中满布星辰，这种景象总是令端点星的居民着迷。因为端点星上几乎见不到星星，只有遥远黯淡的银河是唯一显眼的天体。

广子刚才陪同他们一道回来，因为她担心他们会在黑暗中迷路或摔倒。一路上她都牵着菲龙的手，直到帮他们打开萤光灯，跟他们一起待在室外，她的手都仍未放开。

宝绮思心知肚明，了解广子正深陷于情感矛盾中，因此她决定再试一次。“真的，广子，我们不能拿你的笛子。”

“不，菲龙万万要收下。”但她似乎仍然犹豫不决。

崔维兹则一直望着天空。此地的黑夜名符其实地黑，虽然他们的房间透出一点光亮，却几乎没什么影响，而远处建筑物射出的微弱灯火更是微不足道。

他说：“广子，你看到那颗分外明亮的星星吗？它叫什么名字？”

广子随便抬头看了看，并未显出什么兴趣。“那是‘伴星’。”

"为什么叫这个名字？"

"每八十标准年，它环绕吾人太阳一周。每年此时，它都是颗'昏星'。若其徘徊于地平线之上，尊驾在白昼亦能得见。"

很好，崔维兹想，她对天文并非一无所知。他又说："你可知道，阿尔法还有另一颗伴星，它非常小，非常黯淡，比这颗明亮的伴星要遥远许多许多，不用望远镜根本看不见。"（他自己没见过，但他不必花时间搜寻，太空艇电脑的记忆库中有详尽的资料。）

她以冷淡的语气答道："我们在学校学过。"

"好，那颗又叫什么？那六颗排成锯齿状的星星，你看到了吗？"

广子说："那是仙后。"

"真的？"崔维兹吃了一惊，"哪一颗？"

"全部，整个锯齿唤作仙后。"

"为什么叫这个名字？"

"我缺乏这方面的知识，我对天文学一窍不通，尊贵的崔维兹。"

"你有没有看到锯齿最下面的那颗星？就是其中最亮的那颗，它叫什么？"

"它就是颗星，我不知其名。"

"除了那两颗伴星之外，它是最接近阿尔法的恒星，距离大约只有一秒差距。"

广子说："尊驾如此认为？我可不知晓。"

"它会不会就是地球所环绕的恒星？"

广子盯着那颗星，些微的兴趣一闪即逝。"我不知晓，从未听任何人如是说。"

“你不认为有这个可能吗？”

“叫我如何说？无人知晓地球究竟在何处。我——我如今必须向尊驾告辞。明天上午轮到我在田间工作，直到海滩节开始。午餐后我在海滩跟您们碰面，好吗？好吗？”

“当然好，广子。”

她立刻转身离去，在黑暗中慢慢跑开。崔维兹望了望她的背影，便跟其他人走进了昏暗的小房舍。

他说：“有关地球的事，你能不能判断她是否在说谎，宝绮思？”

宝绮思摇了摇头。“我并不认为她在说谎。她的精神一直处于极度紧张的状态，这点我直到演奏会结束才察觉到。在你向她问及那些星星之前，她就已经那么紧张了。”

“这么说，是因为她舍弃了那支笛子？”

“大概吧，我也不清楚。”她转头对菲龙说，“菲龙，我要你现在回到自己房间。当你准备就寝时，先到浴室去尿尿，然后洗洗你的手，再洗洗脸，刷刷牙。”

“我很想演奏那支笛子，宝绮思。”

“只能玩一会儿，而且要非常小声。懂了吗，菲龙？还有，我叫你停的时候就一定要停。”

“好的，宝绮思。”

于是房间中只剩下三个人，宝绮思坐在一张椅子上，两位男士则坐在各自的简便床。

宝绮思说：“还有必要在这颗行星继续待下去吗？”

崔维兹耸了耸肩。“我们一直没机会讨论地球和那些古老乐器之间的关系，或许我们可以从那里发现些线索。而且，渔船队可能也值得我们等一等，那些男人可能知道些家庭主妇不知道的事。”

“我想，可能性非常小。”宝绮思说，“你确定不是广子的黑眼珠吸引你留下来？”

崔维兹以不耐烦的语气说：“我不了解，宝绮思，我选择该怎么做跟你有何相干？为什么你好像总要显得高高在上，板起脸孔来对我作道德判断？”

“我并不关心你的道德，但这件事会影响到我们的探索。你想要找到地球，好对你自己的选择作最后的验证，看看你否定孤立体世界，选择盖娅星系的抉择是否正确。我希望你能得到这个结果。你说你需要造访地球，然后才能作出决定，而你似乎坚信地球确实环绕着天空中那颗亮星，那就让我们到那里去吧。我承认，我们在出发前若能找到一些资料，的确会有帮助，可是我相当清楚，这里不会有我们需要的资料。我可不希望由于你喜欢广子，就让大家留在这里陪你。”

“我们或许会离开这里，”崔维兹说，“让我考虑一下。广子这个因素并不会左右我的决定，我向你保证。”

裴洛拉特说：“我觉得我们应该向地球前进，即使只是为了看看它到底有没有放射性。我看不出待下去有什么意义。”

“你确定不是宝绮思的黑眼珠迷惑了你？”崔维兹带着点报复的口吻这样讲。然后，他几乎立刻又说：“不，我收回这句话，詹诺夫，我只是孩子气一时发作。话说回来，这是个迷人的世界，即使完全不考虑广子，我也不得不承认，要不是如今这种情况，我会忍不住永远留下来。难道你看不出来吗，宝绮思，阿尔法使得你对孤立体的理论不攻自破？”

“怎么说？”宝绮思问。

“你一直坚持一种理论，任何真正孤立的世界都会变得危险而充满敌意。”

“就连康普隆也不例外。”宝绮思以平静的口吻说，“它可算是脱离了银河的主流，虽然在理论上，它是基地邦联的一个联合势力。”

“但阿尔法可不是。这个世界完全孤立，可是你能抱怨他们的友善和殷勤吗？他们提供我们食物、衣物、住宿场所，还为我们举行各种庆祝活动，盛情地邀请我们留下来。你对他们还有什么好挑剔的？”

“表面上没什么，广子甚至对你献身。”

崔维兹怒冲冲地说：“宝绮思，这件事哪里又妨碍到你了？不是她对我献身，而是我们互相奉献，全然是两情相悦。在适当情况下，你也一定会毫不迟疑地献身。”

“拜托，宝绮思。”裴洛拉特说，“葛兰完全正确，我们没有理由反对他的私人享乐。”

“只要不影响到我们的行动。”宝绮思执拗地说。

“不会影响到的。”崔维兹说，“我们即将离开这里，我向你保证。耽搁一下是为了搜集更多的资料，要不了太久的。”

“但我还是不信任孤立体，”宝绮思说，“即使他们捧着礼物前来。”

崔维兹举起双手。“先下结论，然后再扭曲证据来迁就，简直就是……”

“别说出来。”宝绮思以警告的口吻说，“我可不是女人，我是盖娅。感到不安的是盖娅，不是我。”

“没有理由……”此时，门帘突然发出一下搔抓声。

崔维兹愣住了。“那是什么？”他低声道。

宝绮思轻轻耸了耸肩。“拉开门看看。你说这是个亲善的世界，不会发生任何危险的。”

尽管如此，崔维兹仍踌躇不前。不久门外便传来轻声的叫喊：“拜托，是我！”

那是广子的声音，崔维兹立刻将门掀开。

广子快步走进来，两颊沾满泪水。

“将门拉上。”她气喘吁吁地说。

“怎么回事？”宝绮思问。

广子紧紧抓住崔维兹。“我无法置身事外，我尝试过，然则我无法承受。尊驾快走，您们全部走，带着那孩儿一道离去。趁天色仍暗……驾着那艘太空航具驶离……驶离阿尔法。”

“可是为什么呢？”崔维兹问。

“否则尊驾将丧命，您们全部将丧命。”

84

三位外星人士目不转睛盯着广子良久，然后崔维兹说：“你是说你的族人会杀害我们？”

随着两行热泪滚滚而下，广子说：“尊驾已踏上死亡之途，尊贵的崔维兹，其他人亦将陪葬。很久以前，学者发明一种病毒，对我们无害，因为我们具免疫力，然则对外星人士有致命威胁。”她心慌意乱地摇着崔维兹的手臂，“尊驾已感染。”

“怎么会？”

“当我们交欢时，即管道之一。”

崔维兹说：“但我觉得好得很。”

“病毒尚在潜伏，渔船队归来后才会让它发作。根据吾人法律，此等大事必须经过全体决议，甚至包括所有的男人，而大家必将决定非如此不可。我们负责留住您们，直到作出决议之时，亦即后天早上。如今趁着天黑又无人起疑，赶紧走吧。”

宝绮思厉声问道：“你的族人为何要这样做？”

“为了吾人安全。此地人稀物丰，吾人不欲外星人士侵犯。若果有人来访后，传出吾人位置，其他人将接踵而至。因此之故，每隔很长一段时日，偶有一艘太空航具抵达，吾人便需确保它不再离去。”

“可是既然如此，”崔维兹说，“为什么你又来通风报信？”

“勿问缘由——不，我将告诉您们，因我又听到了，听！”

他们都听到了，隔壁房间传来菲龙奏出的轻柔笛声——甜美无比。

广子说：“我无法忍受此等音乐自人间消失，因为小家伙亦将死去。”

崔维兹以严厉的口吻说：“是不是因为这样，你才把笛子送给菲龙？因为你知道她死了之后，你就可以再拿回去。”

广子看来惊愕万分。“不然，我心中未有这般想法。当我终于想通之际，即明了绝不该如此。带着那孩儿离去吧，并带走那支我再也见不到的笛子。回到太空尊驾便安全了，倘若不被触发，尊驾体内病毒若干日后便将死亡。我所求的回报，是您们永不提起这个世界，勿让他人知晓它的存在。”

“我们不会说出去的。”崔维兹说。

广子抬起头来，低声道：“离去之前，我能再吻尊驾一回否？”

崔维兹说：“不，我已经被感染了一次，那就够了。”然后，他用较和缓的口气说："别哭，否则别人问你为什么哭，你将无言以对。看在你如今努力拯救我们的份上，我原谅你对我的所作所为。"

广子抬头挺胸，用双手手背仔细拭干面颊，又深深吸了一口气。"我感谢尊驾宽恕。"随即匆匆离去。

崔维兹说："我们马上把灯关掉，在屋里等一会儿，然后就离开这里。宝绮思，叫菲龙别再玩她的乐器了。当然，记得将那笛子带走。我们得一路摸到太空艇那里，希望在黑暗中还能找到它的位置。"

"我找得到。"宝绮思说，"太空艇上有我的衣物，不论成分多么微弱，仍算是盖娅的一部分，盖娅寻找盖娅不会有问题的。"说完，她就钻进她的房间去找菲龙。

裴洛拉特说："你想他们会不会设法破坏太空艇，迫使我们留在这颗行星上？"

"他们的科技还做不到这一点。"崔维兹绷着脸说。等到宝绮思牵着菲龙走出来之后，崔维兹便将灯火尽数熄灭。

他们一声不响地坐在黑暗中，好像足足等了大半夜，但实际上可能只有半个小时。然后崔维兹缓缓地、悄悄地拉开门。夜空似乎多了一点云气，不过群星仍在闪烁。现在仙后星座高挂中天，底端那颗地球之阳的候选者发出耀眼光芒。四周静寂无声，连一丝风都没有。

崔维兹小心翼翼踏出房门，再示意其他三人跟出来。他一只手自然而然挪到神经鞭握柄上，虽然确定不会用到，可是……

宝绮思带头走在前面，她拉着裴洛拉特，裴洛拉特又拉着崔维兹。宝绮思的另一只手抓着菲龙，而菲龙另一只手抓着笛子。在几乎绝对的黑暗中，宝绮思双脚轻轻探着路，引领大家朝远星号上极微弱的"盖娅感"前进。

第七篇

地 球

第十九章
放射性?

85

远星号静静起飞，在大气层中缓缓爬升，将那座黑暗的岛屿愈抛愈远。下方几许微弱的光点愈来愈暗，终至完全消失无踪。随着高度的增加，大气逐渐稀薄，太空艇也就逐渐加快，天上的光点则是愈来愈多、愈来愈亮。

最后，当他们往下望去，这颗名叫阿尔法的行星只剩下一弯新月形的光辉，其上缭绕着浓厚的云气。

裴洛拉特说:“我想他们并没有实用的太空科技，所以无法追赶我们。”

“我不确定这个事实能否让我高兴起来，”崔维兹显得郁郁寡欢，声音听来相当沮丧，“我被感染了。”

“可是并未发作。”宝绮思说。

“但可以被触发，他们自有办法。那究竟是什么办法？”

宝绮思耸了耸肩。“广子说病毒如果一直不触发，最后就会死在它们无法适应的环境中——例如你的身体。”

“是吗？”崔维兹气冲冲地说，“她又怎么知道？话说回来，我又怎么知道广子说的不是自我安慰的谎言？而且不论触发的方法是什么，难道不可能自然发生吗？某种特殊的化学药剂，某种放射性，某种……某种……天晓得是什么？我可能突然发病，然后你们三人也跟着死掉。万一我们在抵达人口众多的世界后才发作，也许会引起恶性的大型流行病，而逃离的难民还会把它带到其他世界。”

他盯着宝绮思说：“你有没有什么办法？”

宝绮思缓缓摇了摇头。“并不容易。盖娅也拥有寄生物的成分——微生物、虫类等等，它们对生态平衡有正面的意义。这些生存在盖娅上的寄生物，对世界级意识各有各的贡献，可是绝不会过度繁殖，因此不会造成显著的危害。问题是，崔维兹，侵犯你的病毒并非盖娅的一部分。”

“你说‘并不容易’，”崔维兹皱着眉头说，“但在如今这种情况下，即使可能极其困难，能不能也麻烦你试试看？你能不能找出病毒在我体内的位置，然后将它们消灭？要是你做不到，能不能至少增强我的抵抗力？”

“你可了解自己在作什么要求，崔维兹？我并不熟悉你体内的微观生物，恐怕不易分辨何者是你细胞内的病毒，何者又是其中的正常基因。此外，想要区分何者是你身体已经适应的病毒，何者又是广子感染给你的，则是更加困难的一件事。我会试一试，崔维兹，但需要花些时间，而且不一定成功。”

“慢慢来，”崔维兹说，“但一定要试。”

“当然。”宝绮思答道。

裴洛拉特说：“假如广子说的是实话，宝绮思，你也许能发现那些病毒的活力已渐渐减弱，而你可以加速它们的衰亡。”

“我可以试试，”宝绮思说，“这是个不错的主意。”

“你不会心软？”崔维兹说，“你杀死那些病毒，就等于毁灭许多珍贵的生命，这你是知道的。”

“你是在讽刺我，崔维兹。”宝绮思毫不动容地说，“可是，不管是不是讽刺，你指出了一个真正的难处。话又说回来，在你和病毒之间，我很难不优先考虑你。不用怕，只要有可能，我一定会杀死它们。毕竟，就算我没考虑到你，”她的嘴角牵动了一下，仿佛强忍住笑意，“裴洛拉特和菲龙当然也有危险。相较之下，我对他们两人的感情应该令你较有信心。你甚至应该想到，现在我自己也有危险。”

“你对自身的爱，我可丝毫没有信心。”崔维兹喃喃说道，“为了某种高尚的动机，你随时愿意牺牲自己的性命。然而，我倒是相信你真心关怀裴洛拉特。”然后他又说：“我没听见菲龙的笛声，她有什么不对劲吗？”

“没事，”宝绮思说，“她睡着了。那是完全自然的睡眠，跟我毫无关系。而我建议，等你向那颗心目中的地球之阳跃迁后，我们也都好好睡一觉。我极需要睡眠，而我认为你也一样，崔维兹。”

“好的，只要我做得到。你可知道你说对了，宝绮思。”

“说对了什么，崔维兹？”

“对于孤立体的见解。不论看来多么像，新地球绝非天堂。最初的殷勤款待，那些表面的友善，都是为了解除我们的戒心，以便将病毒传染给我们其中一人。而其后的殷勤款待，那些各种名目的庆祝活动，目的则是把我们留下，等候渔船队归来，然后就能将病毒触发。多亏菲龙和她的音乐，否则他们险些得逞，而这点你可能也对了。”

“关于菲龙？”

“是的。当初我不愿带她同行，我也始终不高兴看到她在太空艇上。由于你的所作所为，宝绮思，她才会跟我们在一起，又由于她无意间的举动，我们才会侥幸得救。不过——”

“不过什么？”

“尽管如此，我仍旧对菲龙的存在感到不安，我也说不出所以然来。”

“或许我这样说会令你感到舒服点，崔维兹，我不确定是否该将功劳全归于菲龙。广子之所以做出阿尔法人必定视为叛逆的行动，菲龙的音乐只不过是她的借口，甚至连她自己可能也相信了。但除此之外，她还另有心事，我隐约侦测得到，只是无法确定它的本质，或许是她羞于让这件事浮出意识层面。我有一种感觉，她对你有特殊的好感，不愿眼睁睁见你死去，这和菲龙以及她的音乐无关。”

“你真这么认为？”崔维兹浅浅一笑。这是离开阿尔法后，他露出的第一个笑容。

“我的确这么认为。对于和女人打交道，你一定很有两下子。在康普隆，你说服了李札乐部长让我们驾着太空艇离开，这回又促使广子拯救我们的性命，所以功劳应该属于你。”

崔维兹的笑容扩大了些。“好吧，既然你这么说。现在，向地球前进。”他踏着几乎可算轻快的步伐，转身走进驾驶舱。

裴洛拉特并没有跟去，他对宝绮思说：“你终究还是安抚了他，对不对，宝绮思？”

“没有，裴，我从未碰触他的心灵。”

"你刚才极力满足他的男性虚荣心，当然触及了他的心灵深处。"

"完全是间接的。"宝绮思笑着答道。

"即使如此，还是谢谢你，宝绮思。"

86

跃迁之后，那颗可能是地球之阳的恒星仍在十分之一秒差距之外，其亮度虽然远超过星空中其他天体，但看来依旧只是一颗星。

崔维兹面色凝重地研究这颗恒星。为了便于观察，他将光线过滤了一遍。

他说："跟新地球所环绕的阿尔法星一比，两者无疑可说是孪生兄弟。但阿尔法收录在电脑地图中，这颗恒星却没有。我们不知道它的名字，也没有它的数据，即使它拥有行星系，我们也欠缺任何相关资料。"

裴洛拉特说："假如地球果真环绕这个太阳，这不正是我们意料中的事？完全找不到资料，正符合了地球资料似乎全被销毁的事实。"

"没错，但也可能表示它是个太空世界，只是并未列在梅尔波美尼亚那座建筑的墙上，我们无法绝对确定那份名单完整无缺。此外还有一个可能，就是这颗恒星或许没有任何行星，因此大概不值得收录在主要用于军事和贸易的电脑地图中。詹诺夫，有没有任何传说，提到地球之阳和它的孪生兄弟距离大约只有一秒差距？”

裴洛拉特摇了摇头。“对不起，葛兰，我想不到有这样的传说。不过，说不定真有，我的记性不大好，我会去查查看。”

“这并不重要。地球之阳有没有什么名字？”

“有好些不同的名称，我猜不同的语言都有不同的称呼。”

“我常常忘记地球上曾经有过许多种语言。”

“一定是这样。唯有如此，众多的传说才能有个合理解释。”

崔维兹没好气地说：“好啦，现在我们该怎么办？在这么远的距离，根本观察不到行星系，我们得靠近点才行。我希望能谨慎行事，可是谨慎有时也会过了头，变得毫无道理。直到目前为止，我看不出可能有什么危险。不论是何方神圣，既然他们有力量将银河中的地球资料一扫而光，假如他们绝不希望被人发现，那么即使隔着这么远的距离，想必也能轻易将我们消灭，但我们现在却毫发无损。如果只因为担心靠近些会发生什么变故，我们就永远待在这里，那可不是理智的做法，对不对？”

宝绮思说：“我想，电脑没侦测到可解释成危险的任何迹象。”

“我刚刚说看不出可能有什么危险，根据的正是电脑的观测结果。我当然无法用肉眼看到任何东西，我也并未如此指望。”

“那么，我想你现在只是在寻求支持，要大家共同作出一个你认为是危险的决定。好吧，我支持你。我们已经飞了这么远，不能无缘无故就掉头离去，对不对？”

“没错。”崔维兹道，“你怎么说，裴洛拉特？”

裴洛拉特说：“即使只是基于好奇心，我也愿意继续前进。要是就这么空手而归，不知道是否找到了地球，那会令人无法忍受的。”

“好吧，那么，”崔维兹说，“我们都同意了。”

“还没有，”裴洛拉特说，“还有菲龙。”

崔维兹看来吃了一惊。“你的意思是要我们跟那孩子商量？即使她真有意见，又会有什么价值？何况她一心只想回到她自己的世界。”

“这点你能怪她吗？”宝绮思极力为菲龙辩护。

直到他们谈起菲龙，崔维兹才察觉到她的笛声，现在她奏的是一首相当激昂的进行曲。

“听听看，”他说，“她究竟在哪里听过进行曲？”

“大概是健比用笛子吹给她听过。”

崔维兹摇了摇头。“我不大相信，我认为舞曲、催眠曲之类的还比较有可能。听我说，菲龙令我感到很不自在，她学得太快了。”

“有我在帮她，”宝绮思说，“记住这一点。她不但非常聪明，而且跟我们在一起的这段时期，她接受到非比寻常的知性刺激，崭新的感受源源不绝涌入她的心灵。她目睹了太空的景观，造访了不同的世界，又见到了许多人，这些都是她前所未有的经验。”

菲龙的进行曲变得愈来愈狂放，也愈来愈粗野。

崔维兹叹了一口气。“好啦，她已经表达了意见。她的音乐似乎透露出乐观的精神，并对冒险充满向往，我认为，这就代表她赞成我们继续接近地球。所以说，让我们小心翼翼地行动，对这个太阳的行星系仔细观察一番。”

“假如有的话。”宝绮思说。

崔维兹淡淡一笑。“一定有个行星系。我跟你打赌，随便你赌多少。”

87

“你输了。”崔维兹漫不经心地说，“你刚才决定赌多少？”

“零，我从未答应跟你打赌。”宝绮思答道。

“没关系，反正我不会要你的钱。”

现在他们距离那个太阳大约一百亿公里，它仍是个光点，但已有相当的亮度，差不多等于从一颗可住人行星观察自身太阳所见的四千分之一。

“现在，影像经过放大，我们可以看到两颗行星。”崔维兹说，“根据直径的测量值，以及反射光的光谱，它们显然是气态巨星。”

太空艇目前距离行星轨道面很远。宝绮思与裴洛拉特站在崔维兹身后，一起凝视着显像屏幕。他们看到的是两个泛着绿光的微小新月形，其中较小的那个拥有较大的“相”。

崔维兹说：“詹诺夫！地球之阳应该有四颗气态巨星，没错吧。”

“根据传说，的确没错。”裴洛拉特答道。

“其中最接近太阳的那颗最大，次近的那颗具有行星环，对不对？”

“又大又显眼的行星环，葛兰，没错。话说回来，老弟，一个传说经过一传再传，必须考虑到被夸大的程度。我想，万一没发现具有超大行星环的行星，也不该因此断定这颗恒星并非地球之阳。”

“然而，我们现在看到的两颗气态巨星，也许只是较远的两颗。较近的那两颗很可能在太阳另一侧，由于距离太远，不容易从群星背景中找出来。我们还得再靠近点，而且要到太阳另一侧去。”

“有颗恒星在附近，我们做得到这一点吗？”

“只要足够小心，我肯定电脑办得到。然而，如果它判断这样做太危险，就会拒绝接受我们的命令。那时，我们可以再谨慎地一步步慢慢前进。”

他开始以心灵指挥电脑，显像屏幕中的星像场便起了变化。那颗恒星先是亮度陡然暴增，随即从屏幕上消失，因为电脑已遵循指令，开始扫描太空中另一颗气态巨星，而且很快就有了结果。

崔维兹由于极度震惊，几乎有点不知所措，但他的心灵仍勉力对电脑下达指令，将屏幕画面继续放大。他和两名旁观者都一动不动，目不转睛地瞪着屏幕。

“不可思议。”宝绮思喘着气说。

88

屏幕上出现一颗气态巨星，在目前的观察角度下，它的大部分都受到日照。在这颗行星周围，环绕着一圈巨大而灿烂的实体亮环，其倾斜度刚好使受光的一面呈现在屏幕上。这道环比行星本身更明亮耀眼，而且在距离外缘三分之一处，有一圈明显的狭窄界线。

在崔维兹的要求下，电脑将屏幕解析度调到最高，那行星环就变成无数的细小同心圆，每一圈都闪闪发光。现在屏幕上已看不到行星本身，只能见到行星环的一小部分。崔维兹又下了一道指令，屏幕的一角便多出一个视窗，显现出行星全貌的缩小画面。

“这种现象很寻常吗？”宝绮思以敬畏的语气问道。

“不寻常。”崔维兹说，“虽然每颗气态巨星几乎都有碴环，但通常都相当黯淡狭窄。我曾见过细小但相当明亮的行星环，却从未见到过像这样的，也从未听说过。”

裴洛拉特说：“这显然就是传说中提到的那颗有环的巨星。如果这真是唯一的……”

“真的是唯一的，据我所知独一无二，连电脑也这么认为。”崔维兹说。

“那么这里必定就是拥有地球的行星系。谁也不能虚构出这样的行星，一定要亲眼目睹，才有办法描述出来。”

崔维兹说：“现在不论你的传说怎么讲，我都愿意照单全收。这应该是第六颗行星，而地球是第三颗？”

“是的，葛兰。”

“那么我敢说，我们现在距离地球不到十五亿公里，而我们仍未被挡驾。当初我们接近盖娅时，在半途就遭到拦阻。”

宝绮思说：“你们遭到拦阻的时候，距离盖娅已经很近了。”

“喔，”崔维兹说，“但我一向认为地球比盖娅强大，因此我认为这是个好现象。既然我们没遭到拦阻，也许就代表地球并不反对我们造访。”

“或者根本没有地球。”宝绮思说。

“这回你有兴趣打赌吗？”崔维兹绷着脸说。

“我想宝绮思的意思是说，”裴洛拉特插嘴道，“地球也许真有放射性，就像大家似乎一致相信的那样，而我们没被挡驾，则是因为地球上根本没有生命。”

“不可能。”崔维兹以激动的口气说，“我愿意相信有关地球的每一个传说，唯独这点例外。我们一定要迫近地球，亲自看个清楚。而且我有个预感，我们不会遭到拦阻。”

89

几颗气态巨星皆被远远抛在后面，而在通过了最接近太阳的气态巨星之后，出现了一条小行星带。（诚如传说所言，那颗气态巨星的体积与质量都是最大的。）

小行星带里面，又有四颗行星。

此时，崔维兹正在仔细研究这些行星。“第三颗最大。它体积适中、和太阳的距离适中，应该是一颗可住人行星。”

从崔维兹话中，裴洛拉特捕捉到一丝不确定的语气。

他问：“它有大气层吗？”

“喔，有的。”崔维兹说，“第二、第三和第四颗行星都有大气层。而且，就像古老的儿童故事一样，第二颗的大气太浓，第四颗的又太稀薄，只有第三颗的大气恰到好处。”

“那么，你认为它可能是地球吗？”

“认为？”崔维兹几乎是在大吼大叫，“我不必认为，它就是地球，它拥有你说的那颗巨型卫星。”

“有吗？”裴洛拉特露出难得的笑容，崔维兹从未见过他笑得那么开心。

“绝对有！来，看看最高倍率的放大影像。”

裴洛拉特看到两个新月形，其中一个显然较大，而且较为明亮。

“较小的那颗是卫星吗？”他问。

“是的。它和那颗行星的距离比想象中还要远，但它的确环绕着那颗行星。它的体积仅相当于小型行星，事实上，它比这四颗内行星都要小。话说回来，就卫星的标准而言，它实在够大了。它的直径至少有两千公里，和气态巨星周围的大型卫星差不多大。”

“不是更大吗？”裴洛拉特似乎有些失望，“那它就不能算巨型卫星。”

“不，它的确是。那些环绕巨大气态巨星的卫星，直径两三千公里没什么稀奇，但同样大小的卫星环绕一颗岩质的可住人行星，则要另当别论。那颗卫星的直径是地球直径的四分之一强，请问你哪里听说过，可住人行星有这么一个同量级的卫星？”

裴洛拉特怯生生地说：“这方面我知道得很少。”

崔维兹说：“那就相信我，詹诺夫，它是银河中独一无二的。我们眼前这个东西，其实可以算是一对行星，而通常在可住人行星的轨道上，则鲜有超过鹅卵石大小的天体。詹诺夫，想想看，第六颗是拥有巨大行星环的气态巨星，第三颗又是拥有巨大卫星的行星——两者都和你熟知的传说相符，虽说亲眼目睹之前难以置信——所以说，你眼前这颗行星一定就是地球，不可能是别的世界。我们找到它了，詹诺夫，我们找到它了。”

90

他们缓缓向地球前进，如今已是第二天。晚餐的时候，宝绮思频频打呵欠。她说：“我感到这些日子以来，我们大部分时间都在行星之间飞来飞去。在这件事情上，我们已经花了好几个星期。”

“有一部分原因，”崔维兹说，“是距离恒星太近的话，进行跃迁会很危险。而这一次，我们故意将速度放得非常慢，则是因为我不想太快冲进可能的危险中。”

“我记得你说过有一种预感，认为我们不会遭到拦阻。”

“的确如此，可是我不想将一切押在一种感觉上。”崔维兹凝视着汤匙中的食物，没有立刻放进嘴里，“你知道吗，我很怀念阿尔法的渔产，我们在那里只吃了三顿而已。”

“实在可惜。”裴洛拉特表示同意。

“是啊，”宝绮思说，“我们总共造访了五个世界，每一次都是落荒而逃，从来没有机会补充食物，换点新鲜口味。即使在愿意供应食物的世界上，例如康普隆和阿尔法，也根本没机会，想必在……”

她并没有说完，因为菲龙立刻抬起头来，把她的话接了下去。“索拉利？你们在那里无法得到食物吗？那里有很多食物，就像阿尔法上一样多，而且品质更好。”

“这点我知道，菲龙。”宝绮思说，“只是时间来不及。”

菲龙面色凝重地瞪着她。“我会不会再见到健比，宝绮思？告诉我实话。”

宝绮思说：“只要我们回到索拉利，一定会的。”

“我们会不会回到索拉利呢？”

宝绮思迟疑了一下。“我不敢说。”

“现在我们要到地球去，是吗？它是不是你说的那颗我们都源自那里的行星？”

“是我们的先人都源自那里。”宝绮思说。

“我会说‘祖先’了。”菲龙说。

“对，我们正要去地球。”

“为什么？”

宝绮思随口答道：“谁不希望看看祖先的世界呢？”

“我认为还有别的原因，你们似乎都很担心。”

“我们从未去过那里，不知道会遇到些什么。”

“我认为还不只这样。”

宝绮思微微一笑。“你已经吃完了，亲爱的菲龙，何不回到舱房去，让我们欣赏一段你用笛子奏出的小夜曲，你的演奏愈来愈美妙了。去吧，去吧。”她在菲龙屁股上轻拍了一下，催促她赶紧离去。菲龙乖乖走了开，半途只回过头来一次，若有所思地看了崔维兹一眼。

崔维兹望着她的背影，露出明显的嫌恶表情。“那小东西会读心术吗？”

“别叫她‘东西’，崔维兹。”宝绮思以严厉的口吻说。

“她会读心术吗？你应该能判断。”

“不，她不会，盖娅和第二基地分子也不会。若将读心解释为偷听一段心灵谈话，或是获悉他人明确的想法，那么目前谁也做不到，在可预见的将来也不可能。我们能够侦测和诠释情感，在某种程度上也能操纵情感，但那完全是另一回事。”

“这件理论上做不到的事，你怎么知道她一定做不到？”

“因为正如你刚才说的，我应该能判断。”

“或许是她控制了你，所以你对事实一直浑然不觉。”

宝绮思白了他一眼。“你要讲理，崔维兹。即使她具有不寻常的能力，也对我无可奈何，因为我不只是宝绮思，而且还是盖娅，你常常忘记这一点。你可知道整个行星的精神惯性有多大吗？你以为一个孤立体，不论多么有天赋，能够战胜整个行星吗？”

“你不是万事通，宝绮思，所以不要过分自信。”崔维兹以阴沉的语气说，“那个小东……她跟我们在一起没多久，这么短的时间，我顶多只能学到一种语言的皮毛，而她竟然已经能说流利的银河标准语，还几乎掌握了所有的词汇。没错，我知道你一直在帮助她，但我希望你适可而止。”

“我跟你说过我在帮助她，但我也说过她聪明得吓人，以致我希望她能成为盖娅的一部分。假如我们能吸收她，假如她尚未超龄，我们也许就能因而了解索拉利人，最后将那个世界整个吸收进来，这样做当然对我们有很大的助益。”

“你有没有想到过，即使就我的标准而言，索拉利人也是病态的孤立体？”

“变成盖娅的一部分，他们就会改头换面。”

“我认为你错了，宝绮思。我认为那个索拉利小孩是个危险人物，我们应该作个了断。”

“怎么做？将她从气闸抛出去？杀了她，把她剁碎，然后给我们加菜？”

裴洛拉特说：“喔，宝绮思。”

崔维兹则说：“真恶心，实在太过分了。”由于笛声早已响起，他们一直以接近耳语的音量交谈。崔维兹默默听了一会儿，笛声没有任何破绽或犹豫。“等一切结束后，我们一定要将她送回索拉利，还要确保索拉利和银河永远隔离。我个人的感觉是应该将它毁灭，我对它既不信任又害怕。”

宝绮思想了一下，然后说：“崔维兹，我知道你天赋异禀，能够作出正确的抉择，但我也知道，你打从一开始就十分厌恶菲龙。我猜也许只是因为你在索拉利遭到过羞辱，因此对那颗行星和其上居民都怀有深切的恨意。由于我绝不能影响你的心灵，这点我无法百分之百确定。但请别忘了，假如未带菲龙同行，我们如今仍会留在阿尔法——成了死尸，而且我想已经入土了。”

“这点我知道，宝绮思，但即使这样……”

“她的智慧应该受到赞赏，而不是嫉妒。”

“我并不嫉妒她，我怕她。”

“怕她的智慧？”

崔维兹若有所思地舔了舔嘴唇。“不，并不尽然。”

“不然怕什么？”

“我不知道，宝绮思。假使知道怕什么，我也许就不必怕了，偏偏我不太清楚为什么害怕。”他将声音压得更低，仿佛在自言自语，“银河中似乎充满我不了解的事物。为什么我要选择盖娅？为什么我必须找到地球？心理史学有没有一项遗漏的假设？倘若真有，那又是什么？而最令人费解的一点，是菲龙为何令我坐立不安？”

宝绮思说：“很遗憾，我无法回答这些问题。”说完她就起身离去。

裴洛拉特望了望她的背影，然后说：“当然并非事事不如人意，葛兰。我们离地球愈来愈近，一旦我们抵达地球，所有的谜团将迎刃而解。目前为止，似乎没有任何力量企图阻止我们前进。”

崔维兹对裴洛拉特猛眨眼睛，同时低声说：“我倒希望有。”

裴洛拉特说：“是吗？你为何这么想？”

“坦白说，我乐意看到生命迹象。”

裴洛拉特双眼睁得老大。“你是不是终究发现地球具有放射性了？”

“并不尽然。可是它的表面温热，比我预期的温度高一点。”

“这样很糟吗？”

“不一定，它的温度可能有点高，但并不代表它一定不可住人。它有很厚的云层，成分绝对是水汽，所以说，虽然我们根据微波发射计算出的温度偏高，但是那些云气，连同丰沛的‘水海洋’，仍然可以维持生命。我还不能肯定，不过——”

“怎样，葛兰？”

“嗯，假如地球真有放射性，就能解释它的温度为何比预期来得高。”

“可是这种推论不能反过来，对不对？如果它的温度超过预期，并不表示它就一定具有放射性。”

“没错，没错，并不成立。”崔维兹勉强挤出一丝笑容，“这个问题，思考是没有用的，詹诺夫。再过一两天，我就能得到更多资料，到时我们就能确定了。”

91

宝绮思走进舱房的时候，菲龙正坐在便床上沉思。发觉宝绮思进来，菲龙只抬头看了一眼，立刻又低下头去。

宝绮思平静地说：“怎么了，菲龙？”

菲龙答道：“崔维兹为何那么讨厌我，宝绮思？”

“你为何认为他讨厌你？”

“当我接近他的时候，他会用不耐烦的日光——是不是该说不耐烦？”

“也许是。”

“他会用不耐烦的目光望着我，而且他的脸孔总是微微扭曲。”

“崔维兹承受的压力很大，菲龙。”

“因为他在寻找地球？”

“对。”

菲龙想了一会儿，然后说：“当我想让什么东西动的时候，他就特别不耐烦。”

宝绮思撅了撅嘴。“喂，菲龙，难道我没告诉你绝不能那样做，尤其是崔维兹在场的时候？”

“嗯，可是昨天，就在这间舱房里，他站在门口，我没注意到，我不知道他正在盯着我。那只不过是裴的一本影视书，我试着让它站起来，我没有做任何危险的事。”

“那会令他神经紧张，菲龙。我要你以后别再那样做了，不管他有没有看到。”

“是不是他自己做不到，所以会神经紧张？”

“大概吧。”

“你能做到吗？”

宝绮思缓缓摇了摇头。“不，我也不能。”

“我那样做的时候，并不会令你感到紧张，也不会令裴感到紧张。”

“每个人都不一样。”

“我知道。”菲龙突然改用强硬的语气，害得宝绮思吓一跳，还皱起了眉头。

“你知道什么，菲龙？”

“我就不一样。”

“当然，我刚才说过，每个人都不一样。”

“我的形体不一样，而且我还能让东西动。”

“这是事实。”

菲龙带着叛逆的口吻说：“我一定要让东西动，崔维兹不该生我的气，你也不该阻止我。”

“可是你为什么一定要这样做呢？”

“这是练习，是一种磨炼——这样说对吗？”

“不完全对，应该说锻炼。”

“对，健比总是说，我必须训练我的……我的……”

“转换叶突？”

“对，使它愈来愈强壮。然后，等我长大了，我就能驱动所有的机器人，甚至包括健比。”

“菲龙，在你还没有这样做的时候，由谁来驱动所有的机器人？”

“班德。”菲龙答得非常顺。

“你认识班德？”

“当然，我跟他见过许多面。我是下一任的属地领主，班德属地将来会变成菲龙属地，健比这样告诉我的。”

“你是说班德来找你……”

菲龙吃了一惊，嘴巴张成一个完美的椭圆。她像是被人掐住脖子一样，吃力地说：“班德从来不会来——”说到这里，小家伙肺部的空气用完了。她喘了几口气，继续说：“我看到的是班德的影像。”

宝绮思以迟疑的口吻问道：“班德待你如何？”

菲龙用稍带困惑的目光望着宝绮思。“班德总是问我是否需要什么，是否感到舒适。可是健比一直在我身边，所以我从来不需要任何东西，也始终感到很舒适。”

她垂下头来，凝视着地板，然后用双手蒙住眼睛，又说：“可是健比不动了，我想那是因为班德——也不动了。”

宝绮思问道：“你为何这样说？”

“我一直在想这件事。班德负责驱动所有的机器人，如果健比不动了，而其他的机器人也都不动了，那一定是因为班德不动了。是不是这样？”

宝绮思哑口无言。

菲龙说：“不过等你带我回到索拉利后，我就会驱动健比和其他所有的机器人，到时我又会快乐了。”

说完她哭了起来。

宝绮思说：“你跟我们在一起不快乐吗，菲龙？哪怕只是一点点？偶尔一下子？”

菲龙抬起头，沾满泪水的脸孔正对着宝绮思。她一面摇头，一面以颤抖的声音说：“我要健比。”

宝绮思心中顿时生出一股强烈的同情，她伸出双臂将孩子抱在怀中。“喔，菲龙，我多么希望能让你和健比团圆。”她突然发觉自己也在流泪。

92

裴洛拉特走进来，看到两人哭成一团。他猛然停下脚步，问道：“怎么回事？”

宝绮思轻轻推开菲龙，想要摸出一张面纸擦干眼泪。她刚摇了摇头，裴洛拉特立刻以加倍关切的语气问：“究竟是怎么回事？”

宝绮思说：“菲龙，稍微休息一下，我会想想办法，让你觉得好过一点。记住，我和健比一样爱你。”

她抓住裴洛拉特的手肘，将他拉到起居舱中。“没事，裴，真的没事。”她说。

“不过菲龙却有事，对不对？她仍旧想念健比。”

“想念得厉害，而我们根本帮不上忙。我可以告诉她我爱她——天地良心，我真的爱她。这么聪明、这么乖顺的孩子谁能不爱？而且聪明得吓人，崔维兹甚至认为她聪明过了头。她曾经见过班德，你知道吗——或者应该说，见过班德的全息像。然而，她对那些记忆没什么感情，她提到这件事的时候非常冷漠，好像跟她毫不相干，而我晓得这是为什么。除了班德是那块属地原来的主人，菲龙是下一任主人之外，两人之间根本没有其他关系。”

“菲龙了解班德是她的父亲吗？”

“应该说是她的母亲。既然我们同意将菲龙当作女性，那么班德也是。”

“都一样，宝绮思吾爱。菲龙是否明了这重亲子关系？”

“我不知道她对这点了解多少。她当然有可能知道，但她未曾表露出来。然而，裴，她推论出班德已经死了，因为她终于明白了健比停摆是停电的结果，而负责提供电力的正是班德——这实在令我害怕。”

裴洛拉特体贴地说：“为什么害怕呢，宝绮思？这毕竟只是逻辑推论罢了。”

“从班德的死亡，就能作出另一个逻辑推论。索拉利上住的是长寿且孤立的太空族，死亡必定是罕见而且遥远的事件。他们目睹自然死亡的经验一定极其有限，而对菲龙这种年纪的索拉利儿童而言，则或许完全是一片空白。假如菲龙继续思索班德的死，她就会开始怀疑死因为何。而我们这几个陌生人当时在那里，这个事实必定会让她导出一个明显的因果关系。”

“那就是我们杀了班德？”

“不是我们杀了班德，裴，班德是我杀的。”

“她不可能猜到。”

“可是我必须告诉她实情。她原本就对崔维兹很恼火，而崔维兹显然是我们的领队，她自然会认为班德的死是他一手造成的，我怎能让崔维兹背这个黑锅？”

“那又有什么关系呢，宝绮思？那孩子对她的父……母亲毫无感情，她爱的只是她的机器人健比。”

“可是她母亲的死导致那机器人的死。我差点就要自己招认了，有股强烈的力量在驱策我。”

“为什么？”

“那样一来，我就可以用我的方式解释，可以在她自己发现真相之前安慰她。否则，如果她借着推理得到答案，就会令我们对整件事百口莫辩。”

“但我们有义正词严的理由啊，那是一种自卫行为。当时你若不采取行动，下一刻我们就是死人了。”

“我的确该那样解释，但我无法对她说，我怕她不相信我。”

裴洛拉特摇了摇头，又叹了一口气。“你认为如果我们没带她走会比较好吗？现在这种情形令你很不快乐。”

“不，”宝绮思气呼呼地说，“不要那样讲。假如我现在坐在这里，想到我们曾经遗弃一个无辜的幼童，而且由于我们的所作所为，令她惨遭无情的屠杀，那会使我更不快乐无数倍。”

“在菲龙的世界，那就是解决之道。”

“好了，裴，别陷入崔维兹的思考模式。孤立体有办法接受这种事，不会加以深思，然而，盖娅的行为准则是拯救生命，而不是毁灭生命，或坐视生命遭到毁灭。我们都知道，各种生命都必须不断死亡，好让继起的生命有存活的机会，可是绝不该无缘无故、毫无意义地死去。班德的死虽然无可避免，仍令我难以承受，菲龙要是也死了，那我绝对会受不了。”

“啊，”裴洛拉特说，“我想你说得没错。但无论如何，我找你不是因为菲龙的问题，而是为了崔维兹。”

“崔维兹怎么了？”

“宝绮思，我很担心他。他正等着揭开地球的真面目，我不确定他是否受得了这个压力。”

“这点我可不怕，我相信他有一颗强健坚固的心。”

“每个人都有自己的极限。听我说，地球那颗行星的温度比他预期来得高，这是他告诉我的。我怀疑他认为地球温度也许过高，不可能有生命存在，不过他显然试图说服自己，让自己相信并非如此。”

“或许他是对的，或许温度没有高到那种程度。”

“此外他还承认，这种高温有可能是放射性地壳造成的结果，但是他也拒绝相信这点。一两天内，我们就会足够接近地球，到时便会真相大白。假如地球果真具有放射性呢？”

“那么他就得面对现实。”

“可是——我不知道怎么说，或是该用哪个精神力学术语。万一他的心灵　　”

宝绮思等不到下文，便以挖苦的口气说：“保险丝烧断了？”

“对，保险丝烧断了。你现在不该帮他做点什么吗？比如说，让他保持心理平衡，不至于失去控制？”

“不行，裴。我不相信他那么脆弱，而且盖娅早已决定，无论如何不去影响他的心灵。”

“但这正是问题的症结所在。他拥有一种罕见的‘正确性’，或者不论你要如何称呼它。在眼看就要成功的时候，万一他发现整个计划化为泡影，必定会受到很大的打击，虽然不一定损坏他的脑子，却有可能毁了他的‘正确性’。那是一种极不寻常的特质，难道不会同样异常脆弱吗？”

宝绮思沉思了一下，然后耸了耸肩。“嗯，或许我该看着他一点。”

93

接下来的三十六小时，崔维兹隐约感到宝绮思一直尾随着自己，而裴洛拉特也有这种倾向。话说回来，在一艘如此袖珍的太空艇中，这并不是什么特殊的现象，何况他还有其他事情需要操心，因此没有放在心上。

现在，他坐在电脑前，发觉另外两人正站在门边。他抬起头来，面无表情地望着他们。

“怎么样？”他以很小的声音说。

裴洛拉特掩饰得很拙劣，他说：“你好吗，葛兰？”

崔维兹说：“问宝绮思，她紧盯着我好几个钟头了，她一定在刺探我的心灵。有没有，宝绮思？”

“我没有。”宝绮思以平静的语气说，“但你若是觉得需要我的帮助，我倒可以试试看——你要我帮你吗？”

“不用了，我为何需要？请便吧，两位。”

裴洛拉特说：“请告诉我们到底怎么回事。”

“猜吧！”

“是不是地球——”

“没错，正是。人人坚持要我们相信的那件事，竟然千真万确。”崔维兹指了指显像屏幕，画面上呈现的是地球的夜面，后方的太阳完全被遮住。在布满繁星的天空中，地球看来像个实心的黑色圆盘，边缘围绕着一条断断续续的橙色曲线。

裴洛拉特说："那些橙色光芒就是放射线吗？"

"不，那只是经过大气折射的阳光。假如大气层中没有那么多云气，看起来就该是橙色实线构成的圆形。我们根本看不见放射线，各种放射线都被大气吸收了，连伽玛线也不例外。然而，它们的确会造成次级辐射，相较之下虽然十分微弱，但电脑还是有办法侦测出来。肉眼仍旧无法看见那些辐射，可是电脑每次接收到其中的粒子或波动，都能产生一个可见光的光子，再将地球影像以假色显示。看！"

黑色圆盘各处都出现了黯淡的蓝色光点。

"上面的放射性有多强？"宝绮思低声问道，"足以代表没有人类生命吗？"

"任何种类的生命都没有。"崔维兹说，"这颗行星绝对不可住人，连最后一只细菌、最后一个病毒都早已绝迹。"

"我们可以去探索一番吗？"裴洛拉特说，"我的意思是穿着太空衣。"

"不出几个小时，我们就会受到无药可救的放射线伤害。"

"那我们该怎么办，葛兰？"

"怎么办？"崔维兹依然面无表情地望着裴洛拉特，"你知道我想怎么办吗？我想带你和宝绮思——还有那孩子——回到盖娅，让你们永远留在那里。然后我准备回端点星去，将太空艇交还；然后我准备向议会辞职，那应该会使布拉诺市长非常高兴；然后我准备靠退休金过活，让银河自求多福。我再也不会过问谢顿计划、基地、第二基地或盖娅。银河自会选择自己的前途，在我有生之年绝不会毁灭，我又何必关心身后会发生什么事呢？"

"你绝没有当真，葛兰。"裴洛拉特赶紧说。

崔维兹瞪了他一会儿，然后深深吸了一口气。“没错，我没有当真。可是，喔，我多么希望一切都能照我刚才说的去做。”

“别再提那些了，你真正打算怎么做？”

“让太空艇继续绕着地球轨道飞行，休息一下，从这些震惊中恢复过来，再来想想下一步该做什么。只不过——”

“不过什么？”

崔维兹突然一口气说：“下一步还能做什么？还剩下什么可找？还剩下什么可寻？”

第二十章
邻近的世界

94

已有连续四顿饭的时间，裴洛拉特与宝绮思只有用餐时见得到崔维兹。其他的时候，他不是在驾驶舱中，就是躲在寝舱里。用餐时他也保持沉默，紧紧抿着嘴，而且吃得很少。

然而，在第四餐的时候，裴洛拉特察觉到，崔维兹异常凝重的神色似乎缓和了些。裴洛拉特清了两次喉咙，仿佛准备说些什么，结果两次都欲言又止。

最后，崔维兹抬起头来，望着他说："怎么样？"

"你有没有——有没有想出来，葛兰？"

"你为何这样问？"

"你看来好像没那么沮丧了。"

"不是没那么沮丧，而是我正在思考，使劲地思考。"

"我们可以知道内容吗？"裴洛拉特问。

崔维兹朝宝绮思那边瞥了一下。她盯着面前的餐盘，谨慎地保持沉默，仿佛她很确定，在这个敏感时刻，裴洛拉特比她更能问出些名堂。

崔维兹说:“你也好奇吗，宝绮思？”

她将视线扬起片刻。“当然啦。”

菲龙踢了一下桌脚，像是在闹别扭，然后说:“我们找到地球了吗？”

宝绮思用力搂住那孩子的肩膀，崔维兹则没有理会。

他说:“我们必须以一项基本事实当出发点。在每个世界上，所有关于地球的资料都被移走了，这就让我们导出一个必然的结论:地球上有什么东西被藏起来了。可是根据观测，我们发现地球具有致命的放射性，因此上面不论有什么，都自然而然藏了起来。没有人能够登陆地球，而我们目前所在的位置，已经相当接近磁层的外缘，却什么也没有发现，不过我们不会打算更靠近了。”

“你能确定这一点吗？”宝绮思轻声问道。

“我在电脑上花了很多时间，用我和它想得到的各种方法来分析地球，但没有任何结果。更重要的是，我自己也觉得不会有任何结果。所以说，地球的相关资料为何会被清除呢？不用说，需要隐藏的东西无论是什么，其安全程度早已超乎任何人的想象，不需要再锦上添花了。”

“有可能是这样的，”裴洛拉特说，“当地球的放射性尚未变得那么严重，还不至于令外人却步的时候，的确有什么东西藏在它上面。当时，地球上的人也许担心有外人来到，进而发现那个秘密。因此，地球试图除去有关自身的资料，其实是那时候的事。我们现在所发现的结果，只是那个不安全的时代所留下的遗迹。”

“不，我不这么想。”崔维兹说，“位于川陀的帝国图书馆，里面的资料似乎是最近才被移走的。”他突然转向宝绮思，“我说得对吗？”

宝绮思以平静的口吻说：“当你、我、第二基地分子坚迪柏以及端点市长聚会的时候，从坚迪柏忧心忡忡的心灵中，我／们／盖娅捕捉到了这个讯息。”

崔维兹说：“因此，过去有可能被发现而必须隐藏的东西，现在一定仍被藏了起来。纵使地球已经具有放射性，那东西仍旧有被发现的危险。”

“那怎么可能呢？”裴洛拉特好奇地问。

“想想看，”崔维兹说，“原来藏在地球的东西，会不会已经不在地球上？当放射性变得愈来愈危险时，它会不会被移到了别处？可是，那个秘密现在虽然不在地球上，但我们若能找到地球，也许就有办法推论出秘密被移至何处。果真如此，地球的下落就仍然有隐藏的必要。”

菲龙又用尖锐的声音说：“因为如果我们找不到地球，宝绮思说你就会带我回去找健比。”

崔维兹转头面向菲龙，以凶狠的目光瞪着她。宝绮思赶紧低声道：“我是说可能会，菲龙。我们待会儿再讨论这件事，现在回到你的舱房去看书，或是玩笛子，或是做你想做的任何事。去——快去。”

菲龙皱着眉头，悻悻然离开餐桌。

裴洛拉特说：“可是你凭什么这样说呢，葛兰？我们来到了这里，我们已经发现了地球。不论那是什么秘密，假如不在地球上，我们有办法推论出它可能藏在何处吗？”

崔维兹花了一点时间，才摆脱了被菲龙搞坏的情绪。然后他说：“怎么不能？试想，地球表面的放射性持续不断恶化，导致死亡和移民与日俱增，地球人口因此持续不断锐减。而那个秘密，不管它是什么，处境就愈来愈危险。谁还会留下来保护它呢？最后，它一定会被送往其他世界，否则不管是什么秘密，都会因此失去作用。我猜当初曾有人不愿将它移走，这件事很可能是最后一刻才完成的。好啦，詹诺夫，还记不记得新地球的那个老者，拼命对你讲述自家地球历史的那位？”

“单姓李？”

“没错，就是他。当他论及新地球的建立时，是不是说地球残存的居民都被带到那颗行星？”

裴洛拉特说：“老弟，难道你的意思是，我们所要找的东西，如今位于新地球上？由最后一批离开地球的人带去的？”

崔维兹说：“难道没这个可能吗？在整个银河中，新地球和地球同样不具知名度，而且那里的居民极力和外星人士隔绝，这点也很可疑。”

“我们到过那里，”宝绮思插嘴道，“可是什么也没发现。”

“当时，我们一心打探地球的下落，没注意到其他事情。”

裴洛拉特以困惑的口气说：“但我们要找的是具有高科技的东西，它能在第二基地的地盘上将资料偷走，甚至还能——对不起，宝绮思——侵入盖娅的地盘行事。那些住在新地球上的人类，或许能控制头上的一小块天气，也或许拥有某些生物科技，可是我想你也会承认，整体而言，他们的科技水准相当低。”

宝绮思点了点头。“我同意裴的看法。”

崔维兹说：“我们这是以偏概全。我们一直没见到渔船上的男人，而且除了着陆地点附近，我们没观察过那座岛屿的其他部分。如果我们搜寻得更彻底，有没有可能发现些什么呢？毕竟，我们原本并未认出那些萤光灯，直到目睹它们运作才恍然大悟。若说科技看来落后，我是说‘看来’……”

“怎么样？”宝绮思显然未被说服。

“有可能只是故意制造烟幕，目的是要混淆真相。”

“不可能。”宝绮思说。

“不可能？当初在盖娅，是你亲口告诉我的，川陀大部分的文明都故意保持低科技水准，以便隐藏由少数第二基地分子所组成的核心。同样的策略为何不能用在新地球上？”

“那么，你是不是建议我们回新地球去，再去面对那种传染病——这次让它真正发作？性行为无疑是特别愉快的传染方式，但或许并非唯一的途径。”

崔维兹耸了耸肩。“我并不急着回新地球，但也许会有这个必要。”

“也许？”

“也许！毕竟，还有另一种可能性。”

“那又是什么？”

“新地球环绕着那颗叫做阿尔法的恒星，阿尔法则是双星系的一部分。在那颗伴星的轨道上，难道没有可住人行星吗？”

“我认为它太暗了。”宝绮思一面说一面摇头，“那颗伴星的光度只有阿尔法的四分之一。”

“虽然暗，但不至于太暗。如果某颗行星相当接近那颗恒星，仍然可能适宜住人。”

裴洛拉特说：“电脑是否提到那颗伴星有任何行星？”

崔维兹冷笑了一下。“我查过了，有五颗不大不小的行星，没有气态巨星。”

“那五颗行星中，有任何适宜住人的吗？”

“电脑只给出它们的总数，并指出它们体积都不大，此外没有提供任何资料。”

“喔！”裴洛拉特显得很泄气。

崔维兹说：“没什么好失望的。电脑里面也找不到任何一个太空世界，而阿尔法本身的资料也少得不能再少，这些资料都被故意藏了起来。如果电脑对阿尔法的伴星几乎一无所知，简直可以视为好兆头。”

“所以，”宝绮思一本正经地说，“你是打算这么做——先去造访那颗伴星，如果无功而返，再回过头去找阿尔法。”

“没错，而这一次，在抵达新地球那座岛屿时，我们会是有备而往。在着陆前，我们会仔仔细细将整座岛屿搜索一遍。宝绮思，我要你利用精神力量来屏蔽……”

就在这个时候，远星号突然偏向一侧，好像这艘太空艇打了个嗝似地。崔维兹立刻大叫：“是谁在控制台？”口气介于愤怒与困惑之间。

其实在发问时，他已经非常清楚那究竟是谁。

95

坐在电脑台前的菲龙全神贯注。她尽量张开有着修长手指的小手，以便按在桌面那两个微微发光的轮廓上。她的手掌似乎陷入实质的桌面，虽然感觉上它显然又硬又滑。

她曾经好几次看到崔维兹双手如此摆放，但并未见到他有什么其他动作。不过她心中很明白，他这样做就能控制整艘太空艇。

有些时候，菲龙还看到崔维兹闭起双眼，因此她现在也学着这么做。过了一会儿，她似乎听到一个模糊而遥远的声音，真的十分遥远。但是（她隐约意识到）透过她的转换叶突，那声音却在她脑中响起——那对叶突甚至比她的双手更重要——她开始努力分辨那些字句。

“指令。”那声音以近乎恳求的语气说，“您的指令是什么？”

菲龙什么也没说，她从未目睹崔维兹对电脑说过任何话。但她知道自己全心全意要的是什么，她要回到索拉利，回到那座无边无际的舒适宅邸，回去找健比——健比——健比——

她就是要去那里。一想到自己挚爱的世界，她便想象能在显像屏幕上看到它，就像屏幕上出现过许多她不想去的世界那样。她张开双眼凝视着显像屏幕，渴望看到另一个世界，而不是这个可恨的地球，然后她盯着眼前的画面，想象它就是索拉利。她憎恨这个空虚的银河，她认识这个银河全然是无奈，想到这里，她的泪水夺眶而出，太空艇则开始颤动。

她能感觉到艇身的颤动，而她自己也微微晃了一下。

接着，她便听到走廊传来嘈杂的脚步声。当她睁开眼睛的时候，崔维兹扭曲的脸孔占满她的视野，将显像屏幕完全挡住，遮住了她心中的目的地。他在大吼大叫，但她并未注意听。杀了班德而将她带离索拉利的是他，一心只有地球而不准她回家的也是他，她决定再也不要听他的话。

她要驾着这艘太空艇回索拉利。当她再度坚定决心时，太空艇又颤动起来。

96

宝绮思粗暴地抓住崔维兹的手臂。“不要！不要！”

她死命拉住他，不让他向前走。裴洛拉特则僵立在远处，茫然不知所措。

崔维兹咆哮道：“把手拿开，别碰电脑！宝绮思，别拦我，我不想害你受伤。”

宝绮思近乎声嘶力竭地说：“别对这孩子动粗，否则我难免害你受伤，抗命也在所不惜。”

崔维兹将目光从菲龙身上猛然转向宝绮思。“那么你把她拉开，宝绮思，现在就去！”

宝绮思一把推开他，力道大得惊人。（崔维兹事后想到，大概是从盖娅那里吸取的力量。）

“菲龙，”她说，“把手抬起来。”

“不要。”菲龙尖叫道，“我要太空艇飞去索拉利，我要它飞去那里，那里。”她朝显像屏幕点了点头，甚至不愿让任何一只手离开桌面。

宝绮思伸手探向那孩子的肩头，当她双手碰到菲龙的时候，那孩子开始发抖。

宝绮思改用柔和的声音说：“好了，菲龙，告诉电脑将一切恢复原状，然后跟我走，跟我走。”她双手轻轻抚摩着菲龙，菲龙随即软化，放声痛哭。

菲龙双手离开了桌面，宝绮思从背后将她一把举起来，转了半圈，再将她紧紧抱在胸前，让这孩子在自己怀里痛快大哭一场。

崔维兹这时站在门口一言不发，宝绮思对他说：“让开，崔维兹。我们经过的时候，千万别碰我们。”

崔维兹马上闪到一旁。

宝绮思顿了一下，又压低声音对崔维兹说：“我刚才不得不进入她的心灵，假如因此造成任何伤害，我不会轻易原谅你。”

崔维兹差点脱口告诉她，自己丝毫不在乎菲龙的心灵，他担心的只有电脑。然而，在盖娅严厉的目光瞪视之下（当然不只是宝绮思而已，她个人的表情无法使他产生不寒而栗的恐惧），他终究什么也没说。

宝绮思与菲龙消失在她们的舱房之后，崔维兹维持了好一阵子沉默，而且一动也不动。事实上，他一直僵在那里，直到裴洛拉特柔声道：“葛兰，你还好吗？她没伤到你吧？”

崔维兹使劲摇了摇头，仿佛想将轻微的麻痹感甩掉。“我还好，真正的问题是它好不好。”他坐到电脑台前，将双手放到刚才被菲龙按过的手掌轮廓上。

“怎么样？”裴洛拉特焦急地问。

崔维兹耸了耸肩。“反应似乎正常，等一下还是有可能发现问题，但现在看不出任何异状。”然后，他以更愤怒的口气说：“除我之外，电脑应该不会和别人的手有效结合。但是那个雌雄同体另当别论，问题不在于她的手，而在她的转换叶突，这点我能肯定……”

“可是太空艇为什么震动呢？应该不会这样的，对不对？”

“没错，这是一艘重力太空艇，应该不会出现这些惯性效应。

但那个母怪物……”他突然打住，看来又火冒三丈。

“怎么样？”

“我猜，她对电脑下了两个互相矛盾的指令，由于两者具有同样的效力，电脑只好尝试同时执行两件事。为了进行这种不可能的尝试，电脑一定暂时解除了太空艇的无惯性状态，至少我认为事情是这样的。”

他的脸色突然间缓和下来。“或许这并不是一件坏事，因为我忽然想通了。我对阿尔法以及它的伴星所作的种种推测，其实根本是痴人说梦。现在，我终于确定地球将秘密转移到哪里了。”

97

裴洛拉特瞪大眼睛，他暂且不去追究最后那句话，而是回到原先的问题。“菲龙如何要求电脑执行互相矛盾的指令？”

“嗯，她说要让太空艇飞去索拉利。”

“对，她当然希望那么做。”

“可是她所谓的索拉利是什么？她无法在太空中认出索拉利，她从未真正从太空看过那个世界。当我们匆匆离开索拉利时，她正处于睡眠状态。虽然她从你的图书馆学到很多，宝绮思又告诉她不少知识，但是我想，对于拥有上千亿颗恒星、数千万颗住人行星的银河，她还无法真正了解它的真面目。她从小孤独地生活在地底，顶多只知道有许多的世界这个概念。可是究竟有多少呢？两个？三个？四个？对她而言，她见到的每个世界都可能是索拉利，甚至一厢情愿地将见到的世界都当成索拉利。此外，我想宝绮思为了安抚她，曾经对她暗示，说我们若是找不到地球，就会带她回索拉利，因此她还可能产生了一种想法，认为索拉利很接近地球。”

“可是你又怎么知道呢，葛兰？你为什么会这样想？”

“她几乎等于对我们说了，詹诺夫。当我们闯进来找她的时候，她喊着说要到索拉利去，又加上一句‘那里，那里’，还向显像屏幕猛点头。而显像屏幕映出的是什么呢？是地球的卫星。在我离开电脑去吃晚餐的时候，屏幕上并非那颗卫星，而是地球。当菲龙要求回到索拉利时，她心中一定想着那颗卫星的画面，因此电脑作出的回应，必定是将镜头对准那颗卫星。相信我，詹诺夫，我知道这台电脑如何运作。谁会比我更清楚呢？”

裴洛拉特看了看屏幕上一弯肥厚的新月，意味深长地说：“至少在地球的某一种语言中，它被称为‘月球’，另一种语言则称之为‘太阴’，此外可能还有许多不同的名称。想想看，一个有着众多语言的世界，老弟，那是多么混乱啊——有多少误解，多少纠纷，多少……”

“月球？”崔维兹说，“嗯，这倒是个很简单的名字。此外，你想想看，也许那孩子基于本能，试图借着转换叶突的作用，利用太空艇本身的能源驱动太空艇，那样或许也会造成暂时性的惯性失调。但这些都不重要了，詹诺夫，重要的是，这一切的阴错阳差让月球——嗯，我喜欢这个名字——出现在屏幕上。它的影像被放大，而且此时仍在那里。我现在正盯着它，而且正在思索。”

“思索什么，葛兰？”

“思索它的大小。我们一向漠视卫星，詹诺夫，行星周围即使有卫星，也都是不起眼的小东西。不过这颗可不同，它可算是一个世界，直径大约有三千五百公里。”

“一个世界？你当然不能称之为世界，它不适宜住人，三千五百公里的直径仍然太小了。它也没有大气层，我一眼就能看出来。一来没有云气，二来和太空交界的圆周线条分明，而内部的日夜半球分界曲线也一样。”

崔维兹点了点头。“你快要成为老练的太空旅人了，詹诺夫。你说得没错，没有空气，没有水。但那仅仅表示月球的赤裸表面不可住人，可是地底呢？”

“地底？”裴洛拉特狐疑地问道。

“对，地底。有何不可？地球的城市曾经建筑在地底，这是你告诉我的。此外，我们知道川陀是个地底都会，康普隆的首都有很大一部分位于地底，索拉利的宅邸也几乎全在地下，这种情形其实非常普遍。”

“可是，葛兰，在这些例子中，人类仍然居住在可住人行星上。那些行星表面都有大气，有海洋，同样可以住人。假如表面不可住人，还有可能住在地底吗？”

“拜托，詹诺夫，动动脑筋！我们现在住在哪里？远星号就是个表面不可住人的微型世界，外面既没有空气也没有水，我们却能在里面住得舒适无比。银河中充满各式各样的太空站和太空殖民地，更遑论各种太空船和星舰，它们都是只有内部才能住人。你就把月球当成一艘巨型太空船吧。”

“里面住着一组人员？”

“对，根据我们所知来研判，可能有好几百万人，此外还有许多动植物，以及先进的科技。你看，詹诺夫，这是不是很有道理？既然地球在最后关头，能送出一批殖民者到环绕阿尔法的行星上；而且，或许是在帝国协助下，他们有能力试图改造那颗行星，在它的海洋中播种，还无中生有造起一块陆地，那么，地球难道不能再送另一批人到自己的卫星上，并将它的内部改造成可住人的环境吗？”

裴洛拉特不大情愿地说：“我想是吧。”

“想必就是这样。如果地球有什么东西需要隐藏，何必送到一两秒差距以外的地方，它附近就有另一个世界，距离还不到阿尔法的亿分之一。此外，就心理学观点而言，月球是个更佳的藏匿地点。没人会将卫星和生命联想到一块，例如我就没想到；月球近在眼前，我的心思却飞到阿尔法。若不是菲龙——”他紧抿着嘴唇，同时摇了摇头，“我想我得将功劳记在她头上，即使我不这么做，宝绮思也一定会的。”

裴洛拉特说：“可是我问你，老友，如果有什么东西藏在月球内部，我们又要如何去找？月球表面一定有好几百万平方公里……”

“差不多四千万平方公里。”

“而我们需要全部搜寻一遍。可是该找什么呢？一个开口？某种气闸？”

崔维兹道：“照你这么说，这似乎是件大工程。但我们寻找的并非物件，我们要寻找生命，而且是有智慧的生命。我们有宝绮思，侦测智慧是她的看家本领，你说对不对？”

98

宝绮思望着崔维兹，一副兴师问罪的模样。“我总算让她睡着了，这是我一生中最艰难的一天，她简直疯狂了。幸好，我想我并没有伤到她。”

崔维兹以冷漠的语气说：“你知道吗，你最好试着除去她对健比的情感固着，因为我绝不打算回索拉利。”

“只要除去她的情感固着就好，是吗？这些事你知道多少，崔维兹？你未曾感测过任何心灵，对心灵的复杂度连一点概念也没有。你若对这方面稍有认识，就不会把除去情感固着说得那么简单，好像只是从瓶子里舀出果酱一样。”

“那么，至少把它减弱些。”

“我如果花上一个月的时间，小心翼翼地抽丝剥茧，也许能把它减弱一点。”

“你所谓的抽丝剥茧是什么意思？”

“对一个毫无概念的人，这根本无从解释。”

“那么，你准备让那孩子何去何从？”

“我还不知道，这需要好好考虑一番。”

“这样的话，”崔维兹说，“我来告诉你我们准备让太空艇何去何从。”

“我知道你准备怎么做，你要飞回新地球去，还会试着跟可爱的广子再亲热一回，只要她答应不再将病毒传染给你。”

崔维兹仍旧面无表情，他说：“不对，事实上，我已经改变主意。我们要飞往月球——月球就是那颗卫星的名字，詹诺夫说的。”

“那颗卫星？因为它是最近的一个世界？这点我倒没想到。”

“我也没想到，谁都不会想到。在整个银河中，没有任何卫星值得考虑，但这颗超大型卫星是唯一的例外。况且地球的隐密也掩护了它，如果找不到地球，也就找不到这个月球。”

“它可以住人吗？”

“表面不可以，可是它没有放射性，完全没有，所以并非绝对不可住人。它的表层之下也许有生命——事实上，也许充满了生命。当然啦，一旦我们足够接近，你就应该能够判断。”

宝绮思耸了耸肩。“我会试试看。不过，你怎么会突然想到试一试这颗卫星？”

崔维兹以平静的口吻说：“因为菲龙在控制台前的某个举动。”

宝绮思等了一下，仿佛指望他多讲几句，然后她又耸了耸肩。“不论那是什么举动，如果你一时冲动杀死了她，我想你就无法得到这个灵感了。”

“我没有要杀死她，宝绮思。”

宝绮思挥了挥手。“好吧，到此为止。我们是不是正向月球飞去？”

“是的。为了谨慎起见，我不打算飞得太快。不过假如一切顺利，三十小时后，我们就能到达它的上空。”

99

月球表面有如一片荒漠。崔维兹望着下方不断向后掠去的白昼区域，眼前景象是千篇一律的陨石坑、山区，以及许多黑暗的阴影，土壤的颜色则不时呈现微妙变化。偶尔也会出现一大幅平地，其中仍有不少小陨石坑。

当他们快要接近夜面时，各种阴影变得愈来愈长，最后终于融为一体。有那么一阵子，在他们后方，可以见到许多山峰在阳光下闪闪发光，像是一些胖嘟嘟的星星，比太空中其他星体都明亮许多。但群山不久便消失无踪，这时再向下望去，天空中只剩下地球的黯淡光影，那是个白里带蓝的巨大球体，看起来比半圆要丰满些。然后，地球终于也落在太空艇后面，进而沉到地平线之下，因此下方变作一片绝对的黑暗，而头上只有黯淡稀疏的星辰。不过对端点星长大的崔维兹来说，这种星空已足以令他啧啧称奇。

接着，前方开始出现一些明亮的星辰，起初只有一两颗，然后渐渐增多，范围愈来愈大，密度愈来愈高，最后聚结成了一片。此时他们迅速通过昼夜界线，又回到了日照面。初升的太阳带来恶魔般的强光，显像屏幕立刻转移镜头，并过滤了来自下方地表的眩目光芒。

崔维兹心知肚明，仅凭肉眼检视这个可谓巨大的世界，想要找到任何通往内部的入口（倘若真有可住人的地底世界），绝对是徒劳无功的一件事。

他转头望了望坐在一旁的宝绮思，她并未注视着显像屏幕，反之，还将眼睛闭了起来。她好像不是坐着，而是全身瘫在椅子中。

崔维兹怀疑她是不是睡着了，遂轻声道：“你侦测到任何其他迹象吗？”

宝绮思十分轻微地摇了摇头。“没有，”她悄声道，“刚刚只有一丝微弱的讯息。你最好带我回那里去，你可知道刚才经过的是哪个区域？”

“电脑知道。”

就像瞄准箭靶一样，太空艇来回移动，最后终于锁定目标。那个地区仍旧处于夜面深处，除了地球在天际微微发亮，并在月表阴影间映出死灰的光芒，其他什么都看不清楚——虽然驾驶舱的灯光已尽数熄灭。

裴洛拉特也已经走了过来，站在驾驶舱门口，神情显得很焦急。“我们有任何发现吗？”他以沙哑的声音悄悄问道。

崔维兹正盯着宝绮思，他连忙举起手来，示意裴洛拉特保持肃静。他知道还要好多天之后，阳光才会重新回到月球这一带，但是他也明白，宝绮思目前试图进行的侦测，与任何种类的光线都没有关系。

她说：“就在那儿。”

“你确定吗？”

“确定。”

“只有这个地点吗？”

“我只侦测到这个地点。你是否已飞遍了月球表面各个角落？”

“绝大部分我们都经过了。”

“好的，在这绝大部分中，我唯有在这里侦测到了讯息。它现在变强了，仿佛也已经侦测到我们。它似乎没有什么危险，我感到的是一种欢迎的情绪。”

“你确定吗？”

“我感到的就是那种情绪。”

裴洛拉特说：“那种情绪会不会是伪造的？”

宝绮思带着一丝骄傲答道：“我向你保证，我能侦测出真假。”

崔维兹咕哝了几句太过自信之类的评语，然后又说：“我希望，你侦测到的是一种智慧。”

“我侦测到很强的智慧，只不过——”她的语气突然变得很奇怪。

“只不过什么？”

“嘘——不要打扰我，让我全神贯注。”最后几个字只剩下嘴唇的嚅动。

然后，她带着稍许的惊喜说：“不是人类。”

“不是人类！”崔维兹以惊讶得多的口吻说，“我们又在跟机器人打交道吗？就像在索拉利一样？”

“不，”宝绮思微微一笑，“也不完全是机器人。”

“必定是两者之一。”

“都不是。”这回她真的咯咯笑了起来，“它不是人类，却也不像我曾侦测到的任何机器人。”

裴洛拉特说：“我很想见识见识。”他拼命点头，眼中充满喜悦，“多么令人兴奋啊，一种崭新的东西。”

“一种崭新的东西。”崔维兹喃喃说道，同时精神突然一振——一道意料之外的灵光，似乎照亮了他的大脑。

100

他们向月球表面缓缓落下，全都处于近乎欢腾的气氛中。连菲龙也加入了他们的行列，由于小孩子特有的天真，她感到喜不自胜，仿佛真要回到索拉利一样。

至于崔维兹，则感到内心仍有一丝清明的神智，提醒他这件事相当奇怪。地球——或者原本在地球，但已转移到月球的力量——曾经大费周章逐退所有的人，如今却采取行动将他们吸引过来，这两种做法会不会是殊途同归？会不会是所谓的“倘若无法阻止敌人，不妨诱敌深入伺机歼敌”？这两种做法，不是都能保住地球的秘密吗？

然而，他们愈是接近月球表面，喜悦的情绪就愈强烈，而他的疑虑也渐渐被喜悦淹没。纵使如此，在冲向月表之前突然闪现的那道灵光，此时他仍紧紧抓住不放。

他似乎对太空艇的去向成竹在胸。现在，他们在一排山丘的正上方，而崔维兹坐在电脑前，感到什么事都不必做，仿佛他与电脑皆受到指引。他只觉得如释重负，心中只有极度的欣快感。

他们开始贴地滑翔，前方耸立着一座险恶的峭壁，好像是个专门阻挡他们的屏障。在地球的光芒以及远星号的光束照耀下，这座屏障反映出微弱的光辉。虽然眼看就要撞上去，崔维兹却似乎毫不在意。接着，他发现正前方那一块山壁倒了下来，面前出现一道灯火通明的走廊，而他也一点都不觉得意外。

太空艇的速度减至最低，显然是自动调整的，随即对准大小恰到好处的入口——飞了进去——一路滑行。原先的入口随即关闭，前方又出现另一个入口。太空艇在穿过第二个入口后，来到一处像是将山挖空所形成的巨大空间。

太空艇停了下来，四个人都迫不及待地冲向气闸。包括崔维兹在内，大家皆未想到检查外面是否有适宜的大气，或者是究竟有没有大气存在。

然而外面的确有空气，而且呼吸起来很舒服。他们像是终于返家的旅人，神情愉悦地四处张望。过了一会儿，他们才发现前方站着一名男子，彬彬有礼地在那里等候他们。

他身材高大，表情严肃，古铜色的头发剪得很短。他的颧骨宽阔，双眼炯炯有神，衣着类似古老史书中才得见的款式。虽然他似乎身强体壮、精力旺盛，却依稀带有一股倦意——其实外表根本看不出来，那是属于感官之外的一种气息。

最先有反应的人竟是菲龙，她发出高声尖叫，像是吹口哨一样，然后拔腿向那人飞奔而去，同时不断挥着手，上气不接下气地叫着："健比！健比！"

她始终没有放慢脚步，而那人等她来到面前，便弯下腰来，将她高高举起。她伸出双臂紧紧搂住他的脖子，哇哇大哭起来，却仍抽抽噎噎地喊着："健比！"

其他三人则以较冷静的步伐向前走去，崔维兹用缓慢而清晰的声音（此人听得懂银河标准语吗？）说："阁下，我们向您致歉。这孩子失去了她的保姆，正在四处拼命寻找。至于她为何抱着您不放，我们也一头雾水，因为她要找的是个机器人，一个机械的……"

那人终于开口。他的口音平实，没有什么抑扬顿挫，并且带着些许古风，但他说的银河标准语流利至极。

“我伸出友谊之手欢迎诸位。”纵使他的脸孔依然维持严肃的表情，他的友善似乎毋庸置疑，“至于这个孩子，”他继续说，“她的感知能力或许超乎阁下想象。因为我正是机器人，我名叫丹尼尔·奥利瓦。”

第二十一章
寻找结束

101

崔维兹感到完全无法置信。他已经从那种奇异的欣快感中清醒过来——现在他怀疑，着陆前后所出现的那阵欣快感，就是此时站在对面、自称机器人的这个人，不知如何注入自己心中的。

崔维兹仍然凝视着前方，此时此刻，他虽保有绝对清明的神智与未受干扰的心灵，还是惊讶得不知所措。他在惊讶状态中讲话，在惊讶状态中对答，因此几乎不知所云，也几乎不晓得对方讲些什么。因为，他正忙着打量这个明明是人类的人物，试图从他的举止或谈吐中，找出他是机器人的蛛丝马迹。

怪不得，崔维兹想道，宝绮思刚才侦测到的讯息，既不属于人类也不属于机器人，而是裴洛拉特所说的“一种崭新的东西”。这样当然也好，因为崔维兹的思路因而转移到另一个更具启发性的管道——但即使是这个管道，现在也被其他思绪挤到了心灵的暗角。

宝绮思与菲龙已经逛到别处去探险，虽然这是宝绮思的主意，但崔维兹注意到，那似乎是丹尼尔和她飞快交换一个眼色后的结果。菲龙原本拒绝离开，想要留在这个她坚称是健比的人物身边，而丹尼尔只不过严肃地吐出一个字，并举起一根指头，她就立刻乖乖走了开。现在，只剩下崔维兹与裴洛拉特留在原处。

“她们不是基地人。”那机器人说，仿佛这句话就能解释一切，“其中一位是盖娅，另一位是个太空族。”

机器人引领他们来到一株树下，那里有几张式样简单的椅子，一路上崔维兹一言不发。等到机器人招呼两位基地人就坐，而他也以无异于常人的动作坐下来，崔维兹才问道：“你真的是机器人吗？”

“真的是。”丹尼尔说。

裴洛拉特的表情显得喜孜孜，他说：“在古老传说中，常常提到一个叫丹尼尔的机器人，你取这个名字是为了纪念他？”

“我就是那个机器人。”丹尼尔道，“那并不是传说。”

“喔，不可能。”裴洛拉特说，“如果你就是那个机器人，你应该有上万岁了。”

“两万岁。”丹尼尔以平静的口吻说。

裴洛拉特似乎不知所措，只好向崔维兹望去，后者带着些许怒意说：“如果你是机器人，我就要命令你说实话。”

“我并不需要别人命令我说实话，阁下，因为我必须这么做。所以说，阁下如今面对着三种可能性。第一，我是人类，而我向阁下说谎；第二，我是机器人，被设定成相信自己有两万岁，但事实并非如此；第三，我是机器人，而我的确两万岁了。至于要接受哪一个，必须由阁下自己决定。”

“继续谈下去自然会分晓。”崔维兹冷冷地答道，“话说回来，我很难相信这里是月球内部。不论光线——”他一面说一面抬起头，因为头上的光线正是柔和的漫射日光，虽然太阳并不在天上，甚至根本看不清楚有没有天空。“或是重力似乎都不真实，这个世界的表面重力应该不到0.2g。”

“其实，阁下，正常的表面重力应该是0.16g，然而此地的重力被放大了。阁下的太空艇同样采用这种人工重力，因此才有正常的重力感，即使在自由坠落或加速时也不例外。其他的能量需求，包括光能在内，也全都靠重力供应。但在方便使用太阳能的场合，我们就用太阳能。我们所需的物质皆由月球土壤供应，只有轻元素例外，例如氢、碳、氮，这些是月球所没有的。为了取得轻元素，我们偶尔得捕捉一颗彗星，而一个世纪只要捕捉一颗，就足以满足我们的需求。”

“我想地球无法提供任何资源。”

“不幸正是如此，阁下。跟人类的蛋白质一样，我们的正子脑对放射性也很敏感。”

“你一直使用‘我们’这个代名词，而我们眼前这座宅邸，似乎十分壮观、美丽、精致——至少外表看来如此。所以月球上应该还有其他生灵，是人类？还是机器人？”

“是的，阁下。我们在月球上有个完整的生态，存在于一个广大而错综复杂的洞穴中。然而，此地的智慧生灵都是机器人，每个都跟我差不多，只不过阁下通通见不到。至于这座宅邸，它只供我个人使用，内外建筑完全仿照我在两万年前的住所。”

“你对那个住所记得很清楚，是吗？”

“百分之百，阁下。我是在太空世界奥罗拉出厂的，也在那里住过一阵子——如今对我而言，那是多么短暂的一段时光。”

“就是那个有……”崔维兹说到一半突然打住。

“是的，阁下，就是那个有许多野狗的世界。”

“你知道那件事？”

“是的，阁下。”

“那么，既然你最初住在奥罗拉，又怎么会来到这里？”

“为了防止地球产生放射性，我在人类殖民银河之初就来到这里。当初跟我一起来的，还有个名叫吉斯卡的机器人，他能感知与调整人类的心灵。”

“跟宝绮思一样？”

“是的，阁下。就某方面而言，我们并未成功，吉斯卡甚至终止了运作。然而，在临终之前，他设法让我具备了他的能力，并将整个银河，特别是地球，交给我来守护。”

“为什么特别是地球？”

“部分原因，是由于一位名叫伊利亚·贝莱的人，一位地球人。”

裴洛拉特兴奋地插嘴道：“他就是我提到过的那位文化英雄，葛兰。”

“文化英雄，阁下？”

“裴洛拉特博士的意思是，”崔维兹说，“这个人集众多功绩于一身，有可能是许多真实历史人物的综合体，也有可能根本是个虚构人物。”

丹尼尔思索了一下，然后以相当平静的口吻说：“事实并非如此，阁下，伊利亚·贝莱真有其人，他也不是什么综合体。我不知道你们的传说如何描述他，可是在真实历史中，假使没有他这个人，银河可能始终未曾开拓。我由于受到他的感召，在地球产生放射性之后，尽全力抢救这个世界。我的机器人伙伴分布银河各处，以便适时影响某些人。我曾经策动一个翻新地球土壤的计划，过了很久之后，我又策动了另一个计划，试图改造附近某颗恒星旁的一个世界，那颗恒星现在叫阿尔法，但这两项计划都不算真正成功。我不能全然根据自己的意思调整人类的心灵，因为那些被我调整过的人，多少有可能受到伤害。我受到机器人学三大法则的束缚，直到今天依旧如此，懂了吧。”

“嗯？”

即使一个普通的智慧生灵，完全欠缺丹尼尔的精神力量，也能察觉这个单音所代表的疑问。

“第一法则，”他说，“阁下，是这样的：‘机器人不得伤害人类，或因不作为而使人类受到伤害。’第二法则是：‘除非违背第一法则，机器人必须服从人类的命令。’第三法则是：‘在不违背第一法则及第二法则的情况下，机器人必须保护自己。’当然，我是用近似的语言对阁下叙述这组法则，实际上，它是我们正子脑径路中的复杂数学组态。”

“你发觉这些法则碍手碍脚吗？”

“必定如此，阁下。第一法则毫无转圜余地，几乎全然禁止我使用精神力量。在解决银河的问题时，不太可能每一步都不造成伤害，总是会有一些人甚至许多人因而受苦，所以身为机器人，我必须选择伤害最小的做法。然而，由于情势过于复杂，我必须花许多时间才能作出抉择，而即使这样，也不可能绝对确定。”

“我能了解。”崔维兹说。

“在漫长的银河历史中，”丹尼尔说，“天灾人祸从未间断，而我一直试图减轻这些灾祸所造成的危害。某些时候，就某种程度而言，我可算是有些成就，但阁下若熟悉这个银河的历史，就会知道我的成功例子不多，影响也不够深远。”

“这点我还知道。”崔维兹带着一抹苦笑说。

“吉斯卡临终前，悟出了另一条机器人法则，它甚至凌驾第一法则之上。我们将它称为‘第零法则’，因为想不到还有什么更合适的名称。第零法则的内容是：‘机器人不得伤害人类整体，或因不作为而使人类整体受到伤害。’这自然而然意味着第一法则必须修正为：‘除非违背第零法则，机器人不得伤害人类，或因不作为而使人类受到伤害。’而第二、第三法则也必须作类似的修正。”

崔维兹皱起眉头。“你又如何决定对人类整体何者有害，何者无害？”

“一针见血，阁下。”丹尼尔说，“理论上，第零法则可以解决我们的难题；实际上，我们永远无法做出决定。人是具体的对象，对一个人构成的伤害不难估量与判断；人类整体则是抽象的概念，我们应当如何处理呢？”

“我不知道。”崔维兹说。

“慢着，”裴洛拉特说，“你可以将人类整体转变成单一生命体，例如盖娅。”

“这正是我试图进行的工作，阁下，盖娅的创建就是我一手策划的。假如能让人类整体形成单一生命体，它就会变成具体的对象，这样便有办法处理了。然而，创造一个超级生命体的工作，不像我想象中那么简单。首先，除非人人将这个超级生命体看得比自身更重，否则绝对无法成功。因此，我必须寻找一个适切的心灵模型，找了很久之后，我才想到机器人学法则。”

“啊，所以盖娅人果真都是机器人，打从一开始我就在怀疑。”

“这件事情，阁下的怀疑并不正确。他们都是人类，只不过在他们大脑中，根深蒂固烙印着等同于机器人学法则的概念。他们必须尊重生命，真正尊重。但即使做到了这一点，依然存在着一个严重的缺陷。一个仅有人类的超级生命体并不稳定，根本无从建立，其他动物必须加进来——接着是植物，接着是无机世界。真正稳定的最小超级生命体，其实就是一个完整的世界；唯有世界才足够庞大、足够复杂，得以拥有稳定的生态。我花了很长时间才了解这个道理，而直到最近一个世纪，盖娅才完全发展成功，准备向盖娅星系的目标迈进。纵使如此，还是需要很长一段时间。然而，或许不会像来时路那般漫长，因为我们已经知道规则。”

“可是你需要我替你作出决定。对不对，丹尼尔？”

“是的，阁下。机器人学法则不允许我，或是盖娅，作出对人类整体会有风险的决定。另一方面，五个世纪前，我以为建立盖娅的重重困难绝对无法克服，于是退而求其次，协助人类发展出心理史学这门科学。”

“我早就该猜到这一点。”崔维兹咕哝了一句，又说，“你知道吗，丹尼尔，我开始相信你的确有两万岁了。”

“谢谢阁下。”

裴洛拉特说：“等一等，我想我悟出了一件事。你自己是不是盖娅的一部分，丹尼尔？是不是因为这样，你才知道奥罗拉上有野狗群？经由宝绮思吗？”

丹尼尔说：“就某方面而言，阁下说得完全正确。我与盖娅的确有联系，不过我并非它的一部分。”

崔维兹扬起眉毛。“听来跟康普隆的情形差不多，就是我们离开盖娅后，首先造访的那个世界。康普隆坚持自己并非基地邦联的一部分，只不过跟邦联有着某种联系。”

丹尼尔缓缓点了点头。“我想这个类比很恰当，阁下。由于与盖娅保持联系，我得以知晓盖娅所知晓的事物，例如经由盖娅的化身宝绮思。然而，盖娅却无从知晓我所知晓的事物，因此我得以保有行动自由。在盖娅星系竣工之前，我必须保有这种行动自由。”

崔维兹凝视这个机器人片刻，然后又说：“你有没有利用你的精神感应，透过宝绮思，来干预我们这趟旅程中的际遇，好让我们依照你的理想而行动？”

丹尼尔居然像人类那样叹了一口气。“我做不了太多，阁下，机器人学法则总是将我紧紧束缚。然而，我还是减轻了宝绮思心中的重担，将少量的额外负担揽在我自己身上。如此，她在面对奥罗拉的恶犬以及索拉利的太空族时，才能更为当机立断，并减轻她自己所受到的伤害。此外，我还通过宝绮思影响了两位女性，一位在康普隆，另一位在新地球。我让她们对阁下充满好感，阁下才能继续这趟旅程。”

崔维兹微笑了一下，有一半算是苦笑。“我早该知道不是由于我的缘故。”

丹尼尔并未理会这句话中苦涩的自嘲。“正好相反，”他说，“阁下扮演了重要的角色。那两位女性一开始就对阁下有好感，我只是提升了她们既有的冲动——在机器人学法则的严格限制下，我顶多只能这么做。而由于这些限制，以及其他一些因素，我必须历经千辛万苦，才能引领阁下至此，而且必须以间接迂回的方式。有好几次，我都险些失去了阁下。”

“现在我来了，”崔维兹说，“你想要我做什么？确认我选择盖娅星系是正确的决定？”

丹尼尔那张一向毫无表情的脸孔，此时竟然显得有些绝望。“并非如此，阁下，仅仅决定已经不够。我以目前能力范围内的最佳方式引来阁下，是为了另一件更急迫无数倍的事——我快要死了。”

102

或许是因为丹尼尔将这件事说得稀松平常，也或许因为他已经两万岁，对注定活不过其千分之五的凡人而言，他的死亡似乎不像悲剧，总而言之，这句话并未激起崔维兹的同情心。

“死？机器会死吗？”

“我的存在当然可以终止，随便阁下用什么字眼描述。我已经很老了，在我接受意识之初，生活在银河各处的所有生灵，如今没有一个还活着，有机生命和机器人都没有。但即使我自己也无法不朽。”

“怎么说？”

“我体内的硬件，阁下，没有一个未曾更换，甚至不只一次，而是许多次。就连我的正子脑，也在不同情况下更换过五次。每一次，旧脑的内容都会蚀刻到新脑之中，连一个正子也不放过。每一个新脑的容量与复杂度，都超过原先许多倍，因此能提供更多的记忆空间，并使我能更迅速地决断与行动。可是——”

“可是？”

“愈是先进与复杂的正子脑就愈不稳定，而且也老化得愈快。我现在的脑子与最初那个相比，灵敏度高出十万倍，容量则高出千万倍。然而我的第一个脑子持续了一万年，目前这个用了六百年便已老朽不堪。两万年来每一项记忆的精确记录，再加上完美的回唤机制，将这个脑子全部塞满。如今，我的决策能力急遽衰退，而衰退得更迅速的，则是在超空间距离外测试和影响心灵的能力。而我却无法再设计第六个脑子，因为更进一步的微型化，势必遇到测不准原理的障壁，而复杂度再增高的结果，则一定几乎立刻崩溃。”

裴洛拉特似乎感到极度困惑。“可是，丹尼尔，即使没有你，盖娅想必仍能继续发展。既然崔维兹已经作出决断，选择了盖娅星系……”

“但这个过程实在花了太长的时间，阁下。”丹尼尔仍未显露任何情绪，“当初，不论遇到多少始料未及的困难，我都必须等待盖娅发展成功。等我终于找到崔维兹先生——一个能作出关键性抉择的人——那时已经太迟了。然而，别以为我没有设法延长寿命，我一点一点减少自己的活动，将能力留着应付紧急状况。当我无法再仰赖积极的作为，保持地月双星系的隔离状态时，我便转而采取消极的做法。经过许多年的努力，与我共事的人形机器人被我一一召回大本营。他们回来之前的最后一项任务，就是将各行星的地球档案取走。一旦没有我自己以及其他机器人的鼎力相助，盖娅便会失去建立盖娅星系最主要的工具，因此在未来极长一段时间内，盖娅星系都无法建立起来。”

“而当我作出决定的时候，”崔维兹说，“你已经知道这一切。”

“许久以前便知道了，阁下。”丹尼尔说，“当然，盖娅并不知情。”

“那么，”崔维兹气冲冲地说，“跟我打这种哑谜有什么用？这样做究竟有什么好处？在作出抉择之后，我就在银河中东奔西跑，找寻地球以及我所认定的‘秘密’，以便确定我的抉择正确无误，却不知道那个秘密就是你。好啦，我终于确定了，我现在知道盖娅星系是绝对必要的，但看来我是白忙一场。你为何不能让银河自由发展，也让我自由自在？”

丹尼尔说：“因为，阁下，我一直在寻觅一个解决之道，而且始终抱着希望坚持下去。如今，我认为已经找到了答案。我放弃了再换一个正子脑的念头，因为那是不切实际的，反之，我准备将我的脑子和人脑合并。一个不受三大法则影响的人脑，不但可以增加我的脑容量，还能使我的能力达到一个崭新境界。我引领阁下来到此地，正是为了这个目的。”

崔维兹显得惊骇不已。“你的意思是，你计划将一个人脑并入你的脑子？让那个人脑丧失独立性，以构成一个双脑的盖娅？”

“是的，阁下。这样做虽然不能使我永生，却有可能让我有足够时间建立盖娅星系。”

“而你引我来到这里，就是为了这件事？你要我牺牲独立性，成为你的一部分，这样你就能像我一样不理会三大法则，还能拥有我的判断力？办不到！”

丹尼尔说：“但阁下刚才说过，盖娅星系对人类福祉是绝对必要……”

“即使如此，它也需要花很长时间建立，因而我在有生之年，应该都能维持独立性。另一方面，万一它很快就建立起来，整个银河都将失去独立性，相较之下，我个人的损失仅仅有如沧海一粟。然而，当整个银河还保有自我的时候，我绝不要丧失自己的独立性。”

丹尼尔说：“那么，和我预料的一样，阁下的大脑不适于合并。而且，阁下保有独立判断的能力，无论如何将更有用处。”

“你是什么时候改变心意的？你说你引我来到这里，就是为了进行合并。”

“是的，而且我是将大不如前的能力尽数施展，才达成这个心愿的。话说回来，我刚才说的是：‘我引领阁下来到此地，正是为了这个目的。’请别忘了在银河标准语中，‘阁下’不但代表单数，也可以代表复数，我指的是你们全体。”

裴洛拉特僵凝在座位上。“真的吗？那么请告诉我，丹尼尔，人脑和你的脑子合并后，会分享你全部的记忆吗？两万年来所有的记忆，一直上溯到传说时代？”

“当然如此，阁下。”

裴洛拉特深深吸了一口气。“那将会实现我一生的梦想，为这种事我甘愿放弃独立性。请把这个权利转给我，让我分享你的脑子。”

崔维兹轻声问道：“宝绮思呢？她怎么办？”

裴洛拉特顶多迟疑了一下子。“宝绮思会谅解的。”他说，“没有我，她的日子反而会更好过——至少一段时日之后。”

丹尼尔却摇了摇头。“阁下的提议十分慷慨，裴洛拉特博士，可是我无法接受。阁下的脑子太老了，顶多只能再持续二三十年，即使和我的脑子合并，也无法延续它的寿命。我需要另一个人选——看！”他伸手一指，又说：“我把她叫回来了。”

宝绮思正踩着愉快的步伐朝这里走来，还不时蹦蹦跳跳。

裴洛拉特像抽筋般蹦了起来。“宝绮思！不成！”

“不用惊慌，裴洛拉特博士。”丹尼尔说，“我不能用宝绮思，否则我将与盖娅合并，而我已经解释过，我必须独立于盖娅之外。”

“可是这样的话，”裴洛拉特说，“谁……”

崔维兹望着跑在宝绮思后面的那个纤细身形，脱口而出：“这机器人想要的始终是菲龙，詹诺夫。”

103

宝绮思微笑着走回来，心情显然万分喜悦。

“我们无法走出这块属地的范围，”她说，“不过这里处处使我想起索拉利，而菲龙当然确信它就是索拉利。我问过她，难道她没想到丹尼尔的外表和健比不同——毕竟，健比是金属之躯。菲龙却说：‘不，不见得。’我不知道她所谓的‘不见得’是什么意思。”

她向站在不远处的菲龙望去，菲龙正在为表情严肃的丹尼尔演奏笛子，丹尼尔则和着拍子频频点头。笛声也传到了他们这里，听来是如此纤弱、清晰而美妙。

“你们可知道，当我们走出太空艇时，她把笛子带在身上了？”宝绮思问，“我猜会有好一阵子，我们无法将她从丹尼尔身边拉开。”

回答这句话的是凝重的沉默，宝绮思突然紧张起来，望着两位男士说：“怎么了？”

崔维兹朝裴洛拉特指了指，似乎是说由他来负责解释。

于是裴洛拉特清了清喉咙，然后说：“事实上，宝绮思，我想菲龙会永远留在丹尼尔身边。”

“真的？”宝绮思皱着眉头，仿佛准备向丹尼尔走去，裴洛拉特却抓住了她的手臂。“宝绮思吾爱，你不能去。即使是现在，他的能力也比盖娅强大，而且菲龙若不留下，盖娅星系将永远无法实现。让我来解释——葛兰，如果我说错了什么，请你随时纠正。”

宝绮思听着裴洛拉特的叙述，脸色愈来愈难看，最后露出近乎绝望的神情。

崔维兹试图诉诸理性，他说：“你应该看得出这个道理，宝绮思。这孩子是个太空族，丹尼尔则是由太空族设计制造的。这孩子从小由机器人带大，她生长在一个和此地同样空旷的属地，对外界的一切一无所知。这孩子拥有转换能量的本事，而丹尼尔需要借重这项异禀，此外她的寿命长达三四个世纪，也许正是建立盖娅星系所需的时间。”

宝绮思双颊泛红，泪汪汪地说：“我猜，我们这趟前来地球的旅程，是那个机器人一手策划的。他故意让我们经过索拉利，以便带个孩子给他。”

崔维兹耸了耸肩。“他或许只是见机行事。我不信他的能力现在仍旧那么强大，在超空间距离外，还能将我们变成百依百顺的傀儡。”

“不，那是计划好的。他使我对这孩子产生强烈的好感，确定我会把她带在身边，不会眼睁睁看她遭到杀害。而且他也确定，虽然你对于带她同行这件事，始终表现出愤怒和厌烦，但我会为了保护她，甚至不惜和你发生冲突。”

崔维兹说：“你那样做，我想可能只是出于你们盖娅的道德感，而丹尼尔又使它增强了一点。算啦，宝绮思，不会再有更好的结局了。假如你能将菲龙带走，你要带她到哪里去，才能使她像在此地这般快乐？你准备带她回索拉利，让她惨遭无情的杀害吗？带她到某个拥挤的世界，让她水土不服因病而死？带她去盖娅，让她因为想念健比而肝肠寸断？带她永远在银河中流浪，让她以为我们遇到的每个世界，都是她的故乡索拉利？此外，你能替丹尼尔找到建立盖娅星系的替代人选吗？”

宝绮思伤心得说不出话来。

裴洛拉特一只手伸向她，显得有点心虚。“宝绮思，”他说，“我曾自愿让丹尼尔和我的脑子合并，但他拒绝接受，因为他说我太老了。我真希望他能接受我，好让菲龙留在你身边。”

宝绮思抓住他的手吻了一下。“谢谢你，裴，可是那样代价未免太高了，即使是为了菲龙。”她深深吸了一口气，又勉强挤出一丝笑容，“也许，等我们回到盖娅，能够在那个全球生命体中，找到位置容纳我自己的孩子，我会把‘菲龙’两字放在孩子的名字里。”

这时，丹尼尔好像知道事情已经顺利解决，正朝他们走过来，菲龙则跟在他身边蹦蹦跳跳。

然后，那孩子开始奔跑，抢先来到他们面前。她对宝绮思说：“宝绮思，谢谢你带我回家和健比团圆，也谢谢你在太空艇上照顾我，我永远不会忘记你。”说完她就投入宝绮思怀里，两人紧紧互相拥抱。

“我希望你永远快乐。”宝绮思说，“我也会永远记得你，亲爱的菲龙。”然后依依不舍地将她松开。

菲龙转向裴洛拉特，对他说：“我也要谢谢你，裴，谢谢你让我读你的影视书。”接着，她稍微迟疑了一下，什么话也没有说，便将纤细秀丽的手掌伸向崔维兹，崔维兹握了一会儿才松开。

“祝你好运，菲龙。”他喃喃说道。

丹尼尔说：“我也要向诸位致意，谢谢阁下各自所作的努力。现在阁下随时可以离去，因为阁下的探索已经结束。至于我自己的工作，同样很快就会结束，而且必能成功。”

宝绮思却说："慢着，我们还有一事未了。我们还不知道，崔维兹是否仍然认为人类的理想未来是盖娅星系，而不是孤立体所组成的庞大混合体。"

丹尼尔说："刚才，他已经说得很清楚了，女士，他已经决定支持盖娅星系。"

宝绮思撅了一下嘴。"我宁愿听他亲口说——你的决定是什么，崔维兹？"

崔维兹平静地说："你希望我如何决定，宝绮思？假使我决定反对盖娅星系，你就有机会把菲龙要回来。"

宝绮思说："我是盖娅，我必须知道你的决定和背后的原因。这是为了了解真相，没有任何其他目的。"

丹尼尔说："告诉她吧，盖娅晓得阁下的心灵未受干扰。"

于是崔维兹说："我的决定是支持盖娅星系，对于这一点，我心中再无疑虑。"

104

宝绮思一动不动好一阵子，仿佛要让这个讯息传到盖娅各个部分，普通人或许可以利用这段时间从一数到五十。然后她才说："为什么？"

崔维兹答道："听我说。我一开始就知道人类的未来有两种可能，若非盖娅星系，便是谢顿计划中的第二帝国，而我觉得这两个可能性是互斥的。除非基于某种原因，谢顿计划具有根本缺陷，否则不会有盖娅星系的出现。

“遗憾的是，除了它所根据的两个公设，我对谢顿计划的内容一无所知。公设一是说，涉及的人口必须足够庞大，使得整体可视为一群随机互动的个体，因而能以统计方法处里。公设二则是，在目标尚未达成之前，人类不得预先获悉心理史学的结论。

“由于我已经决定支持盖娅星系，我觉得自己一定下意识地察觉到谢顿计划的漏洞，而这漏洞只可能出现在公设上，因为那是我对该计划唯一知晓的部分。然而，我又看不出那两个公设有任何问题。于是我努力寻找地球，我感到地球不会无缘无故隐藏得那么彻底，我必须找出它躲藏起来的目的。

“我并未真正指望在我发现地球之后，就能得到一个满意的答案。可是我走投无路，根本想不到其他办法。不过，我所受到的驱策，也有可能来自需要一个索拉利儿童的丹尼尔。

“无论如何，我们终于抵达地球附近，又飞到月球上空。不久宝绮思侦测到丹尼尔的心灵，当然，那是他故意将心灵向宝绮思敞开。她将这个心灵描述为并非完全是人类，也不完全是机器人。现在看来，这种说法很有道理，因为丹尼尔的脑子远远超越任何机器人，感测起来绝非只是机器人的心灵，不过仍然有异于人类。裴洛拉特将它称为‘一种崭新的东西’，这种说法触发了我自己的一点新东西，也就是一个新的想法。

“正如同许久以前，丹尼尔和同伴悟出了第四个更基本的机器人学法则，我忽然想到心理史学其实还有第三个公设，它要比其他两个公设基本得多，因此过去人人都懒得提到。

“听好了，已知的两个公设都以人类为对象，两者皆倚仗一个未曾言明的公设：人类是银河中唯一的智慧物种，因此唯有人类这种生物的行动，才会在社会与历史的发展过程中举足轻重。这个隐性公设可归纳如下：银河中只有一种智慧物种，亦即‘智人’。假使银河中又有什么‘崭新的东西’，假使那是一种本质迥异的智慧物种，其行为即无法以心理史学的数学精确描述，而谢顿计划就会变得毫无意义。你们懂了吗？”

崔维兹极其希望别人了解这番话，激动得几乎全身发抖。“你们懂了吗？”他又重复一次。

裴洛拉特说：“我懂了。但是身为一个鸡蛋里挑骨头的人，老弟——”

“什么？继续啊。”

“在整个银河中，人类正是唯一的智慧物种。”

“机器人呢？”宝绮思说，“盖娅呢？”

裴洛拉特思索了一下，然后以迟疑的口吻说：“在人类历史上，自从太空族消失后，机器人就没有扮演过重要角色。盖娅则是直到不久之前，才崛起于银河舞台。机器人是人类创造的，而盖娅是机器人创造的——机器人和盖娅两者，既然都受到三大法则的限制，除了屈服于人类的意志，根本没有其他选择。纵使丹尼尔奋斗了两万年，纵使盖娅发展了那么长的时间，只消葛兰·崔维兹这个人类说一句话，就会立刻葬送两者无数的心血。由此可知，人类仍是银河中唯一的重要智慧物种，因此心理史学依然有效。”

“银河中唯一的重要智慧物种。”崔维兹慢慢重复着这句话，“这点我同意。可是我们一天到晚将银河挂在嘴边，所以几乎无法察觉这个观点有局限性。银河系并不等于宇宙，宇宙中还有许多其他星系。”

裴洛拉特与宝绮思不安地挪动了一下。丹尼尔则专心聆听，表情严肃依旧，一只手缓缓抚着菲龙的头发。

崔维兹继续道："听我说下去。银河系近旁就有大小麦哲伦云，人类尚未有任何船舰到过那里。再往外一点还有许多小型星系，而巨大的仙女座星系距离也不算太远，它比我们的银河系还要大。除此之外，宇宙间至少还有数十亿个星系。

"我们的银河系只发展出一种有能力建立科技社会的智慧物种，但是我们对其他星系又了解多少？我们这个星系可能是个特例，或许在某些星系，甚至其他所有的星系中，存在着许多互相竞争的智慧物种，彼此一直在明争暗斗，而每一种都是我们毫无概念的。他们大概忙着彼此斗争，以致无暇顾及其他，但万一在某个星系中，某种物种取得了领导地位，因而有时间考虑入侵其他星系的可能性，那又会怎么样？

"就超空间而言，银河系只是一个点，其实整个宇宙也是。我们从未造访过其他星系，而且根据我们的了解，也没有其他星系的智慧物种来过我们的星系——但这种局面也许有一天会改变。万一侵略者来到，他们必能找到挑拨人类内斗的方法。长久以来，我们的敌人都是自己人，我们习惯了这种自相残杀。处于如此四分五裂的状况，我们必将被侵略者完全征服，或是尽数消灭。唯一真正的防御战略，就是形成无法由内部突破的盖娅星系，遇到侵略者来犯时，我们才能发挥最大的力量。"

宝绮思说："你描绘的情景极其可怕，我们还来得及建立盖娅星系吗？"

崔维兹抬头向上望，视线仿佛穿透厚厚的月岩，直达月球表面与星际空间；他仿佛勉力窥见了无数遥远的星系，正在不可思议的鸿蒙太空中缓缓运动。

他说："据我所知，在古往今来的人类历史中，还从来没有其他智慧物种侵犯我们。这种情形只需要再持续数个世纪，也许只要整个文明历程万分之一的时间，我们便能高枕无忧了。毕竟，”讲到这里，崔维兹突然感到一阵痛心的忧虑，但他强迫自己置之不理，“此时此刻，似乎还没有敌人潜伏在我们之间。”

与此同时，菲龙这个懂得转换能量、雌雄同体的异类，正以深不可测的眼神望着他。崔维兹并未低头迎向那对深沉的目光。

读客®
科幻文库

跟着读客读科幻，经典科幻全看遍

太空歌剧、赛博朋克、奇幻史诗……

中国、美国、英国、俄罗斯、波兰、加拿大、日本、牙买加……

读客汇聚雨果奖、星云奖、轨迹奖获奖作品

精挑细选顶尖的科幻奇幻经典

陪伴读者一起探索人类文明的过去、现在和未来

亿亿万万年，直至宇宙尽头

阿西莫夫
银河帝国系列

基地系列

银河帝国：基地（Foundation）

银河帝国2：基地与帝国（Foundation and Empire）

银河帝国3：第二基地（Second Foundation）

银河帝国4：基地前奏（Prelude to Foundation）

银河帝国5：迈向基地（Forward the Foundation）

银河帝国6：基地边缘（Foundation's Edge）

银河帝国7：基地与地球（Foundation and Earth）

机器人系列

银河帝国8：我，机器人（I, Robot）

银河帝国9：钢穴（The Caves of Steel）

银河帝国10：裸阳（The Naked Sun）

银河帝国11：曙光中的机器人（The Robots of Dawn）

银河帝国12：机器人与帝国（Robots and Empire）

帝国系列

银河帝国13：繁星若尘（The Stars, Like Dust）

银河帝国14：星空暗流（The Currents of Space）

银河帝国15：苍穹一粟（Pebble in the Sky）

图书在版编目（CIP）数据

银河帝国．基地与地球 /（美）阿西莫夫(Asimov,I.) 著；叶李华译．-- 南京：江苏凤凰文艺出版社，2015（2023.3 重印）
（读客全球顶级畅销小说文库）
ISBN 978-7-5399-8326-4

Ⅰ．①银… Ⅱ．①阿… ②叶… Ⅲ．①长篇小说 - 美国 - 现代 Ⅳ．① I712.45

中国版本图书馆 CIP 数据核字 (2015) 第 097360 号

银河帝国．基地与地球

［美］艾萨克·阿西莫夫 著　　叶李华 译

责任编辑　丁小卉
特约编辑　朱亦红　许姗姗
封面设计　李子琪
责任印制　刘　巍
出版发行　江苏凤凰文艺出版社
　　　　　南京市中央路 165 号，邮编：210009
网　　址　http://www.jswenyi.com
印　　刷　三河市龙大印装有限公司
开　　本　890 毫米 ×1270 毫米 1/32
印　　张　16.75
字　　数　398 千字
版　　次　2015 年 9 月第 1 版
印　　次　2023 年 3 月第 40 次印刷
标准书号　ISBN 978 - 7 - 5399 - 8326 - 4
定　　价　64.00 元